Roman Rausch

Der Gesang der Hölle

Kommissar Kilians vierter Fall

Rowohlt Taschenbuch Verlag

Dieser Roman ist frei erfunden. Ähnlichkeiten mit lebenden und verstorbenen Personen wären zufällig und sind nicht beabsichtigt. Die verwendeten Ortsnamen, Werke, Gruppierungen und alle sonstigen Bezeichnungen stehen in keinem tatsächlichen Zusammenhang mit dem Roman.

2. Auflage Dezember 2006

Originalausgabe
Veröffentlicht im Rowohlt Taschenbuch Verlag,
Reinbek bei Hamburg, August 2005

Redaktion Andreas Feßer
Umschlaggestaltung any.way, Andreas Pufal
(Foto: Anette Liening-Ewert, Hamburg)
Satz Aldus PostScript (InDesign)
bei Pinkuin Satz und Datentechnik, Berlin
Druck und Bindung Druckerei C. H. Beck, Nördlingen
Printed in Germany
ISBN 13: 978 3 499 23890 1
ISBN 10: 3 499 23890 X

Für meinen Sohn Lev.
Eine Liebe, die unermesslich ist

Stirbt das Schauspiel, folgen ihm die Dichter.
Dann verliert selbst der ¾-Takt seinen Schmäh
und wir unsere Sprache.

In Anerkennung für einen Könner seines Fachs.
Nie zuvor habe ich Theater lebhafter erfahren.
Gute Reise, H.

Ouvertüre

Es ist die Chance meines Lebens. Sie kehrt nie wieder.

Mein ganzer Körper bebt vor Ungeduld. Ich muss mich beruhigen, damit ich die Kontrolle nicht verliere. Denn die Kontrolle zu behalten bedeutet Macht. Kraft ohne Kontrolle ist nichts. Weiß Gott, ich habe Kraft und Kontrolle bewiesen, anders wären die letzten zehn Tage mit den Bamberger Symphonikern nicht zu bewältigen gewesen.

Doch all die Mühen scheinen umsonst. Ich ahne es.

Nun stehe ich vor ihnen, zum letzten Mal, sehe es in ihren Gesichtern geschrieben. Ich kann in ihnen lesen wie in einem Notenblatt. Jeder Augenaufschlag, jede Miene und jeder Atemzug ist eine Note, die ich höre, noch bevor sie erklingt.

Nun sprecht endlich, ich kenn die Worte zur Genüge, hab sie schon oft gehört. Es kostet Kraft und Überwindung und meine letzten Reserven. Seht her, schreie ich ihnen stumm entgegen, ich habe mich entblößt, euch mein Innerstes gezeigt, meine Seele freigelegt. Ich halte es nicht mehr länger aus.

Meine Hände auf dem Rücken zu Fäusten geballt, höre ich den Urteilsspruch.

«Eine außergewöhnliche Leistung», sagt der, der sich zum Richter über Himmel und Hölle aufschwingt. «Unerwartet und mehr als erstaunlich» sei meine Leistung gewesen, «eines Meisters würdig».

Der Richter blickt zur Seite. Seine Adjutanten pflichten ihm bei. Sie nicken, lächeln mir aufmunternd zu, einer klatscht unhörbar in die Hände.

Sollte ich mich geirrt haben?

Ein warmer, wohliger Stoß durchfährt meinen Körper. Ich spüre, wie sich mein Brustkorb weitet. Ich möchte singen, meine Freude hinausschreien über den Sieg. Nicht den, den ich errungen habe, sondern den ihrigen über ihr eigenes Mittelmaß, jetzt, da sie endlich meine Kunst verstanden haben. Ich danke euch aus tiefstem Herzen.

«Mit Ihrer Begeisterung und Leidenschaft für die Musik», fährt er fort, «haben Sie uns und die Zuhörer in den Bann gezogen. Die Stimme in Ihrer Musik hat uns bewegt. Es war die der Liebe. Ein unvergessliches Ereignis.»

Noch ein Wort und ich berste vor Glück.

«Doch wir mussten hier andere Prioritäten setzen, leider», spricht er weiter. «Wir hatten zu entscheiden, wie viel Potenzial in den Kandidaten steckt. Dies ist die erklärte Aufgabe unseres Wettbewerbs. Wir haben uns deshalb für Ihren Kollegen Gustavo entschieden. Er hat das Publikum und uns mit seiner unbekümmerten Art verzaubert. So konnten wir erfahren, welches Feuer in ihm brennt und dass es noch viel bei ihm zu entdecken gibt.

Wir gratulieren Ihnen herzlich zum zweiten Platz.»

Ich drohe den Halt zu verlieren, taumle, die Gesichter vor meinen Augen verschwimmen, ihre Stimmen hallen schwer, verhöhnen mich … «Gratulieren Ihnen herzlich zum zweiten Platz.»

Welche Schande. Ein zweiter Platz ist so viel wert, als wäre ich überhaupt nicht angetreten. Schlimmer, denn jetzt gehöre ich zu den Verlierern, gleich ob Zweiter oder Letzter. Nur der Erste gewinnt, alle anderen sind bereits jetzt vergessen, egal, wie gut ihre Leistungen waren. Wis-

sen sie das denn nicht? Ahnen sie nicht, was sie mir damit antun?

Ich muss mich beherrschen. Diesen Triumph darf ich ihnen nicht gönnen. Ich werde ihnen eine Lehre erteilen. Besonders ihm, dem Regisseur, der so sicher ist in seinem Urteil, der glaubt zu wissen. Seine gesalbten Worte der Begründung. Er kleidet sie in Aphorismen und Metaphern, so, als wären sie dadurch weniger schmerzlich. Doch sie durchbohren mich wie Pfeile, ein ums andere Mal. Das Lob, das er abermals über mich und meine Arbeit ausschüttet, beschämt mich, beleidigt meinen Geist.

Er weiß nicht, was er mir antut, denn er weiß nichts von mir und meinem Können. Er ist blind wie ein Maulwurf und taub wie ein Fisch. Wie hatte ich mir nur einbilden können, bei diesem Wettbewerb auf offene Ohren und einen wachen Verstand zu treffen. Die Chance meines Lebens ist vertan. Er und die anderen haben mich betrogen, mich um den Lohn gebracht.

Der Schmerz ist wieder da, er durchbohrt meinen Kopf wie ein Nagel, wenn er ins Fleisch getrieben wird und den Knochen spaltet. Der hohe, sirrende Ton, der meine Nervenbahnen zu zerreißen droht, ist unerträglich. Ich halte mir die Ohren zu. Umsonst, er drängt nach draußen. Grenzenlose Wut steigt in mir auf.

Ich muss mich beruhigen, langsam atmen, den Herzschlag kontrollieren. Ich werde mit erhobenem Haupt dieser Jury trotzen. Die Schmach erdulden. Ich spüre, wie die Kraft mich neu belebt. Der Zorn macht mich stark.

«Das Potenzial nicht ausgeschöpft», das waren seine Worte.

Sie hallen in mir wider. Tausendfach. Sie mischen sich mit dem Hohn meiner Konkurrenten und dem beleidigenden Geschwätz der Jury.

Einen Lehrling ziehen sie einem Meister vor. Welcher Wahnsinn umgibt mich hier? Das darf nicht sein. Ich weigere mich, das Urteil zu akzeptieren.

Du sollst dein Potenzial bekommen, das schwöre ich bei allem, was mir heilig ist. Aus der Tiefe meiner Brust erhebt sich zornig eine Stimme:

Der Hölle Rache kocht in meinem Herzen,
Tod und Verzweiflung, flammet um mich her!

1

Später würde man berichten, dass es nicht der erste, aber auch nicht der letzte Tote am Mainfrankentheater in Würzburg gewesen war.

Freddie Sandner raufte sich die Haare. Seit über einer Stunde kamen sie in der ersten Szene über einen bestimmten Punkt nicht hinaus. Auf der Bühne im Großen Saal des Mainfrankentheaters standen drei der Hauptakteure des *Don Giovanni* ratlos herum. Sie verstanden einfach nicht, wie der Regisseur die Umsetzung der Szene wünschte.

Aber so schnell würde Sandner nicht aufgeben. Sein grenzenloser Optimismus und seine freundliche Art, mit Schauspielern und Sängern umzugehen, waren legendär. Er galt als ein Sonnenschein unter den Regisseuren. Den Launenhaften, gar den Bösartigen zu spielen missfiel ihm zutiefst. Er war der Ansicht, dass Angst kein guter Lehrmeister sei. Stattdessen setzte er auf Begeisterung und Freude an der Arbeit.

«Alles zurück auf Anfang», sagte er ruhig und stieg die zwei Stufen hinab in den Orchestergraben. Dort warteten ein leerer Stuhl und seine unruhige Mannschaft. Hier waren alle versammelt, die man bei Proben zu einer Opernaufführung brauchte: Sue, die Pianistin an ihrem Klavier, Rainer, der zweite Kapellmeister und Dirigent des Stückes, Marianne, die Regieassistentin, und Franziska, die Souffleuse. Ihr hatte er erlaubt, statt in ihrem engen Kabuff im Orchestergraben Platz zu nehmen.

Auf der Bühne gingen die Sänger in Position. Leporello verschanzte sich unter der Treppe, Donna Anna und Don Giovanni zogen sich hinter einem Bühnenfenster hoch oben am Ende einer herrschaftlichen Treppe zurück.

«Wenn wir jetzt alle so weit sind», rief Sandner zur Bühne hinauf, «dann … bitte schön.»

Das Licht auf der Bühne erlosch und verwandelte die Szene in einen bedrohlichen Ort. Kerzenschein flackerte aufgeregt die Treppe hinauf zum Schlafzimmer der Donna Anna. Ein lustloser Leporello wartete auf seinen Herrn im dunklen Eck der Treppe; in der Tasche das geheime Verzeichnis der zweitausendfünfundsiebzig Frauen, bereit, die Zahl um eine zu erhöhen.

Rainer gab Sue den Einsatz.

Molto allegro. Das Klavier zürnte dem Hinterhalt eines spanischen Edelmannes, Don Giovanni, der hinter vorgehaltenem Mantel unerkannt zu flüchten suchte. Sein Opfer in dieser Nacht war die tugendhafte Donna Anna. Barfuß, im seidenen Nachthemd und mit aufgelöstem Haar packte sie ihn am Arm, forderte, seine Identität preiszugeben. Zweifel nagten an ihr. Die Leidenschaft ihres Verlobten Don Ottavio war in dieser Nacht ungewohnt groß gewesen.

Ihr wütender Sopran schnellte in die Höhe.

«Hoffe nicht zu entkommen, nur der Tod entreißt dich mir.»

Anklagend drängte sie zur Aufklärung; ihre Fahrlässigkeit könnte sie ein Leben lang hinter Klostermauern verbannen.

Über den Rand des Mantels funkelten die Augen Don Giovannis die Betrogene an.

Ein mächtiger Bariton nahm ihr jegliche Hoffnung.

«Rasende, du schreist umsonst. Wer ich bin, erfährst du nicht.»

Aus dem Hintergrund verfolgte Leporello die Szene. Ein tiefer Bariton, nahe an einem Bass, kommentierte das Geschehen.

«Welch ein Aufruhr! Der Herr in neuen Misslichkeiten.»

Donna Anna schrie händeringend um Hilfe.

«Diener! Auf den Verbrecher!»

Ein ungleicher Kampf begann. Don Giovanni zwang sie mühsam in die Knie.

«Schweig und zittere vor meiner Wut!»

Donna Anna ließ es geschehen. Ihr schwerer Körper ging von ihr bestimmt zu Boden. Die dünnen Arme des Peinigers mühten sich umsonst.

«Verbrecher!», schleuderte sie ihm hasserfüllt entgegen.

Leporello verzog sich in die hinterste Ecke der Treppe.

«Man wird sehen, wie dieser Leichtfuß mich ins Unglück stürzen wird.»

Einsatz Don Giovanni. «...»

Nichts, kein Laut war zu hören, Don Giovanni blieb stumm.

Das Klavier spielte weiter, hatte die Stelle bereits hinter sich gelassen.

Sandner rieb sich verärgert die Stirn. Dennoch ließ er weiterspielen.

Der Darsteller des Don Giovanni suchte nach seinem Text im Klavierauszug, den er unter dem Mantel versteckt hielt. Das laut Notenblatt furiose Terzett schrumpfte zu einem Duett der Donna Anna und des Leporello.

«Wahnsinnige!», kam ihm Franziska, die Souffleuse, zu Hilfe.

«Wahnsinnige ...», nahm Don Giovanni dankbar auf.

Donna Anna fuhr fort, ihre Rache würde grenzenlos

sein. «Wie eine verzweifelte Furie werde ich dich verfolgen.»

Don Giovanni erstarrte abermals in Tatenlosigkeit.

«Jetzt pack zu!», schrie Sandner vom Orchestergraben hinauf.

Don Giovanni, in einer Hand die Partitur, kraftlos in der anderen den Arm der Donna Anna, wusste nicht wie. Mit einem dämlichen Lächeln, das nach Erlösung suchte, schaute er in die Reihen vor ihm.

«Aus!», schallte es auf die Bühne.

Die Spannung wich. Das Klavier verstummte. Donna Anna rollte von den Knien auf ihr Hinterteil, wischte sich den Staub von den Händen.

«War gut?», fragte Vladimir, der russische Don Giovanni, den heranstürmenden Sandner. Hinter ihm im Zuschauerraum meldete sich lautstark ein Handy, eine Zeitung wurde umgeschlagen, und das Rascheln einer Tüte verriet, dass die Proben zum *Don Giovanni* nur wenig Begeisterung auszulösen vermochten.

Über ihnen in der Galerie verfolgte der Intendant das Treiben auf der Bühne. Sein Blick war leer, hoffnungslos stierte er nach unten. Der Premierentermin in zwei Wochen würde in einem Desaster enden.

«Ganz ruhig, Vladimir», sagte Sandner, «bitte keinen Stress.»

Er bat die Donna Anna nochmals auf die Knie. Vom Schmutz auf der Bühne angewidert, folgte sie der Anweisung nur zögerlich.

«Schau her», sagte Sandner zu Vladimir.

Er beugte sich über Donna Anna, packte zu und zwang sie ganz zu Boden. Kayleen, die australische Darstellerin, stöhnte auf. Er lockerte sofort den Griff, entschuldigte sich mit einem Lächeln.

«Wenn sie dir sagt: ‹Wie eine Furie …›, dann drückst du sie genau so zu Boden. Verstehst du? Wie einen räudigen Hund. Sie hat es gewagt, dir zu drohen … dir, dem Don Giovanni … und der bestimmt, was geschieht. Er ist der Herr der Lage, nicht sie. Also bestraf sie, tu ihr weh.»

Vladimir war unsicher, wusste nicht, ob er richtig verstanden hatte. «Wehtun … wem?»

«Na, ihr, der Donna Anna.»

«Richtig Schmerz?»

Raunen in den Reihen vor ihnen.

Sandner setzte ein zweites Mal an. Der zornige Blick Kayleens stoppte ihn. «So, wie ich es dir gerade gezeigt habe.»

Zu Leporello, der sich unter der Treppe verkrochen hatte: «Und du, Roman … Wo steckst du denn schon wieder?»

Leporello kam aus seinem dunklen Loch unter der Treppe hervor.

«Roman, zeig mir deine Beteiligung am Geschehen, deine Zerrissenheit, hier vorne auf der Bühne, nicht dort hinten im dunklen Eck, wo dich niemand sieht. Auf der einen Seite musst du deinem Herrn Don Giovanni zu Hilfe eilen, auf der anderen bist du ein Hasenfuß, der flüchten will.»

Der Pole Roman, ein Berg von einem Mann, nickte beflissen, aber sein Blick schweifte haltlos im Raum umher, als sei er ertappt worden.

«Hast du das verstanden, Roman?»

Ein verhaltenes «Ja» kam zurück.

«Gut. Dann alle auf Ausgangsposition.»

Sandner ging an seinen Platz, schaute nach oben in die Ränge, nickte dem Intendanten zu, signalisierte, dass er die Sache im Griff hatte, die Premiere nicht gefährdet war, er sie zum erhofften Ereignis dieses Festspielsommers machen würde.

«Die werden's nie kapieren», raunzte seine Assistentin Marianne.

«Pst», beschwichtigte er.

«Dieser Don ist ein Hochstapler. Ich weiß nicht, wie man den engagieren konnte. Und der Leporello hat den IQ meiner Schuhgröße.»

«Sei jetzt still.»

«Mach endlich die Augen auf. Die reißen uns noch alle ins Verderben. Wir haben nur noch zwei Wochen.»

«Ich krieg das schon hin, keine Sorge.»

Die Assistentin schüttelte verständnislos den Kopf.

Sandner zur Bühne: «Sind wir so weit? Dann ... bitte sehr.»

Das Klavier begann erneut mit der wütenden Anklage der Donna Anna. Don Giovanni stürzte aus dem Schlafzimmer, Gesicht und Partitur hinter dem Mantel verborgen. Sein Degen, der ihn als Edelmann auszeichnete, baumelte ihm an der Seite. Er hätte eine dritte Hand gebraucht, um auch diese Requisite zu bändigen.

Don Giovanni: «Rasende! Du ...»

Souffleuse: «... schreist umsonst.»

Don Giovanni: «Wer ich bin ...»

Souffleuse: «... erfährst du nie.»

Donna Anna: «Diener! Auf den Verbrecher!»

Vorausahnend ging sie auf die Knie. Don Giovanni benötigte die Hand für den Text.

Souffleuse: «Schweig und zittere vor meiner Wut.»

«Pack sie!», schallte es aus den Reihen.

Don Giovanni gehorchte und ließ Partitur und Deckung fallen. Mit beiden Armen drückte er Anna zu Boden, als wolle er sie ertränken.

Donna Anna: «Verbrecher!»

Don Giovanni: «...»

Souffleuse: «Wahnsinnige.»

Sandner: «Weiter! Bringt es zu Ende.»

Aus der Gasse stürmte mit gezücktem Degen der Komtur herbei, der Vater Donna Annas, und forderte Vergeltung. Sein Bass klang ehrfurchteinflößend.

«Lass sie, Schamloser. Schlag dich mit mir!»

Don Giovanni erhob sich, rückte den Degen zurecht. Seine schmale Brust ließ zarte Anflüge von Kampfeslust erahnen.

Souffleuse: «Geh …»

Don Giovanni: «Geh …»

Souffleuse: «… du bist nicht würdig …»

Don Giovanni: «…»

Sandner: «Weiter!»

Don Giovanni stellte sich dem Komtur. Der Degen war bereit, weiteres Unheil über die ehrenhafte Familie der Donna Anna zu bringen.

Souffleuse: «Elender, warte …»

Sandner: «Zieh jetzt deinen Degen!»

Don Giovanni, breitbeinig und siegesgewiss, zückte den Degen und legte ihn über Kreuz mit dem des Komturs. Es gelang ihm überraschend gut.

«Nun fechtet!»

Die Klingen schlugen wie geprobt genau dreimal aufeinander, bis Don Giovanni den Komtur entwaffnen und erstechen sollte. Doch nicht des Komturs Klinge, sondern die des Don Giovanni flog in hohem Bogen über die Bühne.

Ein Raunen erfüllte den Zuschauerraum. In den Rängen wurde eine Tür aufgerissen. Alle Augen richteten sich nach oben, bis die Tür ins Schloss fiel, dann fixierten sie fordernd Sandner.

Die Regieassistentin reagierte als Erste. «Schmeiß ihn raus. Jetzt sofort!»

Pianistin, Dirigent, Souffleuse und Sänger warteten auf eine Entscheidung.

«Macht bitte keinen Stress», beruhigte Sandner. «Zwanzig Minuten Pause.»

Er verließ den Zuschauerraum. Zurück blieben enttäuschte Gesichter. Nur Vladimir schien die Lage anders zu interpretieren. Er nahm seinen Degen auf und forderte den Komtur erneut.

«Lass gut sein!», sagte der Komtur und schlug ihm den Degen aus der Hand. «Gehen wir was trinken.»

Von der Bühne des Großen Saals waren es nur wenige Schritte bis zum langen Gang des Erdgeschosses. Durch zwei stählerne Feuerschutztüren hindurch und an der Inspizientin Jeanne vorbei, die von ihrem Schaltpult aus die gesamte Bühnentechnik steuerte. Sie wachte eisern darüber, dass kein Unbefugter während der Probe Sänger und Regisseur bei ihrer Arbeit störte.

Ihre Ansage *«Die Proben für den* Don Giovanni *sind für zwanzig Minuten Pause unterbrochen»* erreichte über die Lautsprecher alle Etagen des Theaters. Sie gab den an der Produktion Beteiligten Gelegenheit, sich in der Kantine im Untergeschoss zu erholen oder sich, je nach Aufgabengebiet, auf den weiteren Probenverlauf vorzubereiten.

Einige Techniker traten den Weg in die Kantine an. Ihr Urteil über die bisherige Probe war eindeutig vernichtend. Sie machten keinen Hehl daraus, wenn sie auf Kollegen trafen.

Die Sänger, die die Bezeichnung Solisten bevorzugten, zogen sich stattdessen allein an einen Ort der Stille zurück. Sie wussten, dass sie und die gesamte Inszenierung nur so stark waren wie das schwächste Glied in der Kette. Dennoch wagte keiner, offen Protest zu erheben. Letztlich waren nicht sie, sondern der Regisseur verantwortlich. Damit ließ sich an einer kleinen Bühne gut leben. Zudem wusste man nie, ob man dem gescholtenen Regisseur nicht noch einmal an einem anderen Haus begegnen würde.

Während sich das Ensemble über die drei Stockwerke verteilte, drangen aus dem Büro des Intendanten im zweiten Stock aufgebrachte Stimmen. Vorwürfe wurden im Stakkato vorgetragen, leise Beschwichtigungen folgten und fanden kein Gehör beim Adressaten.

Dann wurde es still. Eine Tür weiter hinten am Gang schloss sich, eine andere wurde geöffnet, und der Aufzug fuhr nach unten.

Sandner verließ erhobenen Hauptes das Büro des Intendanten. Seine Schritte klangen schwer auf dem Linoleumboden. Er ging in sein Büro, das er hinter sich verschloss.

Jeannes Stimme kündigte die Fortführung der Probe am *Don Giovanni* an. Durch das Treppenhaus waren Wortfetzen zu hören. Emsiger Betrieb erfüllte das Haus. Eine Tür wurde geöffnet, der Sopran aus der Oper *Dialogues des Carmelites* drang aus dem Raum. Es war die Szene der Blanche mit der Mère Marie, kurz bevor sie zum Galgen geführt wird.

Die Tür schloss sich wieder, der Sopran verstummte.

Ein Moment der Stille. Das Haus fiel in einen Sekundenschlaf, als sei es müde von der Nacht.

Ein Schuss zerriss das Tuch der Harmonie. Sein Echo verfing sich in den kahlen Wänden, wurde dabei jedes Mal leiser, bis der Ton ganz verklungen war.

Der Tod hatte die Bühne verlassen und war ins Leben getreten.

2

Es sollte nur ein kleiner Abstecher werden.

Ancona–Würzburg–Ancona. Dafür nahm sich Kriminalhauptkommissar Johannes Kilian zwei Tage Urlaub von seinem Sabbatjahr, das er vor vier Wochen angetreten hatte. Es war nun das zweite Mal innerhalb weniger Tage, dass er seine dienstfreie Zeit unterbrechen musste. Das erste Mal hatte ihn eine Mordermittlung um einen enthaupteten Priester nach Rom geführt. Dort hatte er auch seinen Kollegen Heinlein das letzte Mal gesehen. Er, Heinleins Frau Claudia und Kilians Liebesaffäre, die Gerichtsmedizinerin Pia Rosenthal, hatten nach der Überführung der Mörderin noch ein paar Tage in der Ewigen Stadt verbracht. Die Zeit war für alle sehr schön gewesen, nur nicht für Pia. Sie hatte gehofft, dass Kilian sie nach Hause begleiten würde. Doch sie hatte sich geirrt. Kilian bestand auf seinem Sabbatjahr, seiner Beurlaubung vom Kriminaldienst in Würzburg und seiner Ungebundenheit im Privatbereich. Es gab so einiges, über das er sich im Klaren werden wollte. Dazu gehörten sowohl seine weitere berufliche Laufbahn als auch sein Privatleben. Er war nun Ende dreißig, heimat- und partnerlos, stetig auf Reisen und unterlag keinerlei Erwartungen, die er zu erfüllen hatte. Er fühlte sich im eigentlichen Sinne glücklich. Doch irgendetwas fehlte. Er spürte es deutlich.

Von der Welt und seinen Verpflichtungen abgeschieden, genoss er das Nichtstun in den bergigen italienischen Marken, auf dem Bauernhof eines Freundes. Jener hatte ihn Kilian zur Verfügung gestellt, solange er auf sein teuer renoviertes Refugium Acht gab. Es lag zwanzig Minuten vom Meer und einen Fußmarsch in das nächste Dorfcafé entfernt. Dankbar nahm Kilian das Angebot an. In der selbst erwählten Einsamkeit hatte er genügend Raum und Zeit, über seine weitere Zukunft nachzudenken.

Heinleins Anruf hatte ihn vor zwei Tagen erreicht, als endlich klar geworden war, dass Heinlein zum kommissarischen Leiter des K1, des Dezernats für Tötungsdelikte, bestellt worden war. Nach der Strafversetzung ihres gemeinsamen Erzfeindes, des Polizeidirektors Oberhammer, in die Niederungen des Bayerischen Waldes klaffte eine Lücke in der Befehlskette zwischen Leitung und ausführenden Kräften. Auf die Schnelle konnte nach dem verordneten Sparkurs der Staatskanzlei der Posten Oberhammers nicht neu besetzt werden. Daher mussten sich die einzelnen Kriminalabteilungen bis auf weiteres selbst organisieren.

Heinlein war somit erste Wahl, nachdem Kilian auf seinem Sabbatjahr bestanden hatte. Um nichts in der Welt hätte er es vorzeitig beenden wollen.

Kilian traf am Hauptbahnhof mit dem Zug aus München ein. Der Tag war satt in Sonne getaucht und versprach einen kurzweiligen Aufenthalt. Bereits am Bahnsteig fiel ihm die auffällige Beflaggung auf. Doch erst auf dem Bahnhofsvorplatz erkannte er an den Fahnen, Plakaten und Displays die Zahl *1300*. Die Stadt feierte ihr dreizehnhundertjähriges Bestehen, nachdem das Castello Virteburch im Jahr 704 erstmals urkundlich erwähnt worden war.

Kilian ließ das Taxi stehen und machte sich zu Fuß auf den Weg ins K1. Im kleinen Rahmen sollte die Ernennung Heinleins stattfinden, seine Erhebung in den Adelsstand – die ganz und gar nicht klassische Karriere eines kleinen Eisenbahnerbuben von der Streifenpolizei zum Leiter eines Dezernates. Der Traum, wenn er ihn jemals zu träumen gewagt hatte, sollte an diesem Tag in Erfüllung gehen.

Kilian platzte mitten in der Ansprache des Polizeipräsidenten in sein ehemaliges Büro. Heinlein stand in Festtagsuniform an der Seite des Polizeipräsidenten, davor Sabine, die Sekretärin, drei Kollegen aus anderen Dezernaten und als Gäste Claudia und Pia.

«Lassen Sie sich nicht stören», sagte Kilian und mischte sich unter die Gäste.

«Da ist ja auch unser Urlauber», entgegnete der Polizeipräsident, «schön, dass wir Sie mal wieder zu Gesicht bekommen.»

Kilian steckte den Seitenhieb mit einem Lächeln weg. Es war ihm schnurz, welche Seitenhiebe der Polizeipräsident austeilen wollte. Er war jetzt ganz offiziell Privatier.

Heinlein zwinkerte Kilian zu, sichtlich erfreut. Ebenso Claudia und Sabine. Pia hingegen schien ihm zu grollen. Er hatte die letzten vier Wochen nichts von sich hören lassen. Ihr Blick streifte ihn kurz. Sie schien aber weiterhin konzentriert der Laudatio des obersten Polizisten der Stadt zu lauschen.

Der Polizeipräsident sprach von den Verdiensten, die sich Heinlein in den vergangenen Jahren erworben hatte, den nicht immer einfachen Einsätzen, dem Dienst an der Gesellschaft in diesen schwierigen Zeiten und spulte all das Zeug ab, das man bei Veranstaltungen dieser Art wohl zum Besten geben muss, wenn man sonst nichts zu sagen hat. Kilian hätte ein einfaches Dankeschön genügt, verbunden mit der Beförderung zum Dezernatsleiter und dem Wechsel in eine höhere Gehaltsklasse. Doch es schien heutzutage zur Aufgabe von Führungskräften zu gehören, einfache Entscheidungen mit allerlei Firlefanz auszuschmücken, wodurch der Eindruck entstehen sollte, als hätte man die Beförderung der Gunst des Vorgesetzten zu verdanken und nicht der eigenen Leistung.

Gottlob fand die Rede während der Dienstzeit statt, was den Polizeipräsidenten davon abhielt, in noch mehr Trivialitäten zu verfallen. Schließlich erhob er eines der bereitgestellten Sektgläser, die Sabine den Gästen anbot, und stieß mit Heinlein an.

Als die Reihe an Kilian war, nahm er sein Glas und wünschte Heinlein das, was er für den Job eines leitenden Kriminalbeamten als Wichtigstes erachtete. «Lass dich nicht reinreißen.»

Heinlein prostete ihm zu. «Danke, Jo. Ich weiß es zu schätzen, dass du heute gekommen bist.»

«An so einem Tag braucht man alle Unterstützung, die man bekommen kann.»

«Ich hoffe, du nimmst es mir nicht krumm, dass ich jetzt deinen Posten habe.»

«Du tust mir damit einen Gefallen, glaub mir. Ich ...»

Weiter kam Kilian nicht, Unheil zog auf.

«Wie lange dürfen wir denn dieses Mal mit Ihrer Anwesenheit rechnen, Herr Kriminalhauptkommissar in Urlaub?», giftete Pia.

Bevor Kilian antworten konnte, griff Heinlein ein.

«Lass sein, Pia. Versau mir diesen Tag bitte nicht.»

«War doch nur 'ne einfache Frage», antwortete sie und gesellte sich zu Claudia, die dem Polizeipräsidenten nicht von der Seite wich. Es war auch ihr Tag, ihre Ernennung zur Dezernatsleiterin.

«Ich hätte dich vorwarnen sollen, Jo», sagte Heinlein. «Pia kann das alles nicht so leicht wegstecken. Drei Wochen geht das nun schon so. Sie ist unausstehlich.»

Wie hatte Kilian dieses Gezicke satt. Er wünschte sich postwendend in seinen Liegestuhl zurück, den Blick frei über das Tal und die Ruhe genießend, die einem nur die Zikaden in den Olivenbäumen schenken können.

«Ich werde mit ihr reden. Später», entschied er, «doch wie schaut der Rest des Programms aus?»

«Ich hab die Galerie im *Stachel* für heute Abend reserviert. Ein paar Freunde und die Familie kommen. Deine Sachen bringen wir zu mir. Keine Widerrede, du bist mein Gast.»

Kilian willigte ein, wenngleich er sich einen Aufenthaltsort mit etwas mehr Freiraum gewünscht hätte.

«Das ist nett, danke. Bringt mich Claudia?»

«Wenn's für dich okay ist? Ich muss noch 'ne Runde bei den Kollegen schmeißen. Wir sehen uns dann später.»

Sein Bündel in der Hand, war Kilian bereit, mit Claudia die Fahrt anzutreten. Heinlein versuchte sie vom Polizeipräsidenten loszueisen. Es fiel ihm nicht leicht. Wann hatte sie schon mal die Gelegenheit, auf Augenhöhe mit einem der höchsten Beamten der Stadt zu sprechen.

Sabine, die Sekretärin, hatte damit mehr Erfolg. «Herr Polizeipräsident, Telefon. Die Oberbürgermeisterin wünscht Sie zu sprechen.»

Das Telefonat dauerte nicht lange, reichte aber aus, um ihm die Stimmung gründlich zu verderben. Er zitierte Heinlein in eine Ecke zum Vieraugengespräch und setzte ihn dort kurz in Kenntnis. Heinlein überlegte. Dann winkte er Kilian zu sich.

«Wir haben ein Problem, Jo», begann er. «Ein toter Regisseur im Mainfrankentheater.»

«Und?», fragte Kilian.

«Die Angelegenheit ist heikel», mischte sich der Polizeipräsident ein. «In zwei Wochen soll die Premiere stattfinden.»

«Dann kommt eben ein neuer Regisseur. Oder gehört Regiearbeit neuerdings zu den Aufgaben des K1?», frotzelte Kilian.

«Wir haben 1300-Jahr-Feier, wie du wahrscheinlich bemerkt hast», antwortete Heinlein. «Die Oberbürgermeisterin, die auch oberste Dienstherrin des Stadttheaters ist, legt großen Wert darauf, dass die Angelegenheit nicht nur diskret, sondern für alle Beteiligten störungsfrei bereinigt wird.»

Diese Forderung kam Kilian bekannt vor. Immer sollten Ermittlungen diskret und störungsfrei verlaufen. Nur nicht die heile Welt in Frage stellen, so, als seien alle von vornherein unschuldig. Bei dem Gedanken wurde ihm schon übel.

«Nun, Sie haben einen neuen Leiter des K1», sagte Kilian zum Polizeipräsidenten, «er wird die Angelegenheit, wie Sie sie nennen, zu Ihrer und zur Zufriedenheit der Oberbürgermeisterin bereinigen. Da bin ich mir sicher.»

«Wir hätten Sie aber gerne im Team», antwortete er.

Kilian glaubte seinen Ohren nicht zu trauen.

«Bevor du dich aufregst», schritt Heinlein ein, «es war mein Vorschlag.»

«Du willst, dass ich wieder in den Dienst trete?»

«Ich möchte dich bitten, dass du mich bei der Sache unterstützt, offiziell aber nicht als Kriminalbeamter auftrittst.»

Kilian rang um Worte. «Wie soll das denn vonstatten gehen? Schnüffeln ohne Lizenz? Vergiss es. Ich bin hergekommen, um mit dir zu feiern.»

«Bitte!»

Heinlein meinte es ernst. Seine Augen wiesen auf den Polizeipräsidenten, und Kilian spürte, dass es ihm wirklich wichtig war.

«Entschuldigen Sie bitte, ich möchte mit Herrn Heinlein kurz alleine sprechen.»

Kilian nahm ihn zur Seite. «Schorsch, du bist der neue Chef im Haus, nicht ich. Was soll das?»

Heinlein atmete tief durch, tankte Kraft, um ihn zu überzeugen. «Jo, das ist mein erster Fall als neuer Leiter des K1. Es ist 1300-Jahr-Feier. Ganz Bayern, was sag ich, ganz Deutschland und selbst das Ausland sind in diesen Tagen in Würzburg zu Gast. Ich darf mir keinen Fehler erlauben. Bitte hilf mir, nur das eine Mal.»

«Ich sehe keinen Sinn darin. Meine Mitarbeit würde dich eher schwächen, als dich in deiner neuen Position zu bestätigen.»

«Hör zu, Jo, ich muss in und mit dieser Stadt leben. Wenn die Oberbürgermeisterin persönlich hier anruft, dann weiß ich, was die Stunde geschlagen hat. Zu den Feierlichkeiten werden hohe Beamte, Politiker, Vertreter aus Wirtschaft und Kultur und wer weiß ich noch alles erwartet. Ein Ausrutscher und ich bin geliefert. Also, hilfst du mir jetzt oder lässt du mich im Regen stehen?»

Kilian schaute sich um. Als hätten alle ihr Gespräch mitgehört, erwarteten sie eine Entscheidung. Niemand rührte sich, kein Laut störte die Stille.

Doch in seinem Kopf herrschte Aufruhr. Sein Refugium in den Bergen der Marken, das kleine Dorfcafé und das nahe gelegene Meer forderten ihr Recht. Er wollte sie nicht enttäuschen. Aber da stand auch die Bitte eines Freundes im Raum. Es fiel ihm nicht leicht. Schließlich gab er sich einen Ruck.

«Nun gut», entschied er, «ich bin dabei.»

Heinlein triumphierte. «Ich hab's gewusst. Auf dich kann man sich verlassen. Danke.»

Er gab dem Polizeipräsidenten Bescheid, und ehe Kilian sich versah, saß er im Auto.

«Ich werde dir das nicht vergessen», sagte Heinlein.

Auf der Rückbank saß Pia. Kilian glaubte, ihre Gedanken lesen zu können. Auch sie schien nicht zu vergessen.

3

Die Plakate schrien es förmlich von den Wänden.

Wenn Würzburg wüsste, was es alles weiß und *Kluge Köpfe bleiben hier*. Eine Stadt feierte sich selbst und den Ruf seiner großen Köpfe, wie Wilhelm Conrad Röntgen und Balthasar Neumann, deren Leistungen von Würzburg aus die Welt verändert hatten.

Während der Fahrt zum Mainfrankentheater bekam Kilian eine gute Vorstellung, wovon Heinlein gesprochen hatte. Allein die Hälfte aller Veranstaltungen, die auf den Plakatwänden um Besucher warb, hätte ausgereicht, um jede andere Stadt ein ganzes Jahr bei Laune zu halten. Da sollte es ein bombastisches Feuerwerk und eine Multivisionsshow über der Stadt geben, die die Wiedervereinigung in Berlin 1990 noch in den Schatten stellen sollte, das Barbarossa-Spectaculum auf der Festung Marienberg, zu dem mehr als 30 000 Zuschauer erwartet wurden, bis hin zum Open-Air-Konzert mit Carlos Santana vor der Residenz.

Und was hatte das städtische Theater beizutragen? An der Fassade des Baus reihte sich die Ankündigung einer Premiere an die nächste. Darunter die Oper über den in Würzburg tätigen Bildhauer Tilman Riemenschneider, die von dem ungarischen Komponisten Casimir von Pászthory 1942 fertig gestellt und 1959 mit der noch jungen Montserrat Caballé in Basel uraufgeführt worden war. Im Vorfeld hatte die *Süddeutsche Zeitung* ungewollt Promotion betrieben, indem sie dem Komponisten nationalsozialistische Attitüden vorwarf. Weitere Medien griffen den Skandal, wie sie es nannten, auf und lenkten dadurch noch mehr Aufmerksamkeit auf die Stadt.

Dagegen wirkte die Inszenierung des *Don Giovanni,* unter der Regie von Fred Sandner und der musikalischen Leitung des Generalmusikdirektors und Shootingstars Beat Stiller, auf den Plakatwänden eher verloren.

Was sich schon bald grundlegend ändern sollte.

Der Pförtner am Bühneneingang wies ihnen den Weg in den zweiten Stock. Die Kollegen vom Erkennungsdienst seien bereits am Tatort, und der Pförtner würde den Intendanten über ihre Ankunft benachrichtigen.

Sie nahmen den Weg über das Treppenhaus nach oben. Als sie die schwere Feuerschutztür öffneten, stießen sie auf eine Gruppe Schauspieler, die sich über den Todesfall unterhielt. Sie verstummten augenblicklich, als sie in ihnen Polizeibeamte erkannten. Ihre Augen verfolgten sie misstrauisch die Treppe hinauf.

Heinlein beugte sich über den Handlauf und musterte das Treppenhaus: ein tiefer Schacht, der von oben durch einfallendes Sonnenlicht erleuchtet wurde und sich über fünf Stockwerke erstreckte.

«Von außen betrachtet hat man gar nicht den Eindruck, dass das hier so groß ist. Da geht es mindestens zwanzig Meter hoch und nochmal zehn in die Tiefe», stellte Heinlein fest.

«Der Kasten wurde in der Nachkriegszeit, 1966, wenn ich mich richtig erinnere, an der Stelle des alten Bahnhofs erbaut», kommentierte Pia. «Wenn die damals geahnt hätten, dass es mit der Stadt eines Tages so bergab geht, hätten sie bestimmt mehr gespart.»

«Wie schlimm steht es?», fragte Kilian.

«Man sagt, dass das Theater mit den drei Sparten Orchester, Schauspiel und Tanz so nicht länger existieren kann», antwortete Heinlein. «Die Stadt ist pleite. Wie viele andere auch. Die Kunst trifft es dann zuerst.»

«Und das bedeutet?», hakte Kilian nach.

«Die Gerüchte reichen von Entlassungen bis zur vollständigen Schließung des eigenen Theaterbetriebes», antwortete Pia. «Und das im zweihundertsten Jahr seines Bestehens.»

«Gibt es denn auch einen *fremden* Theaterbetrieb?», wollte Kilian wissen.

«Ja, sozusagen ein bespieltes Haus», erklärte Heinlein. «Dabei würde das Theater nur als Räumlichkeit zur Verfügung gestellt, und die Produktionen kämen auf ihrer Tournee eben auch hier vorbei.»

«Ihr wisst ja gut Bescheid», sagte Kilian.

«Wenn du dich öfters hier blicken lassen würdest ...»

Heinlein schritt ein. «Pia, hör auf. Ich kann's nicht mehr hören.»

Als sie in den zweiten Stock traten, hörten sie eine Frau schluchzen. Sie kauerte am Boden und wurde von zwei Männern getröstet. Einer von ihnen erblickte die Kriminalbeamten. Eilig kam er ihnen entgegen.

«Sind Sie die Herren von der Kriminalpolizei?»

Heinlein nickte. «Wo finden wir den Toten?»

Der Mann zeigte auf einen Raum weiter hinten, von dem Licht in den Gang fiel.

«Wer ist die Frau?», fragte Kilian.

«Das ist Kayleen, die Donna Anna», antwortete er. «Sie war die Lebensgefährtin von Freddie, ich meine von Herrn Sandner, dem Regisseur.»

«Braucht sie ärztliche Hilfe?», fragte Heinlein.

Der Mann winkte ab. «Wir kümmern uns um sie, danke.»

«Und wer sind Sie?», fragte Heinlein.

«Sebastian Ludewig, der Dramaturg. Ich bin für den *Don Giovanni* zuständig.»

«Versammeln Sie bitte alle, die mit dem Opfer vor und zur Tatzeit zu tun hatten, in einem Raum. Wir müssen noch ein paar Fragen stellen. Zuvor möchten wir aber den Tatort sehen.»

Ludewig nickte und führte sie an der Frau vorbei. Sie blickte kurz auf, als sie sie bemerkte. Ihre Augen spiegelten tief empfundenen Schmerz.

Der Raum, in dem sie den Toten fanden, war sein Büro. Der Mann saß noch im Stuhl, sein Oberkörper war nach links vorne weggeknickt, Kopf und Schulter wurden von der Tischkante gehalten. Aus der Nase war Blut auf den Tisch gelaufen. An der rechten Schläfe zeigte sich ein schwarz verbranntes Einschussloch. Ein dünnes Rinnsal von Blut hatte sich an der Wange entlang seinen Weg nach unten gebahnt. Blutspritzer zogen sich über die dahinter liegende Wand.

Blut, dachte Kilian, wie lange hatte er es schon nicht mehr gesehen, gerochen? Hatten ihn die paar Tage in den Marken vom elementarsten Begleitumstand seiner Arbeit abbringen können? Ja, sagte er sich, Blutspritzer und tote Menschen spielten keine Rolle mehr in seinem neuen Leben. Er empfand diese Einsicht als belebend, nahezu euphorisierend. Doch jetzt war es wieder da. An der Wand, auf dem Tisch und auf dem Boden. Widerwillig nahm er es zur Kenntnis.

«Hallo, Schorsch», sagte einer der Beamten vom Erkennungsdienst, im Polizeijargon EDler genannt. Noch bevor er Kilians unerwartete Anwesenheit für einen Spruch nutzte, kam Heinlein ihm zuvor und verwies ihn mit einem strengen Blick in die Schranken.

«Darf man dann wenigstens gratulieren?», fragte er Heinlein.

«Danke», antwortete Heinlein knapp, «'ne Runde für euch gibt's später. Also, was haben wir hier?»

Pia schlüpfte derweil in den weißen Overall mit Kapuze, befestigte Überzieher an den Füßen und zog sich Latex-Handschuhe über. «Hat schon ein Arzt die Leiche gesehen?», fragte sie.

Einer der EDler blickte zu Ludewig, der verneinte, man habe sofort die Polizei gerufen.

«Kann ich dann ran?», fragte sie die EDler, die die Leiche und den Tatort vor Eintreffen der Gerichtsmedizinerin fotografiert und ausgemessen hatten.

«Die Leiche ist so weit fertig», antwortete einer, «lass nur die Finger von den Spuren an der Wand.»

Während Pia sich über den Toten beugte und das Einschussloch begutachtete, gab der Beamte preis, was er bisher in Erfahrung bringen konnte.

«Der Tote heißt Fred Sandner, freier Regisseur, der für die Inszenierung des *Don Giovanni* engagiert worden ist. Alter laut Personalausweis dreiundsechzig Jahre, Wohnsitz Frankfurt am Main. Er soll sich seit rund vier Wochen in Würzburg aufhalten. Er wohnte im Hotel, sagt der Dramaturg Ludewig.

Die Tür war bei unserem Eintreffen zwar offen, aber zuvor verschlossen gewesen, wie uns Ludewig weiter berichtete. Ein lauter Knall habe jemand auf dem Stockwerk alarmiert. Er sei dann an die Tür gekommen und habe mehrmals Sandner aufgefordert zu öffnen. Als keine Reaktion kam, ging er zum Intendanten, der den Hausmeister zu Hilfe rief.»

«Wurde etwas verändert oder berührt?», fragte Heinlein.

«Nach Aussage des Hausmeisters nicht», antwortete der Beamte. «Die Auffindesituation war eindeutig.»

Kilian schaute sich unterdessen im Raum um. Das Fenster war fest verschlossen, keine Anzeichen, dass sich jemand daran zu schaffen gemacht hatte. Stricke oder Seile, mit denen man von außen hätte einsteigen und das Zimmer auch wieder hätte verlassen können, waren keine zu finden. Auf der belebten Ludwigstraße wäre dies ohnehin von Passanten und Anwohnern bemerkt worden, also eher unwahrscheinlich. Eine zweite Tür zu einem anliegenden Büro gab es nicht.

Die Wand seitlich des Opfers war aussagekräftiger. Hier hingen zahlreiche Fotos und Presseberichte, eingerahmt und offensichtlich planlos und hastig an die Wand geheftet. Sie berichteten von den glorreichen Zeiten des Regisseurs, die alle mehr als fünf Jahre zurücklagen. Relikte schnell verblassenden Ruhms.

Kilian ging in die Hocke und suchte nach Hinweisen unter dem Tisch. Die Beine des Opfers standen schulterbreit auf dem Boden. Kein Anzeichen der Verkrampfung oder eines Kampfes unmittelbar vor dem Todeseintritt. An seinem rechten Fuß lag die Waffe. Eine kurzläufige .38er Smith & Wesson, brauner geriffelter Griff, Spuren der Abnutzung. Um sicherzugehen, schaute Kilian sich die Hand des Opfers an, die die Waffe gehalten und abgefeuert haben musste. Die linke Seite des Zeigefingers und die Daumenwurzel zeigten deutlich die schwarzgrauen Schmauchspuren, verbrannte Reste der Treibladung. Die Sache schien eindeutig.

«Entschuldige», sagte ein EDler zu Kilian.

Er kniete sich neben ihm nieder, nahm die .38er vorsichtig auf und sicherte mittels mehrerer Klebestreifen etwaige Spuren, wie Fingerabdrücke oder Schmutzpartikel, auf der Waffe. Danach legte er sie an den Platz zurück.

Pia wies Heinlein auf die Einschusswunde an der rechten Schläfe hin, die sich im Haaransatz nahe am Ohr befand.

Ein brauner Ring mit einer kleinen Ausziehung umgab

das runde Einschussloch – die Stanzmarke, die die Laufmündung der .38er perfekt abbildete.

«Der Schuss war aufgesetzt», begann Pia und imitierte mit ausgestrecktem Zeigefinger und Daumen die Schusshand und die vermutete Schusshaltung.

«Wenn aufgesetzt, dann müsste doch die Wunde sternförmig aufgeplatzt sein?», fragte Kilian.

Der Blick Pias hätte Kilian zum zweiten Opfer des Tages machen können. «Normal schon, Sherlock, aber in diesem Fall liegt der Schläfenmuskel unter dem Einschuss.»

Kilian verkniff sich jede weitere Belehrung. Mit Pia war heute nicht zu scherzen.

Pia nahm den Schädel des Opfers in die linke Hand, mit der rechten illustrierte sie ihre Ausführungen. «Also noch einmal. Der Schuss war aufgesetzt, ihr seht den vom Projektil stammenden Abstreifring und das nicht mehr adaptierbare Einschussloch. Der Durchmesser ist auf den ersten Blick gleich dem Kaliber, bei der .38er folglich so um die 9,5 Millimeter.

Aus der Nase ist Blut ausgetreten. Ich nehme an, es kam aus den vorderen Schädelgruben und ist über das Siebbein, das ist der Knochen hinter der Nasenwurzel, in die Nasengänge eingesickert.

Die Lage der Leiche ist nach dem Schuss nicht verändert worden. Die Blutablaufspur, an der Wunde entlang der Wange nach unten, lässt darauf schließen.»

Sie kippte den Schädel von der linken in die rechte Hand und fuhr fort: «Das Projektil, ich tippe auf ein Vollmantelgeschoss, ist oberhalb des linken Ohres ausgetreten. Der Ausschuss ist unauffällig, wie ihr seht. Die Platzwunde ist mehrstrahlig und adaptierbar. Einschusszeichen fehlen. Auf dem Tisch, dort, wo der Schädel lag, seht ihr eine handtellergroße Blutlache. Auch das ist normal.

Mein erstes Urteil lautet: Suizid, ein aufgesetzter Schuss mit der .38er, die am Boden liegt. Dritte Hand, sprich Fremdverschulden, ist wenig wahrscheinlich. Alles Weitere … ihr wisst schon.»

«Todeszeitpunkt?», fragte Heinlein.

«Mach ich gleich. Zuvor müssen wir das Projektil finden.»

Pia schaute über die Schulter zurück, suchte den Verlauf des Geschosses nachzuzeichnen. Heinlein tat es ihr gleich. Zwischen gebrauchten Aktenordnern, einer dahinvegetierenden Topfpflanze und der grellen Nachbildung einer goldenen Oscar-Statue suchten sie die Wand seitlich des Opfers ab. Es dauerte nicht lange, dann hatte Heinlein gefunden, wonach sie suchten.

Das Projektil ragte zwei Millimeter heraus und landete mit einem leichten Ruck auf der gummigeschützten Hand. Das Geschoss war an der Spitze breit gestaucht, einem Pilz gleich.

«Ins Labor damit», beauftragte er einen EDler, «und die Schussbahn aufzeichnen nicht vergessen. Seid ihr mit der Waffe fertig?»

Ein EDler nickte. Heinlein nahm die .38er in die Hand, roch daran und kippte die Trommel heraus. Nur ein Hütchen zeigte die Einkerbung des Schlagbolzens.

«Sucht dennoch den ganzen Raum ab, damit wir sichergehen, dass nur einmal geschossen wurde.»

Er reichte dem EDler die Waffe und fragte: «Ist ein Abschiedsbrief vorhanden?»

«Nein, wir konnten nichts finden.»

Pia verpackte währenddessen die beiden Hände des Opfers in Plastiktüten, um die Schmauchspuren nicht zu verwischen. «Kannst du mir mal helfen?», fragte sie Kilian.

«Wobei?»

«Hast du denn in den vier Wochen alles vergessen, was du mal über die Tatortaufnahme gelernt hast?»

Es dauerte eine Sekunde, bis Kilian begriffen hatte. Widerwillig half er ihr, den Leichnam vom Stuhl auf den Boden zu legen.

«Ausziehen kannst du ihn aber alleine», sagte Kilian.

«Ein wahrer Gentleman, danke.»

Pia machte sich daran, den Leichnam zu entkleiden. Totenflecke, Totenstarre und mögliche weitere Verletzungen am Leichnam mussten überprüft werden.

Nachdem der Mann nackt vor ihr lag, griff sie mit einer Hand unter dessen Oberschenkel, mit der anderen umfasste sie das Fußgelenk. Dann beugte sie das Bein im Kniegelenk. Es gelang ihr ohne Widerstand; die Leichenstarre war noch nicht eingetreten. Ein erster Hinweis, dass der Eintritt des Todes noch keine zwei Stunden her war. Grauviolette Totenflecke erstreckten sich über die Oberschenkel, den Bauch, das Gesäß, die Rückseiten der Oberschenkel bis hinunter zu den Füßen. Die Totenflecke waren leicht mit dem Finger wegdrückbar. Ein weiteres Zeichen, dass der Tod in den letzten zwei Stunden eingetreten war. Um ganz sicherzugehen, überprüfte sie die Körpertemperatur. Mit einem Skalpell machte sie einen etwa zwei Zentimeter langen Schnitt im linken Unterbauch. Mit der einen Hand zog sie die Wunde auseinander und führte mit der anderen das elektronische Thermometer ein. Das Display zeigte 36,7 Grad Celsius. In der ersten Stunde post mortem verliert der Körper keine Temperatur, also wies auch diese Anzeige auf einen Todeszeitpunkt hin, der maximal innerhalb der letzten zwei Stunden gelegen hatte, wegen der unveränderten Körpertemperatur würde sie sich sogar auf eine Stunde festlegen lassen.

«Mit wem hatte der Tote zuletzt Kontakt?», fragte Kilian einen EDler.

«Keine Ahnung», erwiderte der, «aber der Ludewig könnte es wissen.»

Heinlein ging auf den Gang hinaus und rief Ludewig zu sich, der die trauernde Frau zwei Sanitätern übergab. «Wissen Sie, mit wem der Tote zuletzt gesprochen hat?», fragte Heinlein.

Ludewig musste nicht lange überlegen, vermied jedoch eine überhastete Antwort. «Meiner Kenntnis nach kam er aus dem Büro des Intendanten.»

«Woher wissen Sie das?», fragte Kilian.

Wieder ließ er sich mit der Antwort Zeit. Seine Augen suchten nach einer passenden Formulierung – mit Erfolg. «Er war fällig. Es war nur eine Frage der Zeit, wann der Intendant einschreiten würde.»

«Wie meinen Sie das?», fragte Heinlein.

Ludewig bat sie auf den Gang hinaus. «Wissen Sie, das Haus hatte weit höhere Erwartungen in die Arbeit des Herrn Sandner gesetzt, als er letztlich fähig war zu erfüllen.»

«Wie sahen diese *Erwartungen* aus?», fragte Kilian.

«Den *Don Giovanni* zum Erfolg zu führen», antwortete er, «es gibt keine anderen Erwartungen. Nur der Erfolg zählt.»

Heinlein stutzte. «Und Sie zweifelten daran, dass es Sandner gelingen würde?»

Ludewig hob seine Hände, offen, frei von Schuld. «Meine Meinung zählt nicht. Ich bin nur der Dramaturg. Es war und ist immer die Entscheidung des Intendanten.»

«Dann sollten wir mal mit dem Herrn sprechen», sagte Kilian zu Heinlein. «Was meinst du?»

Heinlein nickte. «Wo können wir ihn finden?»

Ludewig zeigte den Gang entlang, die vorletzte Tür links. Bevor sie sich auf den Weg machten, erinnerte Heinlein ihn daran, die an der Probe Beteiligten zu versammeln. Am besten dort, wo die Probe stattgefunden hatte. Ludewig willigte ein und machte sich davon.

Heinlein hielt inne und fragte Kilian: «Was hältst du davon?»

«Es deutet alles auf Selbstmord hin», antwortete er. «Ich sehe keine Anzeichen für ein Fremdeinwirken. Du etwa?»

Heinlein war noch nicht ganz überzeugt. «Die verschlossene Tür und das Fenster, die Schmauchspuren an Schläfe und Finger ... ja, das alles spricht für Selbstmord. Aber, was war der Grund dafür? Bringt man sich gleich um, wenn einem das Vertrauen entzogen wird? Dann müsste ich die Leben einer Katze haben.»

«Schorsch, das sind Künstler. Da gibt es nur top oder hopp, sagt man.»

Pia kam hinzu, zog sich die Gummihandschuhe von den Händen. «Ich bin so weit fertig. Den Todeszeitpunkt würde ich synchron zum Schussgeräusch festlegen, so wie es gemeldet worden ist. Auf keinen Fall aber länger als zwei Stunden vor meiner Untersuchung. Die Leiche kann jetzt abtransportiert werden. Oder braucht ihr sie noch?»

Heinlein verneinte. «Wann nimmst du ihn unters Messer?»

Pia schaute Kilian in die Augen. «Zuvor habe ich noch was Wichtiges zu erledigen. Wenn du das Ergebnis nicht heute Abend brauchst, dann mach ich es morgen Vormittag.»

Heinlein erinnerte sich seiner geplanten Feier und ließ Kilian im Stich. «Klar, morgen reicht.»

Kilian hätte ihn erwürgen können. Pia drückte sich an ihm vorbei und murmelte etwas, das wie «Wir sprechen uns später» klang. Er schaute ihr nach im Wissen, dass sein geplanter kleiner Abstecher in diese Stadt noch manche Unannehmlichkeit für ihn bereithielt.

«Danke, Freund», beklagte sich Kilian bei Heinlein.

Der machte ein Gesicht, das unschuldiger nicht hätte sein können. «Gern geschehen.»

Eine Tür, weit hinten am Gang, wurde aufgestoßen. Ein kleiner, dicker Mann trat heraus.

4

Der Intendant war ein untersetzter, glatzköpfiger Mann mit ergrautem Schnäuzer und Lesebrille auf der Nase. Sein Gesicht war rund, fast schon hausbacken unauffällig, doch seine Augen sprühten vor Aktionswillen. Trotz seiner knapp ein Meter siebzig war er flink im Treppenhaus unterwegs. Er erreichte das Erdgeschoss eine halbe Treppe vor Kilian und Heinlein.

«Herr Intendant», rief Heinlein, «einen Moment, bitte.»

Der Mann drehte sich um. «Ja, Sie wünschen?»

«Mein Name ist Heinlein, Kriminalhauptkommissar, und das ist mein Kollege Kilian. Wir sind mit der Aufklärung des Todes von Herrn Fred Sandner betraut und möchten Ihnen ein paar Fragen stellen.»

«Ich habe Sie schon erwartet», antwortete er und winkte sie heran, ihm zu folgen. Sie traten in den Gang hinaus. «Im Moment ist es etwas ungünstig. Wenn es Sie nicht stört, beantworte ich Ihre Fragen, während ich meiner Arbeit nachgehe. Einverstanden?»

«Gerne.»

Kilian war gespannt, was es mit ihm und seiner Arbeit

auf sich hatte. Wer wusste schon so genau, was ein Intendant an einem Theater zu tun hat.

«Herr Sandner hat kurz vor seinem Ableben noch mit Ihnen gesprochen. Trifft das zu, Herr ...», fragte Heinlein.

Der Intendant machte Halt, reichte ihnen die Hand. «Entschuldigung, dass ich mich nicht gleich vorgestellt habe. Mein Name ist Max Reichenberg. Um Ihre Frage zu beantworten: Ja, Freddie war kurz vorher in meinem Büro.»

Er ging weiter, sie folgten.

«Worum ging es dabei?», rief Kilian ihm mehr nach, als dass er ihn fragte.

Reichenberg blickte zur Seite, so, als verfiele er geistesabwesend in Trauer. «Es gehört zu meinen eher wenig schönen Pflichten, ein Machtwort zu sprechen, wenn ich sehe, dass sich etwas in die falsche Richtung entwickelt. Bei Freddie war es so weit. Ich musste einschreiten, bevor noch mehr Zeit verstrich. Ich habe ihn gefeuert.»

«Warum?»

Reichenberg, am Ziel seines Weges angekommen, dem Künstlerischen Betriebsbüro, kurz KBB, blieb in der Tür stehen und drehte sich um. «Er war auf dem besten Weg, eine Produktion in den Sand zu setzen.»

«Wie können Sie das wissen?»

«Das ist mein Job, es zu wissen, besser, es vorauszuahnen.»

«War er so schlecht?»

«Nein, überhaupt nicht. Er war, künstlerisch gesehen, eine Koryphäe. Das Theater hat ihm viel zu verdanken. Er hatte nur einen Nachteil.»

«Und der war?»

«Er konnte die Zügel nicht straff halten. Stellen Sie sich vor, die Premiere ist in zwei Wochen, und der Don

Giovanni kennt noch immer nicht seine Laufwege, verliert andauernd den Degen und weiß immer noch nichts mit den Frauen anzustellen. Unvorstellbar, der Don Giovanni hampelt auf der Bühne herum, als wäre er in der Augsburger Puppenkiste. Ich hätte mich nicht darauf einlassen sollen.»

«Worauf?»

«Freddie unter Vertrag zu nehmen, natürlich. Ich war gewarnt. Seine letzten Engagements hatte er alle frühzeitig beendet.»

«Und wieso haben Sie es dennoch gemacht?»

Reichenberg nahm die Brille ab, strich sich mit dem Handrücken über die Stirn. «Er tat mir Leid. Die Donna Anna ... Kayleen hat sich sehr für ihn eingesetzt. Sie hat damit gedroht, wenn er nicht die Regie bekäme, würde sie als Donna Anna ausfallen. Und Gott weiß, wie schwer es ist, ihren Part zu besetzen. Nicht, dass es zu wenig Anwärterinnen dafür gäbe, aber es muss die richtige sein.

Es war Freddies letzte Gelegenheit, wieder ein Bein auf den Boden zu bekommen. Wer es als Regisseur mit sechzig Jahren nicht geschafft hat, ist weg vom Fenster. Die Jungen drängen nach. Also gab ich ihm noch 'ne Chance.»

Kilian erinnerte sich an die Presseberichte und Fotos, die er im Zimmer gesehen hatte. «Und seine Erfolge, die er sich erworben hatte? Zählen die nicht?»

Reichenberg schaute Kilian überrascht an, ein Lächeln huschte über seine Lippen. «Erfolg, ja, den hatte er. Doch der Erfolg ist flüchtig. Du fängst immer von neuem an, bei jeder Produktion, ganz von Anfang, als sei vorher nichts gewesen.»

Er ließ diese Worte stehen, gab ihnen Raum zur Entfaltung, zur Bedeutung. Kilian hielt ihn für einen passablen Schauspieler.

«In welcher Verfassung war Sandner, als er Ihr Büro verließ?», fragte Kilian.

Reichenberg dachte einen Moment nach. «Äußerlich gefasst. Er besaß Contenance, verstehen Sie? Er hätte niemals seine Emotionen vor anderen gezeigt, dafür war er viel zu … feinfühlig oder, besser, zu gut erzogen. Wie es jedoch in ihm drin ausgeschaut hat, tja, wer weiß das schon.

Wenn sonst nichts mehr ist …»

Heinlein verneinte, doch Kilian wollte noch etwas wissen.

«Sind Sie vom Selbstmord des Herrn Sandner überzeugt?», fragte er Reichenberg.

Jener war irritiert. «Natürlich, was denn sonst?!»

«Ich wollte es nur wissen», sagte Kilian und wandte sich Heinlein zu.

Reichenberg nutzte die Chance und ging.

Sie blickten diesem kleinen Mann nach, wie er zu den beiden Mitarbeitern schritt, als gelte es, die Last der ganzen Welt zu tragen. Nun, für die Welt, in der sie sich befanden, war es wahrscheinlich auch so.

Bevor Heinlein und Kilian sich auf den Weg zu den Sängern machten, hörten sie aus dem KBB, wie so manche Hoffnung wie eine Seifenblase platzte.

«Franzen ist in Salzburg gebunden, Hoffmann in Berlin, Fürstenberg in London. Die anderen von der Liste brauchen wir erst gar nicht zu kontaktieren. Die haben mit ihren Stücken selbst in ein paar Wochen Premiere.»

«Dann ist es vorbei. Wir müssen die Premiere absagen.»

«Es gibt noch eine allerletzte Möglichkeit.»

«Die wäre?»

«Zuerst konnte ich es gar nicht glauben …»

«Reden Sie schon.»

«Vorhin kam ein Fax herein. Ohne Absender. Und da steht dieser Name drauf.»

«Das gibt's doch nicht!»

«... und ich habe schon Kontakt aufgenommen.»

«Weiter ...»

«Wir sollen noch heute Bescheid bekommen.»

«Ich darf gar nicht daran denken. Das wäre der absolute Knaller ... wir wären gerettet.»

Kilian und Heinlein betraten den Großen Saal durch die beiden Stahltüren, vorbei am Inspizientenpult, und standen unversehens auf der Bühne. Vor einer großen Treppe strahlten zwei Scheinwerfer von oben herab auf die Bühnenbauten. Vier unterschiedlich hohe Mauern, schwarz lackiert und im Viereck zueinander arrangiert, damit man zwischen ihnen hindurch die Bühne betreten und verlassen konnte. Davor, im Orchestergraben, der im Zwielicht lag, saßen die Sänger, zeitunglesend, telefonierend, gelangweilt. Einer hantierte mit einem Degen, kämpfte gegen seinen Schatten.

Eine Frau bemerkte sie, kam auf sie zu. «Sind Sie die Herren von der Kriminalpolizei?»

Heinlein nickte.

«Kommen Sie bitte», bat sie sie in den Orchestergraben, «die Drehbühne muss frei bleiben. Da kann leicht was passieren. Die Versicherung zahlt dann nicht.»

Sie folgten ihren Anweisungen, gingen bis zu einer Rampe, von der Stufen zum Orchestergraben führten.

«Bitte gehen Sie weiter», insistierte sie. «Sie stehen genau unter dem eisernen Vorhang.»

Kilian merkte, wie in Heinlein der Unmut wuchs. Er mochte es nicht, wenn er herumkommandiert wurde. «Was für ein Vorhang?», fragte er. «Ich sehe nichts.»

Die Frau deutete nach oben, wo in zehn Meter Höhe eine dicke Abtrennung, einer eisernen Wand gleich, über ihren Köpfen hing.

«Nehmen Sie es Jeanne nicht übel», sagte Ludewig, der plötzlich aus dem Orchestergraben auftauchte, «es ist ihr Job als Inspizientin, dass die Vorschriften auf der Bühne eingehalten werden.»

«Was ist der eiserne Vorhang?», fragte Kilian.

«Das ist eine Schutzwand, die ziemlich schnell herunterfährt, wenn auf der Bühne ein Feuer ausbricht und auf den Zuschauerraum überzugreifen droht. Man kann aber nie wissen, ob sich der eiserne mal selbständig macht. Dann ist es besser, wenn man nicht darunter steht. Das Ding wiegt einige Tonnen.»

Das überzeugte Heinlein und Kilian, und sie stiegen die Stufen in den Orchestergraben hinunter, der auf mittlerer Höhe angebracht war. Von hier aus konnte man leicht die Bühne und den Zuschauerraum betreten.

«Hört mal bitte alle her!», rief Ludewig seinen Kollegen zu. «Die Herren sind von der Kriminalpolizei. Sie untersuchen den Tod von Freddie und haben ein paar Fragen an uns.»

Heinlein bedankte sich, machte einen Schritt nach vorn. Kilian hielt sich im Hintergrund, setzte sich und beobachtete.

«Ich möchte Ihnen mein Beileid aussprechen», begann Heinlein, «es muss ein großer Verlust für Sie sein, so kurz vor der Premiere den Regisseur zu verlieren.»

Die Häupter der Umstehenden neigten sich, verfielen stumm und unbeweglich in einen Moment der Trauer.

Heinlein fuhr fort: «Wie Sie vermutlich wissen, ist Herr Sandner vor gut einer Stunde in seinem Büro zu Tode gekommen. Hat jemand von Ihnen etwas gehört oder gesehen, was uns bei der Aufklärung hilfreich sein könnte?»

Kilian war gespannt, wer antworten würde, wer der Meinungsführer unter ihnen war. Eine Frau, Mitte zwanzig, blond, geblümtes Kleid, an einem Klavier. Sie saß auf ihren Handrücken, wippte vor und zurück, wie auf einer Schaukel. Daneben ein Mann, an der Absperrung zum Zuschauerraum gelehnt, die Arme verschränkt, abwartend. Seine Finger klimperten nervös eine Melodie auf seinem Unterarm. An einem Tisch saß wieder eine Frau, vor ihr ein dickes Buch aufgeschlagen, mit Noten und handschriftlichen Aufzeichnungen versehen. Demonstrativ fixierte sie einen Punkt auf der Bühne, zeigte, dass sie sich nicht angesprochen fühlte. Die Nächste war eine junge Frau Ende zwanzig, knallrotes Haar, keine Naturfarbe, sondern ein grell eingefärbter Pumucklschopf, Latzhose und Turnschuhe, saß auf dem Tisch, ließ die Beine baumeln. Ihr Blick war wach, wartete darauf, angesprochen zu werden. Ganz hinten am Ende des Orchestergrabens standen drei Männer zusammen, eine verschworene Gruppe. Der eine war der Degenkämpfer, der andere ein Schrank von einem Mann und der dritte ein älterer mit grauen Haaren.

Ebenjener antwortete. «Wir werden Ihnen kaum weiterhelfen können. Zur fraglichen Zeit waren wir alle in unseren Zimmern, um uns auf die nächste Szene vorzubereiten. Die Solisten zumindest. Wo die Techniker waren, weiß ich nicht. Wahrscheinlich in der Kantine, einen heben.»

«Halt mal die Luft an!», schallte es aus den Zuschauerreihen, ganz hinten. Kilian musste die Augen gegen das Scheinwerferlicht schützen, um zu erkennen, dass in den hinteren Reihen, im Dunkel des Zuschauerraums, noch jemand saß. Es waren zwei Männer, die sich in die Sitze gelümmelt hatten.

«Michail, du bist der Letzte, der uns Alkohol während der Arbeitszeit vorzuwerfen braucht. Du nicht!»

Ludewig trat schlichtend dazwischen. «Das ist nicht die Frage. Der Kommissar will wissen, wo ihr wart.»

Jeanne, die Inspizientin, antwortete: «Wir waren in der Kantine, Hubert, der Beleuchter, und Stefan an der Drehbühne. Gemeinsam, die ganze Zeit, bis die Pause vorüber war. Da können Sie das Kantinenpersonal fragen.»

«Künstlerpack!», kam es laut und verächtlich aus dem hinteren Zuschauerraum.

Heinlein ließ sich durch dieses Intermezzo nicht vom Kurs abbringen.

«Wer sind Sie?», fragte er den Grauhaarigen.

«Michail Lermonow, ich spiele den Komtur.»

«Und die beiden anderen Herren?»

Schüchtern trat der Große einen Schritt vor, nickte beflissen. «Roman Galczynski, der Leporello.»

Auf den Degen gestützt, antwortete der Dritte. Ein hagerer Typ in blauer Stoffhose, weißem Hemd und mit ergrauten Haaren. Man hätte ihn eher hinter einem Bankschalter vermutet als auf einer Bühne. «Vladimir Sinowjew, ich singe Don Giovanni.»

«Sie waren alle drei auf Ihren Zimmern, zur fraglichen Zeit?», hakte Heinlein nach.

Bis auf Vladimir, der die Frage nicht zu verstehen schien, nickten die beiden anderen.

«Haben Sie Zeugen dafür?», fragte Heinlein.

Zwei schüttelten verneinend den Kopf, der Dritte fragte Michail, den älteren der beiden Russen, worum es ging. Michail antwortete für ihn. «Vladimir war auch auf seinem Zimmer. Er hat die Degenszene geübt, sagt er. Einen Zeugen hat er dafür nicht.»

Heinlein wandte sich den anderen zu. «Wenn wir schon

dabei sind, können bitte auch Sie sich jeweils vorstellen und sagen, wo Sie sich während der Pause aufgehalten haben?»

Die mit der Latzhose und dem Rotschopf antwortete als Erste. «Franziska Bartholomä, ich bin die Souffleuse. Ich saß draußen vor dem Theater auf einer Bank und habe Tee getrunken.»

«Alleine?», fragte Heinlein.

«Ein paar Passanten warteten auf den Bus. Ich weiß nicht, ob die mich wahrgenommen haben.»

«Gut, die Nächste, bitte», sagte Heinlein und nickte der Frau zu, die sich demonstrativ für die Befragung nicht zu interessieren schien. Doch jetzt, als sie direkt angesprochen wurde, antwortete sie in unerwartet strengem Ton.

«Marianne Endres, Regieassistentin. Ich war die ganze Zeit im Haus. Oben auf dem Gang. Zeugen habe ich dafür nicht.»

«Auf welchem Gang?», fragte Heinlein.

«Im zweiten Stock.»

«Dort, wo das Büro des Verstorbenen ist?»

«Ja.»

«Was hatten Sie dort zu suchen?»

Sie zögerte, kämpfte um die richtige Antwort. Dann: «Ich wollte zum Intendanten.»

Alle anderen merkten auf, waren überrascht, blickten sie an.

«Gab es dafür einen Grund?», fragte Heinlein.

«Ich … wollte mit dem Intendanten sprechen.»

«Worüber?», fragte Ludewig interessiert, so, als sei er übergangen worden.

«Na, über was wohl?!», fuhr sie ihn an. «So konnte es nicht weitergehen. Irgendjemand musste doch was unternehmen, bevor es zu spät war. Du hast dich ja nicht getraut, du Feigling.»

Die Sache begann Kilian zu interessieren. «Wofür zu spät?»

«Für den *Don Giovanni* natürlich. In zwei Wochen ist Premiere, und der Don fällt immer noch über seinen Degen und beherrscht seinen Text nicht. Wenn der GMD das erfährt, ist der Teufel los. Wartet's nur ab.»

«Wer ist der GMD?», fragte Heinlein.

«Der Generalmusikdirektor», antwortete der, der bisher ruhig die Arme verschränkt hatte. «Er ist Chef der Inszenierung.»

«Wer sind Sie?», fragte Heinlein.

«Rainer Pohlmann, zweiter Kapellmeister und Vertreter des GMD.»

«Wo waren Sie in der Pause?»

«In meinem Büro.»

«Was haben Sie dort gemacht?»

«Ich habe telefoniert. Einen Zeugen gibt es auch.»

Na endlich, entfuhr es Heinlein fast. Endlich einer aus diesem Verein, der behauptete, einen Zeugen zu haben.

«Und wer ist das?», fragte Heinlein.

«Der GMD, Beat Stiller. Ich habe mit ihm über den Fortgang der Probenarbeiten gesprochen.»

Erneut merkten die Umstehenden auf. Es war, als habe er ihnen etwas verschwiegen.

«Wo ist dieser Herr Stiller?»

«Er hält sich zurzeit in Paris zu einem Gastspiel auf. Er will morgen, spätestens übermorgen zurück sein und sich dann auf den *Don Giovanni* konzentrieren.»

Heinlein nahm es zur Kenntnis, kam dann aber nochmal auf die Regieassistentin zurück. «Sie haben sich also die ganze Zeit vor dem Büro des Intendanten aufgehalten. Ist das richtig?»

«Ja.»

«Wieso gingen Sie nicht einfach hinein?»

«Weil schon jemand drin war. Ich musste warten.»

«Ich nehme an, es handelte sich um den Verstorbenen.»

Sie nickte.

«Waren Sie auch im Büro von Herrn Sandner?»

«Was sollte ich da?!», kam es brüsk zurück.

«Es liegt auf demselben Stock», konstatierte Heinlein, «vielleicht wollten Sie auch mit ihm sprechen?»

«Einen Teufel wollte ich, dem war nicht mehr zu helfen.»

«Dann haben Sie also keinen Zeugen, der Sie vor dem Büro des Intendanten gesehen hat?»

Noch bevor sie antwortete, meldete sich die Pianistin zu Wort. «Ich habe sie dort gesehen.»

Die Blicke der beiden Frauen trafen sich.

«Ihr Name?», fragte Heinlein.

«Sue Ryser. Mein Übungsraum liegt gleich um die Ecke. Ich konnte Marianne sehen, als sie bei mir vorbeikam. Dann hörte ich ihre Schritte, wie sie vor dem Büro auf und ab ging.»

Sie sprach mit einem amerikanischen Akzent, und sie log. Kilian sah ihren Blick, als sie der Regieassistentin aus der Patsche half. Endres schwieg, blickte stier nach vorne.

«Sie hielten sich folglich die ganze Zeit dort auf?», fragte Kilian Sue.

«Das trifft zu.»

«Zeugen?»

Sie grinste. «Mein Piano.»

«Das ist nicht viel», sagte Heinlein beiläufig. Er drehte sich zu Kilian um, sondierte, ob dieser noch weitere Fragen hatte. Kilian erhob sich, stellte sich neben ihn. «Welche Szene haben Sie geprobt, bevor es in die Pause ging?»

«Szene eins, erster Akt», antwortete Endres. «*Notte e*

giorno faticar … dann *Non sperar* mit Donna Anna … bis Tod Komtur.»

«Donna Anna?», fragte Kilian.

«Die haben wir völlig vergessen», antwortete Ludewig. «Kayleen McGregor spielt die Donna Anna. Sie haben sie vorhin auf dem Gang im zweiten Stock gesehen.»

«Wissen Sie, wo sie sich in der Pause aufgehalten hat?»

«Keine Ahnung», antwortete Ludewig. «Das müssen Sie sie selbst fragen.»

«Wo ist sie jetzt?»

«Die Sanitäter wollten sie mitnehmen … aber ich glaube nicht daran.»

«Wie meinen Sie das?»

Ludewig kam näher, als ob er ein gut gehütetes Geheimnis lüften wollte, und flüsterte: «Kayleen hat so ihre Art. Sie liebt große Auftritte.»

«Schwätz nicht», ging Endres dazwischen. «Sie ist Freddies Lebensgefährtin. Sie hat ihn uns beschert, und er wiederum hat sie besetzt.»

Kilian erinnerte sich der Worte des Intendanten. «Ich nahm an, dass sie für die Rolle prädestiniert wäre.»

Ein hinterhältiges Lächeln legte sich auf die Lippen aller Versammelten.

«O ja», antwortete Pohlmann amüsiert, «für die Rolle der Donna Anna ist sie die Idealbesetzung.»

«Wieso?»

«Die Donna Anna spielt im *Don Giovanni* den erbarmungslosen Racheengel. Eine ziemlich bösartige, betrogene Frau, die ihren Verlobten Don Ottavio zum Mord anstiftet.»

Die Inspizientin Jeanne beendete mit einem Verweis auf die Uhr abrupt das Gespräch: «Vierzehn Uhr! Bitte die Bühne frei machen. Es wird umgebaut.»

Das Signal setzte alle in Bewegung. Bücher wurden zugeklappt, Flaschen und Taschen verschlossen, die Solisten und alle anderen packten ihre Sachen zusammen.

Auf der Bühne hinter ihnen wurden die Seitenwände zur Nebenbühne frei gemacht. Im Nu kamen Techniker dazu, bauten das Bühnenbild ab, bereiteten ein anderes zum Aufbau vor.

«Was ist denn jetzt los?», fragte Heinlein überrascht. Um sie herum wuselte, werkelte und kommandierte es plötzlich, als sei ein Ameisenhaufen zum Leben erwacht.

«Die Bühne für die *Dialogues des Carmelites* wird aufgebaut», erklärte Ludewig. «Heute Abend singt Aminta wieder.»

«Wer ist das?»

«Aminta Maria Gudjerez, unsere neue Diana Damrau, vielleicht sogar eine Waltraud Meier, wenn sie sich richtig entwickelt.»

Da Heinlein und Kilian nicht gerade Opernfans waren, sagten ihnen die Namen nichts.

Ludewig kam ihnen zu Hilfe. «Aminta ist der neue Star unseres Hauses. Heute Abend kommen der Ministerpräsident und die Oberbürgermeisterin, um sie singen zu hören. Sie ist das Highlight der Saison.»

«Ich muss Sie jetzt wirklich bitten», unterbrach Jeanne mit Fingerzeig auf die Tür.

Ludewig nahm sie mit zu den beiden Stahltüren, die in den Gang führten. Über die Lautsprecher ergoss sich die Ansage Jeannes, dass die Aufbauarbeiten begonnen und sich alle Mitwirkenden einzufinden hätten. Auf dem Gang wurde es schlagartig hektisch. Aus allen Türen stoben sie heraus, rückten eine Perücke zurecht, zupften sich am Hemd oder murmelten geistesabwesend etwas vor sich hin.

«Wo waren Sie eigentlich während der Pause?», fragte Kilian Ludewig.

«Gut, dass Sie fragen», antwortete er. «Ich habe nämlich auch kein Alibi. Ich sag's frei raus, bevor Sie mich verdächtigen.»

«Von einem Verdacht ist bisher nicht die Rede», sagte Heinlein. «Oder haben Sie andere Erkenntnisse zum Tod von Herrn Sandner?»

«Nein, um Gottes willen», wehrte Ludewig ab, «überhaupt nicht. Freddie hat Selbstmord begangen. Das ist doch klar, oder?»

«Was meinten Sie dann mit ‹verdächtigen›?»

«Jargon, nichts weiter. Im Theater gibt's immer einen Mörder. Sonst hätte ein Theaterstück hier nichts verloren.»

«Das ist kein Theaterstück, guter Mann», widersprach Kilian, «ein Mensch aus Fleisch und Blut ist zu Tode gekommen.»

«Ja, natürlich», entschuldigte er sich, suchte nach einem Ausweg. «Brauchen Sie mich noch?»

«Wir melden uns bei Ihnen», erklärte Heinlein. «Die Aussagen müssen noch schriftlich aufgenommen werden. Ich schicke Ihnen zwei Kollegen vorbei.»

Ludewig war heilfroh, von dem Gespräch erlöst worden zu sein. Er machte sich eilends davon.

«Hast du jemals einen so verlogenen Haufen erlebt?», fragte Heinlein.

«Meinst du jemand Bestimmtes?»

«Ich glaube keinem ein einziges Wort. Außer, dass sie den Sandner loswerden wollten. Der eine mehr, die andere weniger. Fragt sich nur, ob sie es auch tatsächlich getan haben.»

«Du glaubst also nicht an Selbstmord?»

«Du hast doch gehört, wie sie über ihren Regisseur

gesprochen haben. Wundern würde es mich nicht. Was glaubst du?»

«Ich weiß nicht», antwortete Kilian. «Es gibt bisher kein einziges Indiz, das einen berechtigten Zweifel stützen könnte.»

«Du hast Recht. Wir müssen die Ergebnisse der Spurensicherung abwarten.»

Als sie sich dem Ausgang näherten, kamen sie an einem Zimmer vorbei, dessen Tür geöffnet war. Zwei weiß gekleidete Sanitäter knieten vor dem Bett einer Frau, redeten ihr aufmunternd zu, forderten sie auf, Tabletten zu nehmen, die sie ihr mit einem Wasserglas reichten. Die Frau war jene aus dem Gang im zweiten Stock, Kayleen McGregor, die Donna Anna.

Die Geste, mit der sie die Medikamente und die Sanitäter bedachte, kannte Kilian gut. Sie war so überzeugend gespielt wie der Liebesschwur einer Carmen.

5

Das Würzburger Stadtfernsehen und der Bayerische Rundfunk brachten den Tod von Fred Sandner als Aufmacher in den Abendnachrichten. Kilian lehnte sich in die Couch zurück und legte die Fernbedienung beiseite. Er war festlich gekleidet, hatte einen hellen Anzug aus seiner Armani-Serie eigens für die Feier mitgebracht. Mit dem zartbraunen Teint auf seiner Haut, den er sich in den letzten vier Wochen unter der Sonne der Marken zugelegt hatte, wirkte er wie ein Gast aus dem Süden in Heinleins kleiner Welt von Eisenbahnerwohnung. Er schnippte das Zippo auf, steckte ein Zigarillo in den Mund und nahm einen tiefen Zug. Ein Schluck aus dem Cognac-Glas versetzte ihn in eine angenehme Ruhe.

Am nächsten Tag würden die Lokalzeitung und andere Blätter den Todesfall aufgreifen und ihn zu einem Aufmacher der Titelseite ausbauen. Einen Toten am Mainfrankentheater gab es ja nicht alle Tage. Und schon gar nicht im dreizehnhundertsten Jubiläumsjahr der Stadt und zum zweihundertjährigen Bestehen des Theaters. Für einen Zeitungsredakteur war das ein Fest, die allseits bekannten Veranstaltungshinweise mit einem ungeklärten Todesfall aufzuwerten.

Archivmaterial über Sandner und seine Erfolge leiteten den Bericht im Fernsehen ein. Verschwiegen wurde nicht, dass sein Engagement am Mainfrankentheater umstritten war. In Zeiten knapper Kulturbudgets musste jede Entscheidung dreifach überlegt sein. Im Grunde genommen traf nicht der Intendant, sondern der Schatzmeister der Stadt die Auswahl. Wenn man es so betrachtete, hatte der Intendant keine andere Möglichkeit, als den günstigen Risikofall Sandner zu engagieren. Da bedurfte es nicht der Drohung einer Sopranistin.

Der Intendant Reichenberg verstand es aber, den Tod Sandners als großen Verlust für das Theater und das Kulturschaffen allgemein hinzustellen. Kein Wort über die verkorksten Proben am *Don Giovanni* und seinen Rausschmiss. Dieses Verhalten bestätigte Kilian in seiner Annahme, dass Reichenberg ein guter Schauspieler war. Doch der Reporter hatte Wind davon bekommen und sprach ihn darauf an.

«Trifft es zu, dass Sie Herrn Sandner in der Probenpause gekündigt haben?»

Reichenberg reagierte überraschend schnell. «Als Kündigung würde ich es nicht bezeichnen. Wir haben uns im gegenseitigen Einvernehmen getrennt.»

«Worauf sich Herr Sandner das Leben genommen hat.»

Der Reporter ging also von einer Selbsttötung aus. Etwas voreilig, wie Kilian dachte.

«Ich sehe keine zwingende logische Konsequenz aus diesem Umstand», antwortete Reichenberg.

«Aber es trifft doch zu, dass zwischen Ihrem Gespräch mit Sandner und seinem Tod nicht viel Zeit vergangen ist? Also kann man von einer Kündigung mit Todesfolge sprechen.»

«Unsinn», Reichenberg geriet in die Defensive, «wir kamen lediglich überein, dass wir das Engagement auflösen. Was danach passierte, entzog sich meiner Einflussnahme. Wenn Sie mich jetzt entschuldigen …»

Reichenberg hatte genug, er trat den Rückzug an. Der Reporter rief ihm hinterher: «Es war bekannt, dass Sandner labil war, Sie mussten doch damit rechnen, dass so etwas passieren könnte.»

Reichenberg schwieg und verschwand im Bühneneingang.

«Hast du Pia schon zurückgerufen?», tönte Heinlein aus dem Badezimmer.

Kilian schaltete den Fernseher aus. «Nein, es hat aber auch gar keinen Sinn. Sie will einfach nicht loslassen.»

Aufgebrezelt, im neuen dunkelblauen Anzug, den Claudia für den Anlass seiner Ernennung zum Dezernatsleiter hatte anfertigen lassen, kam er ins Wohnzimmer. «Dann mach es ihr klar. Ich will heute Abend keinen Ärger.»

Kilian staunte. «Respekt. Der Herr versteht sich zu kleiden.»

Die beiden sahen nun alles andere als nach Kripobeamten aus. Vielmehr wirkten sie wie Männermodels auf den Plakaten in der Auslage eines vornehmen Herrenausstatters. Sie musterten sich beide lächelnd.

«Wenn du wüsstest, was ich für Strapazen auf mich genommen habe. Zig Anproben und Änderungen, bis er endlich so war, wie Claudia es sich gewünscht hat. Die halbe Urlaubskasse ist dafür draufgegangen.»

«Es hat sich auf jeden Fall gelohnt. So fällst du nicht mehr ganz so auf, wenn du neben mir stehst», sagte Kilian.

Heinlein nahm die Anspielung gelassen. «Wie du siehst, bedarf es nicht viel, um zu dir aufzuschließen.»

Kilian lachte. «Und schlagfertig ist er auch geworden.»

«Gelernt ist eben gelernt», antwortete Heinlein gelassen. «Man muss nur ein paar Tage mit dir zusammen sein.»

«Soll das etwa heißen, dass du mich imitierst?»

Als ob Claudia mitgehört hätte, rief sie aus dem Schlafzimmer hinunter: «Schorsch, bist du fertig? Die Galerie ist für zwanzig Uhr reserviert. Wir müssen los.»

«Ja. Was ist mit dir und den Kindern?», rief Heinlein zurück.

«Die Galerie?», fragte Kilian.

«Im *Stachel*. Dafür geht die andere Hälfte des Urlaubs drauf. Was soll's. Man wird ja nicht jeden Tag befördert.»

Kilian gönnte es ihm von Herzen. Für Heinlein und seine Familie war es der Ritterschlag, die Berufung auf die Klatschseiten der regionalen Hofberichterstattung, die Metamorphose vom verdreckten Grombühler Lausbuben zum Mitglied der High Society der Stadt.

«Du hast Recht», sagte Kilian und schloss ihn in seine Arme. «Mach das Beste draus und lass dich nicht unterkriegen.»

Heinlein zeigte sich durch die spontane körperliche

Nähe überrascht. Damit hatte er nicht gerechnet; dennoch, er ließ es geschehen

«Danke», erwiderte er. «Ich hatte schon Angst, du würdest es mir neiden.»

«Blödsinn.»

Ein Auto hielt vor der Tür und hupte kurz. Zeichen des Aufbruchs.

Claudia kam mit den Kindern, Vera und Thomas, die Treppe herunter, allesamt in Festtagsgarderobe.

«Das ist ja wie Weihnachten und Ostern auf einen Schlag, wenn man euch so ansieht», sagte Kilian. «Gibt es was zu feiern?»

Die ironisch gemeinte Frage verfehlte ihre Wirkung nicht. Claudia, im apricotfarbenen Kostüm und mit hochgesteckten Haaren, erwiderte: «Es wurde ja wohl langsam Zeit, dass sie den Schorsch befördern. Ich hab schon gedacht, ich würde das nicht mehr erleben.»

«Das hat er auch nur Kilian zu verdanken», moserte Thomas, weniger, weil er es seinem Vater nicht gönnte, sondern weil er sich in der unbequemen Kleidung gänzlich unbehaglich fühlte. Einen Schlips musste er tragen und sich in seinen alten Konfirmationsanzug zwängen, der bis zur letzten Naht ausgelassen und glatt gebügelt worden war.

«Du unterschätzt deinen Vater», widersprach Kilian. «Er hat alles aus eigener Kraft geschafft. Da musste ich nicht extra aus dem Dienst scheiden. Glaub mir, du kannst stolz auf deinen alten Herrn sein.»

«Sind wir ja auch», erklärte Vera. Sie war mittlerweile eine junge Dame geworden, die ihrem Vater auf gleicher Augenhöhe gegenübertreten konnte. Dem Anlass entsprechend hatte sie ihrem extravaganten Modestil für diesen Abend abgeschworen und sich wie ihre Mutter in ein Kostüm gekleidet. Sie umarmte ihren Vater und gab ihm einen Kuss auf die Wange. «Ich gratuliere dir von ganzem Herzen.»

Claudia hatte sich im Flur vor dem Spiegel aufgebaut, begutachtete Frisur und Sitz der Kleidung. «Schorsch, komm mal her», rief sie, und Schorsch folgte.

«Ja, was gibt's?», fragte er ahnungslos.

«Wie schau ich aus?» Claudia drehte sich um ihre eigene Achse, wie ein Model, das am Ende des Steges angekommen war. Nach der Drehung steckte sie die linke Hand in die Hüfte, das rechte Bein vor und hob das Kinn, sodass man meinen konnte, selbst Claudia Schiffer hätte noch etwas von ihr lernen können.

Heinlein schnaufte ehrlich begeistert durch. «Du bist ganz große Klasse.»

Claudia lächelte zurück und legte ihre Arme um ihn. «Das habe ich alles nur dir zu verdanken, mein Schatz.»

Sie küsste ihn. «Ich bin stolz auf dich. Ehrlich. Wenn es einer verdient hat, dann du.»

Heinlein war sich unsicher, wie er mit der unerwarteten Gefühlsäußerung vor den Kindern und Kilian umgehen sollte. Leicht röteten sich seine Wangen.

«Na, wenn das so ist, dann sollten wir nicht länger Zeit verplempern. Der Polizeipräsident wartet auf uns.»

Zu fünft quetschten sie sich ins Taxi.

Das Weinhaus *Zum Stachel* ist mitten in der Stadt gelegen, zwischen Main und Marktplatz in einer kleinen Gasse. Das altehrwürdige Gasthaus ist eines der ältesten in Deutschland. Bereits 1413 erwähnt, machte es sich einen Namen in den Bauernkriegen, als es den Aufständischen Quartier bot. Der Götz von Berlichingen soll hier mit Florian Geyer und Tilman Riemenschneider beratschlagt haben. Der Name *Stachel* geht auf den in den Schlachten oft geführten Morgenstern zurück, eine mit Stacheln bewehrte Eisenkugel, die mit einer Kette am Schaft befestigt wurde. Diese gefürchtete Waffe hatte weiland der aufrührerische *Schwarze Haufen* ins Erkerfenster des Lokals gehängt.

Heute ist der *Stachel* ein angesehenes Restaurant mit eigenen Spitzenweinen und einem malerischen Innenhof, ein wahres Kleinod fränkischer Bau- und Lebenskunst. Weinreben und Farne schmiegen sich an dem alten Gemäuer entlang hinauf zu einer romantischen Galerie, die mit Kerzenlicht stimmungsvoll illuminiert ist. Ein Romeo könnte keinen besseren Ort für seine Liebesschwüre finden.

Sie waren nicht die ersten Gäste. Heinleins Männerrunde – mit dem einzigen weiblichen Anhängsel Renate –, die sich als die *Loosche* bezeichnete, der Polizeipräsident mit Frau und schließlich Pia hatten bereits Platz genommen und den ersten Schoppen getrunken.

Claudia platzierte ihren Mann an die Stirnseite des Tisches, gleich neben dem Präsidenten, und Kilian neben Pia. Kilian machte gute Miene zum erwartet bösen Spiel. Pia würde ihn sicher ansprechen und ihm Vorwürfe machen. In den vergangenen vier Wochen hatte er ihre Anrufe auf der Mailbox nicht beantwortet. Kilian wollte Ruhe und Abstand finden und langwierigen Erklärungen, wieso er nicht nach Würzburg zu ihr zurückkäme, entgehen.

Doch wider Erwarten blieb die Strafpredigt aus. Entweder nahm sie sich Heinleins Bitte zu Herzen, am Tag seiner Feier Frieden zu bewahren, oder sie führte etwas anderes im Schilde.

Pia schmiegte sich an Kilian, als ob nicht Heinlein, sondern sie beide etwas zu feiern hätten.

«Eigentlich müsste ich dir die Leviten lesen», sagte sie leise zu ihm.

«Und wieso tust du es nicht?», fragte Kilian unsicher.

«Das ist nicht der richtige Ort. Aber aufgeschoben ist nicht aufgehoben. Wir müssen reden.»

Kilian ließ es dabei bewenden. Eine Schonfrist kam ihm nicht ungelegen.

«Sei einfach ein wenig nett zu mir heute Abend», bat sie ihn. Ein Kuss untermauerte die Bitte.

Kilian nickte.

Vielleicht lag es aber auch an der einnehmenden Stimmung, in die der *Stachel* abends bei Kerzenbeleuchtung und mediterranen Temperaturen getaucht wurde, oder am ununterbrochen herumschwänzelnden Service, dass Pia nicht so konnte, wie sie wollte. Claudia hatte den Abend organisiert, und sie ließ sich nicht lumpen.

Hausgebeizter Lachs und Schinken vom fränkischen Karpfen, mit warmen Krevettenschwänzchen und Sahnemeerrettich, gefolgt von Waller, Zander und der Nachspeise Beerenpfannküchle mit Vanillesauce, sorgten dafür, dass Kilian und die anderen Gäste sich rundum wohl fühlten. Es ging sogar so weit, dass Kilian seinen italienischen Bauernhof für kurze Zeit vergaß.

Es war mittlerweile nach dreiundzwanzig Uhr geworden, die Sommernacht war angenehm warm, der fränkische Wein reichlich, als sich Heinleins *Looschen*-Brüder und die einzige -Schwester auffallend frühzeitig verabschiedeten. Kilian war ihr Getuschel nicht verborgen geblieben, das sich um das Theater und die Vorkommnisse des heutigen Tages drehte.

Heinlein hatte mit Verweis auf den Polizeipräsidenten der Aufforderung zum gemeinsamen Aufbruch widersprochen. Polternd und sich gegenseitig stützend wankten sie die Treppe hinunter und tauchten in die Nacht ein, die für sie noch lange nicht beendet schien.

Als Kilian ihnen nachsah, bemerkte er einen Mann im Kerzenschein der vorderen Tische am Ausgang. Er sprach konzentriert mit jemandem, den er aber nicht genau erkennen konnte. Dieser Mann kam ihm von irgendwoher bekannt vor. Er konnte ihn nur nicht zuordnen, nicht sagen, was das Bindeglied zwischen ihm und seiner Erinnerung war, doch eines war klar: Er war ein Verführer erster Klasse.

*

Nach dem siebten Vorhang wollte der Beifall noch immer nicht enden. Grelles Arbeitslicht beendete die Hoffnungen der rund achthundert Zuschauer auf eine weitere Zugabe der umjubelten Aminta Maria Gudjerez im *Dialogues des Carmelites*. Ministerpräsident Roiber überreichte ihr einen Blumenstrauß und beglückwünschte sie zu ihrer herausragenden Leistung.

Mit Aminta und der Oberbürgermeisterin trat er dann vor die Mikrophone und Kameras, die im Foyer auf sie warteten.

«Herr Ministerpräsident, wie hat Ihnen die Aufführung mit Frau Gudjerez gefallen?», fragte ein Reporter.

Von den beiden Damen eingerahmt, war er ganz Charmeur, ein Heesters der späten Geburt. Nur ein Meister des flüssig gesprochenen Wortes war er nicht.

«Ich denke … wir haben … heute … und nicht nur heute … sondern auch zukünftig … einen neuen Stern … am Himmel … der auch der bayerische ist … aufgehen sehen … und, lassen Sie mich hinzufügen … dazu gehört kein großer Fachverstand … ich bin ja auch Künstler … auf meine Art … in meiner Partei … also auf einem komplett anderen Terrain … so haben wir … die Zuseherinnen und Zuhörerinnen … einen Fixstern … am Firmament … ausgemacht … der wegweisend … für uns alle … die nach dem Schönen … streben … ist … oder natürlich auch sein wird … und … lassen Sie mich hinzufügen …»

Der Reporter kannte jedoch keine Gnade. Das Mikrophon wanderte im selben Moment weiter. «Frau Oberbürgermeisterin, was hat Ihnen an der heutigen Aufführung besonders gefallen?»

«Ich bin froh und stolz, dass wir es trotz der finanziellen Situation der Stadt wieder einmal geschafft haben, ein Talent zu entdecken und es hier auszubilden. Señorina Gudjerez wird uns hoffentlich noch viele wunderbare Stunden an unserem Theater bereiten. Doch zuvor meine Glückwünsche an die Musikhochschule, an das Mainfrankentheater und natürlich an die Debütantin.»

Wieder wanderte das Mikro, nun zur vielfach gelobten Aminta, noch im Kostüm der Karmeliterin, geschminkt und mit Blumensträußen im Arm.

«Frau Gudjerez, die Frau Oberbürgermeisterin hat mir das Stichwort gegeben. Jetzt, nachdem Sie Ihre Ausbildung an unserer Musikhochschule beendet haben und Ihr erstes Engagement gleich ein Erfolg geworden ist, wie lange werden wir Sie in Würzburg noch hören dürfen?»

«Lassen Sie mich bitte zuerst allen danken, die mich während der letzten Wochen unterstützt und natürlich auch in den letzten Jahren an der Musikhochschule ausgebildet haben. Ohne ihre Hilfe und Förderung stünde ich heute bestimmt nicht hier.

Was mein weiteres Engagement am Mainfrankentheater angeht, kann ich noch nichts sagen. Zusammen mit meinem Agenten werde ich die Angebote in den nächsten Tagen prüfen und dann entscheiden. Vielen Dank.»

Der Reporter ließ nicht locker. Die Antwort auf das weitere Verbleiben des Jungstars am Mainfrankentheater war die Nachricht, nach der er suchte.

«Frau Oberbürgermeisterin, was unternimmt die Stadt als oberste Dienstherrin, um Frau Gudjerez für die kommende Spielzeit zu gewinnen?»

«Sie kennen unsere Situation, sie ist nicht gerade rosig für eine derartige Entscheidung. Jetzt, nachdem rund eine Million Euro vom Bezirk ausfallen, möchte ich den Ministerpräsidenten an sein Versprechen erinnern, dass die kommende und die darauf folgende Spielzeit unseres Dreispartenhauses gesichert sind.»

Nun war das Mikro wieder bei Roiber, jetzt, wo er es sich gar nicht gewünscht hatte. Die Frage musste der Reporter nicht mehr stellen, sie stand im Raum und würde über das weitere Bestehen des Theaters entscheiden.

Roiber rang um einen Ausweg. «Natürlich ... lassen wir unsere Gemeinden ... nicht im Stich ... und schon gar nicht in diesen Zeiten ... in denen Rot-Grün ... die Kommunen ... an den Rand ... und über alle Grenzen hinaus ... in die Zahlungsunfähigkeit ...»

Der Reporter hatte kein Einsehen und machte klar Schiff. «Herr Ministerpräsident, ganz konkret, was wird der Freistaat dafür tun, damit die Stadt das Defizit von zwanzig Millionen Euro bewältigen kann?»

«Die Situation ist ... dramatisch ... damit ist Würzburg nicht alleine ... nehmen wir ... vergleichbare Städte ...»

«Würzburg, Herr Ministerpräsident. Was geschieht mit der Stadt?»

«Sie haben ... ganz richtig ... erkannt, dass ... wir eine Lösung ... zusammen ... also gemeinsam ... die Stadt und ... aber zuvorderst die Stadt selbst ... eine Lösung ... ihrer Probleme ... suchen muss ... und ich bin der festen

Überzeugung … lassen Sie mich das ohne Wenn und Aber feststellen … dass es ihr auch gelingen … wird.»

«Vielen Dank, Herr Ministerpräsident.»

*

Der Rummel um die Aufführung der *Dialogues des Carmelites* war längst verflogen, das Theater vom Trubel befreit, fest schlafend, einen Morgen erwartend, der einen alten Bekannten und Weltstar begrüßen würde.

Ein Schatten huschte die Wand entlang, grazil, geschmeidig, dann, in anderer Perspektive, riesig und kräftig, doch in jeder Bewegung schnell. Welches Abbild das echte war, niemand konnte es sagen.

Der Schatten machte kurz Halt im Oberen Foyer, die Straßenbeleuchtung fiel fade durch die großen Scheiben herein, dann weiter, die Treppe hinab, eine Tür, noch eine, die unverschlossen ins Gedärm des Hauses führte. Kabel, Hunderte, dick und dünn, gleich Muskel- und Sehnensträngen, liefen weit verzweigt auseinander, trafen sich wieder und endeten andernorts. Es wurde eng, kaum Luft zum Atmen, kein Ort für Angsthasen.

Da war er. Der Kasten, spinnwebenverhangen, seit seinem Einbau vergessen, weggesperrt wie ein Lebenslänglicher hinter Gefängnismauern. Vier Schrauben mit Flügeln, mit Kraft gedreht, den Deckel zur Seite, das winzige Gerät platziert, angedockt, und alles wieder verschlossen.

Zurück. Die Zehen krallten sich in den Boden, zogen den Körper nach, Millimeter für Millimeter, unterstützt von den Fingerkuppen, dann Knöchel und Hände, dann Arme und schließlich wieder aufstehen. Vorsicht, nicht den Kopf stoßen. Hier würde man bis zum Jüngsten Tage unentdeckt liegen bleiben.

Im Labyrinth der Gänge. Tür auf, Tür zu, links, links, gerade, alles ohne Licht, wieder Tür, dann treppauf, einmal rechts, gerade und Tür zu. Angekommen.

Das kleine kompakte Gerät am Gürtel auf *on*. Das Signal reichte höchstens hundert Meter weit, das genügte, mehr war nicht nötig. Das Mikro, winzig an einem dünnen Faden, im Ärmel versteckt. Sprechprobe. Am Rädchen gedreht, es kannte kein Geschlecht, kein Alter, machte unsichtbar und präsent, finster und fröhlich, je nach Stellung des kleinen Rades und dem Willen des Sprechers.

Die Lautsprecher knackten, bereit, die Botschaft hinauszutragen, in jeden Winkel des Hauses.

Kalt und unzugänglich
gebiete ich der Liebe.
Ihr Leid will ich genießen,
Ruhm sind mir ihre Qualen.
Denn das ist das Los der Liebe:
Wo man sie abweist, wirbt sie,
wo man sie kränkt, da schwärmt sie,
stirbt, wenn man sie ermutigt,
und lebt, wenn man ihr wehtut.

6

Francesco Raimondi – der nachgeborene, Fleisch gewordene Wille Mozarts und Lorenzo da Pontes, des Librettisten. Was hätten beide gegeben, wenn sie Raimondi zur Prager Uraufführung des Don Giovanni am 29. Oktober 1787 gekannt hätten? Oder zur Wiener Aufführung? Hätte Raimondi die Wiener Zweifler und Nörgler mit seiner Darstellung des spanischen Edelmanns und Verführers überzeugen können? Ähnlich wie es der Figaro von Anfang an in Prag und Wien geschafft hatte?

Viele waren sich dessen sicher, nachdem sie Raimondi auf der Bühne hatten erleben dürfen. Ein Ausbund an Temperament und der Lust am Leben – wohlgemerkt nur an seinem eigenen, das der anderen verstand er hervorragend für seine Zwecke zu nutzen. Bereits in jugendlichen Jahren verfügte er über einen reifen Bariton. Ebenjenes Gottesgeschenk machte ihn zu einem erfahrenen Liebhaber und Verführer, einem *seductus diaboli,* neben dem ein Casanova wie ein pubertierender, geschwätziger Bub wirkte.

Raimondi, stolzer Spross italienischer Einwanderer in den Sechzigern, das Wunderkind eines Pizzabäckers, unterhielt bereits im Alter von zehn Jahren die Gäste mit Arien. Seine Karriere nahm in Würzburg ihren Ausgangspunkt und führte ihn schließlich an die großen Bühnen in Mailand, Salzburg, London und New York. Mehr als zwei Jahrzehnte lang galt sein Name als Synonym für Erfolg. Unbestritten, konkurrenzlos und gefeiert als *der* Don Giovanni. Niemand anderes konnte die komplexe Figur des berüchtigten spanischen Frauenhelden überzeugender und mitreißender ausfüllen als er.

Raimondi, der zwei Jahre zuvor seine Gesangskarriere beendet hatte, um sich fortan als Regisseur dem Musiktheater zu widmen, und einige viel beachtete Neuinterpretationen aufgeführt hatte, genau dieser Raimondi betrat soeben über den Bühneneingang das Mainfrankentheater.

Vorbei am Pförtner, der bereits vom Intendanten informiert war, trat der Mittfünfziger entschieden in den Gang und hielt auf die Bühne des Großen Saals zu. Ganz in schwarzes Leder gekleidet, schritt er voran, einem Edelmann aus lang vergangener Zeit gleich, sich seiner Fähigkeiten bewusst, die er zum Wohle der Stadt und seines Theaters verwenden wollte. Das grau melierte, schulterlange Haar nach hinten gekämmt, das Gesicht kantig, mit perfekt gestutztem schwarzem Bart und dunklen Augen, verkörperte er eine Art sinistrer Eleganz und Entschlossenheit, die keine Zweifel an seiner Person und seinem Vorhaben aufkommen ließen. Zwischen den beiden Stahltüren, die auf die Bühne führten, machte er Halt, prüfte sein Spiegelbild an der Wand, strich mit beiden Händen das Haar nochmals nach hinten zurück, atmete tief durch und betrat den Ort, an dem seine Karriere begonnen hatte.

Reichenberg, der Intendant, stand inmitten eines hell erleuchteten Halbkreises aus Solisten, Chorsängern und Mitarbeitern an der Produktion. Seine Stimme klang bestimmt, froh, das drohende Desaster einer gescheiterten Opernaufführung gerade noch abgewendet zu haben. Seine Zuversicht teilten allerdings nicht alle Anwesenden. Einige fragten sich, wer der unerwartet schnelle Ersatz für den verstorbenen Regisseur Sandner sein würde. Unter ihnen war auch die Donna Anna, Kayleen, zu deren Neugier sich auch Empörung gesellte.

Ihre Unterlippe zitterte, als sie aussprach, was sie vom Verhalten Reichenbergs hielt. «Fred ist noch keine vierundzwanzig Stunden tot, und du machst einfach weiter, als sei nichts geschehen.»

«Was hast du denn erwartet, Kayleen?», rechtfertigte sich Reichenberg.

«Pietät. Etwas Anstand. So lange zumindest, bis wir uns von Freddie verabschiedet haben.»

«Dafür bleibt uns nicht die Zeit. Wir haben noch zwei Wochen.»

«Mir kommt es so vor, als hättest du es gar nicht erwarten können, dass sich Freddie das Leben nimmt.»

«Red keinen Unsinn.»

«Was ist in deinem Büro passiert? Sag schon, was war der Grund, weshalb sich Freddie erschossen hat?»

«Das weißt du genauso gut wie ich und jeder hier im Raum. Es musste etwas geschehen.»

«Ihn in den Tod treiben?»

«Das habe ich nicht.»

«Was denn sonst?»

«Ich hatte ihn gewarnt. Mehrmals. Bis eben der Krug brach.»

«Du hast ihn auf dem Gewissen, du Schwein.»

«Kayleen, es reicht. Noch ein Wort, und du fliegst.»

«Ha, das möchte ich sehen.»

«Überspann den Bogen nicht. Niemand ist unersetzbar. Selbst du nicht.»

«Wenn ich gehe, dann bin ich nicht die Einzige.»

Sich der Unterstützung weiterer Unzufriedener im Ensemble sicher, blickte sie nach beiden Seiten.

Aus dem Dunkel des Bühnenausgangs trat Raimondi ins Licht. «Oh, là, là, was wird denn hier gespielt?»

Reichenberg war erleichtert, dem Kräftemessen entgangen zu sein. Einladend streckte er die Arme aus, doch Raimondi wehrte die Umarmung ab.

«Francesco», begrüßte ihn Reichenberg, «schön, dass du hier bist.»

Ein Raunen ging durch die Reihen. Francesco Raimondi in Würzburg? Die Überraschung war Reichenberg gelungen. Niemand hatte mit einem Weltstar gerechnet. Freudiges Staunen, aber auch Misstrauen spiegelte sich in den Gesichtern, es wurde getuschelt und spekuliert.

«Meine Damen und Herren, darf ich euch den neuen

Regisseur für unsere *Don-Giovanni*-Inszenierung vorstellen – Francesco Raimondi. Er wird uns in den verbleibenden zwei Wochen helfen, den Premierentermin zu retten.»

Spontaner Applaus der Ensemblemitglieder erfüllte den Raum. Aber auch Zurückhaltung zeigte sich bei einigen, die nicht so recht wussten, ob das Engagement Raimondis wirklich ein Segen für die Produktion sein würde. Man hatte allerlei von ihm gehört, kannte seine Arbeit und wusste, dass sein Führungsstil bei den Proben keine Widerrede gelten ließ.

Raimondi trat in die Mitte des Halbkreises, wandte sich rundum, blickte beim Sprechen seinen Zuhörern immer wieder in die Augen.

«Vielen Dank für den warmherzigen Empfang. Ich werde in den nächsten zwei Wochen mit Ihnen einen *Don Giovanni* auf die Bühne bringen, den es in dieser Art noch nicht gegeben hat. Mein Interesse liegt dabei nicht in der konzertanten Auseinandersetzung mit dem Stoff, er ist uns allen bekannt, und ich gehe davon aus, dass Sie Ihren Part beherrschen. Ansonsten wären Sie nicht hier. Mein Interesse liegt stattdessen in der dramatischen Auseinandersetzung zwischen Leben und Tod, getragen von der Musik Mozarts. Ihre Leidenschaft und die der Figuren will ich offen legen. Ich werde Ihnen viel abverlangen, das weiß ich. Aber seien Sie sich gewiss, wenn Sie die Leistung erbringen, werden Sie vom Publikum auf Händen getragen.

Wer dem zustimmt, ist mir willkommen.»

Raimondi wartete. Die klaren Worte zeigten Wirkung. Niemand wagte Widerworte. Selbst Kayleen hielt sich zurück. Ein Mann, Mitte vierzig, mit hellem Haar und lässig in Turnschuhen und Jeans, blickte Raimondi unverwandt an. Raimondi bemerkte es. Es dauerte zwar eine Sekunde, doch dann erinnerte er sich an ihn. Beide unterließen es, sich vor den anderen zu begrüßen.

«Gut, dann gehe ich davon aus, dass wir eine Übereinkunft erzielt haben. Vielen Dank für Ihr Vertrauen. Wir sehen uns außerplanmäßig heute schon Punkt dreizehn Uhr zur ersten Probe. Und nun verlassen Sie bitte die Bühne, damit ich meine Arbeit beginnen kann.»

Der Pulk des Ensembles löste sich zur Nullgasse hin, dem Zu- und Abgang der Schauspieler während einer Aufführung, auf. Niemand sagte ein Wort, selbst das übliche Getuschel blieb aus. Raimondi hatte sie shanghait und in seine Dienste genommen.

Aus dem Zuschauerraum trat Ludewig, der Dramaturg, an die Bühne.

«Herr Raimondi, ich habe sie alle im Foyer versammelt. Wir können beginnen, wenn Sie so weit sind.»

Hinter Raimondi wurden ein Tisch und zwei Stühle aufgebaut, die Scheinwerfer auf den Stuhl ausgerichtet, wo Raimondi Platz nehmen würde.

Er rief nach oben, in die hinteren Ränge des Zuschauerraums, in die Lichtregie: «Seid ihr fertig?»

Ein Stimme über die Lautsprecher bestätigte kurz.

Dann zu Ludewig: «Führen Sie sie herein. Platzieren Sie die Überregionalen in den ersten Reihen, die Lokalpresse dahinter. Danke.»

Ludewig ging. Reichenberg gesellte sich neben Raimondi. «Es bleibt alles wie abgesprochen. Kein Wort über die Hintergründe deines Engagements.»

«Sei unbesorgt. Ich mache das nicht zum ersten Mal», erwiderte Raimondi und ging von der Bühne in die Nullgasse.

Reichenberg setzte sich indes auf einen der beiden Stühle und beobachtete, wie Ludewig die Journalisten in den Zuschauerraum führte. Einige protestierten laut, als ihnen ihre Plätze zugewiesen wurden. Von Benachteiligung und einer abgekarteten Sache, der Inszenierung eines Pressegesprächs, war die Rede. Zum Tumult kam es, als Ludewig das Fotografieren während des Pressegesprächs untersagte. In der Pressemappe, die er ihnen anschließend überreichen würde, seien alle Informationen und Bilder enthalten, die sie für ihre Berichterstattung bräuchten.

Reichenberg schritt ein, versprach den aus ganz Deutschland angereisten Pressevertretern eine wahre Sensation. Nach dem vermeintlichen Skandal um die nationalsozialistischen Umtriebe des Komponisten der Tilman-Riemenschneider-Oper, nach dem *Fliegenden Holländer* in der Inszenierung von Katharina Wagner, der Enkelin des heutigen Festspielleiters von Bayreuth, hatten die Journalisten guten Grund, das Versprechen ernst zu nehmen. Zudem galt es, den überraschenden Tod des Regisseurs Sandner zu hinterfragen.

Schließlich kehrte Ruhe ein. Reichenberg erhob sich im Scheinwerferlicht. «Ich begrüße Sie ganz herzlich hier im Mainfrankentheater Würzburg. Wie Sie alle wissen, ist gestern der Regisseur Fred Sandner, zu unser aller Bestürzung …»

Ein Zwischenruf bremste Reichenberg aus. «Gibt es schon Erkenntnisse über die Hintergründe der Tat?»

«Dazu kann ich Ihnen zum jetzigen Zeitpunkt leider noch nichts sagen. Die Polizei …»

«Es heißt, dass sich Sandner das Leben genommen hat, nachdem Sie ihn gefeuert haben. Können Sie das bestätigen?»

«Wieso sollte er das tun?»

«Weil er nach einem Rausschmiss, zwei Wochen vor

der Premiere, kein weiteres Engagement mehr bekommen hätte.»

«Das ist Unsinn. Fred Sandner war ein hervorragender Regisseur, der meine ganze Unterstützung genoss.»

«Inwieweit hängt Sandners Entlassung mit der anstehenden Betriebsversammlung zusammen, die über das weitere Schicksal des Theaters entscheiden wird?»

«Ich verstehe nicht, worauf Sie hinauswollen.» Reichenberg lächelte gequält. «Lassen Sie uns doch bitte nun zum eigentlichen Anlass dieses Pressegesprächs kommen ...»

Ein Zwischenruf unterbrach ihn. «Werden Sie die Premiere absagen, jetzt, wo Sie ohne Regisseur sind?»

«Wie ich Ihnen bereits bei unserem ersten Gespräch gesagt habe: Das Theater in Nürnberg hatte für seine *Don-Giovanni*-Aufführung sechs Wochen Zeit. Eine szenische Umsetzung ist ihnen nicht gelungen, nur eine konzertante. Dafür haben sie eine Auszeichnung erhalten. Zu Recht. Wir hingegen werden unseren Zeitplan einhalten und den *Don Giovanni* szenisch zur Aufführung bringen.»

«Haben Sie das Ruder nun wieder selbst in die Hand genommen, nachdem Sie Sandner ...»

Reichenberg unterbrach ihn gereizt. «Jetzt hören Sie endlich mit dem schrecklichen Vorfall um den verstorbenen Fred Sandner auf. Er ist noch nicht mal unter der Erde, und Sie stellen die wildesten Spekulationen an. Die Ermittlungen sind Aufgabe der Polizei. Etwas mehr Pietät stünde Ihnen und Ihrem Blatt nicht schlecht zu Gesicht.»

«Dann lassen Sie die Katze doch endlich aus dem Sack!», forderte ein anderer. «Wofür der ganze Aufwand?»

Reichenberg nickte zustimmend. «Danke. Dann können wir nun endlich zu Ihrer Schlagzeile für die morgige Ausgabe kommen ...»

«Hört, hört.»

Reichenberg erhob sich, streckte seinen Arm nach rechts aus. «Meine Damen und Herren, darf ich Ihnen den neuen Regisseur des *Don Giovanni* vorstellen, der in den verbleibenden zwei Wochen unseren Premierentermin wie versprochen einhalten wird.»

Der Scheinwerfer wechselte von Reichenberg an den Bühnenrahmen, wo die Nullgasse begann. Stille kehrte ein, gespannt erwarteten die Journalisten, wer in den schmalen Spot treten würde.

Zuerst erkannten sie nur schwarze Stiefel, die sich dem Tisch näherten. Als sie dort angelangt waren, erlosch der Spot, und das Arbeitslicht ging an, das die Bühne hell erleuchtete.

Manchem verschlug es die Sprache, andere zückten ihre Fotoapparate und knipsten, was sie am folgenden Tag als Aufmacher bringen wollten. Ludewig wollte dazwischengehen, doch Raimondi hielt ihn zurück.

Reichenberg kündigte seinen Neuerwerb voller Stolz an. «Meine Damen und Herren: Francesco Raimondi, der neue Regisseur des *Don Giovanni*. Oder lassen Sie es mich so ausdrücken: Don Giovanni in Person.»

Raimondi nickte, setzte sich. «Vielen Dank, Herr Intendant. Es freut mich, dass ich diese Aufgabe übernehmen darf. Ganz besonders ehrt es mich, dass ich es hier am Mainfrankentheater tun darf, dem Haus, aus dem ich hervorgegangen bin. Ich verspreche Ihnen eine Inszenierung des *Don Giovanni*, die es so noch nicht gegeben hat.»

Durch das schnell aufflackernde Stimmengewirr deutete Raimondi mit einem Fingerzeig auf denjenigen, der die erste Frage stellen durfte.

«Herr Raimondi, wie Sie sich vorstellen können, sind wir sehr überrascht, Sie hier zu sehen. Was führt Sie nach Würzburg?»

«Das ist kein Geheimnis. Man brauchte Hilfe, man hat mich gerufen, hier bin ich.»

«Als so uneigennützig sind Sie uns eigentlich nicht bekannt. Was muss die Stadt für Ihr Engagement zahlen?»

Reichenberg mischte sich ein. «Meine Herren, bitte, es ist jetzt nicht die Zeit für finanzpolitische Fragen.»

Doch der Reporter ließ nicht locker. «Die Stadt ist hoch verschuldet, das Stadttheater ist pleite, muss wahrscheinlich die Hälfte seines Personals entlassen, die Oberbürgermeisterin hat den Canossa-Gang nach München angetreten, und Sie wollen die Frage nach der Finanzierbarkeit eines Weltstars nicht beantworten? Wir sind hier nicht in Mailand oder in New York.»

Raimondi übernahm. «Es ist eine durchaus berechtigte Frage. Lassen Sie es mich es so ausdrücken: Für mein Engagement muss die Stadt keinen Cent bezahlen. In einem Gespräch gestern Abend mit der Oberbürgermeisterin und der Intendanz habe ich ein entsprechendes Finanzierungsmodell vorgelegt. Wenn alles klappt, und davon gehe ich aus, wird die Inszenierung mehr einbringen, als sie kostet. Inklusive meines Engagements.»

«Wie wollen Sie das erreichen?»

«Wie Sie es eben schon angedeutet haben: Italien, Amerika, Frankreich und einige Häuser in Deutschland machen es uns vor. Ein öffentliches Dreispartenhaus lässt sich auf Dauer nur dann finanzieren, wenn es die Regeln der Marktwirtschaft kennt und für sich anwendet.»

«Die Idee ist nicht neu und schon bei anderen Häusern gescheitert.»

«Das stimmt. Einsicht bedeutet noch lange nicht Erfolg. Aber deswegen bin ich hier. Ich möchte ein neues Konzept der Projektfinanzierung vorstellen und mit ihm die Misere der Theater beenden. Theater müssen wie straff organisierte und auf den Erfolg programmierte Unternehmen auftreten, um sich gegen die Konkurrenz des Fernsehens, der Kinos und der Eventkultur zu behaupten. Wer das nicht versteht und nicht danach handelt, bleibt auf der Strecke.»

«Nun sagen Sie uns doch, was Sie vorhaben.»

«Ich bitte Sie um Geduld. Sie werden es in den nächsten Tagen und spätestens bei der Aufführung des *Don Giovanni* erleben.»

Wieder ein Fingerzeig auf den nächsten Fragesteller. «Ist der Generalmusikdirektor, Beat Stiller, in Ihre Pläne involviert?»

Reichenberg antwortete: «Herr Stiller befindet sich noch auf einem Gastspiel in Paris. Er wird bald eintreffen. Dann ist Zeit genug, alles Weitere zu besprechen.»

«Herr Stiller ist dafür bekannt, seine eigenen Vorstellungen bei der Aufführung umzusetzen.»

Raimondi zuckte mit den Schultern. «Ich sehe da kein Problem. Herr Stiller ist auf dem Weg dorthin, wo ich schon bin – an die Spitze. Der Erfolg ist sein Ziel. Ich kenne ihn zwar noch nicht persönlich, aber mir wurde zugetragen, dass er ein Profi ist. Daher sollte es keine Meinungsverschiedenheiten zwischen uns beiden geben.»

«Stiller verlangt musikalische Bestleistungen. Wo sehen Sie Ihren Ansatz?»

«Wie ich dem Ensemble schon sagte: Das sängerische Handwerk setze ich voraus. Es ist die Grundlage, überhaupt hier am Haus arbeiten zu dürfen. Den Schwerpunkt meiner Arbeit sehe ich in der dramaturgischen Aufbereitung des Stücks.»

«Giocoso* oder tragisch?»

* heiter

«Beides. Der Don Giovanni, den ich sehe und den ich in meiner Karriere habe spielen dürfen, ist ein Außenseiter ohne Moral, einer, der im Moment lebt, der keine Verantwortung für seine Taten übernimmt. Das ist für den Don Giovanni ein heiteres Spiel, für die Geschädigten hingegen enden seine Späße tragisch.»

«Aber der Don Giovanni fährt am Schluss zur Hölle. Sein Leben endet tragisch.»

«Das sehe ich nicht so. Der Don Giovanni bleibt sich bis in den Tod treu, ja, sein Untergang ist die zwingende Konsequenz seiner Redlichkeit und Treue zu seinem Welt- und Menschenbild. Das hat tagespolitische Brisanz.»

«Don Giovanni ist redlich? Wollen Sie uns das wirklich weismachen?»

«Wenn nur einer unserer Politiker bis in den Tod für seine Haltung einstehen würde, dann hätten wir nicht diese Probleme. Mein *Don Giovanni* wird ein Zeichen setzen.»

Raimondi sah auf die Uhr. «So viel für heute. Ich bedanke mich für Ihre Aufmerksamkeit.»

Doch so schnell wollten die Journalisten ihn nicht gehen lassen. Interviewwünsche wurden laut. Raimondi wies sie ab. Bevor er in der Gasse verschwand, winkte er Ludewig zu sich.

«Sagen Sie dem Mann von der *Frankfurter Allgemeinen*, dass ich heute Nachmittag in der Probenpause Zeit für ihn hätte.»

7

Die übliche Truppe hatte sich um den Obduktionstisch im Gerichtsmedizinischen Institut versammelt. Im Grunde handelte es sich um eine Routineangelegenheit. Anwesend waren Pia und Karl, die beiden Obduzenten, Ernst, der Sektionsgehilfe, und Heinlein als Vertreter der Kriminalpolizei. Kilian hatte sich vergeblich gesträubt, an der Obduktion teilzunehmen. Wenn er Heinlein bei der Aufklärung des Todes von Fred Sandner unterstützen wollte, musste auch er sich vor Augen führen lassen, was zum Ableben des Regisseurs geführt hatte.

Der rundum geflieste Raum war in ein unangenehm grelles Neonlicht getaucht. Er gab in seiner Nüchternheit eine Vorahnung auf das, was sich die nächsten zwei Stunden in diesem Raum abspielen sollte. Der Tod spielte in dieser Inszenierung die Hauptrolle; es ging nun darum, welche Spuren die Tatwaffe hinterlassen hatte, um daraus Rückschlüsse auf den Tathergang ziehen zu können.

Alle waren in die üblichen, grün verwaschenen Sektionskittel gekleidet; ein Mundschutz oder Menthol unter der Nase hätte den Anfänger enttarnt. Was Heinlein anging, so konnte er sich nicht mehr an den Tisch, der seitlich zwischen Eingang und Obduktionstisch stand, zurückziehen. Als zweiter Mann hinter seinem ehemaligen Chef Kilian war das noch akzeptiert worden, doch jetzt als Dezernatsleiter musste er die Öffnung des Leichnams an Pias Seite verfolgen.

Ernst, der Sektionsgehilfe, kaute auf seinem Zahnstocher. Er grinste breit bei der Überlegung, wie lange es Heinlein bei der Obduktion wohl aushielte, bis er umkippte. Ernst würde sich alle Mühe geben, dass er seine Wette gewann. Karl hielt dagegen. Er ließ es sich eine Kiste Wein kosten, wenn Heinlein bis zum Schluss auf den Beinen stehen würde.

Kilian hatte mit solcherlei Späßen nichts mehr im Sinn. Gelangweilt saß er am Tisch und kritzelte Mandalas auf einen Zettel.

Pia, die zweite Obduzentin, übernahm die Untersuchung, Karl, der leitende Obduzent, sprach die Ergebnisse auf ein Band, das im Anschluss abgetippt und Heinlein mitgegeben werden sollte. Ernst ging den beiden zur Hand. Er begann die Hände von den Plastiktüten zu befreien und die Schmauchspuren am rechten Daumen und Zeigefinger mit einem Stift abzukratzen. Der Stift ähnelte einem Lippenstift, der, von der Kappe befreit, die schwarzgrauen, feinen Körner aufnahm. Ernst verschloss den Stift mit der Kappe und drückte ihn Heinlein in die Hand. Der Erkennungsdienst würde diese Untersuchung später zum Abschluss bringen.

Nachdem Pia die sicheren Anzeichen des Todes, Totenstarre und Totenflecke, an der Leiche nochmals überprüft und bestätigt hatte, begann sie mit dem üblichen Procedere der Leichenöffnung. Laut Gesetz mussten alle drei Höhlen des Menschen, Kopf, Brust und Bauch, geöffnet, das Innere vermessen, begutachtet und bewertet werden.

Pia nahm das Skalpell zur Hand und setzte den ersten Schnitt. Sie begann hinter der linken Ohrmuschel, zog das scharfe Blatt durch die Kopfschwarte quer hinauf zum Haupthaarwirbel, machte eine Biegung und endete hinter der rechten Ohrmuschel. Pia trat zur Seite, den nächsten Schnitt würde Ernst übernehmen. Er lächelte breit, seine Augen fixierten Heinlein, der die erste Hürde erstaunlich gefasst genommen hatte.

«Hey, Schorsch», sagte Ernst, «heut schon gefrühstückt?»

Heinlein nickte, ohne den Blick vom Gesicht des Leichnams zu wenden. Fred Sandner sah noch immer wie ein Mensch aus. Der Tod hatte ihn nicht entstellen können. Aber dafür gab es ja Ernst.

Er griff in die klaffende Wunde, fasste die obere Kopfschwarte mit beiden Händen und zog sie mit einem kräftigen Ruck nach vorne. Kilian blickte auf. Das Geräusch erinnerte ihn an die Zeiten, als sein Onkel noch Jäger war und er der geschossenen Beute im Stall das Fell abzog. Es klang nach einem dumpfen, trockenen Ratsch. Die Kopfschwarte wurde auf Stirnhöhe nach vorn umgeklappt, sodass das Gesicht darunter verschwand. Der mattweiße Schädelknochen tauchte auf.

Heinlein stand wie eine Eins. Er ließ sich nichts anmerken, schwieg, verfolgte mit starrem Blick das weitere Vorgehen.

Ernst riss den Rest der Kopfschwarte nach unten. Wieder dieses Geräusch. Der Schädelknochen lag nun komplett frei.

Pia trat an den Kopf heran, bückte sich, um die Ein- und Ausschussstellen genauer zu betrachten. Beim Einschuss streckte sie ihren kleinen Finger vor, führte ihn ans Loch und machte eine Drehung. «Trichterförmig erweiterte Knochenaussprengung nach innen.»

Das gleiche Ritual wiederholte sie beim Ausschussloch. Die Trichteröffnung wies hier nach außen. Beide Trichter entsprachen ihrer Erwartung und dem klassischen Bild bei derartigen Verletzungen. Zum Schluss vermaß sie die beiden Schusslöcher und gab das Ergebnis an Karl.

«Mach weiter», sagte sie zu Ernst.

Er griff zur Seite. Das Instrument, das er zutage förderte, glänzte silbern, war handlich in der Länge und wies am Kopf eine kreisrunde Verschalung auf, unter der eine Scheibe auf den Einsatz wartete.

Heinlein wippte auf den Schuhsohlen, was verriet, dass er doch mehr an den Vorgängen beteiligt war, als er zugeben wollte.

Ernst rollte den Zahnstocher von links nach rechts, lächelte, als er die Säge anschaltete. Der sirrende Laut, den das Gerät von sich gab, war der einer elektrischen Handsäge aus dem Baumarkt ähnlich. Er setzte die Säge auf die Stirn des Leichnams und drückte sanft zu. Die Scheibe fraß sich mühelos durch den Knochen, wurde nur etwas lauter, wenn sie auf härteres Knochenmaterial stieß, bezwang den Schädel schließlich rundherum, bis der Kreis geschlossen war.

Ernst legte die Säge beiseite, nahm nun einen Meißel zur Hand. Es war ein hammerähnliches Gerät mit flach zulaufender Spitze, dort, wo man es in der Hand hielt. Mit dem T-Stück schlug er dreimal ringsum auf das Schädeldach, etwa so, wie man ein Ei zum Pellen vorbereitet. Zum Schluss steckte er die flache Seite des Meißels in die gesägte Nut. Er fasste das Gerät am T-Stück, bereit zu vollenden, was er begonnen hatte. Zuvor ging sein Blick zu Heinlein, er wollte seine Reaktion nicht verpassen.

Eine kleine Drehung des T-Stücks genügte, ein hohles Knacken, und das Schädeldach sprang auf. Heinlein knickte leicht ein, fing sich aber sofort wieder.

Ernst nahm das Schädeldach wie einen Deckel ab. «Voilà. Es ist angerichtet.»

Das blassweiße Gehirn kam zum Vorschein. Pia nahm eine Pinzette und ein Skalpell zur Hand. Mit der Pinzette griff sie die harte Hirnhaut, hob sie an, um mit dem Skalpell einen großzügigen Kreis zu schneiden. Zwischen

Gehirn und Hirnhaut trat Blut aus. Es rührte nicht vom Schnitt her, sondern hatte sich aufgrund der Schussverletzung dort angesammelt.

Sie legte Hirnhaut und Pinzette beiseite. Ernst kam wieder hinzu. Er musste nun die gesamte Hirnmasse anheben, damit Pia die Nervenstränge und das Rückenmark an der Schädelbasis lösen konnte. Er griff an der verbliebenen Hinterkopfschale am Nacken tief hinein, fasste zu und hob an. Ein Schnitt, noch einer, und Pia hatte das gesamte Gehirn von der Leiche getrennt.

Ernst legte es in die stählerne Waagschale. Der Zeiger schlug aus. «Eintausendzweihundertfünfzig Gramm.»

Karl wiederholte das Ergebnis in das Aufnahmegerät.

«Dann wollen wir mal sehen, was wir da haben», sagte Pia. Sie hatte ein langes Messer zur Hand, das eher einem Tapeziermesser oder der breiten Klinge ähnelte, mit der Crêpes gewendet wurden.

Ernst platzierte das Gehirn auf einem hölzernen Schneidblock. Pia setzte die Schneide des Messers genau im Zentrum des Einschusslochs an. Mit der anderen Hand hielt sie das Gehirn von oben fest. Der Schnitt ging horizontal durch die Masse, immer den Schusskanal in der Mitte entlang. Nachdem sie am Ausschussloch angekommen war, legte sie das Messer beiseite und nahm die obere Gehirnhälfte ab. Vor ihr lagen nun zwei Teile, die beide die Hälfte des Schusskanals zeigten.

Karl notierte in das Aufnahmegerät: «Nach Flechsig-Schnitt zeigt sich der Schusskanal. Er ist ungefähr doppelt so groß wie der Durchmesser des .38er-Kalibers, was auf die hydraulische Sprengwirkung zurückzuführen ist. Der Kanal selbst ist beim Einschuss eingeblutet, er verläuft sich jedoch nach innen. Der Kanal ist mit zerrissenem Hirngewebe ausgefüllt, seine Randgebiete sind eingeblutet.

Der Schusskanal verläuft quer durch das Stammkerngebiet. Daraus erschließt sich die Todesursache: Hirnzerreißung bei Kopfdurchschuss. Der Tod muss sofort eingetreten sein.»

Karl stoppte das Aufnahmegerät. Zu Pia gewandt: «Ist das okay für dich?»

Pia nickte.

Ernst mochte seinen Augen nicht trauen. Heinlein stand noch immer. Er ging auf ihn zu. «Alles klar mit dir?»

Heinlein nickte, kreidebleich im Gesicht.

Karl klopfte Ernst auf die Schulter. «Ich bevorzuge einen Riesling Kabinett.»

Ernst grunzte missmutig, während Heinlein um Entschuldigung bat. Er wollte kurz die Toilette aufsuchen.

Ernst triumphierte. «Für mich einen Silvaner, bittschön.»

Kilian ließ ihn ziehen. Er ging zu Karl und Pia. «Wenn sich sonst weiter nichts ergibt, wie lautet euer Urteil?»

Pia antwortete: «Es war zweifelsfrei ein aufgesetzter Schuss, was für einen Suizid spricht. Die Überlebenszeit war kurz, eine Überlebenschance hatte er nicht, und ich kann keinen Hinweis auf das Einwirken fremder Hand erkennen. Abwehrverletzungen an Händen und Unterarmen waren keine vorhanden. Die Schmauchspuren an der Hand zeigen, dass er die Waffe selbst geführt hat. Das Vollmantelgeschoss war zudem geeignet, diese Verletzungen zu bewirken, also auch hier kein Widerspruch. Ein klassischer Fall von Suizid mit einer Faustfeuerwaffe.»

Die einzige Frage, die noch offen blieb, war: Wo hatte Sandner die Waffe her? Sich eine .38er zu besorgen war kein leichtes Unterfangen, schließlich waren sie hier in Würzburg, wo nicht an jeder Straßenecke Schusswaffen feilgeboten wurden. Dazu musste man nach Frankfurt auf die Zeil fahren oder nach Osten, in die Tschechei nach Eger. Dort konnte man für ein paar hundert Euro eine Waffe mit Munition bekommen.

Das ließ die Vermutung zu, dass sich Sandner die Waffe bereits vor seinem Engagement am Mainfrankentheater besorgt hatte. Dann wäre er bereits seit längerem mit dem Gedanken schwanger gegangen, sich zu töten – oder sich zu schützen. Doch wovor? Es war nichts darüber bekannt geworden, dass er sich bedroht fühlte. Zum anderen gab es auch keinen Ansatz, der auf Suizidgefährdung hätte schließen lassen. In beiden Fällen musste Kayleen McGregor, die Lebensgefährtin Sandners, nochmals befragt werden. Wenn es Anzeichen für eine Bedrohung oder für einen Suizid gegeben hatte, musste sie etwas darüber wissen.

Was noch fehlte, waren die Ergebnisse, die von den Kriminaltechnikern geliefert werden sollten. Die übliche Individualnummer der Waffe war am Lauf ersichtlich; jemand hatte sich jedoch an ihr zu schaffen gemacht, damit ihre Geschichte im Dunkeln blieb. Mit Säure oder der Röntgendiagnostik würden die Kriminaltechniker versuchen, die Nummer zu rekonstruieren. Ob es ihnen gelingen würde, war zu dieser Zeit noch ungewiss.

All diese Fragen betrafen ihn nicht, sagte sich Kilian. Die Sisyphusarbeit bei der Ermittlung der Herkunft der Waffe würde von den dafür spezialisierten Kollegen erledigt werden. Es gab für Kilian bei diesem Fall nun nichts mehr zu tun. Heinlein musste ihn demnach aus dem Versprechen, ihn bei der Aufklärung des Falles zu unterstützen, entlassen.

Seiner Rückreise in die sonnigen Marken stand also nichts mehr im Weg.

Doch zuvor wartete Pia auf ihn. Sie bat ihn auf einer

Bank gegenüber des Sekretariats Platz zu nehmen, solange sie nach der Obduktion duschte.

Es dauert nicht lange, bis sie sich mit nassem Haar zu Kilian setzte.

«Also, was gibt's so Dringendes?», fragte er etwas ungehalten. Er hasste es, in dunklen Gängen zu warten, und erst recht in diesem Institut, wo es überall nach Desinfektionsmitteln und Tod roch. Eine Leichenhalle hätte nicht romantischer für ein Gespräch sein können als dieser Ort, wo toten Menschen das letzte Geheimnis geraubt wurde.

Kilian war viel mehr nach Sonne und Meer, wo er das Leben und die Lust in vollen Zügen genießen konnte.

«Tut mir Leid, dass ich gestern Vormittag so kratzbürstig zu dir gewesen bin», begann Pia.

«Das heißt, du bist heute besser gelaunt?»

Kilian blickte zur Seite, sah Menschen in weißen Kitteln, die wie auf einem Güterbahnhof mit Bahren rangierten. Es durchfuhr ihn ein kalter Schauer. Dies war ein Platz, an dem der Tod regierte, nicht das Leben.

«Ich hatte nachmittags noch einen Termin», fuhr Pia fort, ohne die Abscheu Kilians für das Gerichtsmedizinische Institut wahrzunehmen, «und ich wusste nicht, was mit mir los war.»

Kilian wich zurück. Nicht wegen Pias Erklärung, sondern weil soeben Ernst mit einem Schinkenbrötchen zwischen den Zähnen vorbeikam und sich die Hände mit einer Desinfektionslösung einrieb. «Und jetzt weißt du es?»

Wie konnte man nur essen, wenn man Minuten zuvor mit diesen Händen noch im Gedärm eines anderen herumgewühlt hatte, fragte er sich.

«Ich habe gleich Bescheid bekommen», fuhr Pia fort. Ein

Leuchten lag in ihren Augen, Kilians folgten angewidert Ernst.

«Dann erzähl», sagte Kilian ahnungslos.

Eine Sekretärin kam Pia zuvor: «Die Kollegen von der Polizeiinspektion Land haben angerufen.»

«Kann warten!», beschied Pia barsch.

«Nein, kann es leider nicht. Sie haben 'nen Toten auf der B 19. Fahrerflucht. Schaut übel aus, Teile von ihm sind verstreut. Bevor sie die Unfallstelle für den Verkehr wieder freigeben, muss unbedingt einer von euch vorbei.»

«Sag's Karl.»

«Der ist doch schon weg.»

Pia erhob sich. «Verdammt. Kann man nicht mal für eine Minute seine Ruhe haben?!»

«Los, mach schon, die Streife wartet unten.»

Pia beugte sich zu Kilian herab, gab ihm einen Kuss. «Wir sprechen später. Okay?»

«Kein Problem», antwortete Kilian.

Ihm stand der Sinn nicht nach Tod. Er dachte die ganze Zeit ans Meer, und in ein paar Stunden würde er wieder dort sein.

Das brauchte Pia aber nicht zu wissen. Er würde sie von dort aus anrufen und sich entschuldigen.

*

Im Großen Saal des Mainfrankentheaters schritt Raimondi zur ersten Probenarbeit mit seinem neuen Ensemble. Er hatte wie sein Vorgänger Sandner auf einem Stuhl im Orchestergraben Platz genommen. Neben ihm saßen Sue, die Pianistin, Rainer, der zweite Kapellmeister und Dirigent, und Marianne, seine Regieassistentin. Franziska, die Souffleuse, war in ihren engen Kasten zurückgestiegen.

Raimondi gab das Zeichen. «Licht aus und bitte sehr.»

Das helle Bühnenlicht erlosch. Lediglich die Kerzen flackerten aufgeregt die Treppe hoch zu Donna Annas Schlafgemach.

Sues Klavier schlich sich an wie eine Katze in der Nacht. Leporello trat aus dem Dunkel der Treppe. Er wirkte unbeholfen, wusste mit der Situation nichts Rechtes anzufangen.

Sein Part sah vor, dass er der Dienerschaft gegenüber Don Giovanni überdrüssig war. Sein mächtiger Bariton setzte an. Jede einzelne Silbe betonte er, als stolperte er durch unwegbares Gelände.

«Notte e giorno faticar, per chi nulla sa gradir …» *

Die Stimme überzeugte, doch sein Spiel war lausig.

Leporello steigerte sich in den offenen Widerstand zu seinem Herrn, die Musik wurde schneller, fordernder. *«Voglio far il gentiluomo, e non voglio più servir …»* **

«Aus!», schallte es aus dem Orchestergraben auf die Bühne. Das Klavierspiel endete abrupt. Vladimir, der Don Giovanni, Kayleen, die Donna Anna, und Michail, der Komtur, traten hinter dem Bühnenbild hervor. Roman, der Leporello, blieb auf der Bühne stehen; den Blick zu Boden gerichtet, wirkte er, als habe man ihn beim Stehlen ertappt.

Raimondi schwang sich auf die Bühne, mit wenigen Schritten stand er neben Leporello. Der stämmige Pole überragte ihn um einen Kopf.

«Was sollte denn das sein?», fragte Raimondi.

Seine Stimme klang hinterhältig. Er suchte Augenkontakt.

* Tag und Nacht sich abrackern, für einen, der sich nie bedankt.

** Ich will selbst den Herren spielen und nicht länger Diener sein.

Leporello schwieg, blickte verstohlen zur Seite.

«Ich habe dich was gefragt!», wiederholte Raimondi. «Sollte das wirklich der Auftritt eines Leporello sein, der rebelliert? Einer, der die Schnauze voll hat von seinem undankbaren Dienst bei seinem selbstverliebten Herrn? *Tag und Nacht sich abrackern*, ohne einen Verdienst dafür zu erhalten? Und dann das *Voglio far il gentiluomo* ... Du hast die Schnauze voll, willst selbst der Herr sein. Du bist drauf und dran, alles hinzuschmeißen. Dein Herr soll sehen, wie er ohne dich zurechtkommt. Das muss rüberkommen. Verstehst du das?»

Ein schüchternes «Ja».

«Gut, dann alles auf Anfang.»

Raimondi begab sich zurück in den Orchestergraben, setzte sich auf einen Stuhl. Zu seiner Rechten die Assistentin Marianne.

«Der wird es nie kapieren», flüsterte sie ihm zu.

«Das werden wir noch sehen», antwortete Raimondi kühl. Zur Bühne: «Sind wir so weit? Dann ... bitte!»

Sue griff erneut in die Tasten. Ihr Spiel gab die Grundstimmung der Szene wieder – sie war dunkel, geheimnisvoll, ein Crescendo der sich anbahnenden Ereignisse. Rainer begleitete sie stumm, mit den Händen dirigierend, den Takt vorgebend. Ihm tat es Franziska, die Souffleuse, gleich. Auch ihre Hand schwang im Takt, so wie sie jedes einzelne Wort der Arie leise vor sich hin sprach, um sofort auszuhelfen, wenn der Solist seinen Text vergessen sollte. Die Sänger hatten von jeder Position auf der Bühne aus die Möglichkeit, sie zu sehen.

Leporello trat hervor, unbeholfen, sein Spiel ließ jede Leichtigkeit vermissen, die er für diese Arie benötigte. Noch bevor der erste Ton gesungen war, brach Raimondi ab.

«Aus!»

Er nahm den Leporello an die Hand und führte ihn in die Mitte der Bühne, dorthin, wo es am hellsten war. «Alle einmal herhören», rief Raimondi, in die Runde blickend. «Kann mir jemand sagen, was an dem Leporello nicht stimmt?»

«Dass er 'n Polacke ist», kam es von hinter den Kulissen. Dort hielten sich die Bühnentechniker auf.

«Das ist nicht die Zeit für dumme Witze!», kanzelte Raimondi sie scharf ab. «Kann jemand unserem Kollegen aushelfen, damit er die Figur zum Leben erwecken kann?»

Schweigen.

«Wie steht es mit dir, Marianne?», fragte Raimondi in den Orchestergraben. «Da du ja weißt, dass es so nicht funktioniert, kannst du dann Roman erklären, wie er es besser machen kann?»

Schweigen. Die Angesprochene fühlte sich bloßgestellt, sie errötete.

«Ich warte … wir alle warten. Hilf uns, damit die Premiere hält, was wir unseren Zuschauern versprechen. Sie bezahlen gutes Geld und haben das Recht auf eine gute Inszenierung.»

Marianne sah sich an die Wand gedrängt, die Augen ihrer Kollegen ruhten auf ihr. Sie war sich unsicher, ob sie antworten oder verschwinden sollte.

«Marianne, wir warten!»

«Verdammt», schoss es aus ihr heraus, «er soll einfach das spielen, was in seinem Text steht. Dafür wurde er schließlich ausgebildet.»

Raimondi zeigte auf sie, ging auf der Bühne an den Solisten vorbei, sah ihr direkt in die Augen. «Hier haben wir also eine Regieassistentin, deren Job es ist, mich, euren Regisseur, bei seiner Arbeit zu unterstützen. Eines Tages wird sie an meiner Stelle stehen. Zumindest hofft sie das. Dennoch fällt ihr nichts anderes ein, als mir zuzuflüstern, dass Roman seinen Part nicht beherrscht, als ob ich keine Augen im Kopf hätte. Ist das eine Einstellung, die wir im Ensemble dulden können?»

Er ging zum Rand der Bühne. «Nun, Marianne, magst du vielleicht jetzt meine Frage beantworten?»

Marianne schossen die Tränen in die Augen. Sie stand auf, nahm ihre Tasche und verließ den Orchestergraben Richtung Ausgang.

Triumph spiegelte sich in Raimondis Augen. Er scheute sich nicht, ein Lächeln zu zeigen.

Kayleen unterbrach die Stille. «War das nötig? Mussten Sie Marianne vor uns allen bloßstellen?»

Raimondi nahm erneut Fahrt auf. Wieder ging er an den Solisten vorbei, schaute jedem Einzelnen in die Augen. «Bloßstellen … nennt ihr das hier so? Habe ich sie bloßgestellt, weil ich sie an ihre eigentliche Aufgabe erinnert habe? Seht ihr das auch so?»

Niemand antwortete.

«Ich will euch sagen, wie ich es sehe: In zwei Wochen steht der *Don Giovanni*, mit oder ohne eure Hilfe. Wer sich dazu nicht in der Lage fühlt … dort ist die Tür. Bitte, ich zwinge keinen zu bleiben.»

Niemand rührte sich.

«Wenn ihr aber mit mir eine Inszenierung auf die Beine stellen wollt, gemeinsam und als Team …», Raimondi holte Luft, brüllte fast, «dann werdet ihr, verdammt nochmal, das tun, was ich von euch verlange!»

Raimondi senkte die Stimme, klang beinahe versöhnlich: «Wenn das nun ein für alle Mal geklärt ist, möchte ich jetzt eine erste Szene von euch sehen, die es wert ist, dass ich meine Zeit dafür opfere.»

Wortlos gingen die Sänger auf ihre Ausgangsposition.

Raimondi nahm Leporello zur Seite, sprach mit ihm, zeigte ihm, wie er spielen sollte. Leporello nickte, versprach, dass er es nun genau so machen wolle, wie Raimondi verlangte.

Ohne ein Wort gab Raimondi das Zeichen, damit die Szene beginnen konnte. In die Stille platzte ein Rascheln aus dem Zuschauerraum. Irgendjemand aß etwas. Raimondi drehte sich um, langsam, das Ziel suchend. Zwei Worte genügten, leise gesprochen, drohend: «Raus … sofort!»

Jemand stahl sich im Dunkeln davon, die Tür ging auf, schloss sich wieder.

Raimondi vergewisserte sich, ob nun alle bereit waren.

Dann: «Bitte!»

Das Klavier begann, tastete sich behutsam zum Einsatz Leporellos vor. Aus dem Dunkel steckte er seinen Kopf heraus, vorsichtig, sich vergewissernd, dass er alleine war, bis er mutig den ersten Schritt wagte und seine Klage anstimmte.

Raimondi sprang auf die Bühne, winkte der Pianistin zu weiterzuspielen, forderte dasselbe von Leporello, stellte sich neben ihn, begleitete ihn auf seinem Auf und Ab am Fuße der Treppe, führte ihm den Arm beim *Voglio far il gentiluomo*, als wolle er aller Welt beweisen, dass er von nun an der Herr sein würde, schob Leporello vor an den Bühnenrand, hob sein Kinn, damit er in die Reihen sang, Kontakt zu den Zuschauern aufnahm, nicht zu hoch, die Galerie blieb ausgespart, bis er am Ende seiner Arie angekommen war.

Raimondi klopfte ihm anerkennend auf die Schulter, führte ihn eilig zurück unter die Treppe, sodass er ungesehen von dort den Auftritt Don Giovannis und Donna Annas verfolgen konnte.

Das Piano folgte unterdessen dem Diktat der Noten, bäumte sich auf, zerhackte den Fluss der Klänge, bereitete Donna Anna den Raum für ihre Anklage.

Von der Treppe herab stürmte Don Giovanni, das Gesicht hinter dem Umhang verborgen, auf seinen Fersen Donna Anna. Voller Grimm schmetterte sie ihm ihr *Non sperar, se non m'uccidi, ch'io ti lasci fuggir mai** entgegen.

Einsatz Don Giovanni. «*Donna folle ...*»

Er verstummte, suchte den Text unter dem Mantel.

Die Souffleuse rief ihm zu: «*... indarno gridi ...*»

Raimondi griff sofort ein. «Aus!»

Er ging auf Vladimir zu, schob sacht dessen Arm und Umhang zur Seite, entdeckte den Klavierauszug. Er nahm ihn Vladimir aus der Hand und forderte ihn mit einem Fingerzeig auf, ihm zu folgen. Am Bühnenrand postierte er ihn, gab Sue die Anweisung, ab Einsatz Don Giovanni zu spielen, und wartete, Vladimir den Rücken zugewandt.

Vladimir begann: «*Donna folle indarno ... gridi ...*»

Die Souffleuse setzte an, ein Blick Raimondis stoppte sie. Das Klavier starb, Don Giovanni blieb stumm.

Raimondi stimmte die Champagnerarie an. Sie war eine der Paradenummern Don Giovannis im weiteren Fortgang der Oper. «*Fin ch'an dal vino ...*», er blickte dabei nicht zurück, sondern nach vorn, in den Zuschauerraum, gab Vladimir allerdings ein Zeichen weiterzusingen. Nichts geschah, der Don Giovanni blieb stumm.

Ein letzter Versuch. Die Canzonetta, noch eine Paradenummer für den Don Giovanni. «*Deh vieni alla finestra ...*»

Stille.

* Hoffe nicht zu entkommen, nur der Tod entreißt dich mir.

Raimondi ging zum Bühnenrand, warf Vladimir den Klavierauszug vor die Füße.

«Du bist gefeuert.»

*

«Hast du 'ne Minute?», fragte Benno Führwald, einer der Kriminaltechniker. Er stand in der Tür von Heinleins Büro im Kriminalhauptgebäude an der Wittelsbacher Straße.

Heinlein blickte vom Schreibtisch auf. «Klar. Was gibt's?»

Benno setzte sich ihm gegenüber. In der Hand hielt er eine durchsichtige Plastiktüte, in der die .38er Smith & Wesson vom Tatort zu sehen war. Er legte sie auf den Tisch.

«Wir haben etwas gefunden», sagte Benno.

«Die vollständige Seriennummer?», fragte Heinlein.

«Daran arbeiten wir noch. Doch zuerst wollte ich dir mitteilen, was die Suche nach Fingerabdrücken im Büro Sandners ergeben hat.»

«Erzähl.»

«Wie erwartet war die gesamte Einrichtung mit Sandners Fingerabdrücken und anderen, die wir bisher nicht zuordnen können, übersät. Bis auf zwei Ausnahmen ...»

«Und die sind?», fragte Heinlein, der nur kurz aus seinen Unterlagen aufblickte.

«An der inneren Türklinke waren keine Abdrücke zu finden. Zumindest keine, die wir erwartet hätten. So wie es ausschaut, muss jemand mit einem Tuch die Klinke von Spuren flüchtig gesäubert haben, oder die Person hat Handschuhe getragen.»

Heinlein schaute nun aufmerksam, aber irritiert. «Wie habe ich das zu verstehen?»

«Wenn du die Klinke ohne einen Handschuh anfasst, dann bleiben die Kapillaren deiner Handfläche darauf zurück. Das sind die Abdrücke deiner Hand, aus denen Wahrsagerinnen glauben, deine Zukunft lesen zu können. In unserem Fall konnten wir aber nur noch verwischte Abrücke sicherstellen, so, als hätte ein Handschuh die Klinke betätigt und die Spuren darauf vernichtet.»

«Weist die äußere Klinke dasselbe Muster auf?»

«Nein, und genau da liegt der Hase im Pfeffer. Wenn es stimmt, was die Zeugen ausgesagt haben, dann sind zumindest drei Personen mit der äußeren Klinke ohne Handschuh in Berührung gekommen. Das war erstens die Person, die an Sandners Tür geklopft und dann die Klinke gedrückt hat, nachdem Sandner nicht geantwortet hatte. Zweitens der Intendant, der hinzugerufen wurde, und drittens der Hausmeister, der die Tür mit dem Schlüssel schließlich öffnete. Diese drei Personen haben mit ihren Abdrücken etwaige verwischte Spuren überlagert.»

Heinlein dachte nach. Es stimmte, was Benno da sagte, es war seltsam, dass die beiden Türklinken nicht die gleichen Spuren aufwiesen. Wer einen Raum durch die Tür betrat, hinterließ die gleichen Spuren, wenn er ihn wieder verließ. In beiden Fällen mussten beide Türklinken benutzt werden.

Soweit sich Heinlein an die Aussagen der Zeugen erinnern konnte, sagten sie, dass sie die Tür geöffnet und beim Anblick der Leiche nicht mehr verschlossen hatten. Danach sei sofort die Polizei verständigt worden. «Kann die innere Klinke nicht durch etwas anderes ‹gereinigt› worden sein?»

«Sicher wird es eine andere mögliche Erklärung dafür geben», antwortete Benno, «doch interessant wird dieses Indiz in Zusammenhang mit dem, was wir auf der Waffe gefunden, besser, nicht gefunden haben.»

«Spann mich nicht auf die Folter.»

«Wenn sich jemand mit einer Waffe erschießt, findest du seine Fingerabdrücke darauf.»

«Klar.»

«Außerdem sollte man davon ausgehen, dass sich mehr als ein Abruck darauf befindet, weil du die Waffe zuvor lädst oder sie in die eine oder in die andere Hand nimmst, einfach um ein Gefühl dafür zu bekommen.»

«Logisch.»

«Dementsprechend müsste die Waffe von Fingerabdrücken strotzen.»

Heinlein ahnte die Antwort. «Tut sie aber nicht.»

«Genau», sagte Benno und nahm die Plastiktüte mit der Waffe zur Hand. «Seltsam ist, dass sich nur ein einziger Abdruck auf der Waffe befindet. So als habe Sandner die Waffe niemals vorher in der Hand gehabt und nur einmal benutzt.»

«Oder er hat sie zuvor gereinigt.»

«Entweder er oder jemand anderes. Wir haben stattdessen nur am Knauf und am Abzug die erwarteten Abdrücke gefunden. Nirgendwo sonst auf der Waffe. Ist das nicht eigenartig?»

«Und ob», bestätigte Heinlein. «Da stimmt was nicht.»

Benno hatte noch eine Information im Ärmel. «Das ist noch nicht alles.»

«Jetzt sag bloß nicht, dass es gar nicht die Waffe ist, mit der Sandner sich erschossen hat.»

«Dochdoch, die Waffe ist es schon, aber ... Etwas ist eigenartig. Die Waffe wurde vor Gebrauch gereinigt. Das steht fest. Allerdings nicht so, wie ich es mir vorgestellt habe.»

«Du meinst mit Waffenöl und einem Lappen?»

«Genau. Wir haben Rückstände von einem Geschirrspülmittel gefunden. So, als hätte jemand die Waffe tatsächlich ins Spülwasser getaucht und zusammen mit den Kaffeetassen abgespült. Wer macht denn so was?»

Heinlein suchte nach einer Antwort. «Jemand, der mit Waffen und deren Reinigung nicht vertraut ist.»

«Würde das auch auf den Toten zutreffen?»

Heinlein zuckte mit den Schultern. «Keine Ahnung.»

«Wieso sollte der Tote seine eigenen Spuren auf der Tatwaffe vernichten? Und wenn, wieso hat er nicht seine Fingerabdrücke beseitigt?»

«Weil er da schon tot war.»

«Nein, das meine ich nicht. Wieso hat er keine Handschuhe getragen, wenn er alle Spuren vermeiden wollte?»

Heinlein schlussfolgerte: «Weil er die Person schützen wollte, die ihm die Waffe besorgt hat?»

«Möglich. Dann solltest du nach jemandem suchen, der gerne Vollkornbrot isst und sein Parfüm selbst herstellt.»

Heinlein geriet nun völlig ins Schleudern. «Was?»

Benno nahm nochmals die Waffe zur Hand und zeigte auf die jeweiligen Stellen. «Wir haben in den Patronenkammern und im Spalt des Handgriffs Abrieb eines Baumwolltuchs gefunden. Dein Toter oder wer auch immer hatte die Waffe eine Zeit lang in ein gebrauchtes Handtuch eingewickelt. Durch den Transport haben sich feine Staubpartikel und Fasern gelöst, die sich in den Ritzen festgesetzt haben. Neben anderen Tests haben wir auch zwei Methoden zum Einsatz gebracht, die uns über das Umfeld der Waffe, genauer: des Tuchs, Aufschluss geben. Zum einen ist das die chemische Ionisation und zum anderen die Massenspektrometrie …»

«Kein Fachchinesisch, bitte.»

«Okay, es geht um eine olfaktorische Signatur.»

«Benno!»

«Gerüche, ganz einfach. So wie ein Hund eine Duftspur

mit seiner Nase verfolgen kann, so können auch unsere Laborgeräte Rückstände eines Duftes auf einem Träger nachweisen. In diesem Fall drei ppt, das sind drei Billionstel Teile, vom Geruchsmolekül eines Roggenvollkorns, fünf ppt von Sandelholz und zwölf ppt von Moschus. Beide Öle sind synthetisch. Man benutzt sie entweder für Duftlampen oder für die eigene Herstellung von Parfüm.»

Heinlein war jetzt völlig verloren in der Welt der Chemie. «Sag's mir auf Deutsch, bitte.»

«Also, Waffe samt Verpackung haben in einem Korb oder in einer Tasche neben dem Pausenbrot und einem Parfüm gelegen. Das Tuch hat den Duft aufgenommen und mit den abgeriebenen Fasern auf die Waffe übertragen.»

Heinlein quälte eine Frage: «Wer benutzt Sandelholz und Moschus? Frauen oder Männer?»

Benno dachte laut. «An jedem anderen Tatort hätt ich gesagt Frauen. Aber da du ja am Theater ermittelst, frage ich mich, wie viel Männer dort nicht mit Frauenparfüm durch die Gegend laufen.»

8

Heinlein hatte einen der Besprechungsräume im Theater für seine Vernehmungen reserviert. Ihm gegenüber saß Kayleen McGregor, Lebensgefährtin des verstorbenen Fred Sandner, in der Hand ein Taschentuch mit Spitze, das sie hin und wieder an ihre Nase führte. Heinlein kam es vor, als wolle sie kein Sekret damit auffangen, sondern sich vor jeder Antwort auf seine Fragen für einen Moment dahinter verstecken.

«Sie fanden also keine Anzeichen dafür, dass sich Herr Sandner das Leben nehmen wollte?», fragte er.

Zuerst das Taschentuch an die Nase, dann ein kleiner Seufzer, bevor sie antwortete. Ihre Augen wurden durch Haar bedeckt, das ihr ins Gesicht fiel. Dann hob sie den Kopf, atmete tief ein, als sei jede Frage eine Last.

«Nein, beim besten Willen nicht.»

«Können Sie sich erklären, woher er die Waffe hatte?»

Wieder dieselbe Prozedur. «Nein, ich habe so etwas nie bei ihm gesehen. Er verabscheute Gewalt.»

«Der Revolver ist nicht groß. Er könnte ihn ganz leicht in einer Schublade aufbewahrt oder in der Jackentasche mitgeführt haben.»

«Ja, mag sein. Aber trotzdem, Waffen und Freddie, das passt einfach nicht zusammen. Man geht nicht bewaffnet zu einer Probe.»

«Fühlte sich Freddie Sandner vielleicht von jemandem bedroht?»

«Drohungen sind etwas ganz Normales in diesem Beruf, in dieser Position. Als Regisseur muss man Entscheidungen treffen. Für manche kann das unangenehm werden.»

«Stand aber gerade nicht Sandner in dem Ruf, Entscheidungen zu meiden?»

«Wie kommen Sie denn darauf?»

«Ich hatte den Eindruck, als ich gestern das Ensemble befragte.»

«Sie meinen Marianne, dieses hinterlistige Miststück.»

«Auch die anderen schienen nicht von Sandner und seiner Arbeit begeistert zu sein.»

«Begeistert hin oder her, das war nicht der Punkt. Es ging um Respekt, vielmehr dessen Nichtvorhandensein.»

«Worauf führen Sie das zurück?»

«Dass er viel zu verständnisvoll mit seinen Leuten umgegangen ist. Das war sein Untergang. Er hätte sie ruhig mal härter rannehmen sollen. Schauspieler und Sänger brauchen so was, damit sie wissen, wo's langgeht.»

«Konnten Sie ihm das nicht sagen?»

Sie winkte ab, tat so, als ob sie es ihm täglich zum Frühstück gesagt hätte. «Er war nicht zu belehren. Er wollte Spaß bei seiner Arbeit haben, dasselbe sollte für seine Sänger gelten. Ansonsten hätte er es gleich bleiben lassen können. Die harte Tour sei etwas für die anderen, nicht für ihn.

Nun, jetzt haben sie es ja geschafft.»

«Wen meinen Sie mit ‹sie›?»

«Na, Reichenberg natürlich. Er und seine Kumpane stecken doch hinter allem. Die letzten Tage waren eine einzige Hetzkampage gegen Freddie. Jedes Mal, wenn Reichenberg ein Interview gab, torpedierte er die Produktion als ‹schwierig› und gab Kommentare ab wie: ‹Man wird sehen, wie das Publikum es aufnimmt.› Stellen Sie sich das mal vor! Ihr eigener Intendant hintertreibt öffentlich Ihre Arbeit.»

«Wieso sollte er das tun?», fragte Heinlein ahnungslos. «Damit schneidet er sich doch ins eigene Fleisch.»

«Eben! Ich weiß auch nicht, was für ein Spiel die da oben spielen, auf jeden Fall ist es ein schmutziges. Freddie hat für deren Unfähigkeit den Kopf hinhalten müssen.»

«Sie meinen, er hat für etwas zahlen müssen, was andere verbockt haben?»

«Ja.»

«Was zum Beispiel?»

«Nehmen wir Vladimir, den Don Giovanni. Keine Ahnung, wo Reichenberg den aufgetrieben hat. Er kam aus dem Nichts, hatte im Handumdrehen einen Vertrag, und der beinhaltete auch noch, dass er die Premiere singen würde. Können Sie sich das vorstellen? Jemand bekommt über den Kopf des Regisseurs hinweg eine vertragliche Zusicherung für die Premiere. So was gibt es sonst nirgendwo. Und da konnte Freddie machen, was er wollte, Vladimir würde die Premiere singen, egal, ob er den Text nun beherrscht oder nicht.»

«Wieso hat da niemand protestiert? Ich meine, Sie sitzen doch bei einer Aufführung alle im selben Boot.»

«Es gab durchaus Proteste, aber natürlich unter der Gürtellinie und gegen Freddie gerichtet. Marianne ist da das beste Beispiel. Sie hatte es auf Freddie abgesehen, sie wollte seinen Job.»

Heinlein horchte auf. «Marianne Endres, die Regieassistentin, hätte Sandner beerbt, wenn er abgetreten wäre?» War das ein denkbares Motiv?, fragte er sich.

Kayleen nickte. «Wer sonst könnte vierzehn Tage vor der Premiere die Regie übernehmen als jemand, der die ganze Zeit mit dabei war.»

«Die Intendanz hat offensichtlich jemanden gefunden.»

«Die Sache stinkt zum Himmel. Nie und nimmer ist es da mit rechten Dingen zugegangen.»

«Was meinen Sie damit?»

«Das liegt doch auf der Hand. Reichenberg steckt mit Raimondi unter einer Decke. Keine Ahnung, was er ihm versprochen hat, damit Raimondi angebissen hat. Aus reiner Menschenfreundlichkeit hat er es bestimmt nicht getan.»

Heinlein würde nochmal bei Reichenberg nachhaken.

«Nochmal zurück zu Marianne Endres», fragte er weiter, «glauben Sie, dass sie zu solch einer Tat fähig wäre?»

«Marianne? Das Miststück war doch schon mit der halben Belegschaft im Bett. Männer wie Frauen, da macht sie keinen Unterschied.»

Langsam kam Farbe ins Spiel. «Wo waren Sie eigentlich, als der Schuss gefallen ist?»

«Wie bitte?!»

«Wo Sie waren?»

Kayleen führte das Spitzentaschentuch an die Nase, ihre Augen verschwanden unter den Haaren, dann atmete sie tief ein, hob den Kopf. «Auf meinem Zimmer.»

«Haben Sie Zeugen?»

«Nein.»

«Wo liegt Ihr Zimmer, ich meine auf welchem Stockwerk?»

Ein kurzer Moment des Schweigens. Sie schien erneut das Taschentuch zu befragen, schnüffelte hinein, nahm den Duft in sich auf. Dann:

«Auf dem zweiten.»

«Entschuldigen Sie bitte», sagte Heinlein, «dürfte ich Ihr Taschentuch mal sehen?»

«Wie bitte?»

«Ihr Taschentuch.»

Irritiert reichte sie es ihm.

Heinlein nahm es, roch daran. Es war ein süßlicher Duft mit einem Grundstoff, den er nicht zuordnen konnte, etwas Holziges vielleicht.

«Welches Parfüm benutzen Sie?», fragte Heinlein.

Kayleen stutzte. «Wieso … was wollen Sie von mir?»

«Nur einen Namen – und zwar den Ihres Parfüms. Ist das denn so schwer?»

Kayleen dachte nach. Dann: «Ich benutze Shanazar.»

«Stellen Sie das selbst her?»

Kayleen musste lachen. «Ha, das wär schön, das würde mir viel Geld sparen. Nein, ich pflege es zu kaufen.»

«Sind darin Sandelholz und Moschus enthalten?»

Kayleen nahm wieder ihr Taschentuch, roch daran. «Bestimmt. So wie in tausend anderen Parfüms auch.»

*

Mit seinen gepackten Sachen wartete Kilian gegenüber dem Theater im *Choko Chanel* – dem Treffpunkt der Theaterleute – an einem der Tische, die am Bürgersteig aufgestellt waren, bei einem Espresso auf seinen Fahrer zum Bahnhof.

Heinlein hatte es sich nicht nehmen lassen, ihn höchstpersönlich dorthin zu bringen. Zuvor wollte er Kayleen, die Lebenspartnerin Sandners, befragen. Kilian hatte zugestimmt, wenngleich er lieber direkt zum Bahnhof gebracht worden wäre.

Ein Taxi hielt direkt vor seinem Tisch. Es entließ eine Endvierzigerin im vornehmen, rosafarbenen Kostüm, die hellbraunen Haare hinten hochgesteckt, statt der obligatorischen schwarzen Handtasche einen Aktenkoffer in der Hand, das Handy am Ohr, selbst beim Zahlen und Aussteigen. Ihr Blick wanderte an den Tischen entlang, fand den neben Kilian leer, setzte sich und bestellte einen Kaffee und ein Glas Wasser.

Während sie unbeirrt das Telefonat weiterführte, öffnete sie den Aktenkoffer, förderte einen Organizer und eine Ausgabe der *Neuen Zürcher Zeitung* zutage. Der einzige freie Termin, den sie dem Anrufer in Aussicht stellen konnte, war in vier Wochen. Es ging um ein Vorsingen an einem Theater. Alles Weitere mochte der Anrufer mit dem Regisseur besprechen. Name, Telefonnummer, am besten in den Pausen probieren, ansonsten eine Nachricht bei seiner Assistentin hinterlassen und mit ihrer Sekretärin abstimmen. Sie freue sich, ja, danke, gerne geschehen. Klick.

Die Bedienung brachte die Bestellung. «Ein Kaffee, ein Wasser.»

«Merci», antwortete sie kurz mit schweizerischem Akzent.

Ohne Zucker und Milch hinzuzutun, führte sie die Tasse

zum Mund, der sanft rötlich schimmerte. An Wangen und Hals waren keine der unvermeidlichen Spuren des Alterns zu erkennen. Respekt, die Frau hielt sich gut, obwohl Kilian nicht viel für Businessfrauen übrig hatte. Sie raubten ihm den letzten Nerv mit ihrem geschäftigen Getue.

Ihr Handy stimmte die polyphone Version eines klassischen Stücks an. Sie prüfte die Nummer auf dem Display und schickte sie weiter an die Mailbox.

Kilian lehnte sich nach vorn und blickte sie an. «Ich danke Ihnen.»

«Wie bitte?», fragte sie, während sie das Handy und den Organizer im Aktenkoffer verstaute.

«Ich danke Ihnen, dass Sie das Gespräch nicht angenommen haben.»

Es dauerte eine Sekunde, bis sie verstand. Ein Lächeln flog ihm zu.

«Sie haben Recht. Handys sind eine Plage. Besonders, wenn man sich bei einer Tasse Kaffee entspannen will. Ich verspreche Ihnen, dass es aus bleibt, solange wie ich hier sitze.»

Kilian freute sich, wenn sich jemand zum Besseren entwickelte. «Die ganze Welt redet miteinander, doch beim Nachbarn bleibt man stumm.» Er wies mit einem Blick die Tische entlang. Drei von vieren telefonierten.

«Und Sie besitzen keines?», fragte sie.

«Oh, doch. Leider.»

Wieder hob die Telefonmelodie an. Diesmal aus ihrem Aktenkoffer. Ihre Hand reagierte, hielt dann inne, wie versprochen. Sie lächelten einander zu.

«Sie scheinen sehr gefragt zu sein», sagte Kilian. «Was tun Sie beruflich, wenn ich so neugierig sein darf?»

«Ich bin Intendantin eines Theaters in der Schweiz. Und Sie?»

«Ich bin … beurlaubt.»

«Sie Glücklicher. Ich habe schon seit zwei Jahren keinen einzigen Tag Urlaub mehr gehabt.»

«Was tut man so als Intendantin?»

«Ich bin sowohl künstlerische als auch wirtschaftliche Leiterin eines Dreihundertmannbetriebs. Theoretisch. Praktisch bin ich Mädchen für alles. Suche Stücke aus, lasse vorsingen und spielen, schlage mich mit der Presse herum und streite mit unseren Geldgebern über die nächste Spielzeit. Zum Inszenieren komme ich gar nicht mehr.»

«Was führt Sie nach Würzburg?»

«Ein Talent namens Aminta Gudjerez. Sie singt an Ihrem Stadttheater in den *Dialogues des Carmelites.*»

Kilian zuckte ahnungslos mit den Achseln.

«Sie kennen Aminta Gudjerez nicht?», fragte sie erstaunt.

Er verneinte.

Sie nahm einen Schluck Kaffee, spülte mit Wasser nach und staunte. «Ich wette, wenn es sich um einen neuen Stürmer in der Fußballmannschaft handeln würde, wüssten Sie Bescheid.»

Nun verlor sie für ihn an Attraktivität. Leicht unterkühlt meinte er: «Sie irren. Auch bei Fußball muss ich passen.»

Sie grübelte. «Weswegen sind Sie beurlaubt worden?»

Kilian musste nicht lange nachdenken. «Nennen wir es die Suche nach Wahrheit.»

«In meinem Metier, auf der Bühne, meine ich, ist diese Suche zwar auch Thema, aber eigentlich dreht sich alles um den Applaus am Schluss. Ist er da, hat sich die Arbeit gelohnt. Bleibt er aus, war ich das Eintrittsgeld nicht wert.»

«Es gibt also nur hopp oder top? Keine Zwischentöne?»

«Im Grunde genommen nicht. Entweder hast du Erfolg oder du hast ihn nicht. Es ist wie im alten Rom: Ein Fingerzeig entscheidet.»

«Aber Sie werden nicht gefressen.»

Sie lachte kurz. «Doch, wenn ich es mir so überlege, irgendwie schon. Spätestens, wenn die Kritik über mich herfällt.»

«Aber es ist doch alles nur ein Spiel.»

«In Ihrer Welt, ja. In meiner ist das Spiel die Wirklichkeit. Eine mitunter grausame. Dort werden die meisten Todesurteile im Zuschauerraum gesprochen. Basisdemokratisch sozusagen. Ich nehme an, Sie müssen sich nicht täglich beweisen, zumindest nicht im Sinne von Leben oder Sterben.»

Kilian schmunzelte. Wenn sie wüsste. Er lenkte das Gespräch in seichtere Gewässer.

«Zurück zu dieser Aminta Gud…»

«Gudjerez.»

«Diese Dame ist also so gut, dass Sie extra aus Zürich anreisen.»

«Sie hat das Potenzial einer Meier oder einer de Kanawa. Wenn ich sie für die nächste Spielzeit gewinnen kann, dann sollte ich mit meinem Verwaltungsrat und den Sponsoren keine Probleme mehr haben. Es geht um viel Geld … und um unsere Zukunft. Alle wollen in diesen Tagen Stars sehen. Gut ist einfach nicht mehr gut genug.»

Sie blickte auf die sündhaft teure Uhr, feinste Schweizer Handarbeit, und erschrak. «Ich habe die Zeit vergessen. Entschuldigen Sie, ich muss los.»

«Wollen Sie ins Theater?»

Sie nickte, kramte nach Kleingeld.

«Darum kümmere ich mich. Ich werde Sie die paar Schritte begleiten», sagte Kilian.

Heinleins Befragung dauerte ihm nun doch zu lange. Er bat die Kellnerin, sein Gepäck in einem Nebenraum des Lokals zu deponieren, und bezahlte die Rechnung, wobei er mit dem Trinkgeld großzügig war. Dann überquerten sie gemeinsam die Straße. Der Pförtner am Bühneneingang wies sie an, in den zweiten Stock zu gehen, Amintas Manager, Paul Batricio, erwarte sie bereits.

«Vielen Dank für den Kaffee», bedankte sie sich und reichte Kilian die feingliedrige Hand. Kein Trauring.

«Gern geschehen. Unser Gespräch war sehr interessant. Vielleicht können wir es eines Tages fortführen.»

Sie lächelte, gab ihm ihre Visitenkarte. Isabella Garibaldi, Intendantin, Zürich, eine Reihe von Telefonnummern.

«Das würde mich sehr freuen», sagte sie und verschwand hinter der Glastür.

Der Pförtner verfolgte auf einem kleinen Fernseher neben der Fensterscheibe eine Sportübertragung.

«Wo finde ich Kriminalhauptkommissar Heinlein?», fragte Kilian.

«Zweite Tür rechts», antwortete der Pförtner und wies ihm den Weg.

Kilian bog um die Ecke und sah Isabella Garibaldi vor dem Aufzug warten. Sie nutzte offensichtlich jede Sekunde ihrer Zeit, denn sie telefonierte schon wieder. Er lächelte ihr zu, sie erwiderte es. Bevor er den Besprechungsraum erreichte, in dem er Heinlein finden sollte, öffnete sich am Ende des Gangs der Bühnenzugang. Ein Mann mit schulterlangen, grau melierten Haaren trat heraus, ganz in schwarzes Leder gehüllt. Es war derselbe, den Kilian abends zuvor im *Stachel* gesehen hatte.

Jetzt hielt er auf einen anderen Mann zu, der zwischen Isabella Garibaldi und Kilian an der Wand gelehnt wartete. Er las in einer Ausgabe der *Frankfurter Allgemeinen*.

Der Schwarzlederne summte etwas, Kilian konnte es nicht genau verstehen, dazwischen mischten sich im feinsten Schwyzerdütsch Anweisungen, die Isabella Garibaldi ihrem Gesprächspartner gab.

Nur ein Wort, *Poverina*, zweimal wiederholt, konnte Kilian von ihm verstehen. Er meinte offensichtlich die Frau, die am Fahrstuhl wartete.

Die Garibaldi drehte sich telefonierend zu ihm um. Ihr freundlich bemühter Gesichtsausdruck wechselte von einer Sekunde auf die andere.

«Francesco?!»

Der Angesprochene zeigte sich überrascht, blieb stehen und sah sie an.

«Isabella?»

Er breitete die Arme aus, wollte sie begrüßen.

Isabella Garibaldi drückte ohne ein weiteres Wort das Gespräch ab. Fixierte ihn. Dieser Francesco ging einen Schritt auf sie zu. Weiter kam er nicht. Die Garibaldi schlug energisch die Umarmung aus. Der Mann mit der Zeitung wurde aufmerksam.

«Was machst du hier?»

Ihre Frage klang scharf, vorwurfsvoll, von einem alten Schmerz geprägt.

Wider Erwarten gefror Francesco das Lächeln nicht. «Immer noch die alte Isabella. Beleidigt und gekränkt. Kannst du niemals vergessen?»

«Sag mir, was du hier tust?»

«Ich habe den *Don Giovanni* übernommen.»

«Du?»

«Wer könnte das besser als ich?»

«Ich werde mit dem Intendanten reden. Ich glaube, er weiß gar nicht, was er sich mit dir eingehandelt hat.»

Der Zeitungsmann unterbrach. «Entschuldigung, wenn

ich störe.» Dann zu Francesco: «Ich werde in der Redaktion erwartet. Wenn wir reden wollen, dann jetzt.»

«Keine Sorge», erwiderte er, «Sie bekommen noch heute Ihre Story.» Zu Isabella Garibaldi gewandt: «Lauf nicht weg. Ich möchte noch mit dir reden.»

Die Garibaldi wies ihn ab, betrat den Fahrstuhl. «Einen Teufel werde ich.»

«Isabella …»

Francesco nahm den Zeitungsmann am Arm, führte ihn zum Treppenaufgang. Die Tür neben Kilian wurde geöffnet. Heinlein und eine Frau kamen heraus. Er führte sie, sprach ihr aufmunternd zu. Sie schluchzte, den Kopf gesenkt, an Heinleins Brust gelehnt, wie sie es wohl die letzte halbe Stunde gemacht haben musste, so verheult, wie sie aussah. Erst jetzt erkannte Kilian sie. Es war die australische Sopranistin, Kayleen McGregor.

Als sie Francesco sah, brauste sie auf. «Der da … der konnte gar nicht schnell genug Freddies Job haben.» Sie schluchzte. «Er steckt mit dem Intendanten unter einer Decke. Die beiden haben ihn auf dem Gewissen.»

Der Zeitungsmann registrierte die Anschuldigung, auch er wusste, dass Sandner erst tags zuvor unter bisher ungeklärten Umständen tot aufgefunden worden war.

Francesco überging sie. «Miss McGregor», sagte er ruhig, «in fünfzehn Minuten will ich Sie auf der Bühne sehen. Ich wünsche uns allen, dass Sie dort genauso viel Pathos zeigen wie hier.»

Zornesröte schoss ihr ins Gesicht. Sie fand keine Worte. Raimondi verschwand mit seinem Begleiter im Treppenhaus.

Kilian kannte diesen Mann zwar nicht, doch allzu viele Freunde schien er nicht zu besitzen.

Kayleen befreite sich aus Heinleins fürsorglicher Umarmung. «Haben Sie ein Auge auf diesen Mann. Er bringt uns allen nur Unglück», sagte sie.

Heinlein zückte seine Karte. «Wenn Sie Ihrer Aussage noch etwas hinzufügen möchten, dann rufen Sie mich bitte an.»

Kayleen nahm sie, nickte und ging. Ein paar Meter weiter verschwand sie hinter einer Tür in der Maske, wo die Schauspieler für ihren Auftritt zurechtgemacht wurden.

Heinlein schnaufte durch. «Sie hat ausgesagt, dass Sandner nie im Besitz einer Waffe gewesen sei. Wenn er eine gehabt hätte, dann sei sie ihm erst kürzlich zugeschoben worden oder … er sei ermordet worden.»

«Hat sie einen Verdacht ausgesprochen?»

«Der Intendant, die Regieassistentin … das halbe Ensemble hat sie aufgezählt. Alle hätten Sandner, seine Gutmütigkeit und Hilfsbereitschaft nur ausgenutzt.»

«Nichts Konkretes also. Was hast du jetzt vor?»

«Ich muss noch mit dem Intendanten reden. Wenn der auch nicht weiß, wie Sandner an die Waffe gekommen sein kann, dann werde ich einen vorläufig endgültigen Bericht an den Chef geben.»

«Und was steht drin?»

«Dass sich Sandner offenbar selbst erschossen hat. Pias Untersuchungsergebnis stützt die Annahme. Wir wissen zwar immer noch nicht, wie er an die Waffe gekommen ist, und der Einzige, der uns das hätte sagen können, ist tot.

Allerdings gibt es eine neue Spur, na ja, es ist mehr ein Hinweis als 'ne richtige Spur.»

«Lass hören», forderte Kilian.

«Die Kriminaltechniker haben eine Duftspur an der Waffe gefunden.»

«Wie das?»

«Staubpartikel und Fasern haben sich in den Ritzen der

Waffe versteckt. Daran kleben noch irgendwelche winzig kleine Moleküle, die nach Sandelholz, Moschus und Roggenvollkornbrot riechen.»

«Sandelholz und Moschus sind gebräuchliche Additive für Parfüme …»

«Oder um selbst ein Parfüm herzustellen. Und Roggenvollkornbrot isst man. Man bekommt es in jeder Bäckerei in der Stadt.»

«Du hast Recht, damit können wir nicht allzu viel anfangen. Dennoch sollten wir darauf achten, ob jemand dieses Parfüm trägt …»

«Während er in sein Pausenbrot beißt?»

«So ungefähr.»

Kilian war nicht ganz wohl dabei. Etwas legte sich in ihm quer, wenngleich die neuen Indizien ein anderes Licht auf den mutmaßlichen Selbstmord Sandners warfen. Dennoch blieb zu beachten, dass Pia keinen einzigen Hinweis auf ein Fremdverschulden gefunden hatte. Dieses Ergebnis wog schwer. Letztlich könnte der Parfümmischer und Vollkornesser auch Sandner selbst sein. Dieser Hinweis konnte sie zu leicht in die falsche Richtung laufen lassen.

Ähnlich erging es Heinlein. Auch er musste sich an Fakten halten. Pias Selbstmordtheorie hatte weit mehr Gewicht als ein paar Spuren an der Waffe, die weiß Gott zu wem gehören könnten. Sie standen im eigentlichen Sinne nicht im Zentrum kriminologischen Denkens und Entscheidens. Trotzdem sollte man den Hinweis im Gedächtnis behalten. Vielleicht lieferte der Kollege Zufall doch ein brauchbares Ergebnis.

Heinlein zog den Schlussstrich unter seine Gedanken. «Willst du noch mit hoch zum Intendanten oder willst du lieber im Café warten? Es dauert bestimmt nicht mehr lange.»

Eigentlich wollte Kilian schon lange im Zug sitzen. Doch seine Neugier war geweckt. «Jetzt, wo ich schon mal da bin …»

Also begleitete er ihn in den zweiten Stock.

Sie fanden Reichenberg im Gespräch mit dem Russen Vladimir vor, der sich gebrochen, aber lautstark über seine Entlassung als Don Giovanni echauffierte.

Reichenberg bemühte sich nicht, ihn zu besänftigen, stattdessen wies er ihm eine andere Produktion zu, in der er sich beweisen konnte, sofern er seinen Text beherrschte. Der Russe erboste sich über die Ungeheuerlichkeiten im Umgang mit Künstlern an diesem Hause, schwor, dass er den Vorfall nicht auf sich beruhen lassen werde, und zog davon.

«Was kann ich für Sie tun, meine Herren?», fragte Reichenberg missmutig.

«Es ist noch eine Sache unklar», begann Heinlein, «eigentlich zwei. Zum einen, können Sie sich erklären, wie Herr Sandner zu der Waffe kam, mit der er sich erschossen hat?»

«Dann bleibt es also bei Selbstmord?», erkundigte sich Reichenberg. Er zeigte nicht viel Interesse an der Todesursache eines Regisseurs seines Hauses, kramte in Unterlagen, die auf dem Tisch lagen. War das nun Kaltschnäuzigkeit, oder hatten sie es hier mit der Inszenierung eines Todesfalles zu tun?

«Gehen wir davon aus, dass sich Herr Sandner selbst das Leben genommen hat», erwiderte Kilian. «Bleibt die Frage: Wo hatte er die Waffe her?»

«Ich bin und war nicht sein Kindermädchen. Der Mann war alt genug, sich eine Waffe zu beschaffen. Dazu brauchte er meine Hilfe nicht.»

Heinlein ging in die Vollen. «Den Grund dafür haben Sie ihm aber geliefert?»

Reichenberg schreckte hoch. «Ich denke, Sie gehen hier einen Schritt zu weit. Sollten Sie diese Anschuldigung nochmals wiederholen, bin ich gezwungen, meinen Rechtsbeistand einzuschalten. Ich habe mir nichts vorzuwerfen.»

«Wie würden Sie Ihr Gespräch mit Herrn Sandner kurz vor seinem Tod bezeichnen?», hakte Kilian nach.

«Es war eine ganz normale Unterredung auf Managementebene. Zugegeben, der Anlass und der Ausgang waren weniger erfreulich. Aber ich lege Wert darauf, dass dies beide Seiten betraf. Meine, als Intendant des Hauses, der einen Premierentermin einzuhalten hat, und die von Herrn Sandner ... Nun, es kommt nicht oft vor, dass ein Regisseur von sich aus ein Engagement löst, wenn er merkt, dass er das versprochene Ziel nicht einhalten kann.»

«In diesem Fall haben aber Sie sein Vertragsverhältnis aufgelöst», sagte Heinlein. «Und mit Herrn Raimondi hätten Sie auch keinen besseren Ersatz finden können.»

Kilian legte nach, bevor Reichenberg antworten konnte. «So gesehen hat Ihnen eigentlich nichts Besseres passieren können.»

«Wie meinen Sie das?» Reichenberg ahnte, worauf Kilian hinauswollte.

Kilian wich aus. «Wie kam es eigentlich zu der überaus schnellen Einigung mit Herrn Raimondi? Wie haben Sie Kontakt aufgenommen?»

«Ein Glücksfall. Wir hatten uns die Finger nach einem Ersatz wund telefoniert, als plötzlich ein Fax mit seinem Namen und seiner Nummer eintraf.»

«Kam es von Herrn Raimondi?»

«Nein, das war ja das Verrückte. Es hatte keinen Faxkopf, von dem man hätte erkennen können, woher es kam. Wir waren derart verblüfft, dass wir nicht weiter nachgefragt haben. Es war, als hätten wir einen Schutzengel, der uns vor der drohenden Pleite retten wollte. Herr Raimondi sprach selbst von einem Glückstreffer, dass er verfügbar wäre, als wir ihn anriefen.»

«Wo haben Sie ihn erreicht? Ich meine, wo war er zum Zeitpunkt des Anrufs?»

«Kann ich nicht genau sagen, es handelte sich um eine Handynummer. Aber ich glaube, dass er gestern noch in Mailand war.»

Gestern Mailand und abends bereits in Würzburg, im *Weinhaus Stachel*. Er war schnell. Kilian wollte es genau wissen. «Und wann kam er in Würzburg an?»

«Heute Morgen, denke ich.»

«Sie wissen es nicht sicher?»

«Hören Sie, ich bin keine …»

«Schon gut», unterbrach Kilian.

Er war sich nicht sicher, ob Reichenberg ihn in Bezug auf Raimondis Ankunft belogen hatte. Zumindest wollte er ihn gestern Abend im *Stachel* nicht getroffen haben. Heinlein musste herausfinden, wer sein Gesprächspartner war. Für Kilian war dieser Fall von Anfang nicht der seine. Und jetzt stellte sich heraus, dass Sandner sich höchstwahrscheinlich selbst das Leben genommen hatte. Somit war die Sache klar und Heinlein konnte ihn endlich zum Zug bringen.

«Können wir das Fax sehen, das Sie erhalten haben?», fragte Heinlein.

«Sicher. Es liegt bei den Akten, unten im KBB.»

«Wo?»

«Im Künstlerischen Betriebsbüro. Es ist die Schaltzentrale, das Nervenzentrum eines Theaters. Disposition und alles, was der Pförtner nicht beantworten kann, landet dort. Ich werde anrufen und das Fax raussuchen lassen. Wenn es Ihnen keine großen Probleme bereitet, möchte ich Sie bitten, es dort einzusehen. Sie finden das Büro unten im Erdgeschoss, dritte Tür nach dem Pförtner links.»

Sie bedankten sich und machten sich auf den Weg, die zwei Stockwerke zu Fuß zu nehmen.

Im Treppenhaus fragte Heinlein: «Was hältst du von ihm?»

«Schwer zu sagen. Eine Mischung aus aalglatt, rücksichtslos, aber auch hemmungslos direkt und … na ja, emotionslos.»

Die Durchsage, dass die Proben zum *Don Giovanni* weitergingen, drang über die Lautsprecher ins Treppenhaus. Über und unter ihnen kam Betriebsamkeit auf. Türen gingen, Füße trappelten, Gelächter und Geschnatter schwoll an.

Sie waren im ersten Stockwerk angekommen, als Kilian über den Handlauf hinweg nach unten ins Treppenhaus blickte. Dort erkannte er den Regisseur Francesco Raimondi und den Mann von der *Frankfurter Allgemeinen*, der auf ihn gewartet hatte. Raimondi streckte ihm gerade die Hand zur Verabschiedung hin. Dann schaute er kurz nach oben. Kilian sah ihm direkt in die Augen. Er schien Kilian jedoch nicht wahrzunehmen. Er löste die Hand, sprach zu seinem Gegenüber.

Keine Armlänge entfernt, schoss es an Kilian vorbei in die Tiefe. Er spürte den Wind und das Geraschel, zuckte zurück, blickte nach oben, dann nach unten, sah Raimondi am Boden liegen. Neben ihm der Zeitungsmann, mit Grünzeug, roten Scherben und Erde bedeckt. Ein Aufschrei.

Kilian zog Heinlein zum Handlauf, deutete nach unten, wies ihn an, runterzugehen. Er selbst rannte nach oben, dorthin, woher das Geschoss gekommen war. Die Tür im zweiten Stock schien nicht geöffnet worden zu sein, sie lag im Schloss. Über ihm klackte eine andere gerade an den Rahmen. Er beeilte sich. Riss sie auf, prüfte den Gang, er war leer. Keine Stimmen, keine Schritte. Doch da war ein anderes Geräusch. Er lief ihm entgegen, erreichte den Aufzug. Er kam soeben zum Stillstand. Wo, wusste er nicht.

Kilian ging zurück ins Treppenhaus, schaute die fast dreißig Meter nach unten. Heinlein hatte sich über Raimondi gebeugt. Gaffer bildeten einen Kreis um die drei. Jemand schaute nach oben, kurz nur, er konnte das Gesicht nicht sofort erkennen. Es war Vladimir, der geschasste Don Giovanni.

Kilian machte sich auf den Weg nach unten. Noch bevor er am Tatort angekommen war, hörte er eine Durchsage.

Die Stimme war nicht die von Jeanne, der Inspizientin. Er konnte nicht sagen, ob sie von einer Frau oder einem Mann stammte. Sie war irgendwie verzerrt, und was er hörte, war seltsam surreal.

«Ich bin der unsichtbare Herrscher
einer magischen Welt …»

*

Ich habe alles unter Kontrolle.

Nichts passiert in diesem Haus, ohne dass ich davon weiß. Ich bin eine Vertrauensperson, auch wenn ich nicht danach aussehe, mein Äußeres täuscht leicht darüber hinweg. Für jedes Problem und jeden Wunsch habe ich ein offenes Ohr. Nichts ist mir fremder als Desinteresse an dem Geschick anderer. All die kleinen Geheimnisse sind bei mir gut aufgehoben. Die, die zu mir kommen, wissen das. Ohne dass sie es merken, bemächtige ich mich ihrer.

Jetzt endlich ist es so weit. Das Spiel kann beginnen.

Ich werde ihnen Rätsel aufgeben, damit sie beschäftigt sind und mich bei der Umsetzung meines Planes nicht stören. Wie eine Spinne ihr Netz geduldig webt, werde ich die Schlinge immer enger um seinen Hals ziehen. Er wird nichts davon spüren. Er glaubt, alles in der Hand zu haben. Das ist gut so. Die Beute, die sich als Jäger wähnt, blickt nicht zurück über die Schulter, um sich zu vergewissern. Denn dort würde er mich sehen, wie ich die Fäden in der Hand halte und ihn leite, wohin ich ihn haben will.

Sein Stolz und seine Würde sind schuld an seinem Ende. Ich sehe es genau vor mir.

Ich werde über alle triumphieren, ihnen zeigen, wozu ich imstande bin.

Nie wieder wird irgendjemand mein Potenzial in Frage stellen.

9

Den Zeitungsmann hatte es erwischt.

Nicht die Yucca, sondern der Topf aus Terrakotta, prall mit Erde gefüllt, hatte ihm den Hinterkopf und die linke Schulter zertrümmert. Er war auf der Stelle tot. Hatte von der Gefahr, in der er sich an exponierter Stelle im Treppenhaus befand, nichts mitbekommen.

Kilian konnte nur für ihn hoffen, dass er alle Dinge, die er in seinem kurzen Leben erledigt haben wollte, bis dahin getan hatte. Er war keine vierzig Jahre alt geworden. In derartigen Momenten wurde Kilian die Bedingtheit der eigenen Existenz wieder einmal bewusst. Jede einzelne Sekunde konnte die letzte sein. Du hörst nicht den Schuss, der dich trifft, siehst nicht die Hand, die das Steuer lenkt, und spürst nicht den Wind, der dem Stein folgt.

Raimondi war dem Tod nochmal von der Sense gesprungen. Keine zehn Zentimeter näher hätte er am Zeitungsmann stehen dürfen. Ein hölzerner Trieb der Yucca hatte ihn am Arm erwischt. Nichts gebrochen, aber die Wucht des Aufpralls hatte ihm ein Hämatom von der Größe eines Eis im Unterarm zugefügt. Der vermutete Schock nach einem derartigen Ereignis schien ihm nicht viel auszumachen. Breitbeinig setzte er sich gegen den Abtransport ins Krankenhaus zur Wehr. Er hätte hier noch einen Job zu erledigen. Jede Minute sei kostbar im Hinblick auf die Premiere in zwei Wochen.

Kilian war sich nicht sicher, ob er jemals in seiner beruflichen Karriere eine Einstellung wie diese gehabt hatte, und wenn ja, ob er das gut finden sollte. Er verwarf den Gedanken. So arbeitswütig konnte nur ein Besessener sein. Und wie er noch herausfinden sollte, lag er mit seiner Vermutung gar nicht so falsch.

Nachdem die Sanitäter Raimondi einen Verband verpasst hatten, saßen er, Heinlein und Kilian im Besprechungsraum gleich neben dem Pförtnerkabuff zusammen.

«Was hatten Sie mit dem Herrn von der Zeitung … wie hieß er noch gleich …» Heinlein kramte in seinen Unterlagen, konnte den Namen aber nicht finden.

«Keil, sein Name war Keil, Vorname weiß ich nicht», antwortete Raimondi.

«Den werden wir noch rausfinden … Was hatten Sie mit diesem Herrn Keil unten, am Fuß des Treppenhauses, zu tun?»

«Ich habe ihn verabschiedet. Sein Wagen stand in der Tiefgarage.»

«Das heißt, Sie haben zuvor ein Gespräch mit ihm geführt.»

«Richtig, ich gab ihm ein Interview.»

«Worum ging's?», fragte Kilian.

«Na, um den *Don Giovanni* natürlich. Deswegen bin ich engagiert worden.»

Kilian hakte nach. «Wie kam es eigentlich genau zu diesem Engagement?»

«Man hat mich angerufen, gefragt, ob ich Zeit und Lust hätte, und ich habe ja gesagt. Mein nächster Job beginnt erst in vier Wochen in Salzburg.»

«Wie kam man gerade auf Sie?»

«Ganz einfach: Ich bin der Beste für den *Don Giovanni*, den man kriegen kann.»

«Gewiss. Doch ist es nicht ein außerordentlicher Zufall, dass man Sie gerade in Ihrer freien Zeit zwischen zwei Engagements gewinnen konnte?»

«Mag sein. Ich halte nichts von Zufällen. Ich verbuche es unter Vorsehung.»

Heinlein übernahm. «Vorsehung? Haben Sie den Tod von Herrn Sandner auch vorhergesehen?»

«Blödsinn. Man kann nicht alles dem Zufall zuschieben, wenn man etwas nicht erklären kann. Dann ist mir der Begriff Vorsehung, oder nennen Sie es, wie Sie wollen, lieber.»

«Sie können sich nicht erklären, wie Ihr Name und Ihre Telefonnummer auf ein Fax kommen, das just eine Stunde nach Sandners Tod im KBB auf dem Tisch landet?»

«Nein.»

«Das heißt, Sie haben sich nicht von sich aus angepriesen?»

«Das habe ich nicht nötig. Ich verdiene gut, und Anerkennung habe ich in meinen Gesangsjahren zur Genüge bekommen.»

«Und es interessiert Sie auch nicht, wer Sie so uneigennützig vorgeschlagen hat?»

«Nein.»

«Apropos verdienen», fragte Kilian, «was bekommen Sie denn für Ihr Engagement?»

«Das werde ich Ihnen nicht auf die Nase binden.»

«Nur so ungefähr, damit wir eine Vorstellung von Ihrem Marktwert bekommen.»

«Er bewegt sich im mittleren fünfstelligen Bereich.»

«Was muss man sich darunter vorstellen?»

«Fragen Sie die Oberbürgermeisterin oder den Intendanten, wenn die meinen, auf diese Frage antworten zu müssen. Von mir erfahren Sie nichts. Das steht auch in meinem Vertrag: Verschwiegenheit.»

«Es sind öffentliche Gelder», protestierte Heinlein. «Was soll die Geheimniskrämerei?»

«Sie verstehen nicht, meine Herren. Es geht nicht so sehr darum, ob mein Engagement für die zwei Wochen nun zehntausend oder sechzigtausend Euro kostet. Entscheidend ist, welche Summe auch immer in der momentanen politischen Lage genehm ist oder nicht.»

«Da können Sie darauf wetten, dass selbst hundert Euro zu viel sind», bestätigte Heinlein.

«Sehen Sie, und genau darum geht es hier. Deswegen erfahren Sie von mir auch nicht mehr als das, was ich Ihnen bereits gesagt habe.»

«Eine letzte Frage.» Und damit wollte Kilian die Unterredung beenden. «Wann sind Sie in Würzburg angekommen?»

«Gestern Abend. Wieso fragen Sie?»

«Nur so. Haben Sie noch jemanden getroffen?»

«Sicher, die Zeit, die mir zur Verfügung steht, ist knapp.»

«Darf ich fragen, um wen es sich dabei handelt?»

«Nein.»

«Sie zeigen sich nicht sonderlich kooperativ. Haben Sie etwas zu verbergen?»

«Nicht dass ich wüsste. Ich beantworte alle Fragen, die im Zusammenhang mit diesem Unfall stehen, gerne. Was jedoch meine Inszenierung angeht, müssen Sie sich bis zur Premiere gedulden.»

«Und wenn die Hintergründe der Tat in Zusammenhang mit der Inszenierung des *Don Giovanni* stehen?»

«Wie kommen Sie darauf?»

«Halten Sie es nicht für seltsam, dass innerhalb zweier Tage zwei Gewalttaten zwei unterschiedlichen Regisseuren dieses Stücks widerfahren?»

«Ich bin bisher von einem Unfall ausgegangen. Wie kommen Sie darauf, dass es jemand auf mich abgesehen hat?»

«Ein Unfall ist bei Herrn Sandner auszuschließen. Ähnlich verhält es sich in Ihrem Fall. Es ist nicht nachvollziehbar, wie die Pflanze mit dem Topf versehentlich über den Handlauf gefallen ist.»

«Bleibt noch die Frage, ob ich oder der Journalist gemeint war. Glauben Sie mir, jede schlechte Kritik liefert zumindest ein Motiv für einen Mord. Meiner Vermutung nach haben Sie dann rund einhundert Tatverdächtige allein in diesem Haus.»

«Hat er jemals schlecht über Sie geschrieben?»

«Ich lese keine Kritiken.»

«Kommen Sie, so abgehoben können Sie doch nicht sein.»

«Ich bin Francesco Raimondi. Die Kritik eines dieser Schmutzfinken kann mir nichts mehr anhaben. Im Gegenteil, je mehr sie über einen schreiben, ob gut oder schlecht, desto besser ist es für die Produktion.»

«Der Aufmerksamkeit der *Frankfurter Allgemeinen* können Sie sich von nun an gewiss sein.»

Raimondi konnte sich ein Lächeln nicht verkneifen. War er so abgefeimt, oder hatte er doch mehr mit der Sache zu tun? Zudem kam er Kilian und Heinlein seltsam reserviert vor. Er zeigte nicht den Anflug von Trauer oder Mitgefühl, egal, ob der Anschlag nun ihm oder dem Zeitungsmann gegolten hatte. Sie trauten diesem Herrn nicht. Irgendetwas verschwieg er.

«Ich nehme an, dass Sie die nächsten Tage hier im Theater für uns erreichbar sind», sagte Heinlein.

Raimondi nickte.

Kilian fiel die Szene mit Isabella Garibaldi ein. «In welcher Beziehung stehen Sie zu Frau Garibaldi?»

Raimondi merkte auf. Wieder lächelte er.

«Das ist eine Geschichte aus längst vergangenen Tagen. Nicht der Rede wert.»

«Da hatte ich einen anderen Eindruck. Und wie ich es beurteile, Frau Garibaldi auch.»

«Sie meinen wegen der Begrüßung vorhin?»

Kilian nickte.

«Das ist nun sehr privat und hat mit der Inszenierung des *Don Giovanni* gar nichts zu tun.» Raimondi stand auf. «Sie entschuldigen mich jetzt bitte. Ich habe zu tun.»

«Eine allerletzte Frage noch.»

Raimondi war der Fragerei überdrüssig. «Bitte schnell, ich habe zu tun.»

«Wieso haben Sie den Don Giovanni, ich meine diesen Vladimir, entlassen?»

Raimondi stutzte über diese sinnlose Frage. «Weil er seinen Text nicht draufhatte. Ganz einfach.»

«Hat er Ihnen gedroht?»

«Wieso sollte er?»

«Nun, er schwor, dass er seine Entlassung nicht ohne weiteres hinnehmen wollte.»

«Davon weiß ich nichts. Und es ist mir auch egal. Kann ich jetzt gehen?»

Sie ließen ihn ziehen, wenngleich sie noch nicht fertig mit ihm waren. Er hatte bei weitem nicht alles preisgegeben, dessen waren sie sich sicher.

Heinlein trat an Kilian heran, nicht ganz zufrieden mit dessen Informationsvorsprung, was die Begegnung der Garibaldi mit Raimondi betraf. «Was war da mit wem auf dem Gang gewesen?»

Kilian kam nicht zur Antwort, Heinleins Handy unterbrach. Es wurde schnell klar, um wen es sich beim Anrufer handelte. Heinlein fragte nichts, sondern nickte nur. Er reichte Kilian schließlich das Handy.

«Kilian hier.»

Es war, wie vermutet, der Polizeipräsident. Die Nachricht vom Anschlag auf Raimondi und den Zeitungsmann hatten ihn aus einer Besprechung mit dem Regierungsdirektor geholt. Das stimmte nicht ganz, nicht der Anlass ließ ihn anrufen, sondern die Bitte der Oberbürgermeisterin.

«Ich habe sie noch in der Leitung», sprach er. «Hören Sie sich an, was sie zu sagen hat. Und … Kilian, wenn sie etwas von Ihnen will, dann stimmen Sie zu. Es ist alles mit mir abgestimmt.»

Es war seltsam, wie sich die Befehlsstrukturen änderten, wenn man zum einen beurlaubt war und zum anderen in das Hoheitsgebiet eines anderen eintrat.

«Kilian, ja bitte.»

«Herr Kriminalhauptkommissar …», drang es an sein Ohr.

«Im Urlaub …», unterbrach Kilian. «Der Leitende Beamte ist Kriminalhauptkommissar Heinlein. Möchten Sie nicht lieber mit ihm sprechen?»

«Später», antwortete sie. «Zuvor möchte ich Sie um etwas bitten. Wie Sie wissen, feiert die Stadt ihr dreizehnhundertjähriges Jubiläum …»

Kilian ließ sie reden, hörte sich an, was er entweder bereits wusste oder was man sich an den Fingern abzählen konnte. Dennoch, sie hielt sich kurz, kam schnell auf den Punkt.

«… und daher möchte ich Sie bitten, für die Dauer von zwei Wochen Ihren Urlaub zu unterbrechen, um den Premierentermin des *Don Giovanni* sicherzustellen.»

«Was erwarten Sie von mir?»

«Es ist mit Ihrem Chef und dem Intendanten abgesprochen: Wir möchten, dass Sie Herrn Raimondi bis zum Premierentermin vor weiteren Zwischenfällen schützen.»

«Sie meinen Personenschutz?»

«Nennen Sie es, wie Sie wollen. Mir wäre der Ausdruck Sicherheitsbeauftragter für die Stadt angenehmer. Und dazu gehört an erster Stelle die Sicherheit eines Weltstars. So viele haben wir nicht, um seelenruhig dabei zuzusehen, dass sie in unserer Stadt ihres Lebens nicht mehr sicher sind.»

Mit allem hatte Kilian gerechnet, damit aber dann doch nicht. Ihm fehlten die Worte. «Frau Oberbürgermeisterin, ich weiß nicht …»

«Herr Kilian, es soll Ihr Schaden nicht sein, wenn Sie mir diesen Gefallen tun.»

Er wurde hellhörig. «Was kann ich mir darunter vorstellen?»

«Darüber sprechen wir, wenn Sie Ihren Auftrag erfolgreich abgeschlossen haben. Sie haben mein Wort. Ich pflege gute Kontakte in die Landeshauptstadt.»

Sie traf das Zauberwort. Kilian überlegte kurz, fragte stumm Heinlein, der über alles aus dem Munde des Polizeipräsidenten unterrichtet zu sein schien. Er nickte nicht ganz freiwillig.

Zwei Wochen waren vierzehn Tage. An jedem einzelnen würde Kilian das Meer vermissen. Nun, es würde auf ihn warten.

«Gut, ich mache es.»

«Ich danke Ihnen», sprach sie. «Sie halten mich bitte auf dem Laufenden. Wenn es Probleme gibt, ein kurzer Anruf genügt. Danke.»

Sie beendete das Gespräch.

Heinlein kam ihm zuvor. «Ich habe nichts davon gewusst. Ehrlich.»

«Nun gut, wie teilen wir uns auf?»

«Ich leite die Ermittlungen offiziell. Du bist an Raimondi dran. Das ist alles.»

Heinlein drehte sich abrupt weg.

Kilian stutzte. «Is was?»

«Was soll sein?», antwortete Heinlein.

*

Kilian stand am Handlauf im dritten Stock. An der Stelle, von der aus der Täter das tödliche Geschoss hatte fallen lassen. Es ging rund dreißig Meter in die Tiefe, über insgesamt fünf Stockwerke hinweg. Der Täter musste ein gutes Auge haben, um den Anschlag zielsicher auszuführen, sagte er sich. Oder er hatte geübt. Kilian ging in die Hocke, suchte nach einem Anhaltspunkt. Neben den vielen Schrammen, die die Holzverschalung aufwies, war der gesuchte Hinweis schwer auszumachen. Überall Striemen von Schuhen, Dellen vom Transport und das Gekritzel eines gelangweilten Musikers. Zwischen Notenzeichen auf Notenlinien erkannte er einen Strich in anderer Farbe, der sich weiter oben mit einem anderen kreuzte. Er postierte sich genau auf dem Kreuzungspunkt, lehnte sich leicht nach vorn über die Brüstung, blickte nach unten. Ja, von hier aus konnte es gelingen.

Wenn er einen Gegenstand ungefähr auf die Länge seines Unterarms hinaushielte und ihn einfach losließe, könnte er dort aufschlagen, wo er es eine Stunde zuvor getan hatte. Ein paar Zentimeter weiter links, und es hätte Raimondi getroffen. Das war Präzisionsarbeit. Man musste eine ruhige Hand und den festen Willen zur Tat haben, damit es funktionierte. Zweifel hätten alles zerstört.

Zweifel … Kilian fiel Raimondis Blick ein, wie er kurz vor dem Aufschlag nach oben geblickt hatte. Es war kein zufälliger Blick gewesen. Bevor ich jemanden verabschiede, gibt es keinen Grund, weg- beziehungsweise nach oben zu schauen, sagte er sich. Blickkontakt war gefragt. Wieso hatte er das getan? War es Teil eines Planes? Ein inszenierter Anschlag auf sich selbst – oder war es ein gezielter, kaltblütiger Mord an einem unliebsamen Schreiberling?

In beiden Fällen musste Raimondi nicht nur Mut, sondern vollstes Vertrauen in seinen Gehilfen haben. Wer könnte dieser Gehilfe sein, wenn Raimondi erst tags zuvor in Würzburg angekommen war? War es sein Rendezvous im *Weinhaus Stachel*, zu dem er die Aussage verweigerte? Oder war der Attentäter dieser Vladimir, der Reichenberg Konsequenzen für seinen Rauswurf angedroht hatte? Er würde ihn damit konfrontieren.

Kilian ging nochmals in die Hocke, prüfte das Kreuz, das er als mögliche Markierung für einen Mordanschlag ausgemacht hatte. Es fiel ihm schwer, die beiden Linien zweifelsfrei als Fadenkreuz zu bestimmen. Es konnte genauso gut eine gedankenlose Schmiererei sein.

Hier kam er nicht weiter. Er musste den Weg des Attentäters nachvollziehen, um seine Vermutung zu erhärten. Der Täter hatte eine Stahltür, die das dritte Stockwerk mit dem Treppenhaus verband, zu überwinden. In der Hand eine Topfpflanze, die etwa fünf Kilo gewogen hatte. Würde jemand mit einer Pflanze in der Hand auffallen? Wahrscheinlich nicht. Es könnte vom Geschenk bis zum Umzug alles sein. Dennoch blieb die Frage, woher die Pflanze kam. Wurde sie eigens für den Anschlag ins dritte Stockwerk gebracht, oder stammte sie aus einem der Büros dort oben?

Kilian ging in den Gang, er war menschenleer. Er betätigte eine Klinke nach der anderen. Alle bisherigen Türen waren verschlossen. Diese hier, gleich gegenüber dem Aufzug, ließ sich öffnen. Auf dem Namensschild am Türrahmen las er *Alonso Serrano, Ballettdirektor*. Er trat ein.

Der Raum hatte die gleichen Ausmaße und die gleiche Ausstattung wie Sandners Büro. Vier mal vier Meter, ein Schrank, Schreibtisch, Computer, ein Regal für persönliche Dinge. Kilian erkannte verschiedene Farbbilder, die einen gut gebauten Mann in eng anliegenden langen Unterhosen zeigten. Auf zweien schien er wie ein römischer Merkur in der Luft zu stehen, auf einem anderen jonglierte er eine Ballerina über dem Kopf. Neben dem Regal, am Fuße des Schreibtisches, stand eine Terrakottaschale. Sie war feucht, und allem Anschein nach fehlte ihr der Topf.

Die Tür ging auf. Der Mann auf den Fotos, um Jahre älter, kam herein.

Er schien verständlicherweise über Kilians Anwesenheit nicht erfreut. «Was suchen Sie hier?»

«Entschuldigen Sie, dass ich unangemeldet hereingeplatzt bin, aber Ihr Büro war als einziges auf dem Gang nicht abgeschlossen.»

«Ich weiß», sagte er, «bitte erzählen Sie es nicht weiter. Ich vergesse es immer wieder, obwohl wir von der Intendanz angewiesen wurden, die Büros geschlossen zu halten. Ich kann mich einfach nicht daran gewöhnen.»

«Gibt es einen bestimmten Grund dafür?»

«Diebstahl. Hin und wieder kommt etwas weg, und dann gehen die Anschuldigungen los. Glauben Sie mir, wenn Künstlern ihr Maskottchen oder ihr Glücksbringer abhanden kommt, ist der Teufel los. Aber, wer sind Sie eigentlich?»

«Meine Name ist Kilian, Kommissar Kilian. Ich bearbeite den Todesfall ...»

«Von Freddie», fiel er ihm ins Wort.

«Ja, auch. Doch mehr beschäftigt mich der Unglücksfall, der sich vorhin im Treppenhaus ereignet hat.»

Er stutzte. «Was meinen Sie?»

«Haben Sie denn nicht mitbekommen, dass jemand im Treppenhaus getötet wurde?»

Er wurde blass, setzte sich. Seine Reaktion wirkte ehrlich. «Nein. Ich komme gerade von einer Probe. Wer ist der Getötete?»

«Ein Journalist.»

«Von welcher Zeitung?»

«Der *Frankfurter Allgemeinen.*»

«Keil? Meinen Sie ihn?»

«Ja. Sie kennen ihn?»

Er nickte. «Ich kenne ihn noch aus meiner Zeit in Frankfurt. Ich habe mit Forsythe gearbeitet, bevor ich das Engagement hier angenommen habe.»

«War er Ihnen zugetan? Ich meine, hat Keil gut über Sie berichtet?»

Mit den Augen wies er auf die Bilder im Regal. «Er war ein Bewunderer von Forsythe und seiner Arbeit. Somit hatte ich gute Karten, als ich hierher gekommen bin. Ich kann nichts Schlechtes über ihn sagen. Im Gegenteil, er ist einer der Wortführer gegen den Abbau des Tanztheaters hier am Hause.»

«Soll das Ballett geschlossen werden?»

«Man drückt es nicht so krass aus. De facto kommen die befürchteten Entlassungen im Ballett der Schließung der Sparte gleich. Nur zum Anschein hält man zwei oder drei Produktionen im Jahr am Leben, um das Gesicht zu wahren.»

«Was bedeutet das für Sie?»

«Dass ich mir einen neuen Job suchen muss. Die verbleibenden Produktionen werden mit freien Choreographen besetzt.»

«Und Keil hat dagegen angeschrieben?»

Er nickte.

Kilian zeigte auf die Terrakottaschale am Boden. «Fehlt Ihnen eine Pflanze?»

Er beugte sich über den Schreibtisch, blickte nach unten. «Ja, verdammt, da hat mir wirklich jemand meine Yucca geklaut. Ich fass es nicht.»

«Wann haben Sie sie zum letzten Mal gesehen?»

«Heute Morgen, bevor ich zur Probe ging.»

«Waren Sie die ganze Zeit bei der Probe, oder haben Sie sie zwischendurch verlassen?»

«Es gab eine Pause. Ich habe sie mit der Gruppe auf dem Gang verbracht.»

«Hier auf dem Stockwerk?»

«Nein, gegenüber in der Oeggstraße. Probebühne Nummer vier war für uns disponiert.»

«Und Sie haben auch während der Pause die Gruppe nicht verlassen?»

«Nein.»

«Einer Ihrer Tänzer?»

Er dachte nach. «Nein, wir hatten einige Dinge zu besprechen. Die ganze Gruppe, ohne Ausnahme, war auf dem Gang versammelt. Der eine oder die andere ging kurz auf die Toilette, war aber gleich wieder zurück.»

«Wer wusste noch davon, dass Sie Ihr Büro nicht verschlossen halten?»

Er zog eine leidige Miene. «Der Intendant. Er hat mich kürzlich deswegen vor meinen Leuten gerüffelt.»

«Sie meinen Tänzer?»

«Tänzer, Klavierspieler, wer zu der Zeit eben auf der Probe war.»

Je näher Kilian der Tatwaffe kam, desto größer wurde der Kreis der möglichen Attentäter. Der Anpfiff des Intendanten hatte sich bestimmt im Haus herumgesprochen, weshalb wahrscheinlich jeder wusste, dass er sein Büro nicht verschlossen hielt.

Kilian bedankte sich für seine Hilfe und trat hinaus in den Gang. Auf dem Pflanzentopf mussten also zumindest die Fingerabdrücke des Ballettdirektors sein. Wenn er Glück hatte, war der Mörder unvorsichtig gewesen und hatte seine ebenfalls zurückgelassen. Die Chance war winzig.

Dennoch, Kilian musste den Kreis der möglichen Täter eingrenzen. Falls er niemand finden sollte, der sich am Ende der Pause im dritten Stock aufgehalten hatte, so musste er klären, wie jemand dorthin gelangen konnte und unter Umständen mit der Pflanze im Arm gesehen wurde. Sein Blick fiel auf den Aufzug. Er war in Gebrauch gewesen, als Kilian in den Gang gekommen war. Entweder hatte ihn jemand aus demselben Stockwerk benutzt, oder er wurde von unten gerufen. Er trat in den Aufzug. Keine Kamera, nur ein abgewetztes Aluschild mit fünf Knöpfen. Der letzte war mit «Tiefgarage» beschriftet.

Nach einer abenteuerlich ruckligen Fahrt, die mindestens eine Minute dauerte, stand Kilian am Fuße des

Treppenhauses, über ihm der hell beleuchtete Schacht. Er blickte nach oben. Das Licht, das von den Dachfenstern herunterfiel, erlaubte es ihm nicht, Genaues zu erkennen. Raimondi konnte ihn nicht erkannt haben, als er nach oben geschaut hatte. Einen möglichen Gehilfen im dritten Stock jedoch auch nicht. Wenn überhaupt, und diesen Gedanken verbannte er sofort ins Reich der Phantasie, konnte er maximal ein Zeichen gegeben haben. Alles andere wäre einem Bungeesprung an einem Gummifaden gleichgekommen.

Kilian schaute sich um. Die einzige Tür, die von hier aus weiterführte, trug die Aufschrift «*Tiefgarage*». Er ging hindurch, fand sich in einem langen, kahlen Schlauch wieder, die nächste Tür führte ihn direkt in die Tiefgarage. Sie fiel hinter ihm ins Schloss. Verdammt, jetzt würde er den ganzen Weg außen herum gehen müssen, um wieder ins Theater zu kommen.

Die Tiefgarage war öffentlich begehbar; allein eine Reihe von rund zehn Parkplätzen war für Bedienstete des Theaters reserviert. Von hier aus gingen sie also ins Theater. Er entdeckte eine Kamera links oben in der Ecke, auf Brusthöhe ein Display mit Zahlen und Schlitz. Daneben eine Klingel mit Lautsprecher. Er drückte sie und machte ein freundliches Gesicht, damit der Pförtner in ihm keine Gefahr sah. Nichts geschah. Wiederum klingelte er.

«Drücken Sie einfach die Tür auf», sagte jemand hinter ihm.

Er drehte sich um. Ludewig kam mit einer Tüte und einer Cola vom Bäcker.

«Ich habe leider keine Karte, und der Pförtner antwortet nicht», gab Kilian zu bedenken.

«Wenn der Fernseher läuft, sieht er nur, was sich vor ihm an der Fensterscheibe tut.»

Ludewig ging an ihm vorbei. Tatsächlich, er drückte die

Tür einfach auf, ohne seine Zugangskarte oder einen Zahlencode einzugeben.

Kilian folgte ihm. «Wenn man so leicht ins Haus reinkommen kann, wozu dann die Ausweise und Kameras?»

«Es ist da, weil es da sein muss», antwortete Ludewig, während er vorausging und an einem Hörnchen kaute. «Praktisch schaut's dann so aus, dass der Zugang einfach offen steht, wenngleich er eigentlich nur abends, bei einer Vorstellung, von den Gästen benutzt werden dürfte.»

Kilian seufzte. Nun durfte er ein weiteres Mal den Täterkreis erweitern. Durch die Tiefgarage war es schlicht jedem möglich, das Haus zu betreten und zu verlassen. Über den Aufzug ging es in den dritten Stock, hinein ins Zimmer des Ballettdirektors und in zwei Schritten ins Treppenhaus. Nach getaner Arbeit der gleiche Weg zurück. Mit etwas Glück, ohne von einem einzigen Menschen gesehen zu werden. Die Sicherheitslage an diesem Haus war für Attentäter und flüchtendes Personal wie geschaffen.

Eine Hoffnung blieb – die Kamera. Kilian ging ins Erdgeschoss, schlich sich von hinten an den Pförtner heran. Die Tür stand offen. Er sah mehrere kleine Monitore, die Bilder aus dem Haus wiedergaben. Eines davon zeigte den Eingang bei der Tiefgarage. Konkurrenz bekam die Aufnahme von einem anderen Bildschirm, auf dem sich zwei Tennisspieler unentwegt den Ball zuschlugen. Er wollte den Pförtner schon nach einer möglichen Beobachtung fragen, ob er jemandem die Tür zur Tiefgarage geöffnet hatte, als er auf dem Monitor erkannte, wie sich jemand der Tür näherte und, ohne Karte und Klingel zu betätigen, einfach eintrat. Der Pförtner bekam davon nichts mit.

Kilian ging weiter, befand sich bereits auf den Stufen, die hin zum Ausgang führten, als eine Durchsage zehn Minuten Pause für die Akteure verkündete.

Stimmt, da war doch noch etwas. Diese seltsame Ankündigung über die Lautsprecheranlage, kurz nachdem der Anschlag auf Raimondi stattgefunden hatte. Kilian bemühte seine Erinnerung. Der exakte Wortlaut wollte ihm nicht einfallen. Es hatte nach einem Rätsel geklungen, vielleicht auch nach einer Drohung. *Ich bin … der unsichtbare Herrscher … einer magischen Welt.* Genau das war's. Es klang verdammt theatralisch und hatte gleich gar nichts mit trockenen Pausenankündigungen zu tun. Kilian fragte einen Theatermenschen, der ihm auf dem Gang entgegenkam, wo die Quelle für derartige Durchsagen sei. Er verwies ihn auf die Bühne, an den Inspizientenplatz, dort sollte er nach Jeanne fragen.

Kilian fand sie inmitten einer cockpitgleichen Kanzel, kurz bevor man auf die Bühne gelangt. Sie las in einem Taschenbuch, irgendetwas über einen fiktiven Mord in der Residenz, wie er dem Rückentext entnehmen konnte, aß und trank, während sie sich in einem Drehstuhl in den Schlaf zu wiegen schien.

«Jeanne?», fragte er.

Sie blickte auf und nickte. Kilian erkannte wache Augen.

«Kann ich Ihnen helfen?»

Er bejahte. «Vor einer Stunde kam über die Lautsprecher eine seltsame Ansage, so was wie ‹Ich bin der unsichtbare Herrscher …›»

«… einer magischen Welt», führte sie den Satz zu Ende.

«Genau das war's.»

«Und, was wollen Sie darüber wissen?»

«Ich bin noch nicht lange im Haus, aber die Durchsagen, die ich bisher gehört habe, klangen weitaus nüchterner.»

Sie nickte und blickte verkniffen einer Gruppe von Technikern nach, die an einem Bühnenbild arbeiteten. «Irgendeiner der Jungs hat mir 'nen Streich gespielt. Ich war nur eine Minute weg, da hörte ich auf der Toilette plötzlich diese seltsame Ansage. Als ich wieder hier war, wollte es natürlich keiner gewesen sein. Ich denke, das Mikro stand offen und hat einen Text der Schauspieler aufgezeichnet, die sich in der Nähe des Mikros befanden. Das darf aber eigentlich nicht passieren. Die Durchsagen sind für jeden bindend. Es kostet mich meinen Job, wenn damit Schindluder getrieben wird.»

«Kann sich die Anlage zufällig eingeschaltet haben?», fragte er und konnte nicht umhin, auf die beeindruckende Technik zu verweisen. Ganze Bündel von Kabeln führten wie Adern und Venen an den Arbeitsplatz, der mit mehreren Computer- und Fernsehmonitoren ausgestattet war. In der Mitte ein Schaltpult mit Reglern und Knöpfen, die nach Lust und Laune zu blinken schienen. Ein Mikrophon ragte heraus, daneben ein Lautsprecher.

Sie lehnte sich nach vorn, ans Mikro.

«Sie müssen diese Taste hier drücken», sie deutete darauf, «und sprechen dann ins Mikro. Die Übertragung geht in alle Stockwerke und Räume.»

Kilian zweifelte, dass man die Taste, die sich wie auf einem Koordinatensystem befand, wirklich zufällig hätte drücken können. «Passiert das öfter, dass man Ihnen einen Streich spielt?»

«Es ist meine letzte Spielzeit. Das ist die Art der Jungs, mich zu verabschieden.»

«Ein neues Engagement?»

«Beim Arbeitsamt, ja. Haben Sie denn noch nichts von den Entlassungen gehört?»

*

Marianne Endres kaute nervös auf den Fingernägeln. Viel war von ihnen nicht mehr übrig.

Heinlein seufzte. «Also, noch einmal. Was haben Sie auf dem Gang im zweiten Stockwerk gemacht?»

Marianne war der immer gleichen Frage nicht minder müde. Nur kurz nahm sie das angenagte Nagelbett aus dem Mund.

«Zum hundertsten Mal, ich habe gewartet, bis Freddie aus dem Büro des Intendanten kommt.»

«Haben Sie ihn getroffen, als er das Zimmer verlassen hat?»

«Nein, ich war mal kurz auf der Toilette und, nein, ich habe keinen Zeugen dafür.»

«Sandners Büro befindet sich auf demselben Stockwerk. Sie haben dort nicht mal kurz reingeschaut?»

«Wieso sollte ich das tun?»

«Um mit ihm zu sprechen.»

«Alles war gesagt. Einer musste handeln.»

«Und das waren Sie?»

«Wer denn sonst? Die anderen haben doch alle keinen Mumm, wenn es darauf ankommt.»

«Was sollte denn, Ihrer Meinung nach, geschehen?»

«Irgendetwas eben. So konnte es auf jeden Fall nicht weitergehen.»

Heinlein wartete einen Moment, bis er zuschlug. «Ging es nicht eigentlich darum, dass Sie Fred Sandner bloßstellen wollten, damit Sie seinen Job bekommen?»

Marianne rang nach Luft. «Unverschämtheit. Ich brauche niemand zu denunzieren, wenn ich seinen Job haben will. Das haben andere erledigt.»

«Wer denn?»

«Kayleen, dieses Miststück.»

«Was?»

«Die Schlampe hat sich Freddie an den Hals geschmissen, als er die Produktion übernahm. Als die Sache klar war, hat sie hinter seinem Rücken Reichenberg über das Fiasko bei den Proben informiert. Sie wollte nicht daran schuld sein, wenn der *Don Giovanni* in einer Katastrophe enden würde.»

«Wollte Kayleen die Regie übernehmen, oder was sollte ihr Beweggrund gewesen sein, Sandner zu hintergehen?»

«Die Frau ist Ende vierzig. Sie hat vielleicht noch drei, vier gute Jahre. Dann ist sie schlicht zu alt für die Rollen, die sie singen kann. Sie muss sich absichern. Wenn der *Don Giovanni* floppt, wäre sie die Letzte gewesen, die nicht rechtzeitig Alarm gegeben hätte.»

«Interessiert das jemand außerhalb des Mainfrankentheaters?»

«Nein, aber den Intendanten und die Oberbürgermeisterin. In den nächsten Tagen geht es um die Vertragsverhandlungen. Und Kayleen wollte ein Festengagement für die nächste Spielzeit. Sie hat viel zu verlieren. Ein Engagement an einem anderen Haus kommt für sie nicht mehr in Frage.»

War das ein Motiv für einen Mord?, fragte sich Heinlein. Sich absichern, bevor man mit dem sinkenden Schiff untergeht?

«Haben Sie jemals bemerkt, dass Fred Sandner depressiv war?», fragte Heinlein.

«Sie meinen, ob er selbstmordgefährdet war?»

«Ja, wenn Sie es so ausdrücken wollen.»

«Freddie war ein sehr lieber Mensch, aber ein Dinosaurier. Er passte nicht mehr in diese Zeit, in der jede Produktion etwas bieten muss, damit sie in den Feuilletons besprochen wird. Er arbeitete grundsolide, aber ohne den Funken Genialität. Früher soll er das mal gehabt haben, vor meiner Zeit.

Ob sich Freddie nach dem Rauswurf das Leben genommen hat? Es war die sauberste Lösung, für alle. Ja, ich glaube schon.»

«Haben Sie je eine Waffe bei ihm gesehen?»

«Da müssen Sie Kayleen fragen. Sie ist mit ihm ins Bett gestiegen. Und außerdem … war sie doch mal australische Landesmeisterin im Pistolenschießen.»

«Wie bitte?!»

«Ja, sie hat sogar vor zwanzig Jahren mal an den Olympischen Spielen teilgenommen. Wussten Sie das nicht?»

10

Sie waren hundert Schritte vom Theater entfernt im *Hotel Amberger* untergebracht. Raimondi bewohnte eine großzügige Suite im obersten Geschoss, Kilian, sein Leibwächter und Leporello, das kleine Zimmer daneben. Immerhin hatte er über eine Verbindungstür Zugang zu Raimondis Suite und der reichlich bestückten Bar, die offenbar für Gäste seiner Art eingerichtet worden war.

Raimondi hatte die halbe Nacht durchtelefoniert, Kilian damit den Schlaf geraubt. Worum es genau dabei ging, konnte er nicht heraushören. Fest stand, dass es sich um eine aufwendige geschäftliche Transaktion handeln musste, der Hotelpage hatte eigens für ihn seine Suite mit zusätzlichen Telefonen, Drucker, Fax und Computer ausgestattet.

Das Frühstück nahm Raimondi auf dem Zimmer ein. Kaffee, Croissant und ein Bündel Tageszeitungen. Die regionalen Blätter brachten den Tod des Journalisten im Treppenhaus auf der ersten Seite. Sie mutmaßten, dass die

Produktion des *Don Giovanni* in Zusammenhang mit dem Freitod Sandners, des ersten *Don-Giovanni*-Regisseurs, stand. Und es wurde spekuliert: Zwei Tote innerhalb zweier Tage am selben Ort, im engen Umfeld einer ganz bestimmten Opernproduktion, waren des Zufalls eindeutig zu viel.

Nicht anders sahen es die überregionalen Tageszeitungen. Die *Frankfurter Allgemeine* machte den Tod ihres Mitarbeiters zum Leitthema der heutigen Ausgabe.

Ein Reporter der Zeitung war noch in der Nacht angereist und hatte sich einen Stock unter Kilian eingemietet. Er sollte vom Fortgang der Ermittlungen und der Produktion berichten.

Die Fachkenntnis des verstorbenen Kulturredakteurs sei gleichzeitig geschätzt und gefürchtet gewesen, sein Verlust schmerzhaft, die Lücke, die er gerissen hatte, nur schwer, wenn überhaupt, zu füllen, schrieb das Blatt. Die Würzburger Ermittlungsbehörden wurden aufgefordert, schnell und ohne Vorbehalt die Sache aufzuklären. Kritik wurde laut, und das traf insbesondere den leitenden Ermittlungsbeamten vor Ort, Kommissar Heinlein, dass er es an dem nötigen Ernst fehlen lasse. Wie sonst konnte es geschehen, dass nach dem Tod Sandners ein zweiter Anschlag mit Todesfolge am selben Ort stattgefunden hatte? Man konnte den Eindruck gewinnen, dass die Ermittlungsbehörden die Kontrolle über die Situation verloren hätten.

Wie Heinlein berichtete, liefen seit diesem Morgen Anfragen für eine Stellungnahme über den Verlauf der Ermittlungen aus ganz Deutschland auf dem Kommissariat ein. Ein vorbereitetes Statement der Staatsanwaltschaft und der Oberbürgermeisterin drückte ihr Bedauern aus und versprach eine rasche Aufklärung. Das bedeutete im Klartext, dass Heinlein Feuer von allen Seiten bekam.

Sein erstes Motivierungsgespräch hatte er an diesem

Morgen geführt, noch bevor er im Kommissariat angekommen war. Zum Frühstück hatte der Polizeipräsident mit ihm gesprochen.

«Mir ist fast der Löffel aus dem Mund gefallen», sagte Heinlein.

«Was hat er genau gesagt?», fragte Kilian.

«Dass ich den Job jetzt habe und gefälligst schauen soll, dass ich der Polizei keine Schand mache. Mein Gott, wenn ich das früher gewusst hätte.»

«Was meinst du?»

«Dass mir das alles erspart geblieben wäre, wenn du nicht deine Extratouren nach Italien machen würdest.»

«Jetzt mach mal halblang», widersprach Kilian. Er gewann langsam den Eindruck, dass Heinlein ihn für die Umstände verantwortlich machte. «Wenn man Leitender Kommissar eines Dezernates ist, muss man den Druck aushalten. Das gehört zum Job.»

«Aha, jetzt ist es also mein Job? Bin ich vielleicht dafür verantwortlich, dass du immer noch nicht rausbekommen hast, wer den Anschlag auf Raimondi verübt hat?»

«Im Grunde genommen ja. Du leitest die Ermittlungen. Ich bin nur dein Hiwi.»

Das traf Heinlein. Er dachte, dass sie, trotz der neuen Aufgabenverteilung und unterschiedlichen Verantwortung, gemeinsam an dem Fall arbeiten würden. Er holte Luft und machte jetzt auf Vorgesetzter. «Nun, wenn das so ist, dann sollten wir den Dienstweg einhalten. Wo ist dein Bericht?»

«Worüber?»

«Zu den Ergebnissen deiner gestrigen Ermittlungen.»

Nun gärte es in Kilian. Was sollte er tun? Berichte schreiben? Zum Teufel, nicht auch das noch, nicht in seinem Urlaub. Wenn ihm der Kleinstadt-Bulle krumm kam, dann würde er seine Tasche packen und gen Süden abreisen. «Das habe ich dir alles schon erzählt.»

«Ach ja? Und was war das gestern, als wir mit Raimondi sprachen? Diese Beziehung zwischen ihm und dieser …»

«Garibaldi. Isabella Garibaldi. Was ist damit?»

«Das will ich ja von dir hören.»

«Sie kennen sich offensichtlich von früher. Als sie sich gestern auf dem Gang trafen, habe ich mitbekommen, dass es wohl keine angenehme Erinnerung ist. Sie hat ihm bei der Umarmung die Hände weggeschlagen.»

«Und du hältst es nicht für nötig, mir das mitzuteilen, wenn kurz darauf ein Attentat auf Raimondi verübt wird?»

«Wie kommst du darauf, dass es Raimondi und nicht dem Journalisten gegolten hat?»

Richtig, diese Frage war noch nicht geklärt. Heinlein antwortete nicht. Kilian ließ es vorerst auch auf sich beruhen, wenngleich ihm Heinleins Ton überhaupt nicht gefiel.

Heinlein legte wortlos den endgültigen Obduktionsbericht Pias auf den Tisch. Der Bericht offenbarte nichts Neues. Ein- und Austrittswinkel des Projektils an Sandners Kopf verhielten sich unauffällig in Bezug auf die angenommene Selbsttötung. Die Schmauchspuren an seiner Hand stammten eindeutig von der Treibladung der benutzten Patrone. Ungeklärt blieb, wie Sandner an die Waffe gekommen war. Niemand wollte oder konnte eine Beziehung herstellen, geschweige denn erklären, dass Sandner Kontakt mit der Szene aufgenommen hatte, wo er sie unter Umständen hätte herbekommen können. Dennoch schien sie eben genau dort beschafft worden zu sein. Die Seriennummer war unkenntlich gemacht worden. Ein Indiz dafür, dass die Waffe eine Historie besaß. Auch die Röntgendiagnostik hatte die letzten drei Ziffern nicht kenntlich machen können.

Heinlein hatte die Waffe daher bei den Kriminaltechnikern nochmals abfeuern und das Projektil samt Hülse ans BKA schicken lassen. Wenn sie Glück hatten, waren die Spuren, die der Lauf am Projektil und der Hahn an der Hülse hinterlassen hatten, im zentralen Computer gespeichert. Doch das konnte dauern.

«Hast du die Scherben des Topfes auf Fingerabdrücke untersuchen lassen?», fragte Kilian.

«Die einzigen brauchbaren Spuren stammen von diesem Ballettdirektor. Natürlich waren seine Abdrücke drauf. Wenn er dich wegen seines Alibis nicht belogen hat, dann schaut's düster aus. Kein Zeuge weit und breit, geschweige denn ein konkreter Tatverdächtiger. Die Endres und die McGregor bezichtigen sich gegenseitig der möglichen Täterschaft. Das kann was bedeuten, kann aber auch die natürliche Rivalität unter Frauen sein.»

«Wer bleibt dann noch übrig?»

Heinlein schaute auf seinen Notizzettel. Dort standen noch zwei Namen. Sue Ryser, die Pianistin, und Vladimir Sinowjew, der russische Don Giovanni.

«Ich werde mir diese Klavierspielerin noch vorknöpfen und dann den ehemaligen Don Giovanni, diesen Vladimir», antwortete Heinlein. «Du übernimmst die Befragung der Schüler des Ballettdirektors, mit denen er zur betreffenden Zeit gemeinsam Pause gemacht haben will.»

Kilian nickte. Er war nun eindeutig Weisungsempfänger seines Vorgesetzten geworden. Er konnte nicht sagen, ob ihm das gefiel. «Ich glaube nicht, dass der Mörder von außen kommt. Es gibt dafür überhaupt keinen Anhaltspunkt. Stattdessen scheint sich unser Freund Raimondi in der kurzen Zeit, in der er hier ist, nicht gerade beliebt gemacht zu haben.»

«Wer fällt dir dazu ein?»

«Zuallererst diese australische Diva, Kayleen McGregor. Sie macht Raimondi und den Intendanten für Sandners Tod verantwortlich.»

«Genügt das, um einen Mord zu begehen?»

«Wer weiß schon, was Frauen alles anstellen, wenn sie gekränkt werden.»

«Auf mich hat sie eher einen verstörten Eindruck gemacht als einen rachsüchtigen. Wer ist noch auffällig?»

Heinlein verschwieg die Information, die er von Marianne Endres über die Pistolenschützin Kayleen bekommen hatte.

«Na ja, dieser Russe, Vladimir, von dem du gesprochen hast. Er ist von unserem Freund bereits nach der ersten Probe gefeuert worden. Und wie wir gesehen haben, war er damit in keinster Weise einverstanden. Er schwor in unserem Beisein, die Sache nicht auf sich beruhen zu lassen.»

«Bei seiner ersten Aussage gab er an, dass er zur Tatzeit auf seinem Zimmer war und mit seinem Agenten telefoniert hätte.»

«Bleibt noch eine Person ...» Kilian erinnerte ihn an die Szene, die er tags zuvor auf den Gang im Theater verfolgt hatte. «Isabella Garibaldi, Intendantin eines Zürcher Theaters, hat Raimondi kurz vor dem Anschlag vor meinen Augen brüskiert.»

«Was hatte sie für einen Grund?»

«Keine Ahnung. Ich frage ihn am besten gleich.»

Kilian erhob sich, ging durch die Verbindungstür und fand Raimondi am Fenster stehend vor. Über seiner Schulter hing ein Duschhandtuch, ansonsten war er nur mit einer Boxershorts bekleidet. Sein Körper war gebräunt, muskulös, gepflegt. Er blickte nach unten, während er telefonierte. Kilian klopfte an die Tür, um seine Aufmerksamkeit zu gewinnen. Raimondi schaute auf, gab ihm ein Zeichen, dass das Gespräch gleich beendet sei.

Kilian ging zu Heinlein zurück. Er war soeben im Begriff, sich auf den Weg zu machen. «Dann treffen wir uns in der Mittagspause in der Kantine des Theaters», sagte Heinlein kühl.

Kilian nickte, und Heinlein ging.

Er schaltete den Fernseher ein, zappte durch die Programme. Im Frühstücksfernsehen lief die Berichterstattung über den Tod zweier Menschen, die in den letzten Tagen im Mainfrankentheater ihr Leben gelassen hatten. War es ein bedauerlicher Zufall oder ging etwas Seltsames, Mörderisches an diesem Haus in der Provinz vor, fragten die Moderatoren die Reporter. Eine gute Frage. Auch Kilian fand keine zufrieden stellende Antwort darauf.

Raimondi trat hinter ihn. «Der Tod hat noch immer seine Anziehungskraft nicht verloren.»

«Es scheint, als kämen Ihnen die beiden Vorfälle nicht ungelegen?»

Er stutzte. «Wie meinen Sie das?»

«Noch vor zwei Tagen war der *Don Giovanni* eine lokale Angelegenheit, für die sich vielleicht ein paar Opernenthusiasten interessierten. Doch jetzt berichten Zeitungen und Fernsehanstalten landesweit darüber. Das nenne ich publikumswirksame Öffentlichkeitsarbeit.»

«Sie kennen das Sprichwort vom geschenkten Gaul?»

Kilian nickte, er war sich unsicher, inwieweit die Publicity für den *Don Giovanni* geschenkt war. Raimondis Kaltschnäuzigkeit beeindruckte ihn, so wie ihn auch Reichenberg, der Intendant, mit seiner emotionalen Distanz zum Tod Sandners und seinem Ersatz überrascht hatte.

«Was ich Sie fragen wollte», setzte Kilian an, «woher kennen Sie Isabella Garibaldi?»

Raimondi lächelte, nahm das Handtuch von der Schulter, rubbelte die Haare trocken. Während er sprach, ging er zurück in sein Zimmer, sodass Kilian ihm folgen musste.

«Isabella und ich sind alte Freunde …»

«Danach sah es gestern aber nicht aus.»

«Sie kann nicht vergessen.» Seine Stimme klang nicht mitleidig, Hohn und Spott klangen durch. «Isabella und ich lernten uns in den frühen Achtzigern kennen. Sie war Regisseurin an einem Landestheater, ich auf dem besten Weg, eine internationale Karriere zu beginnen. Wir probten den *Don Giovanni*. Die Arbeit mit ihr verlief nicht so, wie ich es mir gewünscht hatte. Sie bevorzugte eine Interpretation des Dons, die sich an die Figur des Giacomo Casanova anlehnte. Nun, das war und ist natürlich absoluter Unsinn. Der Don Giovanni hat mit einem Casanova so viel gemein wie Maria Magdalena mit einer Feierabendhure …»

Er stockte, Kilian hakte nach. «Erklären Sie mir bitte den Unterschied …»

Raimondi kam seinem Wunsch nach, schenkte ein Glas Orangensaft ein, trank und zog sich an. «Es geht um den so genannten Ich-Beweis. Casanova definiert sich über das Spiel, das er mit den Frauen und sie mit ihm treiben. Es besteht eine unausgesprochene Übereinkunft zwischen Casanova und den Frauen. Beide amüsieren und trennen sich, ohne einander eine Träne nachzuweinen.

Don Giovanni hingegen trägt eine unstillbare Sehnsucht in sich. Er sucht immer und findet nie. Seine Tragik macht ihn für Frauen begehrenswert, selbst bis ins Alter hinein. Da würde ein Casanova schon längst lächerlich wirken. Doch der Don Giovanni sucht nach seiner Identität. Er findet sie nur in der Verführung, kurzfristig, um gleich zur Nächsten weiterzugehen. In ihr findet er erneut nur kurz den vitalen Beweis, dass er lebendig ist.

Er sucht nach seinem Ich, dessen er sich im Grunde nicht bewusst ist. Er ist gelebte, unstillbare Sehnsucht. Und das macht ihn bis heute attraktiv, begehrenswert für Mann und Frau.

Wir alle spüren diese Sehnsucht in uns. Der eine mehr, die andere weniger. Doch sie ist da; selbst in den glücklichsten Momenten, die nie andauern können, ist sie da, hockt in unseren Seelen und Herzen, drängt auf Befriedigung, die wieder nur von kurzer Dauer sein kann, um erneut hervorzubrechen. Don Giovanni ist das bedingungs- und hemmungslose Bekenntnis zum eigenen, triebhaften Ich ... bis in den Tod, den er wählt, um sich selbst treu zu bleiben. Der Tod kann den Don nicht schrecken, weiß er doch, dass er und unsere Sehnsüchte auf ewig in unseren Herzen lebendig sein werden. Ein Mensch, der sich nicht sehnt, lebt nicht. Er ist ein hohler Körper, dessen Seele gestorben ist.

Nun, Herr Kilian, wie ist Ihre Meinung dazu?»

Das war starker Tobak am frühen Morgen. Ja, über Sehnsucht konnte er ihm viel erzählen. Auch in seiner Brust tobte ein Sturm des Verlangens nach dem Süden, nach Leichtigkeit und reuelosem Tun. Doch es gab Grenzen, die er sich selbst und die ihm andere setzten. Er konnte nicht über alles hinweggehen, hätte es dann auch jedem anderen zugestehen müssen, wäre somit selbst Teil des Chaos geworden. Dennoch spürte er die Kraft seiner Wünsche, die ihn immer wieder an den Rand des Nachgebens, des Handelns, der Erfüllung führten. Er war, wie viele andere auch, ein Gefangener im eigenen Haus. Der Don Giovanni hingegen ging ein und aus, wie es ihm gerade passte. Beneidenswert.

«Ich glaube, ich verstehe, was Sie meinen», antwortete Kilian. «Wie kam es dann zum Zerwürfnis zwischen Ihnen und Frau Garibaldi?»

«Ich verließ die Produktion.»

«Mehr nicht?», fragte Kilian.

«Nun, die Premiere war tags darauf.»

«Und wie reagierte die Garibaldi?»

«Die Premiere wurde abgesagt, und Isabella verlor ihr Engagement.»

«Gab es keinen Ersatz für Sie, eine Zweitbesetzung oder einen anderen Künstler, der einspringen konnte?»

«Theoretisch schon, doch die Inszenierung mit den anderen Solisten war derart auf mich zugeschnitten, dass das nicht mehr auf die Schnelle zu bewerkstelligen war.»

Nun hatte Kilian ein Motiv. Raimondi hatte sie einen Tag vor der Premiere im Stich gelassen, sie verlor ihr Gesicht, den Job und wahrscheinlich auch ihren Ruf als verlässliche Regisseurin, die die Produktion und die Solisten im Griff hatte.

*

Heinlein sah die beiden mit dem Fahrrad kommen. Sie stiegen ab und schlossen die Räder mit dem Fahrradhalter und einer Kette an. Sue, die Pianistin, und Marianne, die Regieassistentin, sprachen kurz miteinander. Bevor sie im Bühneneingang verschwanden, umarmten sie sich, ein Kuss besiegelte ihre Verbundenheit.

Sollten die beiden ein Verhältnis haben?, fragte er sich. Und wenn schon, man war ja nicht mehr im neunzehnten Jahrhundert. Dennoch, jenseits aller Moral war diese Erkenntnis aufschlussreich, wenn es darum ging, dass Sue der Endres ein Alibi gegeben hatte. Sie hatte behauptet, dass Marianne Endres vor ihrem Zimmer auf und ab gegangen war, während sie darauf gewartet hatte, dass Sandner das Büro von Reichenberg verlassen würde.

Heinlein fackelte nicht lange und machte sich auf den Weg.

Im zweiten Stockwerk angekommen, fand er ihr Zimmer, gleich hinter der Abzweigung zur Intendanz. Vor einem großen Konzertflügel stehend, entnahm Sue ihrer Tasche ein Bündel Notenblätter und platzierte sie auf dem Notenhalter.

«Was dagegen, wenn ich störe?», fragte Heinlein.

Sue Ryser drehte sich um. «Oh, Sie sind es. Nein, kein Problem. Ich habe den ersten Termin erst in zehn Minuten.»

Heinlein kam näher und bestaunte den riesigen Flügel in dem ansonsten kahlen Raum. «Ein schönes Instrument», sagte er. Seine Hand fuhr streichelnd an der schwarz lackierten Oberfläche entlang.

«Spielen Sie auch?», fragte Sue.

«Nein, aber ich würde gerne.»

«Dann kommen Sie, lassen Sie uns etwas probieren.»

«Wie? Jetzt?»

«Ja, wieso nicht. Jetzt ist genauso gut wie jeder andere Zeitpunkt.»

Zögernd kam Heinlein näher. Sue setzte sich auf die eine Ecke des Schemels und klopfte mit der Hand auf die andere, damit Heinlein sich setzte.

«Probieren wir etwas», sagte sie. Dann spielte sie mit der einen Hand eine Melodie, mit der anderen die Begleitung. Es waren zwei Tasten, gleichzeitig gedrückt, die Heinlein anwiesen, den Part zu übernehmen. Sie nahm seine Hand, wählte zwei Finger aus. Nun sollte er die Begleitung spielen. Er tat es.

«Sehen Sie, ist doch ganz einfach», sagte sie.

Heinlein gefiel das simple Stück, das ihn an die Ritsch-Ratsch-Polka erinnerte. Vielleicht war sie es auch.

Wie ein erwachsener Junge saß er nun neben seiner Klavierlehrerin und probte sein erstes Stück. Dann roch er etwas. Es war kein Duft im Raum, sondern er kam von Sue, die dicht neben ihm saß. Der Geruch hatte etwas Schweres, Hölzernes. Da dämmerte es ihm, weshalb er gekommen war, er brach ab und stellte sich neben den Flügel.

«Hat es Ihnen nicht gefallen?», fragte Sue.

«Doch, doch, aber ich bin aus einem anderen Grund hier.»

«Dann lassen Sie mal hören. Worum geht's?»

Heinlein wollte nicht gleich mit der Tür ins Haus fallen, deshalb begann er vorsichtig. «Sie sind als Pianistin am Mainfrankentheater angestellt?»

«Der korrekte Ausdruck ist Repetitorin, und ich bin nicht angestellt, sondern für eine Spielzeit engagiert.»

«Was macht man so als Repetitorin?»

«Ich übe mit den Sängern ihre Partien ein, damit sie ihren Part auf der Bühne auch beherrschen.»

«Gefällt Ihnen die Arbeit?»

«Und wie. Es gibt nichts Schöneres. Ich habe mein Hobby zum Beruf gemacht. Was will man mehr?»

«Ich stelle mir das ganz schön stressig vor», sagte Heinlein. Er erinnerte sich an die Zeit als kleiner Junge, als er erfolglos an der Trompete übte, um beim Schulorchester mitzuspielen.

Sue schmunzelte. «Hin und wieder gibt es einen, der nervt, der glaubt, dass er das Stück umkomponieren müsste, damit er imstande ist, den Part zu singen. Ich hole sie dann aber ganz schnell wieder auf den Boden der Tatsachen zurück.»

Heinlein spähte verstohlen in Sues Tasche, die gegen den Flügel gelehnt war. Er erkannte neben einem Handy ein Flugblatt. Darauf war der Termin des Christopher Street

Day in Würzburg abgedruckt. Also doch, schloss Heinlein daraus, Sue fühlte sich zum eigenen Geschlecht hingezogen. Doch da war noch etwas anderes, etwas Eckiges, in Alufolie eingewickelt.

«Sie haben bei unserem ersten Gespräch ausgesagt, dass Marianne Endres die ganze Zeit vor dem Büro des Intendanten auf und ab gegangen sei, kurz bevor Sandner gestorben ist.»

Sues gute Laune verflog schlagartig. Sie bestätigte die Frage stumm mit einem Nicken.

Heinlein fuhr fort, zeigte auf die Tür. «Aber wenn ich mir das so ansehe, dann können Sie doch gar nicht von hier aus auf den Gang vor Reichenbergs Büro blicken. Es liegt hinter dem Knick. Was macht Sie so sicher, dass Sie tatsächlich Marianne Endres gesehen haben und nicht jemand anderen?»

Sue begann leicht zu zittern. Kaum merklich, aber Heinlein entging es nicht.

«Ich habe sie doch gesehen, als sie vorbeiging», antwortete Sue schließlich, «und außerdem war sie kurz hier im Zimmer.»

«Was war der Grund ihres Besuches?»

«Nichts Bestimmtes, einfach so.»

Heinlein dachte kurz nach, er hielt den Moment für gekommen, um zuzuschlagen. «Ist es nicht eher so, dass Sie Ihrer Freundin Marianne ein Alibi geben, obwohl sie gar keines hat?»

Sue starrte ihn an, ihre Stimme wurde bedrohlich. «Haben Sie ein Problem mit uns?»

«Sie meinen, mit Lesben?»

«Ja.»

«Nein, aber mit Lügnerinnen.»

«Was fällt Ihnen ein?!»

«Ich will Ihnen überhaupt nicht zu nahe treten, jeder nach seiner Fasson. Aber lügen Sie mich nicht länger an. Und weil wir schon mal dabei sind, wer kann bezeugen, dass Sie die ganze Zeit hier in diesem Raum waren?»

«Worauf wollen Sie hinaus?»

«Von hier aus sind es vielleicht zwanzig Meter zum Büro von Fred Sandner. Ohne von jemandem gesehen zu werden, wäre es ein Einfaches, nach der Tat schnell in Ihr Büro zurückzugehen und die Ahnungslose zu spielen.»

Sue stand abrupt auf, ging auf die andere Seite des Flügels. «Sie bezichtigen mich des Mordes an Freddie? So ein Unsinn. Ich denke, es war Selbstmord.»

«Das ist noch nicht abschließend geklärt.»

«Was sollte ich für ein Motiv gehabt haben?»

«Eifersucht, Neid, Gier, was weiß ich. Sagen Sie es mir.»

«Herr Heinlein», begann Sue, ihre Selbstsicherheit kehrte bei diesen fadenscheinigen Anschuldigungen schnell zurück, «ich hatte nicht das geringste Motiv, Freddie etwas anzutun. Und Eifersucht», sie lachte grell auf, «die können Sie sich gleich abschminken.»

Heinlein bückte sich, nahm das in Alufolie eingepackte Pausenbrot heraus. «Ich tippe auf Roggen, Vollkorn, mit Salat. Habe ich Recht?»

«Tomaten und Käse, wenn's recht ist, auf Roggenvollkorn. Das ist gesund.»

«Und Ihr Parfüm?»

«Wie? Was geht Sie das an?»

«Es ist wichtig. Bitte sagen Sie mir, welches Parfüm Sie tragen.»

«Ich benutze meine eigene Kreation.»

«Die besteht aus ...?»

«Ylang-Ylang, Rosenöl, Patchouli und etwas Sandelholz.»

«Das ist ein ziemlich schwerer Geruch, nicht wahr?»

Heinlein hatte genug gehört. Er hatte herausbekommen, was er wollte. Das Alibi der Endres war geplatzt, und eine neue Tatverdächtige war hinzugekommen. Zumindest hatte sie die Gelegenheit, wenn auch kein Motiv, aus jetziger Sicht.

Als Nächste würde er sich die verlogene Kayleen nochmal vornehmen.

11

Proben beginnen am Theater immer um zehn Uhr vormittags. Wenngleich Kilian diese Uhrzeit sehr gelegen kam, er hasste den frühen Morgen, spielte sie letztlich beim Betreten eines Theaters doch keine Rolle, da man fortan von der Außenwelt völlig abgeschlossen war. Zeit und Raum schwanden, selbst Naturgesetze wie die Schwerkraft verloren an Bedeutung. Von nun an war man Teil eines anderen Kosmos, einer fernen Märchenwelt, in der Gefühle und die Phantasie regierten. Ebendafür zahlten Theaterbesucher. Sie entflohen der Realität und wünschten sich für zwei Stunden in eine Welt, in der alles möglich war, wo ihre eigenen Wünsche, Sehnsüchte und Phantasien von Schauspielern gelebt wurden.

Kilian saß in einer der mittleren Reihen im Großen Saal. Das Licht über ihm war gedämmt, das auf der Bühne grell. Um die schwarz lackierten Bühnenaufbauten, vier versetzte mannshohe Mauern, im Rechteck angeordnet, scharten sich rund dreißig Mitglieder des Chores. Vorn saßen die Frauen, dahinter auf einer Mauer standen die Männer.

Wenn es ein Vorbild für einen Vielvölkerstaat geben sollte, dann dieses: Neben Mitteleuropäern standen Asiaten, Süd- und Nordamerikaner, finster dreinblickende Araber und hellhaarige Nordlichter. Sie hörten aufmerksam auf die Anweisungen des Chorleiters, der ihnen das Geprobte minuziös in Erinnerung rief. Sie stellten Hochzeitsgäste dar. Das Paar, das an diesem Tage getraut werden sollte, waren Zerlina und Masetto, beide Bauern, deren Hochzeit vom Edelmann Don Giovanni und seinem Diener Leporello gestört werden würde.

Im Orchestergraben erkannte Kilian die Pianistin Sue am Klavier, neben ihr den zweiten Kapellmeister Pohlmann, der die anstehende Szene dirigieren würde. Die Regieassistentin Marianne saß still auf ihrem Stuhl, verfolgte das Treiben vor ihr scheinbar emotionslos. Ganz rechts hockte Franziska, die pumucklhaarige Souffleuse im Schneidersitz auf dem Bühnenrand. Ihre rechte Hand wogte sanft im Takt, während ihre Linke Notizen auf einem Blatt Papier machte. Es sah aus, als komponiere sie.

Aus der Nullgasse trat Raimondi heraus. In seiner Begleitung ein junger Mann, offensichtlich der Masetto. Aus seinen Fragen und Äußerungen schloss Kilian, dass er Ferdinand hieß und aus Salzburg für das Mainfrankentheater engagiert worden war. Sobald Raimondi im Licht der Scheinwerfer stand, verstummten die Gespräche, richteten sich die Beteiligten auf, machten sich bereit, seine Anweisungen in die Tat umzusetzen. Franziska verzog sich in ihr kleines Kabuff, den Souffleurkasten.

Die Tür hinter Kilian öffnete sich, ein Lichtkegel fiel die Stufen hinunter auf die Bühne. Drei Personen aus dem Gegenlicht betraten den Saal. Zwei von ihnen setzten sich einige Reihen hinter ihm auf die Plätze. Die dritte, jetzt erkannte er sie, eine junge attraktive Frau, Mitte zwanzig, ihr dunkles, langes Haar hochgesteckt, in Jeans und weißer Bluse, stieg die Stufen zur Bühne empor.

Raimondi drehte sich zu ihr um. «Sind Sie die Zerlina?»

Sie nickte und reichte ihm die Hand. «Sì, Aminta Gudjerez. Es freut mich sehr, mit Ihnen arbeiten zu dürfen.»

Raimondi quittierte es mit einem Lächeln. «Wenn sich nur die Hälfte dessen bestätigt, was ich von Ihnen gehört habe, dann ist die Freude ganz auf meiner Seite.»

Geflüster hinter Kilian ließ ihn umdrehen. Er erkannte in einer der beiden Personen Isabella Garibaldi. In ihrer Begleitung ein Mann um die vierzig, Anzug, glatt zurückgestrichenes Haar, vermutlich ein Geschäftspartner. Sie schickte Kilian ein Lächeln, er erwiderte es.

Raimondi klatschte in die Hände. «Wenn wir alle so weit sind, dann möchte ich sehen, was Sie bisher einstudiert haben.» Er nahm neben der Regieassistentin Marianne Platz, blätterte im Klavierauszug zur entsprechenden Stelle. Dann, an alle gerichtet: «Wir proben Szene sieben, erster Akt. Auftritt Zerlina, Masetto und Chor. *Giovinette*, bitte sehr.»

Auf der Bühne fanden sich Bauernmädchen mit Bauernjungen zum Tanz zusammen, die Zerlina platzierte sich nach vorne, gespannt die Ankunft ihres Bräutigams Masetto erwartend. Pohlmann, der musikalische Leiter der Probe, gab den Einsatz.

Heiter und lebenslustig spielte Sue zum Tanz auf. Die Pärchen setzten sich in Bewegung. Zerlina trat an den Bühnenrand, schaute freudestrahlend in die Ränge und begann mit *Giovinette, che fatte all'amore …**

Ihre Stimme klang hell, voller Freude; leichtfüßig er-

* O ihr Mädchen, zur Liebe geboren …

klomm sie die Höhen ihres Parts, so wie sie ihre bevorstehende Hochzeit mit ihrem geliebten Masetto überzeugend mimte. Nicht nur Kilian, der zur Oper bisher keinen Zugang gehabt hatte, horchte auf. Die tanzenden Chormitglieder, Dirigent, Chorleiter und alle im Graben schauten auf die Zerlina. Kilian erkannte Raimondi, wie er auf die Bühne stieg, sich neben die Zerlina stellte, ihre Atmung und ihren Ausdruck prüfte, dem Chor und Masetto mit einem Blick den Einsatz wies. Er war hochkonzentriert und gab nicht preis, wie er das Spiel und den Gesang des Paares fand. Er unterbrach nicht, ließ die Szene zu Ende laufen.

Als der letzte Ton des Klaviers verklungen war, kehrte Stille ein. Alle warteten auf Raimondis Reaktion.

«Das war schon sehr gut, meine Herrschaften», sagte er nüchtern, ohne zu viel Lob auf die Darbietung zu verschwenden.

«Bravo», hörte Kilian leise hinter sich die Garibaldi zu ihrem Begleiter sagen.

Er drehte sich um, sah, wie sie per Handschlag den Vertrag besiegelten. Er erhob sich und setzte sich direkt neben sie.

«Entschuldigung», sprach Kilian zu den beiden, «ich möchte Sie nicht stören», dann, zur Garibaldi gewandt, «ich hätte Sie gerne kurz gesprochen.»

Sie stimmte zu, bat ihn, noch einen Moment zu warten. Kilian akzeptierte und richtete seine Aufmerksamkeit nach vorn, auf die Bühne.

Raimondi war im Gespräch mit dem Dirigenten und dem Chorleiter. Sie gestikulierten, blickten auf die Chormitglieder, besprachen mehrere Möglichkeiten.

«Gestern hat er den Don Giovanni gefeuert», hörte Kilian Garibaldis Begleiter nicht ohne Schadenfreude flüstern, «und jetzt steht er da ohne seinen Hauptakteur.»

«Das sieht ihm ähnlich», antwortete die Garibaldi.

In ihren Worten schwang eine schmerzhafte Erfahrung mit. Sie blickte nach vorn, wie ihr Begleiter auch, und wartete, wie Raimondi das Fehlen eines Don Giovanni auflösen würde.

Man einigte sich auf einen jungen Mann aus dem Chor. Er war um die dreißig Jahre alt und nach Kilians Dafürhalten Japaner. Raimondi bat ihn hervorzutreten und sprach mit ihm. Der Japaner nickte, verbeugte sich leicht, als wäre ihm eine große Ehre zuteil geworden.

«Ich glaub's nicht», sagte der Mann neben der Garibaldi. «Eine Zweitbesetzung für den Don Giovanni ist erst für die nächste Spielzeit eingeplant, und jetzt nimmt er sich einfach 'nen Ersatz aus dem Chor. Ich kenne den jungen Mann. Er ist für den Chor überqualifiziert, und er beherrscht den Part des Don Giovanni. Eine tolle Stimme. Den muss ich mir sichern, bevor du ihn mir wieder vor der Nase wegschnappst.»

«Wenn er so gut ist, wieso hat er dann kein Engagement und versauert im Chor?», fragte die Garibaldi.

«Na, wieso wohl? Die Stadt muss sparen. Ich befürchte nur, seine Exkollegen aus dem Chor werden ihn dafür lynchen und Raimondi hassen.»

Den Ton in seiner Stimme mit Schadenfreude zu bezeichnen erschien Kilian weit untertrieben.

Die Garibaldi entgegnete nichts darauf, wartete ab, welche Folgen das Abenteuer haben würde. Kilian entging ihre unausgesprochene, stille Befürchtung nicht, dass der Japaner durchaus Erfolg haben könnte.

Raimondi wies Sue an, das Duett *Là ci darem la mano** zu spielen. Es war die Verführungsnummer des Don Giovanni schlechthin.

* Dort reichen wir uns die Hand

Den Japaner postierte er der Zerlina gegenüber, sprach ihm Mut zu und gab das Zeichen.

Ein Bariton erklang, kräftig und raumfüllend. Kaum zu glauben, dass aus so schmaler Brust ein solch fulminanter Klang erwachsen konnte. Schüchtern, aber konzentriert mühte sich der Asiate. Er sang überraschend gut, doch schauspielerisch war er eine Salzsäule. Raimondi griff ein.

«Umgarnen Sie die Zerlina», sagte er aufmunternd. «Sie werden Sie dort drüben in Ihrem Landhaus gleich verführen. Sie sträubt sich noch, Sie sind auf ihrer Hochzeit. Also legen Sie sich etwas mehr ins Zeug.»

Der Japaner verstand nicht. Er suchte Hilfe bei seinem Chorleiter. Raimondi nahm ihn zur Seite, begab sich auf dessen Position. Sein Blick ging zu Sue.

«Nochmal bitte», gab er vor.

Das Ensemble zeigte sich überrascht, ebenso wie die beiden an Kilians Seite.

«Er will selbst singen», sagte der Mann.

«Ich hab's befürchtet», antwortete die Garibaldi.

Là ci darem la mano erklang, nun aus der Brust Raimondis. Er umarmte die Zerlina von hinten, legte seine Hand auf die ihre, liebkoste sie mit seiner Stimme und streichelte sanft ihren Hals. Zerlina stimmte mit ein, spielte das Spiel einer Unschlüssigen, die sich durch die Avancen des Edelmanns geschmeichelt fühlte, doch zauderte, da sie einem anderen versprochen war.

Ihre Antwort *Vorrei, e non vorrei, mi trema un poco il cor** überzeugte im spielerischen Duett mit dem Altmeister der Verführung. Seine Stimme, sein Spiel kamen aus einem Guss, als hätte es nie etwas anderes gegeben als seine Interpretation des Don Giovanni.

* Ich möchte und möchte nicht, mir zittert ein wenig das Herz

Die beiden machten auf Kilian den Eindruck eines vollkommenen Liebespaares, das sich wenig später in der Vereinigung völlig entfalten würde.

Ihr gemeinsames *Andiam** am Ende des Duetts war mehr gehaucht als gesungen, der Liebespakt beschlossen. Wange an Wange lagen sie sich in den Armen, fest umschlossen, bis der letzte Ton sich in der Tiefe des Großen Saals verloren hatte.

Kilian hatte die perfekte Inszenierung einer Liebesbeschwörung erleben dürfen. Wie es aussah, würde weder der junge Japaner und auch sonst niemand den Hauch einer Chance haben, gegen diesen Don Giovanni anzukommen.

Spontaner Applaus brach los. Die Garibaldi erhob sich plötzlich neben Kilian, zog ihren Begleiter mit sich, beschied Kilian kurz angebunden, dass sie ihre Unterhaltung verschieben müssten, und verließ zornig den Saal.

Raimondi gab allen eine fünfminütige Pause, um sich auf die Wiederholung der Szene vorzubereiten.

Kilian nutzte die Gelegenheit und folgte der Garibaldi.

Im Oberen Foyer sah er sie im Gespräch mit ihrem Begleiter. Ihre Stimmung hatte nichts an Zorn verloren, im Gegenteil, sie redete beschwörend auf ihn ein. Kilian hielt sich im Hintergrund und spitzte die Ohren.

«Ich warne dich», hörte er sie sagen. «Wir haben einen Vertrag, und ich lasse mich nicht vorführen.»

«Mach dir keine Sorgen, ich habe alles im Griff», beschwichtigte er sie.

«Du kennst ihn nicht. Du weißt nicht, wozu er fähig ist.»

«Aminta ist an mich gebunden. Ohne meine Zustim-

* Gehen wir

mung kann sie gar nichts machen. Und außerdem, die Verträge sind beschlossene Sache. Morgen liegen sie zur Unterschrift vor. Es ist alles mit Aminta besprochen. In der nächsten Spielzeit singt sie in Zürich.»

«Wehe, du hintergehst mich.»

Bevor sich die Garibaldi verabschiedete, trat Kilian hinzu. «Frau Garibaldi, einen Augenblick bitte.»

«Herr Kilian, entschuldigen Sie, ich habe momentan überhaupt keinen Kopf für …»

«Es dauert nur eine Minute», sagte er und schielte dabei auf ihren Begleiter, den sie ihm nun hoffentlich vorstellen würde.

Sie bemerkte es, machte die beiden bekannt. «Paul Batricio, der Agent von Frau Gudjerez … und das ist Herr Kilian …»

«Kriminalhauptkommissar», führte er den Satz zu Ende.

Die Garibaldi zeigte sich erstaunt, fing sich aber schnell wieder.

Batricio und er begrüßten sich mit einem Nicken. Kilian nahm die Garibaldi am Arm. «Entschuldigen Sie uns für einen Moment», sagte er zu Batricio, «es dauert nicht lange», und führte sie ein paar Schritte weiter ans Fenster.

«Ich will Sie nicht lange aufhalten», begann er, «ich weiß, dass sie sehr beschäftigt sind. Wie Ihnen bekannt ist, gab es einen Anschlag mit Todesfolge auf Herrn Raimondi und einen Journalisten. Sie haben beide gestern im Gang gesehen, bevor Sie den Aufzug benutzten. Mir ist dabei aufgefallen, dass Sie und Herr Raimondi in Streit über etwas gerieten. Können Sie mir sagen, worum es dabei ging?»

Er kannte zwar schon Raimondis Ausführungen, aber er war gespannt, welche Position die Garibaldi beziehen würde.

Der Umstand, dass Raimondi in Lebensgefahr geschwebt hatte, schien sie nicht zu überraschen. «Ich habe davon gehört», antwortete sie kühl.

«Nun ...»

Sie ließ sich mit der Antwort Zeit, nahm sich eine Zigarette, er gab ihr Feuer.

«Raimondi und ich haben uns seit der Zeit damals nicht mehr gesehen. Seltsam, eigentlich sollte man sich in dem Beruf häufiger über den Weg laufen ...»

«Was meinen Sie mit der ‹Zeit damals›?»

«Vor rund zwanzig Jahren in der Nähe von Stuttgart. Ich war seine Regisseurin, er am Beginn seiner internationalen Karriere als Bariton.»

«Sie probten den *Don Giovanni*?»

«Richtig. Einen Tag vor der Premiere hat er sich aus dem Staub gemacht, und ich saß da ohne meinen Hauptdarsteller.»

»Was war der Grund, wieso er die Produktion verließ?»

«Der Don Giovanni am Royal Opera House in London war erkrankt. Sie suchten nach einem adäquaten Ersatz. Raimondi hörte davon und packte seine Sachen. Das ist alles.»

«Und was geschah mit Ihrer Inszenierung?»

«Was glauben Sie denn, wenn einen Tag vor der Premiere Ihr Hauptdarsteller flüchtet? Sie ging den Bach runter, die Premiere fiel aus. Zum Folgetermin besetzte ich seinen Part mit einem Ersatzmann ... aber er konnte nicht halten, was wir uns von Raimondi versprochen hatten. Es sollte die Geburt eines neuen Stars werden.»

«Und Sie verloren Ihr Engagement?»

Sie zog an der Zigarette, als wolle sie ihr alles Leben nehmen. «Mit der zweiten Premiere war es ohnehin gelaufen. Schlimmer war, dass wir Werbegelder in den Sand gesetzt,

Sponsoren und Publikum enttäuscht hatten. Raimondi ließ dann von London aus verlauten, dass er mit meiner Regie nicht zufrieden gewesen sei und er im Hinblick auf eine originalgetreue Inszenierung des *Don Giovanni* für meine Arbeit nicht verantwortlich gemacht werden wollte. Tja, und den Rest können Sie sich ja denken.»

«Wurde Raimondi haftbar gemacht?», hakte Kilian nach.

«Er war schon damals ein Fuchs. Er managte sich selbst, hatte einen Vertrag mit einer Ausschlussklausel ausgehandelt, sollten ernsthafte Differenzen bei der Produktion auftreten. Nach seinem Erfolg im Covent Garden wagte dann auch niemand mehr Kritik an seiner Person und seinem Verhalten zu üben. Mit diesem Engagement begann seine Karriere, jedes Haus buhlte um ihn.»

«Was passierte mit Ihnen?»

Sie lächelte gezwungen, mit der Erfahrung einer Betrogenen. «Zwei Jahre lang suchte ich ein neues Engagement. Erfolglos. Dann bot sich mir eine neue Chance. Ein befreundeter Impresario hatte Mitleid und nahm mich unter seine Fittiche. Ich lernte, Künstler zu managen. Vor fünf Jahren verstarb er, und ich ging zurück ans Theater.»

«Dann hatte die Affäre doch noch ein gutes Ende gefunden.»

«Ich bin nicht unglücklich mit dem, was ich heute tue. Doch der Stachel sitzt tief.»

«Wie tief?»

Sie sah Kilian in die Augen, suchte den Hintergrund seiner Frage zu ergründen. Sie fand ihn. «Wenn Sie glauben, dass ich deswegen einen Mord begehen würde, irren Sie sich. Das ist er nicht wert.»

«Dennoch, darf ich Sie fragen, wo Sie gestern zum Zeitpunkt des Anschlages auf Herrn Raimondi waren?»

Sie antwortete spontan, ein Zeichen dafür, dass sie entweder ehrlich oder auf die Frage vorbereitet war. «Ich war mit Herrn Batricio im Gespräch.»

«Wo führten Sie es?»

«In einem Zimmer im zweiten Stock.»

«Wie groß ist die Entfernung von der Tür zum Treppenhaus?»

Sie dachte nach, versuchte sich der Lokalität zu erinnern. «Ich glaube, es liegt gegenüber.»

«Waren Sie die gesamte Zeit mit Herrn Batricio im Gespräch?»

Sie überlegte. «Nahezu. Er verließ einmal kurz das Zimmer, um mit Frau Gudjerez zu sprechen.»

«Worum ging es?»

«Das sagte ich Ihnen bereits bei unserem ersten Treffen. Es geht um Vertragsverhandlungen.»

«Haben Sie sich mit Herrn Batricio geeinigt?»

«Per Handschlag, ja.»

«Kennt Frau Gudjerez dieses Ergebnis?»

«Sicher, sie musste ja zuvor zustimmen.»

«Dann singt sie also im nächsten Jahr in Zürich?»

«Davon gehe ich aus.»

«Was ließ Sie dann vorhin beim Duett zwischen ihr und Raimondi den Saal verlassen?»

Ihre Zigarette ging zu Boden, ihre Pumps übernahmen den Rest. «Trauen Sie ihm nicht», riet sie ihm. Für sie war die Unterhaltung damit beendet. Bevor sie sich zum noch immer wartenden Batricio aufmachte, sagte sie: «Apropos Anschlag, recherchieren Sie doch mal, was sich Mitte der Neunziger, ich glaube, '94 oder '95 war es, in der Semperoper in Dresden abgespielt hat. Ein Vorfall während der Probenarbeiten zu *Figaros Hochzeit*. Ich bin sicher, dass Sie das sehr interessieren wird.»

«Was meinen Sie damit?»

«Sie werden schon sehen», sagte sie und gesellte sich zu Batricio.

Kilian fragte sich, was sie damit bezwecken wollte. Er notierte sich die Daten und wollte den Großen Saal wieder betreten, als Heinlein die Treppe hochkam.

«Hast du die McGregor gesehen?», fragte Heinlein. «Sie soll sich irgendwo im Haus rumtreiben.»

Kilian zuckte mit den Schultern. «Keine Ahnung, bei den Proben ist sie jedenfalls nicht. Was willst du von ihr?»

Heinlein vermied Blickkontakt. Er tat ganz beiläufig. «Es steht noch 'ne Frage offen. Nichts Dramatisches.»

«Na, dann», sagte Kilian. «Du findest mich im Großen Saal bei den Proben, wenn du mich brauchst.»

«Alles klar.»

Seltsam, wie Heinlein sich verhielt, überlegte Kilian. Verbarg er etwas vor ihm?

Er nahm den Gedanken mit in den Großen Saal. Leise und ohne Aufsehen zu erregen, suchte er einen Platz im Schutz einer dunklen Reihe. Auf der Bühne erkannte er Raimondi, wie er seinen neuen asiatischen Don Giovanni in die Kunst der Verführung einwies. Aminta Gudjerez verfolgte jede seiner Anweisungen mit großer Aufmerksamkeit. Insbesondere, wenn Raimondi sie umarmte, ihr einen Kuss auf den Hals gab, um ihre Hand warb, genoss sie seine körperliche Nähe.

*

Nichts entgeht meiner Aufmerksamkeit. Ich habe alles im Griff. Wie Puppen hampeln sie auf der Bühne herum, folgen den Pfaden, die ich ihnen vorgebe. Gingen sie nur einen Schritt zurück und besähen ihr Tun, würden sie ihr jämmerliches Dasein erkennen, das sie Lämmern gleich zur Schlachtbank führt.

Auch du, der Sendbote der Lust, hast dich verfangen in meinem Gespinst. Wie wenig hat es doch gebraucht, um dich zu locken. Den Köder, den ich dir hinwarf, hast du nur zu bereitwillig geschluckt. Doch an diesem Köder hängt eine Schnur, die du nicht siehst, die ich in Händen halte.

Einem weiteren Mädchen bist du auf den ersten Blick verfallen. Sie ist schön und talentiert, aber sie ist ahnungslos, weiß nichts von deinem falschen Spiel, dass du mit ihr deine Zukunft sichern willst. Nicht Liebe, sondern kühle, berechnende Eigensucht ist deine Natur.

Ich werde an ihrer statt dich lehren, was die Frucht solchen Handelns ist. Nicht jetzt, nicht hier. Doch die Zeit wird kommen, unausweichlich wie das Schicksal selbst.

Zuvor werd ich das Spiel vorantreiben. Unsere Abmachung gilt, so lange, wie sie mir dienlich ist. Ich weiß, du hast ähnliche Gedanken, meinst, du seist mir überlegen.

Wir werden sehen.

*

Heinlein war nicht wohl bei dem Gedanken, dass er Kilian eine wichtige Information vorenthalten, ja, ihn belogen hatte. Er konnte sich nicht erklären, wieso er das tat. Ein Gefühl drängte ihn dazu. War es Neid? Unsicherheit? Oder ging es schlicht darum, dass er der neue Leiter des K1 war und sich gegenüber seinem Vorgänger nicht rechtfertigen musste. Diese Erklärung leuchtete ihm ein. Er war jetzt der neue Chef, sollten die anderen damit klarkommen, so wie er es jahrelang bei seinem Vorgesetzten hatte tun müssen. Er hatte ein Recht auf sein Verhalten.

Die Suche im Oberen Foyer nach Kayleen McGregor

blieb erfolglos. Heinlein machte kehrt und ging über das Treppenhaus in den Verwaltungstrakt zurück.

Im KBB sagte man ihm, dass Kayleen McGregor den Vormittag freigenommen hatte. Die Frage nach ihrer Adresse blieb unbeantwortet. Das Herausgeben von privaten Informationen sei strikt verboten. Bevor Heinlein die Informationspflicht gegenüber der Polizei mit den beiden Angestellten klären konnte, verwies ihn der eine auf das Krematorium. Dort würde soeben die Leiche Fred Sandners eingeäschert. Kayleen sei als Einzige und stellvertretend für das Mainfrankentheater dort.

Heinlein machte sich auf den Weg. Verdammt, wer hatte die Leiche für die Bestattung freigegeben? Vom Auto aus rief er Sabine Anschütz, seine Sekretärin, im Büro an.

«Die Mitteilung kam heute Morgen von der Staatsanwaltschaft herein», antwortete sie.

«Aber wieso sind wir nicht vorher informiert worden?»

«Es soll eine Schwester geben, die die Bestattung beantragt hat. Und nach der Obduktion spricht ja auch nichts dagegen. Oder?»

«Grundsätzlich ja, aber in diesem Fall hätte ich gerne noch etwas mehr Zeit gehabt, so lange zumindest, bis die Ergebnisse vom BKA eingetroffen sind. Hast du schon etwas gehört?»

«Du meinst über die .38er Smith & Wesson?»

«Ja, was denn sonst», herrschte er sie an. «Wir haben doch sonst keine Anfrage beim BKA laufen. Mein Gott, das kann doch nicht so schwer sein.»

«Hast du heute wieder eine Laune!»

«Und du schalt dein Hirn ein, verdammt.»

Heinlein beendete das Gespräch. Er ärgerte sich über die Gedankenlosigkeit Sabines. Sie wusste doch, dass bei ungeklärten Schussverletzungen der Leichnam so lange wie möglich zurückgehalten werden musste, um etwaige Nachuntersuchungen durchführen zu können. Aber eigentlich war es nicht ihre Schuld, sondern die Pias. Sie hätte einen Sperrvermerk in ihren Bericht einfügen müssen.

Verdammt, wieso waren alle nur so gedankenlos? Zuerst Kilian mit seiner Geheimnistuerei wegen des Streits zwischen der Garibaldi und Raimondi und jetzt Pia und Sabine. Hatten sie sich gegen ihn verschworen? Wollten Sie seinen ersten Fall als Leiter des K1 hintertreiben?

Nicht mit ihm. Er würde ihnen zeigen, wo der Hammer hing.

Der Raum neben dem, wo die Einäscherung der Leiche Sandners stattgefunden hatte, war eine Spur attraktiver als die Sektionssäle am Gerichtsmedizinischen Institut. Sterile, gekachelte und neonlichtdurchflutete, kahle Industriearchitektur. Nur dass hier kein Geruch nach Desinfektionsmitteln und schalen Leichenteilen die Luft füllte, sondern ein warmer, kratziger Vorgeschmack auf die Hölle in Hals und Nase drang.

Heinlein kam gerade rechtzeitig, als einer der Angestellten einer Frau eine kupferfarbene Urne übergab. Neben den beiden erkannte er Kayleen McGregor, ganz in Schwarz, einen dünnen Schleier vor dem Gesicht, der von einem schwarzen Hut gehalten wurde.

Der Vorgang hatte nichts Feierliches, nichts Zeremonielles. Es war die schlichte Übergabe der Reste eines Menschen in einem kleinen Gefäß. Heinlein hielt sich im Hintergrund, wartete auf die richtige Gelegenheit, Kayleen anzusprechen. Als sie ihn erkannte, kam sie auf ihn zu.

«Was wollen Sie hier?», fragte sie barsch.

«Ich muss mit Ihnen sprechen», antwortete Heinlein verhalten.

«Haben Sie überhaupt kein Ehrgefühl? Freddie ist keine

fünf Minuten von uns gegangen, und Sie platzen hier rein. Kann das nicht bis morgen warten?»

Heinlein schwieg. Hinter Kayleen tauchte die Frau mit der Urne auf. «Ich bin jetzt so weit», sagte sie.

Kayleen wandte sich ihr zu. «Sofort, ich werde diesen Herrn noch schnell verabschieden.»

Die Frau nickte, entfernte sich ein paar Schritte.

«Also, was gibt es so Dringendes?», fragte Kayleen im vertraut abweisenden Ton.

Heinlein zeigte auf die Frau hinter ihr. «Wer ist sie?»

«Die Schwester Freddies. Sie ist aus Frankfurt angereist, um ihn nach Hause zu holen.»

«Wieso lässt sie ihn hier einäschern und nicht in Frankfurt?»

«Wo ist der Unterschied? Asche ist Asche. Sie ist die Letzte aus der Familie, eine Feier wird es nicht geben. So habe ich sie nach Würzburg eingeladen, damit zumindest eine Person mit ihr Abschied nehmen kann.

Wieso wollen Sie das alles wissen?»

Heinlein nahm sie am Arm, führte sie ein paar Schritte weg. «Der eigentliche Grund, wieso ich Sie sprechen wollte, ist folgender: Warum haben Sie mir verschwiegen, dass Sie ehemalige Sportschützin sind?»

«Ich verstehe nicht, was Sie mit dieser Frage bezwecken.»

«Ich ermittle in einem Tötungsdelikt, das mit einer Faustfeuerwaffe begangen worden ist.»

«Ja und?»

«Ich sehe da schon einen Zusammenhang.»

«Blödsinn.» Kayleen drehte sich um, war im Begriff, die Unterhaltung zu beenden.

«Warten Sie», Heinlein hielt sie am Arm, «es ist noch lange nicht zweifelsfrei geklärt, dass Fred Sandner Selbstmord verübt hat. Und solange dies nicht der Fall ist, ist eine Fremdtötung genauso wahrscheinlich. Also, noch einmal: Haben Sie bei Fred Sandner eine Waffe gesehen?»

«Nein, das habe ich Ihnen schon gesagt.»

«Eine kurzläufige .38er Smith & Wesson?»

«Nein.»

«Kennen Sie den Waffentyp?»

«Ja. Bei uns zu Hause hat jeder Zweite eine.»

«Wozu?»

«Zum Beispiel, um die Schafe vor Dingos zu schützen.»

«Was sind Dingos?»

«Australische Wildhunde.»

«Besitzen Sie eine .38er?»

«Nein, aber mein Bruder, der die Ranch führt.»

«Hält er sich zurzeit in Deutschland auf?»

Kayleen hatte genug. «Nein, zum Teufel. Jetzt reicht es mir. Nicht nur, dass Sie mich verdächtigen, jetzt wollen Sie auch noch meine Familie mit hineinziehen. Ein für alle Mal: Ich habe Freddie keine Waffe gegeben, und ich habe auch keine bei ihm gesehen. Weder in seinem Hotelzimmer noch in seinem Büro. Freddie hasste jede Form von Gewalt. Haben Sie das endlich kapiert?!»

Sie war laut geworden. Die Frau mit der Urne blickte von Trauer gebeugt herüber. Sie schluchzte, kämpfte mit den Tränen.

Heinlein sah ein, dass er hier nicht weiterkommen würde.

12

Raimondi hatte seine Kommunikationszentrale in der Mittagspause zwei Tische neben Kilian im *Choko Chanel* aufgeschlagen. Er bestand darauf, dass er für die Dauer seiner Geschäfte, wie er es nannte, ungestört arbeiten konnte. Kilian hatte ihn im Blick, so sah er kein Problem darin. Eine gewisse Distanz zu ihm kam ihm nicht ungelegen. Auf der einen Seite war er ein äußerst interessanter Mensch, wenn man ihn bei seiner Arbeit beobachtete, und man wollte unweigerlich mehr über ihn erfahren; zum anderen aber wirkte er über jeden Zweifel erhaben, eine Eigenschaft, die Kilian auf den Tod nicht ausstehen konnte.

Wenn er ihn so betrachtete, das Handy am Ohr, wie er argumentierte und dem Gesprächspartner die Vorteile seiner Produktion anpries, erinnerte er ihn an die Garibaldi, ihr Unstetsein, immer auf dem Sprung, die Sensation für die nächste Spielzeit fest im Blick. So wie die Garibaldi einkaufte, so lag Raimondis Interesse im Verkauf. Wortfetzen und seine Gestik verrieten ihm, dass er Sponsoren für den *Don Giovanni* warb. Es schien, dass er damit keine großen Schwierigkeiten hatte. Die Gespräche verliefen kurz und freundschaftlich, so, als ob er mit seinen Geschäftspartnern bereits gearbeitet hatte und sie gute Erfahrungen mit ihm gemacht hätten.

Auf der anderen Straßenseite fuhr der Bus an der Haltestelle Theater ab. Zurück ließ er mehrere verwaiste Sitzbänke. Aus einem der Fenster klang der Ton einer Posaune herüber. Jemand probte an seinem Part. Kilian erkannte Franziska Bartholomä, die Souffleuse. Sie kam auf einem mittelalterlichen Fahrrad daher, stellte es an einem der zahlreichen Fahrradständer ab, sicherte es mit einer Kette und ließ sich auf einer der Bänke nieder. Sie blickte herüber, erkannte Kilian und lächelte. Er erwiderte die Geste. Sie war ein seltsames Wesen, zumindest machte sie auf ihn den Eindruck einer entrückten, vielleicht eigenwilligen Person ihrer Altersgruppe. Ende zwanzig, grazil, unauffällig gekleidet, in einem engen, knielangen Cordkleid und Sportschuhen, wäre da nicht ihr schreiend roter Pumucklschopf gewesen. Er stach nicht nur aus der Masse heraus, sondern gab ihr eine merkwürdige Eigensinnigkeit, nicht schrullig, eher unangepasst, freigeistig. So war sie bei den Probenarbeiten lediglich an ihrer Haarpracht zu bemerken, ansonsten war sie unauffällig, nahezu nicht vorhanden.

Wie er in der kurzen Zeit der Proben gelernt hatte, war das genau ihre Arbeit. Unsichtbar, geradezu nicht existent zu sein, solange alles gut ging. Hatte einer der Solisten einen Hänger, war sie auf den Punkt präsent, half aus, sorgte dafür, dass die Show weitergehen konnte, verborgen wie ein Herzschrittmacher unter der Haut der Bühne.

Sie stellte einen abgewetzten ledernen Schulranzen, wie Kilian ihn noch zu seiner Schulzeit hatte schleppen müssen, neben sich, öffnete ihn, förderte Papier, Bleistift und eine Thermosflasche zutage. Sie überflog das bisher Geschriebene, während ihre rechte Hand im Takt folgte. Dann sinnierte sie so lange, bis sie den Anschluss gefunden hatte, und übertrug das Neue auf Papier. Sie bot damit ein eigenartiges Bild der Entrücktheit. Um sie herum stoppten und fuhren unentwegt Autos und Busse an, auf den Gehsteigen herrschte reger Passantenverkehr, Handys klingelten, Geplapper folgte – alles in allem die normale Betriebsamkeit einer Stadt an einem sonnigen Mittag. Sie jedoch ruhte in sich, versunken, entschwunden in die Welten ihrer Phantasie, den Kopf voller Worte und Klänge, die Hand als tanzender Geigerzähler ihrer Empfindungen, sachte und erregt zugleich.

In das Blickfeld zwischen Franziska und Kilian drängte sich ein Auto auf den letzten freien Parkplatz. Heinlein stieg aus, erkannte ihn und setzte sich zu ihm. Sein Gesichtsausdruck verriet gute Neuigkeiten.

«Das kam gerade herein.» Er legte ein Fax auf den Tisch. «Das BKA hat das Profil des Geschosses gespeichert, mit dem sich Sandner in die ewigen Jagdgründe geballert hat», sagte er zufrieden. «Die Waffe und das dazugehörige Projektil sind erstmals vor zwei Jahren bei einer Schießerei in Hammelburg aufgetaucht. Zuvor war sie den Kollegen in Grafenwöhr als vermisst gemeldet worden. Sie war einem Captain der amerikanischen Streitkräfte abhanden gekommen. Sie gehörte zu seiner kleinen privaten Waffensammlung, die diese Rambos offensichtlich alle haben.»

«Hammelburg», fragte Kilian nach, «da ist doch auch ein Truppenübungsplatz der Amis, oder zumindest sind da Einheiten stationiert?»

«Richtig, aber das ist noch nicht alles. Handelte es sich bei der Hammelburger Schießerei wahrscheinlich um Drogengeschäfte, so ist mit derselben Waffe vor rund einem Jahr ein Russe in der Nähe von Kitzingen, keine zwanzig Kilometer von hier auf einem Parkplatz, getötet worden. Wie mir die Kollegen vor Ort berichten, muss es sich dort nicht um Drogen-, sondern um Waffengeschäfte gehandelt haben.»

«Das klärt noch nicht, wie Sandner an die Waffe kam.»

«Es ist ein erster Schritt, um Licht in die Angelegenheit zu bringen.»

«Was schlägst du als nächsten Schritt vor?»

«Wie besprochen. Schau zu, dass Raimondi bis zur Premiere am Leben bleibt. Parallel dazu bringst du Klarheit in diesen Anschlag. Die Medien machen Druck, und den kann ich am wenigsten brauchen. Die Oberbürgermeisterin hat mich angerufen und nochmals bekräftigt, wie wichtig ein störungsfreier Ablauf der Proben für die Stadt und für sie persönlich ist.»

«*Für sie persönlich?* Was soll das heißen?»

«Sie hat es zur Chefsache erklärt, jetzt, nachdem Würzburg sich zur Kulturmetropole entwickeln soll.»

Kilian musste grinsen. Kulturmetropole und keinen Knopf in der Tasche. Doch das schien das Los der Kunst über viele Jahrhunderte hinweg zu sein. Manche meinten gar, gute Kunst erwachse aus einem leeren Bauch. Wenn man die Sache so betrachtete, war Würzburg für ein florierendes Kunst- und Kulturleben bestens gewappnet.

«Was hast du denn bisher herausbekommen?», fragte Heinlein.

«Egal, wie man es sieht: Diese Pflanze kann nicht alleine über das Geländer gefallen sein. Da hat jemand nachgeholfen. Wen der Täter letztlich treffen wollte, weiß ich noch nicht. Aber ich tippe auf Raimondi. Einen Journalisten von der *Frankfurter Allgemeinen* erschlägt man nicht einfach so, insbesondere dann nicht, wenn er kostenlos Werbung für das Theater machen will.»

«Wie kommst du darauf, dass seine Berichterstattung positiv ausgefallen wäre? Vielleicht wollte der Täter schlechte Nachrichten über das Theater vermeiden.»

«Glaubst du, er hätte gegen Raimondi geschrieben? Ich habe bisher zwar nur an einer Probe teilgenommen, aber so, wie ich Raimondi erlebt habe, dürfte das eine sehr gute Produktion werden. Und er hat wohl noch ein paar Überraschungen in petto.»

«Welche denn?», fragte Heinlein und schielte verstohlen zu Raimondi hinüber, während er sich zu Kilian beugte.

«Ich weiß es nicht. Aber in jeder freien Minute telefoniert er. Weiß der Geier mit wem.»

Seine Mutmaßungen schienen Heinlein nicht zu überzeugen. Er nahm wieder eine normale Sitzposition ein, kratzte sich an der Wange. «Das ist zu wenig. Ich brauche Erkenntnisse, die zur Überführung eines Tatverdächtigen führen. Der Polizeipräsident und die Oberbürgermeisterin sitzen mir im Nacken.»

«Ich kann nicht zaubern», entgegnete Kilian.

«Dann frage ich mich, wieso die Oberbürgermeisterin unbedingt dich an dem Fall dranhaben will.»

Noch eine dieser Spitzen, die sich in der letzten Zeit irgendwie in Heinleins Vokabular geschmuggelt hatten. Kilian wusste absolut nichts damit anzufangen. «Was soll das heißen? Willst du mich draußen haben?»

Heinlein blieb eine Antwort schuldig. Stattdessen: «Ach, bevor ich es vergesse. Hast du diesen Vladimir eigentlich noch einmal gesehen?»

Kilian verneinte. «Ich dachte, du wolltest dich um ihn kümmern?»

«Stimmt, aber ich muss der Spur der Waffe nachgehen. Vladimir übernimmst du.»

Ohne eine Antwort abzuwarten, verabschiedete er sich grußlos.

Kilian prüfte die Uhr, schaute, wie viel ihm noch von der Pause übrig geblieben war. Fünf Minuten. Das sollte reichen. Er legte einen Fünfer auf den Tisch und wechselte die Straßenseite.

Franziska war noch immer in Gedanken versunken und sah ihn nicht kommen. Gedankenverloren kaute sie nebenbei auf einem Stück Brot, das sie aus ihrer Tasche geholt hatte. Er setzte sich neben sie, schaute, ob er Raimondi im Auge behalten konnte. Das klappte. Die Straße würde er schnell überqueren können, sollte etwas Ungewöhnliches passieren.

Sie blickte von ihren Aufzeichnungen auf. Wie Kilian vermutet hatte, arbeitete sie an etwas, das wie das Vertonen von Text auf einem Notenblatt aussah. Zwischen den Zeilen stand Text, zu dem sie komponierte.

«Störe ich Sie?», fragte er.

Sie lächelte und klappte das Heft zu. «Nein, nicht wirklich. Ich kann meine Arbeit später fortsetzen.»

«Woran arbeiten Sie gerade?»

«Nichts Dramatisches, nur eine kleine Fingerübung.»

Er ließ nicht locker. «Und das ist?»

Sie grinste ob seiner Beharrlichkeit. «Ich arbeite an einer Fortsetzung des *Don Giovanni.*»

«Einen zweiten Teil?»

«Nein, nur ein anderes Ende.»

«Stimmt etwas mit dem jetzigen nicht?»

«Doch, doch, es ist nur, dass ich die Schlussszene in der Fassung, die wir soeben einstudieren, nicht mehr für zeitgemäß erachte.»

«Was stimmt mit der alten nicht?»

Franziska lächelte, holte Luft. «Wenn Sie sich die einzelnen Figuren anschauen, dann geht Donna Elvira am Schluss ins Kloster, Donna Anna erbittet von Don Ottavio Bedenkzeit für eine mögliche Hochzeit, Zerlina und Masetto gehen zusammen nach Hause, und Leporello will sich einen neuen Herrn suchen, der besser mit ihm umspringt als der alte. Und genau da liegt das Problem aus meiner Sicht. Der Don Giovanni ist mit seiner Höllenfahrt verschwunden. Er ist zwar seinen Prinzipien bis in den Tod getreu geblieben, anders als in der Urfassung des *Don Juan* von Tirso de Molina, wo er seine Taten bereut, aber dennoch sterben muss, weil er zu spät einsichtig wird.»

«In beiden Fällen stirbt Don Giovanni also. Soll er aus Ihrer Sicht denn weiterleben?»

«Irgendetwas muss mit ihm noch geschehen, wenn er sich auf die Höllenfahrt macht. Was es genau sein wird, weiß ich noch nicht. Mit den Entscheidungen der anderen Figuren bin ich auch unzufrieden. Das passt nicht mehr in die heutige Zeit, dass man ins Kloster geht, wenn man den Geliebten verloren hat.»

«Besteht denn eine Notwendigkeit, den *Don Giovanni* ins Heute zu versetzen und damit den Urstoff zu verfremden?»

«Ich denke schon. Nicht nur, weil der Stoff auch heute noch interessant ist, sondern weil wir, sprich alle, die am Theater beschäftigt sind, neue Wege finden müssen, um die Zuschauer von unserer Arbeit zu überzeugen. Wir konkurrieren mittlerweile nicht nur mit dem Fernsehen und dem Kino, sondern mit allen Formen von Freizeitangeboten wie Sportevents, Internet und Urlaubsreisen.

Früher gab es das in dieser Fülle nicht, sodass wir heute um jeden einzelnen Zuschauer buhlen müssen, um zu überleben.»

«Kann das Theater das denn überhaupt schaffen? Ich meine, wie wollen Sie mit einer Hollywoodproduktion konkurrieren?»

«Unser großer Vorteil ist die Unmittelbarkeit. Das heißt, wenn Sie den Tod direkt vor sich auf der Bühne erleben, keine zehn Meter von Ihnen entfernt, dann hat das eine andere Qualität als auf einer Leinwand.»

«Aber auch auf der Bühne ist es nur Kunstblut.»

«Das stimmt, aber die Illusion, in die Sie über zwei Stunden im Zuschauerraum eingebunden sind, ist weitaus stärker. In einem guten Theater, versteht sich. Das ist unser Job: Eine Illusion aufzubauen, die körperlich, geistig und emotional überzeugt, mehr noch, die Sie mitreißt, in der Sie aufgehen. Theater ist Essenz, und diese Essenz sollte in Ihren Adern fließen, zumindest solange Sie im Theater sind, wenn nicht länger. Pures Adrenalin oder, wie es Tucholsky ausdrückt, ‹Gänsehaut›.»

Kilian hielt inne, musste verdauen, was sie ihm soeben gesagt hatte. Sie sprach von Unmittelbarkeit, Illusion und Essenz. Worte, die ihn an einen Puristen erinnerten, der keine Kompromisse zulässt. Dieses zarte Wesen mit dem roten Schopf, Ende zwanzig, unauffällig in einem Kasten unter der Bühne, schien ein sehr klares Bild ihrer Profession zu haben und ganz in dem aufzugehen, was sie tat. Er war gespannt, ob diese Auffassung auch von ihren Kollegen vor, hinter und auf der Bühne geteilt wurde.

«Sehen das Ihre Kollegen genauso?», fragte er in Erinnerung an die direkte Art Reichenbergs, des Intendanten, und auch an Sandner, der von der Regieassistentin als unfähig beschrieben worden war.

«Meinen Sie jemand Bestimmtes?»

«Wie sahen Sie zum Beispiel Sandner?»

Sie antwortete schnell, ohne einen Gedanken zu verschwenden. «Er hat es gut gemeint, doch es mangelte ihm an Führungsqualitäten.»

«Wie sie ein Regisseur haben sollte?»

«Ja, denn er ist für den Erfolg der Produktion verantwortlich, und die endet nicht nach der Premiere, sondern im Einspielergebnis der folgenden Wochen und Monate. Darüber hinaus sollte jeder Regisseur ein Zeichen setzen, in der Art: Seht her, hier zeige ich euch etwas, was ihr so noch nicht gesehen habt. Also, er erschafft etwas Neues, von dem nicht nur die Zuschauer profitieren, sondern das ganze Haus mit allen Beteiligten.»

«Hat Raimondi diese Qualität?»

Sie zeigte sich verblüfft, als ob er ein Naturgesetz anzweifeln wollte. «Raimondi ist *der* Regisseur für den *Don Giovanni,* so wie er die Inkarnation des Don Giovanni war und ist. Er wird uns, dem Theater, eine Aufführung bieten, die ihresgleichen sucht. Er wird ein Zeichen setzen, wie Musiktheater heute gespielt werden soll.»

«Sie sind also von ihm überzeugt. Keine Zweifel?»

«Nicht den geringsten.»

Kilian blickte auf, Raimondi überquerte die Straße, zeigte ihnen an, dass die Probe fortgesetzt werden konnte. Sie antworteten mit einem Nicken. Franziska packte ihre Sachen. Zusammen machten sie sich auf den Weg.

Kilian fragte sie: «Gehört es eigentlich zur Aufgabe einer Souffleuse, an einer Fortsetzung des *Don Giovanni* zu arbeiten, oder ist es eher ein Hobby?»

«Letzteres, wobei ... es ist zu einer Berufung geworden.»

«Bei Gelegenheit erzählen Sie mir doch bitte mehr davon. Auch von Ihrer konkreten Arbeit als Souffleuse.»

»Interessieren Sie sich ernsthaft dafür, oder fragen Sie nur aus Höflichkeit?»

«Nein, ich möchte wirklich mehr von Ihnen erfahren. Als Außenstehender habe ich überhaupt keine Vorstellung, was die Leute am Theater so tun.»

Sie freute sich, schenkte ihm ein Lächeln und nickte, bevor sie vom Bühneneingang aus in ihre unterirdische Höhle hinabstieg.

Kilian setzte sich wie gewohnt in eine der mittleren Reihen des Zuschauerraums, machte es sich bequem und war gespannt, welche Überraschung Raimondi an diesem Nachmittag parat hatte. Er musste nicht lange warten.

Das Licht über ihm ging aus, das Arbeitslicht auf der Bühne an. Er sah, dass alle auf ihren Plätzen waren. Auf der

Bühne standen der asiatische Don Giovanni und Roman, der Leporello, und warteten auf Anweisungen.

Raimondi beugte sich über seinen Klavierauszug, blätterte darin. «Wir proben Szene fünf, erster Akt. Auftritt Donna Elvira. Dazu dann Don Giovanni und Leporello.»

Raimondi blickte hoch zur Bühne, dann zu beiden Seiten. «Ich sagte, Auftritt Donna Elvira. Wo steckt sie?»

Die Frage war an die Regieassistentin Marianne gerichtet. Es gehörte zu ihren Aufgaben, die Anwesenheit der Solisten bei den Proben sicherzustellen. Marianne ging die Dispositionsliste durch, auf der sich die in Frage kommenden Solisten befinden sollten. Das hektische Rascheln der Blätter zeigte ihre Anspannung.

Raimondi wurde ungeduldig. «Zum letzten Mal, wo ist die Donna Elvira?»

Marianne, noch immer im Wust der Blätter verloren, stammelte: «Ich weiß es nicht … Sie ist disponiert.»

«Und wo ist sie dann?»

Aus einer der Reihen vor Kilian kam die Antwort. «Ich habe sie in der Pause getroffen. Sie sagte, dass sie für den *Liebestrank* im Plan stünde und nicht für den *Don Giovanni.*»

Raimondi wollte seinen Ohren nicht glauben. «Wie bitte?!»

Marianne suchte ihr Heil in Ausflüchten. «Dann hat das KBB einen Fehler gemacht, nicht ich. Ich habe sie für heute eingetragen. Sicher.»

«Aber sie ist nicht da», hielt Raimondi ihr vor. «Los, geh sie holen, in der Zwischenzeit proben wir mit der Zweitbesetzung. Wo ist die?»

Raimondi drehte sich zum Zuschauerraum um, wartete darauf, dass sich jemand erhob. Doch es blieb ruhig. «Wo ist die zweite Elvira, verdammt!»

Marianne, bereits auf dem Weg in den anderen Probenraum, machte Halt. «Ich glaube, die hat Urlaub.»

Raimondis Hand klatschte laut auf die Tischplatte. «Das darf doch nicht wahr sein!»

«Ich kann nichts dafür», sagte Marianne kleinlaut.

«Du bist raus», entgegnete Raimondi kühl, «und die Donna Elviras können auch gleich bleiben, wo sie sind. Wir finden Ersatz.»

«Das können Sie nicht tun», widersprach Marianne, «ich habe einen Vertrag ...»

«... hatte einen Vertrag, und jetzt runter von meiner Bühne.»

Raimondi schenkte ihr keinerlei Aufmerksamkeit mehr. Sie zögerte, ob sie abermals Widerspruch erheben sollte, brach dann ab und verließ weinend die Bühne.

Sue, die Klavierspielerin, kämpfte mit sich. Sollte sie protestieren, gemeinsam mit ihrer Freundin die Probe verlassen? Sie kapitulierte, wusste sie doch, dass es auch sie den Job kosten würde, wenn sie jetzt aufstünde.

Raimondi blätterte weiter im Klavierauszug. Er zeigte sich abgeklärt, ruhig, ließ sich von seinem Weg nicht abbringen.

Aus seinem Augenwinkel sah er Sue. Ohne sie anzusehen, sagte er: «Alles klar, Sue?»

Mit Tränen in den Augen nickte sie.

«Gut, dann gehen wir zum nächsten Auftritt. Roman, hast du deine *Registerarie* parat?»

Roman bejahte.

«Dann hat der Don Giovanni Pause. Wir machen weiter mit Leporello und *Madamina*.»

Raimondi nahm eine Requisite zur Hand, das Buch mit den zweitausendfünfundsiebzig Frauen, die Don Giovanni bisher verführt hatte und aus dem Leporello nun in seiner

Arie zitieren sollte. Er reichte es ihm, nahm ihn am Arm und positionierte ihn auf der Bühne. Dann schaute er in die Zuschauerreihen. Außer Kilian war niemand mehr da. Vorsorglich hatte sich jeder verzogen, der nicht unbedingt für die Szene gebraucht wurde, um möglichem Unheil zu entgehen.

Raimondi bückte sich, blickte in den Souffleurkasten, der schienbeinhoch wie eine aufgesetzte schwarze Muschel am vorderen Bühnenrand aufragte.

«Franziska», sprach er hinein, «bist du noch da?»

Sie bestätigte.

«Komm bitte hoch und nimm die Rolle der Donna Elvira ein, damit der Leporello jemanden zum Ansingen hat.»

Franziska nahm die kleine Treppe hinauf zur Bühne und gesellte sich neben Leporello. Raimondi dirigierte sie jedoch ein paar Meter weiter an die Nullgasse, wo sie Position beziehen sollte.

Dann wandte er sich an Leporello. «Du weißt, was deine Aufgabe bei dieser Arie ist?»

«Sie gut zu singen», antwortete Roman beflissen.

Raimondi lächelte. «Ja, das auch. Ich meine, was soll mit der Arie beim Zuschauer ankommen?»

Roman stutzte, dachte nach, suchte Hilfe bei Franziska. Sie lächelte zurück.

«Dass der Don Giovanni sehr viele Frauen verführt hat», sagte er unbeholfen.

«Auch das stimmt. Doch viel mehr erzählt diese Arie über den Leporello. Was für ein Mensch er ist. Was er von den Verführungskünsten seines Herrn hält und dass er auch gerne ein *gentiluomo*, ein Edelmann, wäre, der die Frauen reihenweise zum Narren hält.»

Roman tat sich mit dieser Interpretation schwer. Er kratzte sich am Kopf, wollte nachfragen, ließ es dann aber.

Raimondi nahm ihm das Buch aus der Hand und Leporellos Position ein. «Du musst die Arie verstehen, sonst funktioniert sie nicht. Schau her.»

Er sprach von einer Folge von Takten und der anfänglichen Geisteshaltung eines beflissenen Buchhalters, einer Aufzählung von mehreren hundert Frauen, die der Verführer in Italien, Frankreich, Deutschland und der Türkei erobert hatte. Höhepunkt war das letzte Land, Spanien, in dem der Don tausendunddrei Herzen gebrochen hatte. In den Takten achtundzwanzig bis siebenunddreißig wechsele die bloße Aufzählung in eine aufrechte Bewunderung für den schamlosen Edelmann. Dieses Thema würde später wiederholt und in seiner Eindringlichkeit gesteigert.

«Wenn du diese Haltung einnimmst, dann erfahren wir mehr von dir, von deiner Zerrissenheit zwischen leibeigener Dienerschaft und idealisiertem Erfolgsstreben.

Dabei ist der Don Giovanni nicht wählerisch. Er nimmt alle, ob blond, ob braun, schön und hässlich, Bäuerin und Baronesse, vor allem aber die jungen, die Anfängerinnen. Weißt du, was damit gemeint ist?»

Roman zuckte mit den Schultern.

«Kinder!», rief Raimondi ihm zu. «*La piccina*, die Kleinen. Der Don Giovanni ist auch ein Kinderficker.»

Roman erschrak, wollte nicht glauben, was er hörte.

«Halb so wild», tat Raimondi ab, «Kinder ficken war im achtzehnten Jahrhundert keine seltene Sache … und auch deshalb ist der Don Giovanni wieder so aktuell. Aber lassen wir das.

Worum es hier geht, ist, dass du beginnst, deinem Herrn nachzueifern. Zwar nur im Wunsch, aber dennoch klar und deutlich. Genau so, wie du damit der Donna Elvira den Todesstoß verpasst. Je mehr du die Erfolge des Don feierst, desto kleiner, mickriger und austauschbarer wird sie. Sie ist eine unter Tausenden. Und damit tötest du alles in ihr, ihre Selbstachtung, ihr Gefühl, etwas Besonderes zu sein … und gibst ihr damit die Motivation, den Don Giovanni zu bekämpfen.

Es ist aber keine Rache, das ist die Triebfeder der Donna Anna. Bei Elvira ist es verletzte Eitelkeit. Erst als die Zerlina aus dem Rennen ist, ganz zum Schluss, wirft sie sich dem Don wieder an den Hals, will ihm alles verzeihen und bekehren, weil sie ihn noch immer liebt. Sie gehört zu dem Schlag Frauen, den man prügeln und küssen kann.»

Kilian konnte nicht erkennen, wie viel der polnische Leporello von alldem verstand, sprachlich wie inhaltlich. Es war verschwindend wenig, seinem ahnungslosen Gesichtsausdruck nach zu schließen. Franziska hingegen zeigte sich seltsam berührt, offenbar schwankte sie zwischen Abscheu und Akzeptanz der künstlerischen Interpretation.

Kilian war über Raimondis Ausführungen der Mund trocken geworden. Er griff in die Tasche nach einem Pfefferminzbonbon und fand einen Zettel. Darauf stand: *Intendant Semperoper wegen Raimondi anrufen.* Er erinnerte sich. Die Garibaldi hatte von einem Vorfall aus dem Jahr 1994 gesprochen, der für die Aufklärung des Anschlages auf Raimondi nützlich sein sollte. Kilian ergriff die Gelegenheit und schlich sich zur Tür hinaus.

Im Foyer war niemand zu sehen. Der Rest des Ensembles hatte es sich wahrscheinlich in der Kantine bequem gemacht. Er rief die Auskunft an und ließ sich mit der Semperoper in Dresden verbinden. Der Pförtner stellte ihn zum Intendanten durch. Er erzählte Kilian, dass er erst seit vier Jahren am Hause sei. Jener Vorfall jedoch, von dem er gerüchteweise gehört hatte, habe sich unter seinem Vorgänger ereignet. Er gab ihm dessen Nummer, und Kilian rief dort an.

«Jaitner», drang es barsch an sein Ohr.

Kilian stellte sich vor, sagte ihm, was er wolle. Sein Gegenüber zögerte, fragte, wieso er an so einer alten Geschichte interessiert sei. Kilian erzählte ihm in groben Zügen von den Vorkommnissen in Würzburg.

Schließlich begann Jaitner: «Es ranken sich die wildesten Gerüchte um etwas, was im Nachhinein eigentlich als dummer Lausbubenstreich durchgehen würde. Damals jedoch gab es deswegen einen großen Aufruhr ...»

Er erzählte Kilian die Geschichte von Raimondi, damals als Figaro am Hause engagiert. Es hatte einen Giftanschlag auf ihn gegeben, er war umgekippt, nachdem er aus seiner Wasserflasche getrunken hatte. Im Krankenhaus war ihm dann der Magen ausgepumpt worden, aber außer einer schwachen Verdünnung wurde nichts gefunden. Gut verdaulich sei sie nicht gewesen, doch in keinem Falle lebensgefährlich. Raimondi habe daraus einen Staatsakt gemacht, die Medien eingebunden, zu denen er bereits damals guten Kontakt hatte. Die Schlagzeile *Weltstar Opfer eines Anschlages* sei durch alle Zeitungen gegangen und habe der Produktion eine unerwartete Aufmerksamkeit bereitet. Fast, so fügte er hinzu, gottgegeben, da man durch Versäumnisse in der Öffentlichkeitsarbeit schlechte Zuschauerzahlen befürchtete. «Die Produktion lief dann zehn Wochen vor vollem Haus», fügte er hinzu. «Gott sei Dank, sonst hätten wir ernste Probleme mit der Finanzierung bekommen.»

Kilian überlegte laut. «Gab es denn einen Verdächtigen, soweit man davon sprechen kann.»

«Seltsam, dass Sie danach fragen. Ja, erwischt hatte es den Tenor, der den Basilio gesungen hat. Raimondi hatte sich während der Proben mit ihm gestritten und setzte alles daran, dass er ausgetauscht wurde.»

«Und, wurde er?»

«Es war eine Bedingung Raimondis, ohne die er nach dem Krankenhausaufenthalt nicht wieder ans Haus zurückgekehrt wäre.»

«Was passierte mit ihm?»

«Wohl oder übel musste ich ihn bitten zu gehen. Er beteuerte zwar seine Unschuld, immer und immer wieder, doch ich musste eine Entscheidung treffen. Im Nachhinein leider die falsche, wie ich zugeben muss.»

«Wie meinen Sie das?»

«Heute würde ich wegen eines sensationswütigen Weltstars eine Produktion nicht mehr derart in Unruhe versetzen, selbst wenn es mich den Job kosten würde. Raimondi sang, füllte das Haus, aber die ganze Produktion hasste ihn und mich deswegen. Es dauerte Monate, bis sich der Krawall endlich gelegt hatte. Und ich verlor einen talentierten Tenor und ein gehöriges Maß an Respekt bei meinen Leuten.»

Kilian ließ die Worte auf sich wirken. Raimondi, ein hinterhältiger Fallensteller, ein Lügner und Betrüger, eine selbstverliebte Diva, die Konkurrenz neben sich nicht duldete? Es fiel ihm schwer, diesen Eindruck zu bestätigen, nachdem er ihn erlebt hatte. Auf ihn wirkte er eher abgebrüht, selbstsicher, professionell, ja auch dickköpfig, direkt und beleidigend. Konnte man sich innerhalb weniger Jahre so ändern?

Während Kilian sich seinem Gesprächspartner wieder widmete, ging die Tür zum Großen Saal auf. Franziska kam heraus, die Thermosflasche, das Pausenbrot und ihre Unterlagen in der Hand. Sie lächelte ihn kurz an und verschwand aus seinem Blickfeld zur Tür hinaus.

«Wurde dieser Tenor von den Kollegen in Dresden überführt?», fragte Kilian.

«Nein», lautete die Antwort. «Die Beweislage war zu

dünn. Aber dennoch war sein Ruf beschädigt und seine Engagements für die nächsten zwei Jahre beendet. Der Mann lebte dann von Gelegenheitsjobs und Sozialhilfe, bevor er in …», er überlegte, «ja, genau, am Mainfrankentheater in Würzburg ein festes Engagement fand.»

Kilian spitzte die Ohren. «Können Sie sich noch an seinen Namen erinnern?»

«Sicher, den werde ich so schnell nicht vergessen. Er hieß Steven Vanderbuilt. Ein Amerikaner.»

Vanderbuilt. Kilian notierte sich den Namen, als ihn eine seltsam bekannte Durchsage aufhorchen ließ.

Über die Lautsprecher im Foyer hörte er diese geschlechtslose, verzerrte Stimme, die er im Treppenhaus erstmals vernommen hatte.

«Der Hölle Rache kocht in meinem Herzen,
Tod und Verzweiflung, flammet um mich her!
Fühlt nicht durch mich der Maestro Todesschmerzen,
So will ich nicht sein, auf nimmermehr.
Verstoßen sei auf ewig und verlassen,
Zertrümmert alle Banden der Natur,
Wenn nicht durch mich der Maestro wird erblassen!
Hört, Rachegötter! Hört meinen Schwur.»

Kilian wusste zwar nicht, was diese kryptischen Sprüche zu bedeuten hatten, aber es überkam ihn plötzlich ein ungutes Gefühl. Er beendete schnell das Gespräch und lief zur Eingangstür des Großen Saals.

Die Beleuchtung war heruntergedreht, sodass er sich für einen Moment erst an das knappe Licht gewöhnen musste. Er erkannte die Bühne, während er auf sie zulief und nach seinem Schützling Ausschau hielt.

Raimondi stand mit dem Rücken zum Zuschauerraum.

Er war allein auf der Bühne und sprach mit jemandem. Nicht mit dem Leporello, sondern mit einer Frau, die sich hinter den Kulissen aufhielt. Er konnte sie nicht sehen, hörte aber, wie sie Raimondi antwortete und wütende Kommandos an jemanden gab. Als er am Orchestergraben angekommen war und die kleine Treppe zur Bühne hinaufhastete, drehte sich Raimondi zu ihm um.

«Kilian», sagte er vertraut, als sei er einer seiner Schauspieler, «was haben Sie es so eilig?»

Etwas aus der Puste geraten, verschaffte er sich mit ein paar Blicken rundum Klarheit, ob Raimondi außer Gefahr war. So war es, und er atmete erleichtert durch.

«Tut mir Leid», sagte Kilian, «ich habe diese seltsame Durchsage gehört und dachte gleich wieder an das Schlimmste.»

Raimondi grinste. Es schien ihm zu gefallen, dass er im Mittelpunkt seiner Aufmerksamkeit stand.

«Wenn ich den Kerl erwische», drohte Jeanne an ihrem Inspizientenpult. «Ich habe die Faxen dicke.»

«Haben Sie etwa die Durchsage auch gehört?», fragte Kilian überflüssigerweise.

«Natürlich!», fauchte sie ihn an. «Was glauben Sie, was ich hier mache?»

Sie fuhrwerkte an diversen Schaltern und Knöpfen herum, suchte die Ursache der unerwarteten Fehlfunktion, revidierte die Ansage um *der Hölle Rache* und die *Todesschmerzen,* indem sie für alle im Haus hörbar eine Entschuldigung für die Panne ins Mikro sprach.

Raimondi konnte sich ein weiteres Grinsen nicht verkneifen. «Die Technik. Mit ihr ist es ein Fluch, und ohne sie bleibt die Bühne dunkel.»

Jeanne murmelte etwas in sich hinein, was wenig Begeisterung für derartige Sprüche vermuten ließ.

«Der Hölle Rache», fragte Kilian, «was soll das bedeuten?»

«Das ist eine Arie aus der *Zauberflöte* von Mozart», antwortete Raimondi. «Die Königin der Nacht beauftragt damit ihre Tochter, den verhassten Sarastro zu töten. In der Fassung, die wir gehört haben, ist aus dem Sarastro jedoch ein Maestro geworden und aus der Königin eine Ich-Erzählerin. Fragt sich, wer wohl damit gemeint ist?»

Für Kilian war es keine Frage, nachdem Raimondi im Treppenhaus nur knapp dem Tod entkommen war.

Er blickte sich nochmals um, nach allen Seiten, um sicherzugehen, dass Raimondi keine direkte Gefahr drohte. Nachdem er sich vergewissert hatte, fragte er Jeanne, ob sie sich einen Reim auf das Zustandekommen dieser mysteriösen Durchsagen machen könne.

Sie verneinte stumm, drückte wieder Knöpfe und betätigte Hebel. «Ich weiß es einfach nicht», sagte sie und gab auf.

«Nun, dann wollen wir die Zeit nutzen und die Bühne einrichten», schlug Raimondi vor.

Kilian wusste zwar nicht, was das zu bedeuten hatte, aber er wurde von Jeanne wieder von der Bühne verwiesen. Dann gab sie ins Mikro ein Kommando, woraufhin sich die Bühne einmal um die eigene Achse drehte. Raimondi blieb auf ihr stehen und fuhr wie auf einem Karussell. Jeannes zweites Kommando zwang ihn, die Bühne zu verlassen. Er trat an den Rand und wartete. Wie von Geisterhand bewegt, senkte sich die gesamte Drehbühne ab, bis sie nach einem langen Surren in die Verankerung einrastete.

Kilian stieg auf den Bühnenrand und blickte ins Loch hinunter. Er schätzte die Tiefe auf rund vier Meter, wenn nicht mehr. Wer unvorsichtig war, konnte sich leicht den Hals brechen.

«Gehen Sie bitte zurück! Herrgott nochmal, wie oft soll ich Ihnen das noch sagen», raunzte Jeanne ihn an.

Dann ins Mikro: «Bühnenumbau.»

Kilian gehorchte, trat zwei Schritte zurück in den schützenden Orchestergraben.

Über ihm im Schnürboden, an den Seiten und auf der Nebenbühne, die durch hohe, schwarze Stoffbahnen von der Hauptbühne abgetrennt war, kam Bewegung. Bühnenarbeiter machten sich an die Arbeit. Von oben wurden Metallstangen herabgelassen, an denen ein Teil des Bühnenbildes festgemacht war. Von der Nebenbühne wurde ein weiterer Teil auf Rollen hereingeschoben. Über allem thronte ein großer Bildschirm, auf dem Bildsequenzen abgespielt werden sollten.

Raimondi bewegte sich zwischen den Arbeitern und den umherfahrenden Bühnenteilen virtuos, immer den Blick auf das Loch der Drehbühne gerichtet, die nun nach oben fuhr und ein rotes Sofa zum Vorschein brachte.

Was sich den Anwesenden zeigte, war ein Setting, wie man es aus Talkshows kannte. Mittelpunkt war das Sofa, das die Gäste aufnehmen sollte. An den Seiten waren Wände aus Papier angebracht, die wie Paravents mit einem Handgriff umgestellt werden konnten. Auf ihnen waren abwechselnd die Umrisse eines Friedhofs und einer mittelalterlichen Stadt zu erkennen.

Kilian setzte sich in die erste Reihe der Zuschauerränge, Raimondi nahm auf dem roten Sofa Platz. Ein Zeichen wies die Lichttechniker an, die Bühne in wechselnde Stimmungen zu tauchen. Von Rot auf Blau, von Grün auf Weiß, dann hell, dunkel, den Spot auf Raimondi, zum Schluss ein Lichtgewitter, das man aus TV-Shows kannte. Über Raimondi wurden einzelne Bühnenelemente heruntergelassen und hochgezogen. Kilian bekam ein mulmiges Gefühl, da er nicht wusste, wer da die Hand im Spiel hatte. Wie schnell konnte es passieren, dass einer dieser Bauten sich verselbständigte und einen der Bühnenarbeiter oder Raimondi unter sich zermalmte.

Doch irgendwie schienen alle blindes Vertrauen in die Kollegen hinter und oberhalb der Bühne zu haben. Jeder ging seiner Arbeit nach, ohne auf den Luftverkehr zu achten.

Als Raimondi ausgeleuchtet war, stand er auf und ließ die Bühne nach unten fahren. Jeannes scharfes Kommando sorgte dafür, dass alle von dem aufklaffenden Loch in der Bühnenmitte zurücktraten. Raimondi blieb seitlich des Schlundes stehen, blickte hinunter und gab den Technikern im Untergrund Anweisungen.

Vom Schnürboden senkte sich eine Querstange, die kein Bühnenbild trug, herab.

Kilian wusste nicht, welche Bedeutung diese nackte Stange von rund fünf Meter Länge in der Inszenierung hatte, sie kam ihm etwas plump und überflüssig vor. Offensichtlich keine große, denn sie wurde von Jeanne, den Arbeitern und Raimondi schlicht ignoriert.

Allmählich kam Bewegung ins Spiel. Langsam schneller werdend, pendelte sie von vorn nach hinten, reichte nahe an das Loch heran. Was diese Bewegung verursachte, konnte Kilian nicht sagen. Es musste vom Schnürboden ausgehen. Die herrenlose Querstange pendelte immer stärker, ihr lang gezogener Luftzug fand jetzt die Aufmerksamkeit Jeannes. Sie stutzte, stand von ihrem Inspizientenplatz auf und ging ein paar Schritte nach vorn, um sich Klarheit zu verschaffen.

Die Querstange hatte nun ihre maximale Schwingweite erreicht. Jeanne, die Hände in die Hüfte gestützt, blickte nach oben, zwinkerte gegen das helle Licht an.

Kilian erkannte, dass sich Raimondi gefährlich nahe im Schwingkreis der Stange bewegte. Er sah sie nicht, sprach noch immer nach unten.

Sie zog hauchdünn an ihm vorbei, er spürte den Luftzug, hob den Kopf und blickte direkt in den Querbalken, der in seine Richtung zurückschwang. Dumpf erwischte es Raimondi. Es hob ihn aus dem festen Stand, und er fiel rücklings in das Loch. Kilian hörte den dumpfen Aufprall des Körpers.

Alles war direkt vor seinen Augen geschehen, ohne dass er etwas dagegen hätte unternehmen können.

13

Wie war er nur so schnell an die Informationen gekommen?

Der Journalist der *Frankfurter Allgemeinen*, der in ihrem Hotel Quartier bezogen hatte, beschrieb in seinem Artikel detailgenau die Umstände des gestrigen Unglücksfalls; sofern man von einem Unfall überhaupt sprechen konnte.

Kilian hatte da seine Zweifel, der Journalist auch. Er berichtete von den Vorkommnissen, als sei er dabei gewesen, was natürlich nicht der Fall war. Außer Kilian, Raimondi, Jeanne und den Arbeitern hatte sich niemand im Großen Saal befunden. Er musste also seine Informationen von jemandem bekommen haben, der mit dabei gewesen war. Von Raimondi? Das war unwahrscheinlich. Nach dem Zusammenprall mit der herrenlosen Querstange und seinem Sturz in die Tiefe, gottlob landete er auf dem roten Sofa, war Raimondi kurzzeitig die Luft weggeblieben, aber er hatte sich keine Brüche zugezogen.

Kilian war die ganze Zeit bei ihm gewesen, von der Ankunft der Sanitäter bis zur Fahrt ins Krankenhaus und von dort in der Nacht zurück ins Hotelzimmer. Der Journalist hatte Wind davon bekommen, aber Kilian wies ihn in die Schranken, als er mit ihnen den Krankenwagen besteigen wollte.

Blieb also nur Jeanne übrig oder einer der Bühnenarbeiter. Kilian sah sich gezwungen, diesen Informationsfluss zu unterbinden. Nicht etwa, weil er die Umstände, die zu dem Vorfall führten, als sonderlich geheim einstufte, sondern weil er die öffentliche Gerüchteküche nicht noch zusätzlich anheizen wollte. Und die kochte fast über. Der Artikel, der unter der Überschrift *Tödliche Inszenierung* auf der heutigen Titelseite erschien, griff tief in die Kiste der Spekulation. So sah der Autor eine zwingende Verbindung zwischen dem Tod Sandners und dem des verstorbenen Kollegen des Blattes, bis hin zum ersten und zweiten Anschlag auf Raimondi. Die Sache gipfelte darin, dass es das Mainfrankentheater darauf abgesehen habe, die eigene Inszenierung zu torpedieren, und dies unter den Augen der örtlichen Ermittlungsbehörden. Kilians Name fiel zwar nicht expressis verbis, aber ein klarer Hinweis unterschob ihm, Heinlein und den gesamten Polizeikräften Würzburgs Unfähigkeit, einen Weltstar zu schützen und die beiden Todesfälle aufzuklären.

Kilian wurde das Gefühl nicht los, dass der Schreiber nicht ganz Unrecht damit hatte. Die Ermittlungen Heinleins zur Herkunft der Tatwaffe und Kilians Schutzaufgabe kamen nicht voran. Sie hockten wie Kaninchen vor der Schlange und warteten darauf, dass etwas passierte, anstatt den Fall aufklären zu können.

So sahen es auch der Polizeipräsident, die Oberbürgermeisterin, einige Lokalpolitiker, Freunde des Hauses und Sponsoren des Mainfrankentheaters. Seit diesem Morgen um sieben Uhr klingelte das Telefon unablässig. Von jedem musste sich Kilian den Vorwurf der Untätigkeit und der Unfähigkeit anhören, ohne dass er ein schlagendes Argument des Widerspruches vorbringen konnte.

Heinlein sah sich nach einem Rapport beim Polizeipräsidenten gezwungen, eine Pressekonferenz zum Stand der Ermittlungen einzuberufen. Er habe nicht viel zu berichten, antwortete er ihm, die Ermittlungen seien in vollem Gange und es wäre schlicht zu früh, das Bisherige zu veröffentlichen. Der Polizeipräsident ließ nicht mit sich reden. So bat Heinlein Kilian um Hilfe.

Es hatten sich beim Pressesprecher der Polizeidirektion neben den lokalen und regionalen auch landesweite und ausländische Medien gemeldet, und Heinlein hatte einen mächtigen Bammel. Vor so viel Zuhörern hatte er noch nie gesprochen. Er bat Kilian, für ihn einzuspringen, doch der lehnte ab. Er hatte wenig Lust, sich anstelle Heinleins als Zielscheibe bohrender Fragen zu präsentieren.

Woher das plötzliche überregionale Interesse kam, konnte niemand sagen. Die Sache hatte eine Eigendynamik entwickelt, und jeder Bericht und jede Stellungnahme beflügelten die öffentlichen Spekulationen um die Ereignisse am Mainfrankentheater noch mehr.

Kilian konnte nach seinem gestrigen Gespräch mit dem ehemaligen Intendanten der Dresdner Semperoper Raimondi als Initiator dieses Medienrummels nicht mehr ausschließen. Sofern er dem Intendanten glaubte, war Raimondi soeben im Begriff, wieder Öffentlichkeitsarbeit für eine seiner Inszenierungen zu betreiben.

Was er auch nicht außer Acht lassen durfte, waren andere Verdachtsmomente. Darunter fiel eine mögliche Racheaktion. Er dachte an diesen Tenor, Steven Vanderbuilt. Er war am Haus engagiert, hatte Zugang zu allen Einrichtungen und vor allem ein Motiv. Kilian würde sich ihn vorknöpfen.

Danach wartete die Inspizientin Jeanne auf ihn. Sie hatten vereinbart, gleich am Vormittag der Ursache der seltsamen Fehlfunktion am Schaltpult auf den Grund zu gehen. Die geheimnisvollen Durchsagen wurmten sie nachhaltig. Niemand wollte ihr einen Streich gespielt haben, versicherten ihr die Kollegen, die Zugang zur Anlage hatten. Jeanne sprach von einem Hacker, der sich von außen Zugang in das computergesteuerte System verschafft haben musste. Anders war es für sie nicht erklärbar. Der technische Service würde das überprüfen.

Erneut klingelte ein Telefon. Aus dem angrenzenden Hotelzimmer drang durch die offen stehende Verbindungstür das stete Schnurren des Faxgerätes und das Gebimmel dreier Telefone herüber.

Raimondi hatte es sich mit einem Stützverband um die Rippen auf dem Bett bequem gemacht und führte seit heute Morgen Verhandlungen mit Sendeanstalten, Unternehmen und Sponsoren.

Kilian machte sich fertig, um zuerst Jeanne und dann Steven Vanderbuilt aufzusuchen. Raimondi wollte er Bescheid geben, dass vor der Tür ein Beamter zu seinem Schutz abgestellt war. Er würde sie die verbleibenden Tage bis zur Premiere unterstützen.

Kilian klopfte gegen den Türrahmen, Raimondi blickte auf, während er telefonierte. Kilian machte Zeichen, dass er in einer Stunde zurück sein würde. Doch Raimondi zeigte wenig Interesse für ihn, umso mehr für den Anrufer. Ein Siegeslächeln erhellte sein Gesicht.

«Sie faxen mir dann umgehend den Vertrag?», sprach er in den Hörer. Das Gegenüber schien zu bestätigen, dann legte es auf.

«Die Sender Arte und 3sat haben sich geeinigt», erklärte er, «sie übertragen live. Damit haben wir alle deutschsprachigen Länder und Frankreich. Die internationalen Verwertungsrechte sind auch im Kasten. Das läuft gut, sehr gut sogar.»

Er strahlte Kilian an, eine Mischung aus ehrlicher Freude und geschäftsmäßigem Understatement. «Fehlen nur noch die Sponsoren.»

«An wen haben Sie dabei gedacht?», fragte Kilian.

«Eine international tätige Modefirma, Hersteller von Kommunikationsgeräten, so was in der Art», antwortete er beiläufig.

Noch bevor Kilian nachhaken konnte, wofür er diese Unternehmen denn bräuchte, klingelte eines seiner Telefone.

«Vivienne», er bebte fast in Erwartung einer positiven Antwort, fasste sich aber schnell wieder.

Am anderen Ende schien die Chefin zu sein, es ging um Mode, die die Darsteller auf der Bühne tragen sollten, so viel entnahm Kilian den aufgeschnappten Sätzen. Eine englische Firma, Vivienne Westwood. Er schien sie gut zu kennen, so vertraut und freundschaftlich war der Ton.

Kilian ließ ihn allein und machte sich auf den Weg ins Theater, um diesen Tenor Steven Vanderbuilt zu befragen. Draußen auf dem Gang sagte er dem Kollegen Bescheid, dass sie sich mit Raimondi zu Probenbeginn im Großen Saal wieder treffen würden.

Die paar Schritte zum Theater waren schnell gegangen. Als Kilian auf den Bühneneingang zusteuerte, fielen ihm die auf den Gehsteigen geparkten Presseautos auf. Vor dem Fenster des Pförtners war jedoch Endstation für die Presseleute. Sie bestanden auf Informationen, schon bevor Heinleins Pressekonferenz begann. Ein sichtlich überforderter Pressesprecher hatte alle Mühe, die ungehaltenen Kollegen zu besänftigen. Er hatte Anweisung, keine Informationen herauszulassen, stattdessen auf die Pressekonferenz zu verweisen. Dort würden sie den aktuellen Ermittlungsstand erfahren.

Soweit Kilian sehen konnte, war der Journalist von der *Frankfurter Allgemeinen* nicht unter ihnen. Mit ihm würde er auch noch ein Wörtchen sprechen. Er wollte dessen Quelle herausfinden, gerade im Hinblick darauf, wer welches Spiel in dieser Inszenierung spielte.

Der Pförtner ließ Kilian passieren, er kannte ihn mittlerweile. Er sagte ihm, dass er nicht wisse, ob Vanderbuilt bereits im Hause sei und ob er heute überhaupt Probe hatte. Kilian solle den Probenplan hinter der Tür zum Treppenhaus im Erdgeschoss einsehen. Darauf sei alles verzeichnet. Er folgte dem Ratschlag und fand nach einigem Suchen Vanderbuilts Disposition. Er war für den Don Giovanni um zwölf Uhr eingetragen. Jetzt war es knapp neun Uhr. Um zehn wollte er wieder hier sein, um Raimondi vor weiterem Unglück zu schützen.

Der Pförtner schickte Kilian abermals weiter ins KBB, wo er die Privatadresse bekommen würde. Die Herrschaften dort waren nicht so auskunftsfreudig, wie er es sich erhofft hatte. Privatadressen und Telefonnummern der Künstler weiterzugeben schien nicht an der Tagesordnung zu sein. Erst ein kurzes Gespräch zur Rückversicherung mit dem Intendanten erbrachte die gewünschte Information.

Kilian kannte die lang gezogene, enge Straße, in der Vanderbuilt zur Untermiete wohnte, gut. Die Semmelstraße, in der alljährlich am 24. August die Zwiebelkirchweih als Straßenfest gefeiert wurde, erreichte er in wenigen Minuten.

Das Fest war der abschließende Teil einer viertägigen Wallfahrt, die jedes Jahr am 20. August morgens um vier Uhr von Neumünster aus startete und zum rund einhundert Kilometer entfernten Kreuzberg, dem Berg der Franken, führte. Seit dem Jahr 1600 hielt sich diese Pilgerfahrt hartnäckig im Kirchenleben der Würzburger. Um die fünfhundert Wallfahrer nahmen an dem gebetsreichen Weg teil, der sie am Ende mit der Zwiebelkirchweih, an der Zwiebelkuchen, Bratwürste, Wein und Bier angeboten wurden, belohnte.

Kilian erinnerte sich gut daran. Einmal war er die Strecke als Halbwüchsiger mit seiner Mutter gelaufen. Der letzte Aufstieg am Kreuzberg, die so genannte Kniebreche, kurz vor Erreichen des Ziels nach einhundert Kilometern, hatte jeden Gläubigen auf die Probe gestellt. Wer es schaffte, hatte das süffige Kreuzberger Bier aus Eigenproduktion der dort lebenden Mönche verdient. So auch, wenn die Pilger in die Semmelstraße zurückkehrten und von Hunderten am Straßenrand und an den Bierbänken willkommen geheißen wurden.

Im Seiteneingang einer Metzgerei klingelte Kilian. Eine ältere weibliche Stimme antwortete.

Kilian sagte, wer er sei und wen er zu sprechen wünschte. Nach einer weiteren Rückfrage surrte der Türöffner. Was war nur in dieser Stadt los, dass man Polizeibeamten gegenüber so misstrauisch war, fragte er sich auf dem Weg durch den Toreingang, der auf einen kleinen Hof mündete. Von hier aus gingen mehrere Treppen zu den Wohnungen. Der Hof war frisch renoviert, es roch nach Farbe und Handwerkern. An den Wänden schlängelten sich Farne hinauf zu Terrakotta-Vasen, die zur Hälfte in den Putz eingemauert waren. Weitere Pflanzen standen in Töpfen am Boden herum, sodass man sich des Eindrucks nicht erwehren konnte, dass hier eine Toskana-Liebhaberin wohnte. Oben, auf einem der Balkone, die rings um den Hof verliefen, huschte eine Hand am Vorhang zurück. Kilian wurde beobachtet.

Das Surren eines Türöffners wies ihm den Weg. Er nahm eine Treppe und drückte die Tür auf. Empfangen wurde er von einer Dame, er schätzte sie auf Ende siebzig, völlig in Schwarz gekleidet, die grauen Haare zu einem Dutt zusammengefasst und den Blick prüfend auf ihn gerichtet. Er schien ihr nicht ganz geheuer.

«Wenn Sie Polizist sind, dann können Sie sich ja ausweisen», sagte sie barsch.

Kilian war ohne jegliche Legitimation; daran hatte er nicht gedacht.

Aus der Tiefe des Gangs kam Hilfe.

«Schon gut», sprach eine Männerstimme, «ich kenne den Mann.»

Die Oma ging nur zögerlich zurück in ihr Zimmer.

Der Mann kam auf Kilian zu. Er reichte ihm die Hand. «Ich habe Sie schon erwartet. Kommen Sie.»

Kilian stutzte. Noch bevor er ihn fragen konnte, wie er darauf kam, drehte er sich um, und Kilian folgte ihm den Gang entlang, eine enge, verwinkelte Treppe nach oben, die wie ein Turmaufstieg anmutete, bis sie über einen weiteren Gang sein Zimmer erreichten. Auf dem Weg nach oben stieg Kilian ein prägnanter Geruch in die Nase. Irgendetwas Pseudofrisches, so wie die Duftbäume in Autos.

Kilian wusste nicht, was er sich unter der Behausung eines Künstlers vorgestellt hatte, sicherlich nicht das, was er zu sehen bekam. Der Raum maß keine zwanzig Quadratmeter, durch eine kleine Dachluke fiel wenig Licht herein, und ein schmales Bett füllte dieses Heim bereits zur Hälfte aus. Die andere Hälfte nahmen ein Schrank und ein kleines Regal ein. Nirgends die Spur einer Toilette oder Dusche. Die mussten irgendwo im Labyrinth dieser alten verschachtelten, fränkischen Behausung versteckt sein.

Wie Kilian es schon in den Büros des toten Sandner und des Ballettdirektors gesehen hatte, zeugten Bilder und Preise an der Wand von glorreichen Zeiten. In diesem Fall die eines Tenors in den bunt-barocken Gewändern der italienischen Oper.

«Bitte setzen Sie sich.»

Er räumte Kilian einen Stuhl frei, auf dem die Klamotten des gestrigen Tages lagen. Er selbst setzte sich aufs Bett. Ihre Knie stießen nahezu aneinander, so eng war es in dieser Zelle.

«Sie sind Steven Vanderbuilt?», begann Kilian.

Er nickte.

«Da Sie wissen, wer ich bin, erspare ich mir eine weitere Vorstellung», sagte Kilian und dachte an den fehlenden Polizeiausweis. Wenn er es sich recht bedachte, musste Vanderbuilt gar nicht auf seine Fragen antworten, da er sich nicht ausreichend ausweisen konnte.

Im Gegensatz zur Vermieterin schlug Kilian Aufgeschlossenheit statt Misstrauen entgegen. Das war ein guter Beginn. «Sie sagten, dass Sie mich bereits erwartet hätten.»

«Dazu gehört keine große Kombinationsgabe», antwortete Vanderbuilt lakonisch.

«Wie kommen Sie darauf?»

«Nach dem, was im Treppenhaus passiert ist, bin ich doch der Erste im Kreis der Verdächtigen.»

«Dann gehen Sie davon aus, dass es kein Unfall war?»

«Sie etwa?»

«Die Möglichkeit besteht. Wenngleich sie gering ist.»

«Sie verdächtigen mich aber. Sonst wären Sie nicht hier.»

«Es ist eher eine Befragung als das Verhör eines Verdächtigen.»

«Lassen wir die Wortklauberei. Was wollen Sie wissen?»

«Zuerst, welche Verbindung haben Sie zu Francesco Raimondi?»

«Die, von der Sie bereits wissen. Nichts weiter.»

«Dann erzählen Sie mir von dem Vorfall 1994 an der Semperoper aus Ihrer Sicht.»

Vanderbuilt machte ein angestrengtes Gesicht, als müsste er diese Geschichte schon zum tausendsten Mal erzählen.

«Es begann alles damit, dass wir, nein, dass das Management Probleme damit hatte, die Produktion zu vermarkten. Also suchten sie nach einem Aufhänger. Raimondi wurde engagiert. Das wurde von den Medien zwar wahrgenommen, aber es reichte noch nicht aus. In einem solchen Fall greift man auf Bewährtes zurück, und man inszeniert einen Skandal. Ich spielte die Rolle des Opfers ...»

Kilian unterbrach. «Sie meinen, es war ein abgekartetes Spiel, bei dem Sie eingeweiht waren?»

«Nicht von Anfang an, erst später wurde mir klar, dass sie eine Scharade aufführten.»

«Wer waren ‹sie›?»

«Raimondi und der Intendant. Letzterer bestreitet es zwar noch heute, aber er war mit von der Partie. Eindeutig.»

«Und Raimondi? Hat er es je zugegeben?»

«Wo denken Sie hin. Ein Raimondi braucht sich nicht zu erklären. Er ist einfach da, singt und füllt die Kassen. Mehr wird von ihm nicht erwartet.»

«Zurück zu den Ereignissen von 1994. Was passierte genau? Aus Ihrer Sicht.»

«Zuerst müssen Sie wissen, wie Drama funktioniert. Die Grundaufstellung benötigt zwei Darsteller, ungefähr gleich stark. Dann kommt der Knochen ins Spiel, um den sich beide streiten. Wer ihn am Ende bekommt, ist der Held, der andere der Verlierer.

Bis Raimondi ans Haus kam, war ich der Held. Besser gesagt, ich wurde als kommender Tenor in der Presse gefeiert. Das reichte jedoch nicht, um die aufwendige Produktion zu rechtfertigen. So wurde ein Star eingekauft, Raimondi. Seine Aufgabe war es, für Wirbel zu sorgen. Das hat man bereits damals von einem wirklichen Star erwartet. Einfach nur gut sein reichte nicht mehr. Sie brauchen *das* Ereignis, so wie es McEnroe und Becker früher im Tennis waren. Sie zelebrieren ihr Spiel, anstatt es nur zu spielen.

Nun, die Medien und die Zuschauer bekamen ihre Show. Das, worum es ging, der Knochen, war die Vorherrschaft auf der Bühne. Wer von uns beiden würde sich durchsetzen? Ich hatte meine Befürworter, so wie Raimondi die seinen. Als das nicht mehr reichte und die öffentlichen Diskussionen versiegten, kurz vor der Premiere, kam dieser lächerliche Giftanschlag ins Spiel. Ich nehme an, Raimondi hat sich das Zeug selber eingeflößt. Nichts Ernsthaftes, aber es reichte für eine leichte Vergiftung.

Sein Magen war schnell ausgepumpt und die Schlagzeile bereits gesetzt. An den folgenden Tagen bis zur Premiere brach die Hölle über mich herein. Ich wurde mit Anschuldigungen und Verunglimpfungen überschüttet. Selbst meine Befürworter gingen auf Abstand.

Letztlich war die Produktion ausverkauft, und sie blieb es für viele Wochen. Der Trick hatte funktioniert, alle waren glücklich.»

«Was ist danach mit Ihnen passiert?»

«Die letzte Vorstellung des *Figaro* war auch die meine.

Ich war ausgebrannt. Mein Engagement wurde nicht verlängert. Andere Häuser, an denen ich mich bewarb, wollten nichts von mir wissen. Die nächsten Jahre verbrachte ich mit allen möglichen Gelegenheitsarbeiten.»

«Wieso gingen Sie nicht nach Hause zurück?»

«Zurück in die Staaten?»

Kilian nickte. Vanderbuilt grinste gequält.

«Ich habe nicht all die Jahre geschuftet, damit ich nach der ersten Schwierigkeit reuig an die Tür meines Vaters klopfe.»

Kilian konnte das verstehen. Dennoch fragte er: «Was wäre so schlimm daran gewesen?»

«Sie kennen meinen Vater nicht. Er ist im Geist seines Vaters aufgewachsen. Und das hieß: Disziplin, Fleiß und Ordnung.»

«Klingt ziemlich deutsch.»

«Meine Großmutter stammte aus der Nähe von Aachen. Zusammen mit ihrem Mann, einem Holländer, gingen sie nach dem verlorenen Ersten Weltkrieg in die Staaten.»

«Ihr Vater hat im Ersten Weltkrieg aufseiten der Deutschen gekämpft?»

«Er war überzeugter Wilhelmist. Die deutschen Tugenden gingen ihm über alles. Ein Glück, dass sie nicht in Südwest-Afrika gelandet sind.»

«Wie kamen ihre Großeltern durch die amerikanischen Passkontrollen?»

«Er reiste mit seinem holländischen Pass, und meine Großmutter fiel da nicht weiter auf. Ihre Papiere seien beim Einmarsch der Deutschen verbrannt, sagten sie.»

«Wo sind Sie aufgewachsen?»

«In Pennsylvania. Da gibt es eine Gegend mit vielen Orten, die von ausgewanderten Deutschen gegründet worden sind. Das Deutschtum in meiner Familie wurde auf diese

Weise erhalten. Ich wuchs mit deutschem Liedgut und klassischer Erziehung auf. Mein Vater war ganz versessen darauf, dass sein Sohn die Werte der Alten Welt vermittelt bekam.»

«Wie muss man sich das vorstellen?»

«Täglich drei Stunden Klavierunterricht, dann Gesang und, wenn noch Zeit war, Lektüre von Goethe und Schiller. Das Singen im Kirchenchor hat mir am meisten Spaß gemacht. Dadurch kam ich wenigstens ein paar Stunden von zu Hause raus.»

«Klingt nach Stress. Wie lange haben Sie das durchgehalten?»

«Mit siebzehn bin ich abgehauen. Versuchte mein Glück in Alaska, wo ich das Schürfen gelernt habe, bin dann nach Colorado, da habe ich mich als Holzfäller verdingt, bis ich meine alte Leidenschaft wiederentdeckte, das Singen, es fehlte mir. Ich habe Deutsch, Klavier und Gesang an einer Schule in Ohio unterrichtet. Dadurch hatte ich genügend Zeit, abends meine Gesangsausbildung zu Ende zu bringen. Mit fünfundzwanzig bin ich nach Deutschland gekommen und lebe seitdem hier.»

«Wie lange wohnen Sie schon in Würzburg?», fragte Kilian.

«Sie meinen, hier in dieser Wohnung?»

Das meinte er zwar nicht, er nickte aber trotzdem.

«Diesen Sommer werden es sechs Jahre.»

Sechs Jahre in diesem Loch?, fuhr es Kilian durch den Sinn.

Vanderbuilt ahnte, was er dachte. «Ich glaube, Sie haben eine völlig falsche Vorstellung vom Künstler-Dasein.»

«Erzählen Sie», forderte Kilian ihn auf. Es interessierte ihn tatsächlich. Was man sonst über Sänger, Schauspieler und Stars in der Presse erfuhr, waren ohnehin nur Klischees.

«Das, was in den Hochglanzmagazinen steht, ist reine Illusion», begann Vanderbuilt. «Nur ein Prozent schafft es an die Spitze und kann gut davon leben. Der Rest kämpft an der Armutsgrenze für Erfolg und Anerkennung.»

«Warum tun Sie sich das an? Es gibt doch Alternativen.»

«Nicht für einen echten Künstler. Er hat eine Berufung, eine Verpflichtung seiner Kunst gegenüber. Er füllt sie aus, geht in ihr auf, ist ihr verfallen, rückhaltlos, ohne Sicherheitsnetz. Das heißt, er verzichtet auf Familie, Freunde und eine gesicherte Zukunft.

In meinem Fall gilt der Spruch: Das Theater ist ein Irrenhaus, die Oper aber die Abteilung für die Unheilbaren. So gesehen bin ich nicht therapierbar.»

Er grinste, ein melancholisches Lächeln. Kilian erwiderte es. «Ich muss fragen, wo Sie zum Zeitpunkt des Anschlags auf Raimondi waren.»

«Welches? Des ersten oder des zweiten?»

«Bei beiden.»

«Ich bin also doch verdächtig?»

«Ich kann es nicht verneinen. Sie haben ein Motiv.»

«Dass Raimondi schuld an meiner verkorksten Karriere ist?»

Kilian nickte.

«Sie irren sich. Raimondi hat zwar dazu beigetragen, aber er ist nicht allein dafür verantwortlich.»

«Sondern?»

«Ich bin ein Opfer der Umstände. Das Glück hat es nicht gut mit mir gemeint. Wobei ...», er dachte nach, korrigierte sich, «ich darf nicht klagen. Ich bin seit sechs Jahren wieder in einem festen Engagement. Ich gehöre damit zu den wenigen Glücklichen.»

«Sie wollen damit sagen, dass Sie keinen Groll gegenüber Raimondi verspüren? Er hat Ihnen schließlich Ihre Karriere versaut.»

«Er und ich werden sicherlich keine Freunde mehr werden. Ich gebe auch zu, dass sein plötzliches Ableben mich nicht in eine tiefe Depression stürzen würde. Doch der Schritt hin zu einem oder zwei Mordanschlägen ist weit. Ich bin ihn nicht gegangen.»

Kilian ließ die Worte auf sich wirken, dachte über das Gesagte nach und schaute ihm dabei in die Augen. Vanderbuilt schien emotionslos, so wie es manche Mörder sein können. In diesem Fall hatte er jedoch das Gefühl, dass er nicht zu dieser Sorte gehörte.

«Nochmal, wo waren Sie zum Zeitpunkt der beiden Anschläge?»

«Beim ersten war ich in meinem Zimmer im Theater.»

«Gibt es einen Zeugen?»

«Nein, ich war alleine. Ich habe meinen Part einstudiert. Raimondi verzeiht keinem eine schlechte Vorbereitung.»

«Und beim zweiten?»

«War ich hier.»

«Zeugen?»

«Meine Vermieterin könnte mich gesehen oder gehört haben. Sie hält zwar spätnachmittags immer ein Schläfchen, aber sie hat Augen und Ohren wie ein Luchs.»

Also musste Kilian sie auch noch befragen. Er war von der Vorstellung nicht begeistert.

«Wer könnte noch ein Motiv haben, Raimondi an den Kragen zu gehen?», fragte Kilian.

«Sicher einige Dutzend Leute. Er polarisiert. Man liebt oder man hasst ihn.»

«Ich meine, hier in Würzburg.»

Vanderbuilt grübelte. «Schwer zu sagen. In seiner Anfangszeit war ich noch nicht am Mainfrankentheater, wie viele andere auch. Ich könnte auf niemanden mit dem Finger zeigen.»

Kilian beließ es dabei, bedankte sich für die Bereitschaft, ihm Rede und Antwort zu stehen. Die Türklinke in der Hand, fragte er dennoch: «Welches Verhältnis hatten Sie zu Fred Sandner?»

Vanderbuilt antwortete spontan. «Ein gutes, wie wir alle. Er war bei allen beliebt, wenngleich er es manchmal übertrieb.»

«Was meinen Sie damit?»

«Er wollte mit jedem gut Freund sein. Er tat sich mit harten, aber notwendigen Entscheidungen schwer. Damit zog er den Unmut des Managements auf sich.»

«Glauben Sie, dass er sich selbst umgebracht hat?»

Er schnaufte sich hörbar eine Vermutung von der Brust. «Wer weiß schon, wie jemand reagiert, wenn er mit dem Rücken zur Wand steht. Es könnte sein, dass er keinen Ausweg mehr sah, nachdem ihn der Intendant vor die Tür gesetzt hat. In seinem Alter findet man nur noch schwer einen Job. Die Jungen streben mit aller Macht nach. Sie wollen ihre Chance. Da ist es für einen alten Regisseur schwer, sich zu behaupten.»

Kilian spürte an seiner Seite eine Hand. Erschreckt fuhr er herum. Es war die Vermieterin, in der Hand einen Packen in Alufolie eingepackte Schnitten. «Hier, Stefan, dein Abendbrot. Ich habe dir wie immer eine Extraschreibe Käse und Wurst darauf gelegt.»

Vanderbuilt ging auf sie zu, nahm die Brotzeit dankend entgegen. Mit einem mürrischen Seitenblick auf Kilian verließ sie den Raum.

«Dumme Frage, hat eigentlich gar nichts mit dem Fall zu tun, welche Schnitten macht denn Ihre Vermieterin für Sie?»

«Sie ist ganz reizend», antwortete Vanderbuilt und legte den Packen neben seine Tasche. «Sie macht mir täglich Vollkornscheiben mit Bio-Butter und Bio-Käse. Sie meint, das Zeug aus den Supermärkten bringt einen um.»

Kilian schaute sich im Zimmer um, vielleicht hatte er Glück und fand die verräterischen Flakons. Fehlanzeige.

«Es ist mir vorhin schon aufgefallen, als ich hier hochgekommen bin …»

«Was?», fragte Vanderbuilt.

«Na, dieser Geruch. Es riecht so nach …»

«Ach, das meinen Sie. Meine Vermieterin hat einige Duftlampen im Haus. Sie verwendet allerlei Duftöle. Zitrone am Morgen, Bergamotte am Nachmittag und gegen Abend Lavendel. Das soll die Motten draußen halten. Sagt sie. Selbst meine Klamotten stinken schon danach.»

«Na dann, bis später», verabschiedete sich Kilian.

Jetzt war es Zeit, ins Theater zurückzukehren.

Die anfänglich belanglose Duftspur hatte nun Vanderbuilt doch zu einem möglichen Tatverdächtigen gemacht.

*

Um Selbstbeherrschung bemüht, verließ Heinlein das Pressezimmer. Die Konferenz mit den Presseleuten war nicht gut gelaufen. Sein Statement zum aktuellen Stand der Ermittlungen war kurz gehalten, keine zehn Minuten hatte er dafür gebraucht, so dünn war die Beweislage. Nach weiteren dreißig Minuten hatte er die bohrenden Fragen der Journalisten satt und löste die Veranstaltung auf. Er wusste, dass er in seiner neuen Position als Leiter eines Dezernats die erste Bewährungsprobe nicht bestanden hatte. Der souveräne Umgang mit den Medien und eine gute Darstellung der Ermittlungsarbeit der gesamten Polizeidirektion Unterfranken waren ihm nicht gelungen; genau das jedoch wurde von oberer Stelle von ihm erwartet. Die Bilder, die später in den Abendnachrichten ausgestrahlt würden, waren die eines sichtlich überforderten Beamten, dem die Fäden aus der Hand geglitten waren. Er hatte versagt.

Heinlein schloss die Tür zu seinem Büro und ließ sich in den Stuhl fallen. Das Gesicht vergrub er hinter seinen Händen, ein tiefer Seufzer sollte die Anspannung lösen. Vergeblich.

Sabine, seine Sekretärin, eine blonde Mittdreißigerin, trendy gestylt, kam aus dem Nebenzimmer herein. Ohne zu fragen setzte sie sich ihm gegenüber, auf den Stuhl, den Kilian sonst für sich beanspruchte.

«Es ist wohl nicht gut gelaufen?»

Heinlein antwortete, die Hände vorm Gesicht. «Es war eine Katastrophe.»

«Na komm, es war dein erstes Mal. Bei der nächsten Pressekonferenz bist du erfahrener.»

«Ich bezweifle, dass es ein nächstes Mal geben wird.»

«So schlimm?»

«Unterirdisch. Wenn das der Polizeipräsident und die Oberbürgermeisterin sehen, bin ich geliefert.»

«Die können doch gar nicht auf dich verzichten. Ohne dich wäre der Laden hier längst im Chaos versunken.»

Heinlein nahm die Hände vom Gesicht, lächelte angestrengt. «Danke, das ist nett. Aber wie es aussieht, bin ich dem Posten einfach nicht gewachsen. Der Kilian hätte das viel besser gemacht als ich.»

«Wo steckt der überhaupt? Pia hat schon dreimal angerufen.»

Heinlein fand neue Kraft. «Sag ihr, dass wir hier nicht die Auskunftsstelle sind, verdammt. Die sollen ihr Privatleben außerhalb des Büros auf die Reihe bringen.»

«Ich glaub, da geht es um was Ernstes zwischen den beiden. Pia klang so eigenartig.»

«Weißt du, was da gespielt wird?»

«Nein, sie hat gleich alles abgeblockt. Sie wollte nur mit Kilian sprechen.»

«Kilian, Kilian, Kilian. Immer dreht sich alles nur um ihn. Gibt es denn sonst nichts anderes?»

Sabine schwieg für einen Moment, sie erkannte, dass eine bislang nie da gewesene Eifersucht in ihm loderte. «Hey, was ist los mit dir und Kilian? Ihr habt euch doch sonst so gut verstanden.»

Heinlein wurde laut. «Ich hab einfach keine Lust mehr, im zweiten Glied zu stehen. Verstehst du? Kilian hier, Kilian dort. Meine Güte, als sei er der neue Jesus. Wenn ich mir anschaue, wie viel Scheiß der im letzten Jahr gemacht hat, dann ...»

«... dann?»

«... könnt ich die Wände hoch!»

Das Telefon klingelte. «Heinlein!», bellte er forsch in den Hörer.

«Hey, lass mal Dampf ab», sagte die Stimme besänftigend, «hier ist Gruber aus dem K4.»

Heinlein besann sich. «Sorry, Gruber, was gibt's?»

«Ich hab gehört, dass du 'ne Anfrage beim BKA laufen hast, wegen dieser .38er, die bei uns in einer Drogensache schon mal aufgetaucht ist.»

«Stimmt, der Drogendeal in Hammelburg vor zwei Jahren und dann nochmal vor einem Jahr in der Nähe von Kitzingen.»

«Dann bist du nicht auf dem neuesten Stand. Die Waffe, vielmehr ein Projektil von dieser Waffe, ist im Januar hier in Würzburg aufgetaucht.»

Heinlein horchte auf. «Erzähl.»

«Vielleicht hast du von dieser Schießerei gehört, die wir auf dem Parkdeck vom Möbelhaus Neubert in Heidingsfeld hatten. Da ging's um ein paar Kilo Hasch und um Koks. Es waren insgesamt vier Täter, die auf uns das Feuer eröffneten, als wir zugriffen. Drei konnten wir mit dem Zeug schnappen, einer türmte. Bisher ist es uns nicht gelungen, den vierten Mann ausfindig zu machen.»

«Wo kommt diese .38er ins Spiel?»

«Es war eine wilde Schießerei, die Kugeln flogen uns nur so um die Ohren. Auf jeden Fall konnten wir ein Projektil aus den zerschossenen Reifen sicherstellen, die auf deine .38er passt.»

«Und wieso weiß das BKA nichts davon?»

«Wissen tun sie es schon, aber die Datei scheint noch nicht aktualisiert zu sein. Die streiken doch alle, wegen des Umzugs nach Berlin.»

«Ja, stimmt, ich erinnere mich», sagte Heinlein, mit seinen Gedanken einen Schritt voraus. «Sag mal, was haben die Täteraussagen erbracht?»

«Nicht viel, die schweigen, als hätten sie Angst vor der Mafia. Die drei, die wir erwischt haben, sind aus dem Zigeunermilieu. Alles eine eingeschworene Bande. Aus denen ist nichts herauszukriegen. Ihre Wohnungen und Geschäfte sind tipptopp, und sie handeln mit allem, was Kohle bringt.»

«Ich nehme an, die .38er war nicht auffindbar, als ihr die drei überwältigt habt.»

«Genau. Also muss noch ein vierter Mann da gewesen sein und mit ihm die besagte .38er.»

«Und seitdem ist Ruhe, oder gab es noch einen Zwischenfall in der letzten Zeit mit dieser Waffe?»

«Nichts, was mir bekannt ist.»

Heinlein hatte es tunlichst vermieden, die Presseleute mit internen Ermittlungsergebnissen zu füttern. Dazu gehörte auch der Typ der Waffe, mit der Sandner getötet wurde. Dafür war später noch Zeit.

«Vielen Dank, Gruber. Du hast mir sehr geholfen. Ach ja, noch was: Wie kann ich Kontakt zu einem der drei Drogenschmuggler aufnehmen?»

«Die sitzen in U-Haft. Am besten wendest du dich an den zuständigen Richter.»

«Okay, mach ich. Also nochmal besten Dank.»

Bevor Heinlein auflegte, hörte er Gruber noch sagen: «… und außerdem: Mach dir keinen Kopf wegen der Pressekonferenz. Wenn du meine erste miterlebt hättest … O Mann.»

Heinlein bedankte sich und legte auf.

Die Pressekonferenz, ging es ihm wieder durch den Kopf. Er hatte einen Fehler gemacht, das wusste er jetzt. Aber es war noch nicht zu spät, ihn rückgängig zu machen. Er brauchte schnell einen Tatverdächtigen, damit sich die Meute darauf stürzen konnte. Dann würde auch der Polizeipräsident Ruhe geben.

Er musste nicht lange nachdenken, und dann wusste er, wen er auf dem Revier offiziell verhören könnte.

14

Der Tumult war nicht zu überhören.

Kilian betrat das Mainfrankentheater über den Haupteingang, huschte an der Kassiererin vorbei und übersprang die kniehohe Absperrung zum Großen Saal mit einem Satz.

Zuerst konnte er nicht zuordnen, wer da wo mit wem stritt, doch je näher er dem Treppenaufgang zum Oberen Foyer kam, desto verständlicher wurden die Wortfetzen. Er nahm die letzten Stufen leise und versteckte sich an der Brüstung. Über den Handlauf blickend, erkannte er Isabella Garibaldi, Aminta Gudjerez und Paul Batricio auf dem Sofa sitzen. Vor ihnen auf dem Glastisch lagen Papiere ausgebreitet. Batricio hielt einen goldverzierten Füllfederhalter in der Hand, mit dem er Aminta drängte, die Papiere zu unterzeichnen, wobei er voller Entrüstung über Amintas Zurückhaltung lamentierte. Die Garibaldi saß wie versteinert da, die Beine übereinander geschlagen, und rauchte eine Zigarette.

«Ich will doch nur ein bisschen Bedenkzeit», bat Aminta.

«Wofür?!», fuhr Batricio sie an. «Es war doch alles längst abgesprochen. Ich weiß nicht, was es da noch zu überlegen gibt. Das ist die Chance deines Lebens.»

«Vielleicht ist es zu früh für mich, vielleicht sollte ich noch ein Jahr hier oder woanders arbeiten, bevor ich den Schritt nach Zürich wage.»

Batricio rang nach Luft. «Wie bitte?! Hier oder woanders ...? Wer hat dir diesen Blödsinn eingeflößt? Hier und heute ist der beste Augenblick, deine Karriere auf den Weg zu bringen. Was willst du denn noch dazulernen? Deine Stimme ist nahezu perfekt, deine schauspielerischen Fähigkeiten offenkundig, und deine ersten Rollen hast du mit Bravour ausgefüllt.»

«Ich bin mir nicht mehr sicher.»

«Was meinst du, verdammt? Wessen bist du dir nicht mehr sicher?»

Aminta rang nach Worten, wollte ihm die Wahrheit nicht direkt ins Gesicht sagen.

Die Garibaldi verstand. Sie erwachte aus ihrer Lethargie, drückte die Zigarette aus und sammelte die Unterlagen ein.

«Was die junge Dame sagen will, ist, dass sie dir nicht mehr vertraut. So ist es doch, Aminta. Oder irre ich mich?»

Während die Garibaldi die Unterlagen ordnete, blickte sie Aminta an. «So ist es doch. Sag es, dann sparen wir uns Zeit und Mühe.»

Aminta schwieg, lehnte sich zurück und schaute ins Leere.

Batricio hatte an alles gedacht, doch damit hatte er nicht gerechnet. «Aminta, nun mach den Mund auf und sag, dass das nicht wahr ist.»

Er erhielt keine Antwort.

«Aminta, schau mich an. Wir sind ein Team. Schon vergessen? Wir haben geschworen, dass wir es schaffen. Zusammen, ganz an die Spitze des Geschäfts. In zwei Jahren singst du an der Met, in London und Sydney. Das ist es doch, was wir beide wollten.»

Sie schwieg weiter.

Die Garibaldi nicht. «Paul, wir hatten eine Abmachung. Per Handschlag, unter Zeugen. Du weißt, dass das bindend ist. Den Regress wirst du dir nicht leisten können. Weder finanziell, noch was deine Reputation betrifft. Wenn ich morgen ohne unterschriebenen Vertrag nach Zürich zurückkehre, bist du geliefert. Also, überleg dir das gut. Sprich nochmal mit ihr. Mach ihr klar, was auf dem Spiel steht. Du erreichst mich auf dem Handy.»

Die Garibaldi packte den Vertrag in den Aktenkoffer, stand auf und ging in Richtung Treppe. Kilian versuchte nicht zu flüchten. Die Garibaldi zeigte sich kurz überrascht, dann lächelte sie ihm zu.

«Wenn ich noch was für Sie tun kann, bis morgen bin ich in der Stadt», bot sie ihm an und ging weiter.

«Danke», sagte er leise. «Ich melde mich.»

Batricio war aufgestanden. Zwischen den großflächigen Fenstern und dem Tisch wanderte er umher, massierte Schläfen und Nacken, als gelte es, eine böse Ahnung zu vertreiben.

Aminta wartete unbeeindruckt auf die drohende Moralpredigt.

«Was ist seit gestern passiert?», fragte Batricio. «Es war doch alles mit dir abgesprochen, und du warst mit allem einverstanden. Und jetzt plötzlich ist alles anders. Sag mir nur, was ist passiert?»

Aminta blieb weiterhin stumm. Doch jetzt ging Batricio auf sie zu, packte sie an den Armen. «Sprich mit mir, verdammt. Los, mach endlich den Mund auf.»

In ihrem Blick lagen Verachtung und ungläubiges Staunen, dass er es wagte, sie anzufassen.

«Nimm deine Finger weg!»

«Nicht eher, bis du mir sagst, was mit dir los ist.»

Batricio sah die Ohrfeige nicht kommen. Er ließ Aminta los, fuhr sich über die Wange.

«Ich wollte es dir eigentlich schonender beibringen», begann Aminta, «doch du zwingst mich ja dazu, dir wehzutun.»

Batricio horchte auf. Sein Blick verriet, dass er ahnte, was jetzt kommen würde.

Aminta stand auf und blickte ihm direkt in die Augen. «Ich habe nachgedacht und für mich entschieden, dass wir uns für eine Weile trennen sollten. Jeder sollte für sich herausfinden, was er genau will.»

«Aber das weiß ich doch, die ganze Zeit», widersprach Batricio.

«Vielleicht, vielleicht auch nicht. Ich jedenfalls brauche etwas Abstand, Zeit und eine neue Umgebung, um mich entscheiden zu können.»

Batricio war sich sicher, dass sie niemals alleine auf diesen Gedanken gekommen war. «Alleine … jeder für sich … entscheiden. Wer hat dir diese Flausen in den Kopf gesetzt?»

Sie drehte sich weg. «Paul, hör auf.»

Er zog sie an sich heran. «Komm, erzähl, wer hat dir dazu geraten? Wer will dich mir wegnehmen?»

«Paul, lass das. Bitte!»

Sie wand sich blitzartig aus seinem Griff, packte ihre Tasche und verschwand im Eingang zum Großen Saal. Batricio blieb zurück. Kilian beobachtete ihn noch eine Zeit lang. Doch als nichts weiter geschah, ging auch er in den Großen Saal.

Er machte es sich wie gewöhnlich in der Mitte des leeren Zuschauerraums bequem. Ihm fiel auf, dass er viel zu weit von der Bühne entfernt saß, um bei einem weiteren Anschlag schnell genug bei seinem Schützling zu sein. Deshalb stand er wieder auf und setzte sich in die erste Reihe. Von hier aus musste er nur noch den Orchestergraben überwinden und wäre mit zwei schnellen Schritten auf der Bühne.

Dem Kollegen, der am Bühnenrand über Raimondi wachte, gab er ein Zeichen, dass er in die Mittagspause gehen konnte. Kilian nahm einen Klavierauszug zur Hand, der auf dem Rand des Orchestergrabens lag. Die heutige Szene war die der Zerlina und des Masetto. Im Grunde genommen war sie eine Verführungsarie, in der Zerlina den wütenden Masetto besänftigt.

Auf der Bühne positionierte Raimondi die beiden Darsteller der zu probenden Szene. Aminta in der Rolle der untreuen Zerlina ging nach links und Ferdinand, der österreichische Bariton, als eifersüchtiger Masetto nach rechts. Zwischen ihnen lag nicht nur die gesamte Breite der Bühne, sondern auch der Plan, dass sich Zerlina an ihrem Hochzeitstag mit Don Giovanni auf dessen Schloss davonmachen wollte. Masetto beschimpfte seine Angetraute als Schlange und Straßenmädchen, weil sie mit Don Giovanni gegangen war und sich nicht dagegen gewehrt hatte.

«Wenn jetzt jeder weiß, was zu tun ist, können wir beginnen», befahl Raimondi. Er gab Sue am Klavier das Zeichen. Er selbst blieb zwischen Zerlina und Masetto stehen, um die beiden besser dirigieren zu können.

«Andante grazioso. Bitte sehr», sprach er leise, aber laut genug, dass alle im Saal das Kommando verstanden.

Zuckersüß stimmte Zerlina ihre Versöhnungsarie *Batti, batti, o bel Masetto** an. Ihre Augen blickten kurz auf, zu Masetto hinüber, gespielt schamhaft und berechnend.

Raimondi streckte den Arm nach ihr aus, wies sie mit Fingerspiel an, näher zu kommen, zum mürrisch abwartenden Masetto, der die Arme verschränkt hielt und am Bühnenrahmen lehnte. Sie gehorchte, wie an der Schnur gezogen bewegte sie sich vorsichtig an Raimondi vorbei, schlich sich an Masetto heran und umgarnte ihn.

Ihren Text konnte man auch ohne Italienischkenntnisse verstehen. Sie hieß Masetto, ihr die Augen auszukratzen, um danach sich von ihm die Hände küssen zu lassen. Ihr Spiel war gut, raffiniert, graziös, und sie war sich ihrer Reize durchaus bewusst. Der tölpelhafte Masetto, von Verführung und falschem Spiel nichts ahnend, ließ sich erweichen, nannte sie gar zum Schluss spaßeshalber eine Hexe, wie sie ihm den Kopf verdrehe.

* Schlag mich, o schöner Masetto

Weit hinter Kilian öffnete sich die Eingangstür. Als er sich umdrehte, erkannte er Batricio. Er setzte sich ein paar Meter hinter ihm in eine Reihe und beobachtete Aminta, die sich von ihm trennen wollte, um bei einem anderen ihr Glück zu finden. Wer derjenige war, hatte er in dem kurzen Gespräch zwischen den beiden nicht erfahren. Doch was sich auf der Bühne nun abspielte, sollte diese Frage beantworten.

Raimondi konzentrierte sich ausschließlich auf Aminta und ihr Spiel der verführerischen Zerlina. «Wenn du die Zerlina überzeugend spielen willst, dann musst du sie und ihre Motivation leben», sagte er wie ein Lehrer zu seinem Lieblingsschüler. «Vor deiner Arie hast du deinen Gatten am Hochzeitstag für eine bessere Partie verraten. Don Giovanni versprach dir das Leben einer Edelfrau, anstatt ein Leben bei Masetto zwischen Kühen und Mist zu führen. Du hast Don Giovanni zögernd nachgegeben, so leicht wolltest du es ihm auch nicht machen. Aber du hast noch einen Rest Moral, wenn auch nur einen kleinen, in dir. Dein *Andiam*, dein Einverständnis, mit Don Giovanni zu gehen, hätte dich zur Schlampe gemacht, wenn nicht Donna Elvira eingegriffen hätte. Das weiß Masetto aber nicht. Er ist der Meinung, dass du ihn betrogen hast.»

Kilian hörte ein gepresstes Aufatmen hinter sich, als wolle jemand seine aufsteigende Wut unterdrücken. So war es auch. Batricio kämpfte mit sich. Er schien sich die gestrige Probe in Erinnerung zu rufen, als Raimondi Aminta in der gemeinsamen Arie *Là ci darem la mano* vor aller Augen umwarb. Die Garibaldi hatte ihn gewarnt. Sie kannte Raimondis Talent zur Genüge.

Jetzt wusste Batricio, an wen er seine Zukunft verloren hatte. Kilian musste aufpassen; die Sache konnte eskalieren.

Auch Raimondi bemerkte die Unruhe im Zuschauerraum. Er handelte, wie Kilian es nicht erwartet hatte. Er schlang die Arme um Aminta, liebkoste sie, reizte sowohl Masetto als auch Batricio bis aufs Blut.

Raimondi trieb es auf die Spitze, säuselte der Zerlina ins Ohr, laut genug, damit es auch von Batricio verstanden wurde. «Dein Verhalten ist einer schönen Frau angemessen. Du suchst dir den besten Mann aus, den du bekommen kannst. Moral existiert für dich nicht, nur der Erfolg zählt. Du und Don Giovanni, ihr seid aus einem Holz geschnitzt. Und so wirst du deinen Masetto noch einmal verführen. Jetzt und sooft du es willst. Er ist ein Narr, der an die Redlichkeit glaubt. Daher ist er schwach, deiner nicht würdig. Du spielst mit ihm, so wie es dir beliebt, du genießt deine Macht, die du über ihn hast. Denn du weißt, dass du nicht alleine bleiben wirst. Der Don ist nur wegen dir gekommen, er will dich, mit aller Kraft. Und du ihn. Du weißt, dass er dich in Welten führen wird, die dir ohne ihn verschlossen bleiben.»

Das war zu viel für Batricio. Er hastete an Kilian vorbei, ohne dass er ihn greifen konnte. Mit einem mutigen Satz schwang er sich auf die Bühne, Kilian hinterher. Raimondi blieb ruhig, der drohenden Aggression kühl ins Auge blickend. Obwohl Batricio nicht gerade klein war, konnte er sich doch kaum mit der kräftigen Statur Raimondis messen. Dennoch, er packte Aminta am Arm, wollte sie Raimondi entreißen. Sie wehrte sich.

Kilian ging dazwischen. «Ich denke, das reicht», sagte er bestimmt und zog Batricio zurück.

Dann wandte er sich Raimondi zu: «Musste das sein?»

Raimondi antwortete lakonisch: «Wenn Sie Ihren Job besser machen würden, dann wäre er niemals bis auf die Bühne gekommen. Wenn sich das noch einmal wiederholt, sehe ich keinen Grund, wieso Sie länger meinen Beschützer spielen sollten.»

Das war eine Drohung, eindeutig. Kilian dachte kurz darüber nach, ob er auf diese Unverschämtheit antworten sollte. Schließlich ließ er es. Das hätte nur eine neue Schlagzeile gegeben. Deshalb brachte er Batricio erst einmal vor die Tür, ins Foyer.

«Sind Sie wieder okay?», fragte er ihn.

Batricio befreite sich aus Kilians Griff. «Dieses Schwein. Aber so schnell werde ich nicht aufgeben.»

Obwohl Kilian genau wusste, worum es ging, fragte er: «Wieso sind Sie eigentlich so ausgerastet? Raimondi hat doch nur gespielt, der Zerlina Anweisungen gegeben.»

Er grinste ihn verächtlich an. «Sie träumen wohl. Das war alles bitterer Ernst. Isabella Garibaldi hatte mich gewarnt. Sie sagte, dass er nichts umsonst tut. Sein *ehrenhaftes* Engagement zur Rettung der Produktion – alles nur ein Trick. Raimondi bekäme in der Regel alles, was er will. Und ich Idiot wollte es nicht wahrhaben. Er ist nur wegen ihr hier. Er will sie, um mit ihr den Erfolg zu erringen, den er selbst nicht mehr hat. Aber darauf kann er lange warten. Ich habe einen Vertrag mit ihr. Wenn sie ihn bricht, will keiner mehr mit ihr etwas zu tun haben. Dafür werde ich sorgen!»

«Ich glaube, es ist besser, wenn Sie sich ein wenig beruhigen», sagte Kilian. «Danach können wir gerne weitersprechen.»

Batricio schwieg und ging ohne ein weiteres Wort davon.

Kilian begab sich zurück auf seinen Platz, sah, wie Zerlina mit dem ahnungslosen Masetto Katz und Maus spielte und wie Raimondi es genoss.

Seine Art und sein Auftreten begannen Kilian allmählich zu missfallen. In der Pause würde er ihn mit dem getürkten Anschlag an der Semperoper konfrontieren. Er war gespannt, ob Raimondi dann auch noch seine Überheblichkeit beibehielt.

Der Rest der Probe verlief ohne nennenswerte Zwischenfälle. Trotz Kilians widerstrebender Einstellung Raimondi gegenüber musste er sich eingestehen, dass Raimondi den Figuren auf der Bühne eine verblüffende Überzeugungskraft verlieh. Je wirklichkeitsnäher sie agierten und je weniger sie sie spielten, desto größer wurde die Substanz ihres Tuns. Dies hatten sie allein der Führung Raimondis zu verdanken, und waren seine Anweisungen anfänglich auch noch so verwirrend, teils sogar beleidigend, so entlockte er ihnen eine Authentizität, die schlichtweg begeisterte. Kilian war gespannt, wie lange das gut gehen würde. Die Premiere war in wenigen Tagen. Bis dahin konnte noch viel geschehen.

Raimondi beendete den ersten Teil der Probe und schickte alle in eine zwanzigminütige Pause. Kilian forderte seinen Kollegen auf, der inzwischen aus der Pause zurückgekehrt war, Raimondi zu folgen. Er sollte ihn vertreten, da Kilian noch einige Gespräche zu führen hatte. Er war nicht begeistert, Raimondi auch nicht. Ab jetzt hatte er einen Schatten, der nicht mehr von ihm weichen sollte.

Kilian schnappte sich Jeanne, die Inspizientin, bevor sie sich, wie alle anderen auch, auf den Weg in die Kantine machte.

«Sie rauben mir meine Mittagspause», maulte sie ihn an. Doch er bestand darauf. Er musste wissen, warum sich die Querstange, die Raimondi fast getötet hätte, verselbständigt hatte.

«Die Servicetechniker waren hier», begann sie, «und haben die ganze Anlage überprüft. Sie konnten keine Fehlerursache erkennen.»

«Wie kann sich dann die Stange gelöst haben? Gibt es da nicht so eine Art Sicherung?»

«Doch, und das ist ja genau das Problem. Ich kann nicht nachvollziehen, wie das geschehen konnte.»

«Hat sich vielleicht jemand daran zu schaffen gemacht?»

«Unwahrscheinlich. Dann wäre er bestimmt einem der Techniker über den Weg gelaufen.»

«Es herrschte während der Umbauphase ein ziemliches Durcheinander. Da kann jemand ungesehen …»

Sie unterbrach ihn schroff: «Es gibt hier kein *Durcheinander*. Wir haben alles im Griff. Für einen Außenstehenden mag das vielleicht so aussehen, aber …»

Jetzt fuhr Kilian ihr in die Parade: «… passieren kann es trotzdem. Würde es auffallen, wenn sich jemand aus dem Haus dort oben im Schnürboden aufhält?»

Jeanne musste klein beigeben. «Je nachdem, wer von den Technikern wo was zu tun hat. Und wenn es jemand aus dem Haus ist, käme es darauf an, ob es normal ist, dass er öfters dort oben zu tun hat.»

«Wie zum Beispiel?»

«Es finden regelmäßig Führungen für Schüler und Vereine im Hause statt. Hin und wieder geht einer der Führer mit ein paar Leuten dort hoch.»

«Wer sind die Führer?»

«Aus den Sparten Musik, Schauspiel und Ballett werden Mitarbeiter abgestellt, die das dann übernehmen.»

«Gibt es eine Liste?»

«Da fragen Sie am besten im KBB nach. War's das jetzt?»

Jeanne blickte genervt auf ihre Uhr.

Eine Frage hatte er noch. «Hat sich inzwischen geklärt, wie diese seltsamen Durchsagen zustande kommen?»

Mit dieser Frage traf er ihren wunden Punkt. Sie errötete leicht, presste ein verhaltenes «Nein» heraus.

«Das heißt, Sie wissen immer noch nicht, wer Ihre Anlage manipuliert?»

«Die Techniker haben alles überprüft. Von außen kommt man nur über eine Standleitung herein. Diese führt vom Servicerechner direkt hierher. Dazwischen ist ein Eindringen unmöglich. Das haben mir die Techniker geschworen.»

«Wie ist es dann möglich?»

«Ich weiß es nicht!», schnauzte sie ihn an, bereute es aber sofort. «Entschuldigen Sie, aber ich bin mit der Sache nahe an einem Nervenzusammenbruch. Es ist einfach rätselhaft, wie das passieren kann. Seit zwei Stunden gehen die Servicetechniker alle Leitungen und Lautsprecher durch. Sie haben mir versprochen, wenn sich da einer dazwischengeschaltet hat, dann finden sie es.»

Kilian ließ es dabei bewenden, rang ihr aber noch das Versprechen ab, ihn zu informieren, egal wie die Inspektion ausgehen würde. Sie stimmte zu, drehte den Schlüssel an der Anlage, sodass das ganze Pult ausgeschaltet war. Niemand sollte jetzt mehr unbefugt etwas damit anstellen können. Ob das zutraf, wusste er nicht, er entnahm es ihrem Blick.

Bevor sich Jeanne in die verbliebene Pause begab, bat er sie, ihm den Weg hinauf in den Schnürboden zu erklären. Widerwillig tat sie es, fügte aber hinzu, dass Unbefugte dort oben nichts verloren hätten.

Über ein zweites Treppenhaus, das Kilian bisher nicht aufgefallen war, kam er in den dritten Stock. Das Theater verfügte also an zwei gegenüberliegenden Seiten über

Treppenhäuser, die auf den jeweiligen Stockwerken miteinander verbunden waren. Dieser Umstand machte seine Hoffnung auf eine etwaige Spurenaufnahme zu dem oder den Tätern zunichte. War es schon bei einem Treppenhaus schwierig, eine Einschätzung über mögliche Fluchtwege zu geben, so war es bei einem zweiten Treppenhaus schier unmöglich.

Wie Jeanne es ihm beschrieben hatte, musste er zum ersten Treppenhaus gehen und dort eine Wendeltreppe benutzen. Er trat hinaus in den Schnürboden und kam sich wie auf einem überfüllten Dachspeicher vor. Jeder verfügbare Raum war mit Kabeln, Halterungen, Gestängen und Scheinwerfern ausgefüllt. Lediglich von der Mitte des Schnürbodens aus drang Licht von unten nach oben. Kilian blickte hinunter und schreckte sofort zurück. Da ging es drei Stockwerke in die Tiefe, direkt auf die Bühne. Seine Füße bewegten sich auf einem schmalen rostähnlichen Gitter, das im Viereck den gesamten Trakt umlief. Ein Handlauf gab ihm die notwendige Sicherheit, bei einem Fehltritt nicht rund zwanzig Meter tief zu fallen. In so einem Falle hätte er Bekanntschaft mit zig Scheinwerfern, Zügen und Gestängen gemacht. Eine nahezu unüberschaubare Anzahl davon befand sich zwischen ihm und der Bühne. Man musste entweder ein Gedächtnisgenie sein, um sich Ort und Funktion jedes Gegenstandes zu merken, oder man brauchte die Hilfe eines Computers, um sich hier oben zurechtzufinden.

Kilian ging vorsichtig weiter, er achtete darauf, dass er nichts berührte, womit er eine Aktion auslösen würde, die er nicht unter Kontrolle hatte. Sollte doch etwas passieren, stünde er hier oben auf einsamem Posten, niemand war zu sehen, alles war ruhig. Diesen Umstand hätte sich auch der Täter zunutze machen können, sofern er wusste, dass zu einer bestimmten Zeit der Schnürboden verlassen war. Und wenn nicht, dann gab es hier oben einige Ecken, die einem Erwachsenen durchaus als Versteck dienen konnten.

Als er auf der gegenüberliegenden Seite angekommen war, erkannte er einen dieser Züge, an dessen Ende eine Querstange aufgehängt war. Ob es dieselbe war, die beinahe Raimondis Schicksal besiegelt hätte, konnte er nicht sagen. Er betrachtete sich die einfache Technik. Es war bis auf einen Schnappverschluss, der das Seil bremsen würde, falls es unkontrolliert in Richtung Bühne raste, nicht sonderlich aufschlussreich. Man brauchte aber zwei Hände, um einen solchen Zug als gezielte Waffe benutzen zu können. Einen Unfall konnte er ausschließen. Auf Raimondi war somit vorsätzlich ein Anschlag verübt worden. Das stand außer Frage.

Etwas passte jedoch nicht. Warum hatte sich der Täter nur solche Mühe gegeben, mit einem Seil und einer Querstange als Pendel Raimondi von der Bühne zu fegen. Einfacher wäre es gewesen, etwas Schweres hinunterfallen zu lassen. Mit etwas Glück traf man die richtige Person. Oder war Raimondi gar nicht gemeint? Hatte es der Täter auf jemand anderes abgesehen? Hatte es den Falschen getroffen?

Kilian rief sich in Erinnerung, wer zum betreffenden Zeitpunkt auf der Bühne war, wer ein mögliches Ziel darstellen konnte. Außer Raimondi, Jeanne und einer unüberschaubaren Anzahl an Bühnenarbeitern konnte niemand anderes gemeint gewesen sein. Er setzte sich vorsichtig auf den Laufsteg, ließ seine Beine ins Nichts hängen und dachte nach.

Wie er es auch drehte und wendete, niemand anderer als Raimondi wollte ihm einleuchten. Blieb also nur der Modus Operandi – das Pendel anstatt eines tödlichen Geschosses von oben. Wieso hatte der Täter diese Vorgehensweise gewählt?

Er wurde in seinen Überlegungen von einer aufkommenden Unruhe unter ihm erfasst. Er schaute hinunter und erkannte, dass sich die Bühne mit Schauspielern füllte. Und dort erkannte er auch Raimondi. Er stand genau unter ihm. Sofern er für eine Sekunde auf seiner Position verharren würde, wäre jetzt die beste Gelegenheit, ihn mit einem schweren Schraubenschlüssel oder sonst einem Gegenstand, den man vorsorglich mitgebracht hatte, zu erledigen. Das Pendel war absoluter Blödsinn. Das stand fest.

Raimondi fiel ihm ein und der Anschlag in der Semperoper. Hatte er das alles selbst inszeniert? Und wer war dabei sein Helfer?

Er raffte sich auf und tastete den Weg zurück, den er gekommen war. Das tat er unbemerkt und unerkannt von den Leuten tief unter ihm. Das musste auch der Täter gewusst haben. Fragte sich nur noch: Wie konnte er sich unerkannt oder zumindest unauffällig unter die Angestellten mischen?

Im Treppenhaus machte er kurz Halt, lauschte, ob jemand nach oben kam. Es war nichts zu hören, und so stieg er die Stufen nach unten. Bis zum vorletzten Stockwerk im Treppenhaus kam ihm niemand entgegen. Er war nun im Erdgeschoss, konnte durch die Fenster nach draußen blicken.

An einer Seite ging eine Tür weg. Er öffnete sie und stand unversehens im Unteren Foyer des Mainfrankentheaters. Die Kasse und die kleine Absperrung lagen gegenüber. Wenn es so einfach war, in das Innere des Theaters zu gelangen und es wieder zu verlassen, brauchte er sich keine weiteren Gedanken mehr über unbefugtes Betreten zu machen. Hier konnte jeder unerkannt ein und aus gehen, wie es ihm beliebte.

Er schloss die Tür und ging die Treppen weiter ganz nach unten. Er war gespannt, wo er herauskommen würde und welche Überraschungen dort auf ihn warteten.

Nachdem er die erste Tür geöffnet, den unbeseelten, kahlen Gang betreten und einige Meter gegangen war, merkte er, dass sich sein Orientierungssinn verabschiedete. Je weiter er in das Labyrinth der Gänge vordrang, desto mehr war er verloren. Er hatte keine Ahnung, wo er sich befand. Alles sah gleich aus. Die Wände, die Türen, das fade Licht. Langsam wurde ihm mulmig. Erschöpft drückte er eine der Türklinken und trat in das hell erleuchtete Requisitenlager.

Er schaute sich um. Niemand war zu sehen. Er rief, niemand antwortete. Irgendwie musste er hier doch herauskommen. Vorbei an Gitterboxen, hinter denen Schwäne aus Pappmaché, alte Jugendstil-Sessel, Lampen jeder Art und Stühle jeder Form aufbewahrt wurden, hielt er auf eine weitere Tür zu. Es war der Aufzug. Er drückte die Taste und holte ihn. Der Aufzug setzte sich rüttelnd in Bewegung, hielt aber bereits nach einem Stockwerk wieder an. Zwei Handwerker stiegen hinzu. Es waren die Servicetechniker, die Jeanne beauftragt hatte. Er packte die Gelegenheit beim Schopf und gab sich als Mitarbeiter der Theaterleitung aus. Sie berichteten, dass die Suchaktion erfolglos geblieben war. Nirgendwo hatten sie einen Defekt oder eine manipulierte Leitung aufspüren können.

Im Erdgeschoss angekommen, machte er sich auf den Weg zurück in den Großen Saal. Er war gespannt, wen sich Raimondi diesmal vornehmen würde.

Doch das Gegenteil war der Fall.

15

Süß begann die Szene, bitter würde sie enden.

Raimondi gab das Probenstück vor. «Erster Akt, Szene zwanzig, erstes Finale. *Riposate* …»

Kilian machte es sich in der ersten Reihe bequem, nahm einen Klavierauszug zur Hand und blätterte die entsprechende Szene auf. Wie er las und wie er es auf der Bühne verfolgen konnte, würde das gesamte Ensemble an der Szene teilnehmen.

Das kam ihm nicht ungelegen. In Ruhe würde er die einzelnen Darsteller und ihr Verhältnis zu Raimondi beobachten können. Gespannt war er auf Steven Vanderbuilt, nachdem er seine Version der Vorkommnisse an der Semperoper erfahren hatte. Ebenso, wie Kayleen die Donna Anna spielen und wie Raimondi es bewerten würde. Aminta und Ferdinand standen abseits am Bühnenrand, tauschten Vorschläge über Variationen ihres Spiels aus.

Roman, der polnische Leporello, war wie üblich allein dort oben. Er schien wenig Kontakt mit den anderen zu haben. Ähnlich verhielt es sich mit dem japanischen Don Giovanni, dessen Namen Kilian noch nicht kannte. Und dann war da noch ein neues Gesicht. Eine Frau, Ende dreißig, schwarzes langes Haar, leichte Bräune, vom Typ her Südländerin.

Raimondi nahm behände die zwei Stufen hinauf zur Bühne.

«Bevor wir anfangen, will ich euch noch zwei neue Kollegen vorstellen», sagte er und winkte die beiden herbei. Er wandte sich zuerst der Frau zu. «Debbie Reynolds, die neue Donna Elvira. Wir haben schon mehrmals zusammengearbeitet. Sie beherrscht ihre Rolle aus dem Effeff. Ich denke, sie wird unser Projekt bereichern, und es wird keine Schwierigkeiten mit ihr geben. Ein echter Profi eben.»

Debbie verneigte sich kurz.

«Und hier», Raimondi schob sanft den Japaner einen Schritt nach vorn, «Takahashi Kimura. Einige von Ihnen werden ihn schon aus dem Chor kennen. Er wird den Part des Don Giovanni übernehmen. Es ist zwar seine erste Rolle, aber ich bin mir sicher, dass er sie meisterhaft ausfüllen wird. Was ich bei den musikalischen Proben habe hören können, war mehr als ermutigend. Wir wünschen ihm viel Erfolg.»

Auch Takahashi verneigte sich, trat aber sofort wieder bescheiden nach hinten. Das war die höfliche Zurückhaltung, die seiner Kultur zu Eigen ist, sagte sich Kilian. Das Publikum durfte gespannt sein, wie er damit die herausragende und treibende Rolle eines Verführers umsetzen würde.

Bis auf Kayleen nahmen alle die Vorstellung der neuen Kollegen wohlmeinend auf. Jeweils ein kurzer Applaus hieß sie willkommen. Kayleen blieb davon unberührt. Sie nahm es ohne jede Reaktion hin.

Raimondi klatschte auffordernd in die Hände. «Dann können wir anfangen. Weiß jeder Bescheid, worum es geht?»

Er blickte sich um. Alle bis auf Takahashi nickten. Er schien unsicher, wagte aber nicht, sich zu melden.

«Alles klar?», fragte Raimondi.

Er zögerte.

«Solange du deinen Text beherrschst und deine Rolle gut ausfüllst, kann nichts schief gehen.»

Takahashi lächelte ihn an, schwieg. Kilian konnte an Raimondis Augen erkennen, dass er sich in diesem Moment fragte, ob er den richtigen Mann für den Don Giovanni ausgewählt hatte. Es musste jemand sein, der extrovertiert an den Charakter heranging, einer, der zuerst sprach und dann dachte, der handelte, ohne dass ihn Gewissensbisse plagten, einer, der die Handlung des Stückes vorantrieb. Der Japaner war ein gewagtes Experiment, das musste Raimondi klar gewesen sein, als er ihn auswählte. Jeder andere hätte Kilian eingeleuchtet, ein Südamerikaner oder gar ein Skandinavier, aber ein Don Giovanni mit asiatischem Gesicht? War das nicht ein Widerspruch in sich, fragte er sich. Kilian musste schmunzeln. Bereits nach wenigen Tagen an einem Theater begann er zu denken wie ein Regisseur.

Raimondi fasste den Inhalt der Szene kurz zusammen. «Alle sind der Einladung Don Giovannis zu einem Fest auf seinem Schloss gefolgt. Zerlina und Masetto sind da, ebenso Donna Elvira, Anna und Don Ottavio, allerdings mit Masken vor dem Gesicht …»

Raimondi drehte sich um, fragte in den Orchestergraben: «Haben wir die Masken da?»

Normalerweise hätte die Regieassistentin antworten müssen, aber die hatte er tags zuvor gefeuert. Sue, die Pianistin, und Pohlmann, der zweite Kapellmeister, zuckten mit den Achseln. Raimondi erkannte, dass ihm ein wichtiges Glied in der Kette fehlte, jemand, der seine Anweisungen weitergab und die Vorarbeiten zu den Proben erledigte. Er beugte sich hinunter zum Souffleusenkasten.

«Franziska, komm mal bitte hoch.»

Dann wandte er sich an Jeanne: «Ruf bitte in der Requisite an und frag, ob die Masken schon fertig sind.»

Franziska kletterte aus ihrem engen Kasten heraus in den Orchestergraben und dann nach oben auf die Bühne. Sie war ebenso wie alle anderen gespannt, was Raimondi von ihr wollte.

«Franziska, ab heute bist du meine Assistentin», entschied Raimondi. «Deine erste Aufgabe ist es, die Masken aus der Requisite zu besorgen.»

«Und wer souffliert?»

«Ab jetzt brauchen wir keine Souffleuse mehr. Wer seinen Text nicht kann, fliegt. Ganz einfach.»

Franziska wusste nicht so recht, wie sie mit der neuen Situation umgehen sollte. Es war zweifellos ein generöses Angebot. Endlich aus dem Kasten raus und neben der Seite eines Weltstars arbeiten. Sie blickte sich um, was die anderen dazu meinten. Ihre aufmunternden Mienen gaben das Zeichen, das Angebot anzunehmen.

«Gut, ich bin dabei», sagte sie und machte sich auf den Weg, die Masken zu holen.

«Also», fuhr Raimondi fort, «Donna Elvira, Anna und Don Ottavio erscheinen zum Fest mit Masken. Sie wollen nicht erkannt werden. Don Giovanni hat das Fest veranstaltet, um Zerlina endlich zu verführen. Während die Gesellschaft tanzt, entführt Don Giovanni sie. Allerdings kommt er nicht weit mit ihr, sie kann sich losreißen und die anderen alarmieren. Alle suchen sie. Don Giovanni erkennt die brenzlige Situation und kommt mit Leporello zurück auf die Bühne. Er bedroht ihn mit seinem Degen und will die anderen glauben machen, dass Leporello und nicht er die Zerlina entführt hätte. Die Gesellschaft entlarvt Don Giovanni als Lügner.

Weiß damit jeder Bescheid?»

Auch Takahashi nickte diesmal.

Raimondi stieg in den Orchestergraben hinunter. «Dann machen wir jetzt einen Durchgang. Alle auf Position.»

Die Schauspieler nahmen sie rasch ein und warteten auf den Einsatz des Klaviers. Pohlmann hob langsam die Hände und gab Sue mit einem Nicken das stille Kommando.

Als Erster sang Don Giovanni.

Raimondi hatte Recht behalten. Takahashi stimmte seinen Part, *Riposate vezzose ragazze**, mit einem kräftigen Bariton an. Die Nummer sollte Fröhlichkeit ausstrahlen, was seine Stimme auch wunderbar umsetzte, allein: Er blieb wie angewurzelt stehen.

«Aus!», rief Raimondi.

Er baute sich direkt vor Takahashi auf. «Kennst du deine Rolle in dieser Szene?»

Takahashi nickte.

«Du weißt also, dass du deinen Gästen Köstlichkeiten anbietest?»

Wieder nickte Takahashi.

«Wieso stehst du dann da wie ein Verkehrspolizist?»

Takahashi verstand nicht.

Raimondi nahm Takahashi zur Seite und gab Sue ein Zeichen, noch einmal zu beginnen.

Der Maestro machte sich nun selbst ans Werk. Nach der kurzen Einleitung am Klavier bewegte sich Raimondi mit der Selbstsicherheit und Gewandtheit eines Aristokraten unter den Gästen, stimmte sein *Riposate* an und forderte die Dienerschaft auf, die kulinarischen Köstlichkeiten zu präsentieren. Er ging von Teller zu Teller, probierte hier ein Stück, ein anderes reichte er weiter, fragte nach dem Urteil des Gastes.

«Das sollte fürs Erste genügen», sagte Raimondi und deutete auf seinen neuen Don Giovanni. «Und nun du.»

Takahashi ging in Position und versuchte umzusetzen, was er gelernt hatte. Es gelang ihm erstaunlich gut.

Franziska kehrte mit den Masken zurück. Sie schienen aus den venezianischen Karneval zu stammen und hatten

* Ruht euch aus, ihr netten Mädchen

einen Stiel, mit dem sie vor das Gesicht gehalten wurden. Franziska verteilte sie und nahm dann am Tisch Raimondis Platz.

Weit hinter Kilian öffnete sich die Tür. Jemand kam herein und setzte sich von den anderen unbemerkt in eine der dunklen Reihen. Es war ein Mann, den Kilian aber nicht genau erkennen konnte. Batricio war es nicht; der hatte eine andere Statur.

Das Geschehen auf der Bühne erreichte einen stimmgewaltigen Höhepunkt. Don Giovanni und Leporello auf der einen und Donna Elvira, Anna, Don Ottavio, Zerlina und Masetto auf der anderen Seite trieben ihr Gesangsduell gemeinsam zum Höhepunkt.

Raimondi schritt währenddessen unter den Darstellern umher, korrigierte dort Haltung und förderte da Ausdruck, wo er es für nötig hielt. Am Ende des Akts zeigte er sich zufrieden mit der Leistung. Stimmlich hatte er nichts auszusetzen, das Spiel jedoch, die Kunst der Darstellung, wie er es nannte, müsse besser werden.

«Die Authentizität eures Spiels, wie die des Gesangs, kann nur aus eurem tiefsten Inneren kommen», beschwor er sie. «Wenn ihr die Figuren lebt, ihre Wünsche, Ängste und Ziele die euren sind, ihr in euren Rollen aufgeht, kann gar nichts schief gehen.»

Aus den dunklen Zuschauerreihen erhob sich eine Männerstimme:

«Nun, ich denke, dass auch noch einiges an der gesanglichen Darstellung verbessert werden muss. So, wie es jetzt ist, kann ich als Leiter des musikalischen Betriebes nicht meine Zustimmung geben.»

Die Stimmung gefror, als der Generalmusikdirektor Beat Stiller in den Orchestergraben stieg. Kilian meinte, Angst im Raum zu spüren.

Kilian erkannte Stiller, er hatte dessen Gesicht in der Theaterzeitschrift gesehen, wo darüber spekuliert wurde, wo er sein nächstes Engagement antreten würde. Seine Gastdirigate unter anderem in Paris und Mailand wurden hervorgehoben, und es wurde bedauert, dass er keine weitere Spielzeit am Mainfrankentheater gehalten werden konnte. Er hatte das Orchester neu geformt und zu erstaunlichen Leistungen geführt. Jetzt schien es Zeit für ihn weiterzuziehen. Aber noch war er hier und für die Produktion musikalisch verantwortlich, wenngleich er sie nicht selbst dirigieren würde. Dies sollte sein zweiter Kapellmeister Pohlmann übernehmen.

Stiller war nur für ein paar Tage in Würzburg. Zur Premiere des *Don Giovanni* allerdings würde er ein Gast-Dirigat in Straßburg halten. Das war ein Zeichen dafür, welchen Stellenwert die Produktion des *Don Giovanni* am Hause hatte. Was der GMD nicht selbst dirigierte, konnte nicht so wichtig sein. Doch das hatte gegolten, bevor Raimondi die Produktion übernommen hatte.

Raimondi ging an den Bühnenrand, selbstsicher, ein freundliches Lächeln auf den Lippen. «Ich nehme an, Sie sind Beat Stiller, der GMD?»

«So ist es», bestätigte der.

«Es freut mich, dass Sie die Zeit gefunden haben, uns bei der Produktion zu unterstützen.»

Stiller wusste nicht so recht, wie er das verstehen sollte. War es ironisch gemeint? Er beschloss, sich nicht aus der Reserve locken zu lassen. «Das ist das Mindeste, was ich tun kann. Und wie ich in allen Zeitungen lesen konnte, sind Sie für den verstorbenen Herrn Sandner eingesprungen.»

«Es ist mir eine Freude, dem Haus, in dem ich meine Karriere begonnen habe, aus einer Verlegenheit zu helfen.»

«Das ehrt Sie, gewiss, und der Produktion verhilft es zu einer unerwarteten Aufwertung. Wir sind stolz, Sie in Würzburg begrüßen zu dürfen.»

Raimondi hielt kurz inne. Jetzt dachte er darüber nach, wie Stiller das gemeint haben konnte. War es sein Ernst oder versuchte er die Gefahr, dass ein hellerer Stern den seinen überstrahlen könnte, zu überspielen?

Raimondi entschied sich, seiner Linie der Zweideutigkeit treu zu bleiben. «Mit Ihnen wird es mir ein Vergnügen sein, den *Don Giovanni* auf die Bühne zu bringen.»

«Leider werde nicht ich, sondern mein zweiter Kapellmeister die Premiere dirigieren», antwortete Stiller.

«Unter Ihrer musikalischen Aufsicht, wie ich doch annehme», erwiderte Raimondi.

«Selbstverständlich.» Er wandte sich zu seinem zweiten Kapellmeister. «Wie ich sehe, hat es ein paar Veränderungen gegeben?»

In dieser Feststellung lag ein anklagender Ton.

Kilian kannte diese Art, Fragen zu stellen. Er fand sie zumeist bei Menschen, die sich auf die Schwächen anderer konzentrieren, um die eigene Macht zu unterstreichen.

Pohlmann suchte nach einer Antwort. Er wusste nicht, wie er seinen Chef die Änderungen in der Besetzung schonend beibringen konnte.

Raimondi kam ihm zuvor. «Wir haben die Figur des Don Giovanni optimiert. Sie wird von einem sehr talentierten Mitglied des Chors gesungen. Ich bin mir sicher, dass er das Publikum begeistern wird. Sein Vorgänger zeigte massive Defizite in der Textsicherheit.»

Stiller hielt stumm Rücksprache mit seinem Stellvertreter. Jener nickte.

«Wo ist die Donna Elvira, die ich für die Rolle vorgesehen habe?», wollte Stiller wissen.

Die Frage stellte er Pohlmann, er schaute Raimondi nicht an. Doch auch hier antwortete Raimondi für ihn. «Die Donna Elvira ist Opfer der Disposition geworden. Sie ist irrtümlicherweise im Urlaub.»

Stillers Miene verfinsterte sich. «Hat das denn niemand bemerkt?»

Der Vorwurf war an Pohlmann gerichtet. Der wusste keine Antwort.

«Durch den tragischen Tod von Herrn Sandner waren alle etwas abgelenkt. Solche Fehler passieren nun einmal. Aber ich denke, wir haben einen passenden Ersatz gefunden. Debbie Reynolds konnte kurzfristig einspringen», er deutete nach hinten, wo sie ihnen zulächelte, «und sie hat die Donna Elvira bereits in New York, Boston und San Francisco gesungen. Sie erinnern sich vielleicht, die Kritiken haben ihr damals sehr geschmeichelt.»

«Ja, ich hörte davon», antwortete Stiller knapp. Er blickte sich um, prüfte, ob sich noch etwas seit seiner Abreise verändert hatte. Er sah Kilian, ignorierte ihn aber zugunsten von Franziska Bartholomä. Er fragte sie direkt: «Sollten Sie nicht in Ihrem Kasten sitzen?»

Ein unerwartet aggressiver Ton lag in seiner Stimme. Es schien, als wären die beiden sich nicht grün. Noch bevor erneut Raimondi die Lage klären konnte, antwortete sie: «Die Regieassistentin ist ausgefallen. Ich bin für sie eingesprungen.»

«Und wer hat Ihnen das erlaubt?», fragte Stiller ungehalten.

«Ich war es. Es geschah auf meine Anweisung hin», antwortete Raimondi, immer noch die Gelassenheit in Person.

«Damit überschreiten Sie Ihre Befugnisse. Wer aus meiner Mannschaft wo und wie eingesetzt wird, bleibt allein mir vorbehalten.»

Raimondi machte auf Verständnis. «Dessen war ich mir von Anfang an bewusst. Es geschah aus reiner Verlegenheit. Die Regieassistentin zeigte sich wenig geeignet für die Aufgabe, die sie erfüllen sollte. Ich denke, wir haben mit Franziska die beste Besetzung aus Ihrer Mannschaft gefunden.»

Stillers Blick ging wieder zu seinem Stellvertreter Pohlmann. Da er seit Beginn der Proben mit dabei war, kannte er die Geschichte mit Marianne. Es blieb ihm nichts anderes übrig, als dem zuzustimmen.

Was auch immer den GMD getrieben hatte, seinem Ärger über die nicht abgesprochenen Änderungen Luft zu machen, so war er jetzt, zumindest rhetorisch, von Raimondi in die Schranken verwiesen worden. Nicht nur er spürte das.

«Wir werden das intern klären», sagte er, bevor er ging und Pohlmann anwies, ihm zu folgen.

Raimondi lächelte ihnen hinterher. Wieder genoss er den Triumph einer gewonnenen Auseinandersetzung.

Kilian fragte sich, was für ein Mensch Raimondi war. Bei jeder Gelegenheit suchte er den Widerspruch, den Kampf, um sich zu beweisen. Die Aussicht auf den Sieg bestimmte sein ganzes Wesen.

Raimondi klatschte in die Hände und rief damit die Darsteller zur Konzentration. «Machen wir weiter», sagte er. «Takahashi, das war für den Anfang nicht schlecht, doch ich glaube, wir müssen an deinen tänzerischen Fähigkeiten noch etwas feilen.»

Er drehte sich dabei zu Franziska um. Sie schien den Wink sofort zu verstehen und machte sich auf den Weg, einen Tanzlehrer zu besorgen.

Kilian verfolgte die Probe noch bis zum Ende. Takahashi erzielte nun gute Fortschritte, und Franziska übernahm zunehmend mehr Aufgaben von Raimondi. Die beiden verstanden sich blind, und Kilian fragte sich, ob sie nicht schon früher zusammengearbeitet hatten.

*

Django Karazic war einer der drei Drogenhändler, die bei der Schießerei im Januar gefasst werden konnten. Er führte nebenbei ein Einrichtungshaus in der Stadt. Was nun seine Haupttätigkeit war, Drogen oder Möbel, wusste Heinlein nicht zu sagen. Klar war allerdings, dass er den ominösen vierten Mann mit der .38er Smith & Wesson kannte, und deswegen war Heinlein hier.

Der Raum war kahl, bis auf ein Aquarell, das einer der Gefangenen von der Festung Marienberg gemalt hatte. Das Fenster ging zum Innenhof hinaus; es ließ nur wenig Licht herein und tauchte den grauen Raum mit dem einzelnen Tisch und den zwei Stühlen in eine fade Erinnerung von Gemütlichkeit.

Heinlein wandte sich zur Tür, die mit zwei Schlüsselumdrehungen aufgeschlossen wurde. Herein kam ein Mann, Anfang vierzig, schulterlange, schwarze Haare, gepflegtes Gesicht mit dunklen Augen und Hakennase. Er nahm grußlos auf einem der Stühle Platz und stützte sich dabei mit beiden Händen auf dem Tisch ab. Durch den dünnen Stoff seines T-Shirts zeichneten sich starke Oberarm- und Schultermuskeln ab. Der Typ konnte auch gut Zuhälter sein, die dritte gewinnbringende Tätigkeit neben Wohnaccessoires und Drogen.

«Wie geht es Ihnen?», eröffnete Heinlein das Gespräch. «Ich hoffe, Sie werden gut behandelt.»

Der Mann blickte auf, emotionslos und ohne eine Miene zu verziehen, musterte Heinlein und blieb stumm.

Heinlein setzte sich ebenfalls, sodass sie auf gleicher Augenhöhe miteinander sprechen konnten.

«Mein Name ist Heinlein, Kriminalhauptkommissar. Ich bearbeite die mutmaßliche Selbsttötung eines Regisseurs am Mainfrankentheater. Bei diesem Vorfall wurde eine Waffe verwendet, die im Januar bei der Ihnen bekannten Schießerei auf dem Parkdeck verwendet wurde. Vorneweg, ich interessiere mich nicht für die Straftat, die Sie und Ihre Freunde begangen haben. Auch bin ich nicht an der Person direkt interessiert, in deren Besitz sich die Waffe befand. Mir geht es einzig und allein darum, zu erfahren, wie die Waffe zu der Person gekommen ist, die sich damit das Leben genommen hat. Können Sie mir in dieser Angelegenheit weiterhelfen?»

Der Gefangene hatte regungslos zugehört. Nach einem langen Moment der Stille vergewisserte sich Heinlein, ob die Botschaft überhaupt angekommen war. «Haben Sie verstanden, was ich Sie gefragt habe?»

Das Schweigen hielt an.

«Natürlich kann ich Ihnen nichts anbieten, was Ihre Haftbedingungen erleichtert, noch etwas, das sich strafmildernd auf Ihren Fall auswirken könnte … Aber ich kann Ihnen und Ihrer Familie helfen, indem ich nichts tue.»

Der Mann blickte Heinlein nun in die Augen.

«Unter nichts tun verstehe ich, dass ich nicht jedes einzelne Mitglied Ihrer Familie einmal wöchentlich aufs Ordnungsamt kommen lasse, dass ich mir nicht jede einzelne geschäftliche Transaktion jedes einzelnen Familienmitglieds erklären und nachweisen lasse, dass ich nicht Ihre Geschäftspartner mit der Nachweispflicht über die Herkunft ihrer Handelsgüter bombardiere und dass ich nicht bei all diesen Dingen immer wieder Ihren Namen in den Mund nehme und sage, bedankt euch bei Django.

Als Gegenleistung möchte ich nur einen Namen hören. Es muss nicht der sein, den meine Kollegen vom Drogendezernat suchen. Ich will nur wissen, wie die Waffe aus dessen Händen ans Theater gekommen ist.

Was halten Sie von meinem Vorschlag?»

Wieder dieser stumme Blick, der Möglichkeiten abzuwägen schien, Wahrheit und Täuschung gegeneinander aufwog, sich die angedrohten Konsequenzen für seine Familie ausmalte.

Dann endlich: «Ich rufe Sie morgen an.»

*

«Was ist los mit dir?», fragte Pia, «weichst du mir aus?»

Kilian verneinte. «Natürlich nicht.»

Er bestellte bei der Bedienung im *Choko Chanel* noch einen Espresso. Pia hatte ihn im Theater aufgesucht und in der Pause zum Gespräch gebeten.

«Es kommt mir aber so vor», hielt sie ihm entgegen.

«Da täuschst du dich.»

Er war mit dem Kopf nicht ganz bei der Sache. Stattdessen dachte er über den Auftritt des GMD Stiller bei der Probe nach, dessen bloßes Erscheinen beim Ensemble Angst ausgelöst hatte. Was war Stiller für ein Typ? Genoss er die Überlegenheit, aalte er sich in der Ehrfurcht, die ihm seine Mitarbeiter entgegenbrachten? Und dann diese seltsame Spannung, die zwischen ihm und Franziska Barthomä lag. Die beiden konnten sich nicht ausstehen, das war in dem kurzen Moment des Aufeinandertreffens unübersehbar gewesen. Was steckte dahinter? Franziska konnte ihm wohl kaum gefährlich werden. Also musste es einen anderen Grund geben, wieso Stiller eine solche Antipathie gegen sie hegte.

«Hörst du mir überhaupt zu?», fragte Pia mürrisch. Sie konnte erkennen, dass Kilian mit seinen Gedanken ganz woanders war.

«Ich bin ganz Ohr», antwortete Kilian beiläufig.

Und wie schnell sich Franziska in ihre neue Aufgabe als Regieassistentin eingelebt hatte! Es machte den Anschein, als täte sie den Job nicht zum ersten Mal, so reibungslos funktionierte die Zusammenarbeit mit ihr und Raimondi im weiteren Verlauf der Probe. In dieser jungen Frau steckte weit mehr, als man auf den ersten Blick erkennen konnte.

«Jo, verdammt!»

«Was ist?»

«Ich muss mit dir reden.»

«Tu's doch einfach.»

«Dann hör mir endlich zu.»

«Ich höre.»

«Ich weiß nicht so recht, wie ich anfangen soll ... aber da ist etwas, das du wissen solltest.»

«Ja ...?»

«Du kennst meine Gefühle für dich?»

«Sicher.»

«Jetzt mach nicht so auf überheblich!»

«Okay.»

«Also, es ist so ... ich ...»

Kilians Aufmerksamkeit wurde in diesem Moment auf jemanden gelenkt, der soeben auf einem Fahrrad an ihnen vorbeifuhr. Pias Worte verklangen ungehört. Vladimir radelte auf die Ampel an der Kreuzung Theaterstraße zu.

«Das darf doch nicht wahr sein», sagte Kilian.

«Aber es ist so», erklärte Pia. «Ich war mir am Anfang auch nicht sicher, doch dann ...»

«Entschuldigung, Schatz», sagte Kilian, während er

von seinem Stuhl aufsprang, «wir reden später weiter. Okay?»

«Nein, verdammt! Du bleibst jetzt hier. Es ist wichtig!»

Ein Kuss auf die Wange, und Kilian rannte los.

Pia schaute ihm verlassen nach. Sie schien nicht traurig, stattdessen spiegelte sich eine Gewissheit in ihrem Gesicht, dass sie den falschen Mann in ihr Leben gelassen hatte. Das war nun eindeutig.

Vor Kilian überquerten Fußgänger die Ampel. Mit ihnen Vladimir auf seinem Rad. Er merkte nichts davon, dass er verfolgt wurde. Dennoch war er schnell genug, um seinen Verfolger bereits auf dem Paradeplatz abzuhängen.

Kilian blieb stehen, keuchte sich die Lunge aus dem Hals. Die verdammten Zigarillos. Sie kosteten ihn nicht nur seine Gesundheit, sondern auch den erfolgreichen Zugriff auf einen Tatverdächtigen.

16

Im Grunde genommen war es allen schon längst klar. Doch niemand wollte es wahrhaben. Es gab kein Morgen mehr. Hier und heute würde die Wahrheit ausgesprochen. Das Haus war am Ende, und niemand würde es aufhalten können. Niemand außer mir.

Denn keiner rechnete damit, dass ich mein Potenzial noch längst nicht ausgeschöpft hatte. Da war weit mehr, als irgendjemand ahnen konnte. Mein Plan war bisher in jeder Hinsicht aufgegangen. Ich hatte Sandner sich selbst aus dem Theaterbetrieb entfernen lassen, hatte Raimondi in den Sattel gehoben und die Presse mit Tod und Skandal gefüttert. Die Maschine lief rund, und ich schmierte sie mit allem, was dazu nötig war. Und das würde auch die nächsten Tage so weitergehen.

Heute war der Tag, an dem Öl in mein Feuer geschüttet wurde. Jedem musste klar sein, dass es keinen anderen Weg zum Überleben gab. Es war die letzte Chance, die wir hatten. Doch während ich handelte, verfielen sie in Klagen und Schuldzuweisungen. Sind sie wirklich alle so blind und sehen nicht, dass man erst dann tot ist, wenn das Licht ganz erlischt?

So weit war es noch lange nicht. Ich war noch am Leben, mehr denn je. Aus der Rache zu Beginn meines Plans ist nun kühle Berechnung geworden.

Ich werde sie mir zunutze machen, zum Wohl von uns allen.

*

Die Oberbürgermeisterin war stinksauer, schwor, den Singvogel ausfindig zu machen.

Denn das, was sie als oberste Dienstherrin des städtischen Mainfrankentheaters an diesem Tag zur Betriebsversammlung verkünden wollte, konnte sie in groben Zügen bereits in der Ausgabe der Lokalzeitung lesen. Jemand aus dem Stadtrat musste geplaudert haben. Nach einem Zwanzig-Millionen-Defizit im Stadtsäckel waren umfangreiche Entlassungen und massive Kürzungen im Etat nicht mehr zu vermeiden. Rund zwei Millionen Euro sollten im Spielbetrieb eingespart werden.

Wen es treffen würde, wusste noch keiner. Das sollte der neue Intendant, der für die nächste Spielzeit noch gesucht wurde, mitentscheiden. So hieß es offiziell. Doch konnten die Stadträte auch ohne neuen Intendanten Zahlen lesen.

Im Grunde genommen, und diese Stimmen wurden lauter, konnte sich die Stadt ein Dreispartenhaus nicht mehr leisten. Ein bespieltes Haus mit einer Grundbesetzung an Personal oder gar eine vorübergehende Schließung waren Alternativen. Mit dieser Aussicht hielt es keinen Künstler mehr lange. Doch wohin? Aus der einst blühenden Theaterlandschaft, für die Deutschland lange Jahre berühmt war, war eine Geisterstadt geworden.

Sicher war, dass das Orchester von Kürzungen verschont würde. Es war die Perle, das Tafelsilber des Hauses. Blieben also die Sparten Ballett, Schauspiel und der umfangreiche Personalkörper von rund dreihundert Leuten. Etliche Produktionen, die für die nächste Spielzeit geplant waren, standen auf der Abschussliste. Manch einer vermutete, dass es vor allem die anspruchsvolleren Stücke treffen würde. Operette und klassisches Schauspiel galten als unabdingbar für die kulturelle Grundversorgung der Bürger. Experimentelles, Mutiges, Neues hingegen würde sich zukünftig an anderen Bühnen bewähren müssen. Das Risiko einer Pleite war zu groß. Der Slogan der Stadtwerbung: *Helle Köpfe bleiben hier* (in Würzburg), der im Jubiläumsjahr über die ganze Stadt plakatiert war, konterkarierte diese Entwicklung. Wer hell war, machte sich aus dem Staub. Wen es heute nicht erwischte, der würde morgen das Fürchten lernen.

Die Zehn-Uhr-Probe war wegen der Betriebsversammlung um eine Stunde nach hinten verlegt worden. Kilian begleitete Raimondi durch die verwaisten Werkstätten des Theaters. Er kontrollierte das neue Bühnenbild für den *Don Giovanni*, das er in Auftrag gegeben hatte. Kilian trottete ihm hinterher, die *Frankfurter Allgemeine* in der Hand, während Raimondi Änderungswünsche in die ausliegenden Pläne eintrug. In der Malerwerkstatt griff er zum Pinsel und fügte hier und da Farbe auf die am Boden liegende Leinwand. Sie stellte die nächtlich beleuchtete Skyline einer Großstadt dar. Es war nicht Würzburg, sondern eine Metropole mit Hochhäusern und einem nie enden wollenden Straßennetz, illuminiert von Autoscheinwerfern und Rücklichtern, die wie Glühwürmchen im Dunkeln funkelten.

Eine Schlagzeile in der Zeitung ließ Kilian aufmerken. *Tollhaus statt Theater. Spielt Raimondi das alte Spiel?*, las er. In dem Artikel wurde gemutmaßt, dass Raimondi zur Aufwertung der Inszenierung des *Don Giovanni* in Würzburg auf das bewährte Mittel des Skandals zurückgriff. Dass keine Klarheit in die beiden Anschläge auf Raimondi kam, bei denen ein Reporter sein Leben lassen musste, gab mancher Spekulation Vorschub. Dies sei in erster Linie der schleppenden Ermittlungsarbeit der Würzburger Behörden zuzuschreiben.

Eine Stimme, die der Isabella Garibaldi, vermutete dasselbe abgekartete Spiel, wie es Raimondi in den neunziger Jahren an der Semperoper in Dresden aufgeführt hatte. Auch dort sei ein Skandal inszeniert worden, wenngleich nicht mit tödlichem Ausgang wie in Würzburg. Es zeige sich jedoch abermals, dass man in Raimondi zwar einen beeindruckenden Regisseur verpflichten konnte, aber gleichzeitig seine eigensinnige und unberechenbare Arbeitsweise in Kauf nehmen musste. Nach dem Grund ihrer Anwesenheit in Würzburg befragt, erklärte die Garibaldi, sie stehe in Vertragsverhandlungen mit der Sopranistin Aminta Gudjerez, die in der nächsten Spielzeit das Publikum in Zürich begeistern würde.

Kilian zeigte Raimondi den Artikel.

Er lächelte. «Auch schlechte Nachrichten sind Nachrichten. Und ob die Gudjerez tatsächlich in Zürich spielen wird, darauf würde ich nicht wetten.»

Mehr hatte er zu den Vorwürfen nicht zu sagen.

Kilian hakte nach: «Haben Sie Steven Vanderbuilt seit dem Vorfall in Dresden nochmal getroffen?»

«Nein, es blieb bei dieser einmaligen Zusammenarbeit.»

«Was war das für ein Gefühl, als Sie ihn hier in Ihrer Produktion wieder gesehen haben?»

Raimondi stutzte. «Was für ein Gefühl das war? Keines, überhaupt nichts. Es geht hier ums Geschäft. Gefühle haben da nichts verloren.»

«Sie wollen also nichts gefühlt haben, als Sie dem vermeintlichen Giftmischer begegnet sind? Das glaube ich Ihnen nicht.»

«Wieso ‹vermeintlich›?»

«Es wurde niemals bewiesen, dass Vanderbuilt tatsächlich derjenige war, der Sie vergiften wollte.»

«Wer sollte es sonst gewesen sein?»

«Ich weiß es nicht. Sagen Sie es mir.»

«Worauf wollen Sie eigentlich hinaus?»

«Ich habe mich über die damaligen Vorfälle informiert. Es werden große Zweifel geäußert, dass Vanderbuilt mit der Sache zu tun hatte. Im Gegenzug heißt es sogar, dass Sie das Ganze organisiert und Vanderbuilt als Sündenbock missbraucht haben.

Mittlerweile frage ich mich übrigens auch, inwieweit Sie in die beiden Anschläge eingeweiht waren, die in den letzten Tagen auf Sie verübt wurden, oder sie vielleicht sogar selbst inszeniert haben.»

Raimondi war nicht aus der Fassung zu bringen. Regungslos nahm er Kilians Verdacht hin. «In diese Richtung gehen also Ihre Ermittlungen … nun, dann täuschen Sie sich mal nicht. Solange nichts bewiesen ist, gilt, dass ich das Opfer und nicht der Täter bin.»

War das ein Geständnis? Er bestritt es nicht. Er ließ Raum für Spekulationen.

«Und Vanderbuilt?», fragte Kilian, «wäre es ihm zuzutrauen?»

«Was?»

«Dass er hinter den Anschlägen steckt. Dass er Rache an Ihnen üben wollte.»

Raimondi lachte. Es war deplatziert, hatte nichts der Situation Angemessenes. «Steven Vanderbuilt kann nicht mal einer Fliege etwas zuleide tun. Er ist einer von der Sorte, die auch die andere Wange hinhält, wenn er geschlagen wird. Er ist wie seine Rolle im *Don Giovanni*, ein echter Ottavio – konturlos, farblos, langweilig.»

«Wussten Sie das schon, als Sie den Giftanschlag in Dresden türkten?»

Jetzt wurde Raimondi ernst. «Wenn Sie einen konkreten Beweis haben, dann nur zu. Ansonsten …»

Er machte die italienische Geste, bei der sich alle Finger an der Daumenspitze treffen, und wedelte damit vor seiner Nase. Dies hieß so viel wie: *Va fan culo*, leck mich.

Sein Handy klingelte. Es war die Pforte. Raimondi sollte kommen, die neuen Kostüme wurden geliefert.

Kilian folgte ihm hinaus auf die Straße, wo ein großer Lkw mit der Aufschrift *Vivienne Westwood* stand. Er hatte es also tatsächlich geschafft, eine international renommierte Firma in die Produktion einzubinden.

Verhüllte Kleiderständer wurden auf die Straße und dann in die Kostümabteilung befördert. Raimondis zufriedenes Gesicht zeigte Kilian, dass er einen weiteren Triumph errungen hatte.

Aus dem Großen Saal strömten die Mitarbeiter von der Betriebsversammlung ins Untere Foyer. Ihre Mienen zeigten, dass die Befürchtungen, die in der Lokalzeitung geäußert wurden, sich bewahrheitet hatten. In kleinen Gruppen diskutierten sie über das Gehörte. Sie spekulierten darüber, wen es wohl treffen würde. Von Arbeitslosigkeit, dem Verlust der Zukunft, gar von Schließung war die Rede, und dass man das sinkende Schiff schnellstmöglich verlassen sollte.

Kilians Blick fiel auf Franziska, die Souffleuse. Sie stand allein an der Garderobe und aß seelenruhig ihr Pausenbrot. Es schien, als würde sie die ganze Aufregung kalt lassen.

«Und, wie war's?», fragte Kilian.

«Es ist noch schlimmer gekommen, als wir alle befürchtet haben.»

«Wegen der Kürzungen im Etat?»

«Darum geht es im Kern der Diskussion. Nur, dass wir nicht mehr von dreißig oder vierzig Entlassungen sprechen, sondern ob das Haus überhaupt noch eine nächste Spielzeit erleben wird.»

«Wovon hängt das ab?»

«Letztlich von der Finanzierung. Zwei Millionen Euro müssen eingespart werden. Was vom Rest übrig bleibt, reicht gerade, um *Hänsel und Gretel* aufzuführen. Das Haus braucht dringend Mittel von außen. Ohne fremde Hilfe wird der *Don Giovanni* für eine sehr lange Zeit die letzte eigene Produktion gewesen sein. Das wär's dann.»

Die Oberbürgermeisterin und der Intendant gingen an ihnen vorbei. Sie machten einen niedergeschlagenen Eindruck, schließlich waren sie unfreiwillig zu Nachlassverwaltern geworden. Die Oberbürgermeisterin lächelte kurz herüber.

«Es ist ihr nicht leicht gefallen, die schlechten Nachrichten zu überbringen», sagte Franziska, «und das heute, an ihrem Geburtstag. Sie hat großes Einfühlungsvermögen bewiesen, und dafür sind wir ihr dankbar. Sie hat geschworen, alles Mögliche zu unternehmen, damit eine Schließung abgewendet werden kann. Dazu braucht sie auch unsere Hilfe.»

«Wie könnte die aussehen?»

«Jeder soll sein Bestes geben. Und ich werde meinen Teil dazu beitragen.»

Als der Letzte den Großen Saal verlassen hatte, rief Raimondi zum Beginn der Probe auf. Er kannte kein Erbarmen mit den Sängern und den Technikern. Für Schwermut war jetzt nicht der richtige Zeitpunkt, seiner Meinung nach; die der anderen interessierte ihn ohnehin nicht. Zögerlich, mit gesenktem Haupt und schleppendem Schritt kamen sie der Aufforderung nach.

Raimondi drängte zur Eile. «Wir proben Szene zwölf, erster Akt. *Non ti fidar**. Auf der Bühne sind Donna Anna, Donna Elvira, Don Ottavio und Don Giovanni. Beeilung, meine Herrschaften, wir haben nicht ewig Zeit.»

Jeder nahm seinen Platz ein.

«Wenn wir so weit sind …»

Raimondi gab den Einsatz an Pohlmann weiter, dieser an Sue. Nach einem Augenblick der Stille setzte das Klavierspiel ein.

Die neue Donna Elvira, Debbie Reynolds, begann eindringlich, die Donna Anna zu beschwören. In ihrem *Non ti fidar* nahm sie die Donna Anna vor dem Betrüger Don Giovanni in Schutz. Sie war dabei so spontan und überzeugend, dass Kayleen im ersten Augenblick unsicher wirkte und einen Schritt zurücktrat.

«Aus!», kam es auf die Bühne.

«Was ist los mit der Donna Anna? Wieso flüchtet sie?», fragte Raimondi.

* Vertrau ihm nicht

Kayleen war nicht bei der Sache. Sie versuchte sich zu konzentrieren. Kleinlaut gab sie zu: «Tut mir Leid. Noch einmal bitte.»

Raimondi nahm es reaktionslos hin. «Ihr habt es gehört. Bitte sehr.»

Erneut begann die Donna Elvira. Diesmal war die Donna Anna zwar vorbereitet, aber sie stimmte mit dem Don Ottavio nicht gleichzeitig ihren Part an.

«Aus!»

Raimondi kam auf die Bühne und Kayleen erstaunlich nahe. So nahe, wie sie wahrscheinlich in den vergangenen Tagen Raimondi niemals hätte kommen lassen. Irgendetwas schien in ihr vorzugehen. Auch Raimondi verhielt sich überraschenderweise nicht so, wie man es von ihm hätte erwarten können.

«Was ist los?», fragte er sie fürsorglich.

«Nichts, nichts», winkte sie ab, «es ist nur … ach, vergessen Sie's. Noch einmal bitte.»

Der dritte Anlauf verlief besser. Das Zusammenspiel klappte gut. Auch als Takahashi als Don Giovanni ins Quartett mit einstimmte, merkte man, dass er nachts zuvor mit jemandem aus dem Schauspiel geübt haben musste. Seine Gesten waren überzeugend, besonders in der Szene, als er die Donna Elvira bedrängte zu schweigen.

Doch etwas stimmte immer noch nicht. Und zwar mit der Donna Anna. Sie gab sich alle Mühe, doch ihre Stimme war blass, ihr Spiel an der Grenze zum Ärgernis.

Raimondi ließ es laufen, bis ganz zum Schluss der Szene.

In die Stille des verklingenden letzten Tones hinein ging er ruhig an den Bühnenrand und blickte nach oben.

Fast bedächtig fragte er: «Was ist mit der Donna Anna heute los? Hat sie keine Lust zu arbeiten, oder was ist ihr aufs Gemüt geschlagen?»

Jeder, der Kayleen und ihre Art kannte, erwartete nun einen bissigen Kommentar. Stattdessen: «Es tut mir Leid. Ich kann mich einfach nicht konzentrieren.»

«Woran liegt es?», fragte Raimondi.

Kayleen rang um Worte. «Wie kann man seiner Arbeit noch nachgehen, wenn man weiß, dass sie vielleicht gar nicht mehr zur Aufführung kommt. Ich kann das jedenfalls nicht.»

«Glauben Sie im Ernst, ich würde hier noch stehen, wenn der *Don Giovanni* gestrichen würde?»

«Und was passiert danach ... mit uns? Wir sind doch alle so gut wie arbeitslos. Die Oberbürgermeisterin hat es gesagt: Wenn kein Wunder geschieht, dann bleibt das Haus nach der Sommerpause geschlossen.»

Kayleen sprach das aus, was offensichtlich jeden fest engagierten Künstler und Angestellten des Mainfrankentheaters seit der Betriebsversammlung beschäftigte. Die Frage nach der Zukunft.

Raimondi ließ ihre Worte im Raum stehen. Nach einer Weile der Stille versuchte er ihr klar zu machen, dass sich einiges ändern würde, ja, ändern müsste. Nicht ohne Grund war das Haus in Not geraten, und es stand in Deutschland nicht allein. Andere Häuser teilten dasselbe Schicksal, aber auch die gleiche Herausforderung.

«Die fetten Jahre sind vorüber», sagte er ruhig. «Wer oder was auch immer dafür die Verantwortung trägt, ist für unsere Situation zweitrangig. Entscheidend ist, dass Sie und alle am Haus Beschäftigten eine neue Einstellung zu Ihrem Beruf bekommen. Sie werden zukünftig nicht mehr davon ausgehen können, dass ein festes Engagement, sofern das überhaupt noch möglich ist, automatisch Absicherung für ein Jahr oder länger bedeutet.

Stellen Sie sich auf Projektarbeiten ein, die Sie zwingen, oft den Ort und das Fach zu wechseln. Wenn Sie dann noch Glück haben, bei einer Produktion zu landen, die gut organisiert, stimmig durchkalkuliert und erfolgreich vermarktet ist, haben Sie die Chance, weiter in Ihrem Beruf zu arbeiten.

Ergreifen Sie die Gelegenheit beim Schopf, hier und jetzt, mit unserem *Don Giovanni*, um für sich Werbung zu machen. Wenn Sie gut gearbeitet haben, wird vielleicht ein Regisseur oder ein Intendant auf Sie aufmerksam.

Und das gilt für alle hier. Selbst für mich. Wir alle fangen mit jedem Stück ganz von vorne an. Die Erfolge, die hinter uns liegen, haben keine Bedeutung mehr für die Zukunft. Sie selbst haben es in der Hand, sich Tag für Tag aufs Neue zu beweisen. Ich denke, das ist eine große Chance, die wir alle gemeinsam haben: unser Potenzial zur Gänze auszuschöpfen. Wer das nicht kann, bleibt zurück.»

Raimondis Ansprache zeigte Wirkung. Keine Widerrede, keine Frage, niemand stellte seine Ausführungen in Zweifel.

Selbst Kilian stimmte ihm zu. So wie bisher konnte es auch in seinem Bereich, der Polizei, nicht weitergehen. Viele seiner Kollegen arbeiteten für das gleiche knappe Gehalt deutlich mehr und mussten aus eigener Tasche für die notwendige Sicherheitsausrüstung aufkommen, die ihnen der Staat nicht zur Verfügung stellen wollte. Auch hatten sich die Aufgabenbereiche eines Polizisten seit der Erweiterung der Europäischen Union und nicht zuletzt seit dem 11. September 2001 dramatisch erweitert. Bisher fanden weder das Land noch der Bund eine Antwort auf diese Entwicklung. Kilian fühlte sich wie viele seiner Kollegen allein gelassen.

In Raimondis Worten fand er auch die Begründung für sein Sabbatjahr. Er musste sich im Klaren darüber werden, wie es mit ihm und seinem Leben weitergehen sollte. Der alte Weg konnte dafür nicht taugen.

Raimondi holte alle mit einem Händeklatschen aus ihren Überlegungen zurück auf die Bühne. «Wenn das geklärt ist, dann möchte ich Sie nun alle bitten, die Probe weiterzuführen. Wir haben noch viel vor uns.»

Franziska übernahm. «Zur Probe bitte. *Non ti fidar.*»

*

Der Anruf hatte Heinlein am Vormittag erreicht. Die Stimme klang jung, die eines Jugendlichen. Treffpunkt war am Heuchelhof – eine weithin sichtbare architektonische Nachkriegssünde. Die auf einem der südlichen Hügel der Stadt gelegene Trabantenstadt war ein sozialer Brennpunkt, mit dem die Stadtverwaltung viel Mühe hatte. Hier wohnten viele Exilanten, meistens Wolgadeutsche, die den Hügel zu ihrem Revier gemacht hatten. Auf einem Platz hinter einem der Plattenbauten sollte sich Heinlein einfinden und warten. Der Kontaktmann würde ihn ansprechen.

Heinlein war nicht wohl bei der Sache. Allein sollte er kommen, ohne Rückendeckung durch einen Kollegen. Deshalb hielt er die Augen offen, als er von der Hauptstraße durch ein Tor auf den Platz ging. Zu allen vier Seiten war er von den mehrstöckigen Bauten eingekesselt. Überall Einfahrten, Hauseingänge, wo man schnell verschwinden konnte.

Er setzte sich auf eine der Bänke, die im Karree an den Seiten des betonierten Platzes angebracht waren. Vor ihm eine Gruppe Jugendlicher auf Skateboards. Sie malträtierten Bänke, Blumenkästen aus Beton und die kleine Treppe, die auf den Platz hinunterführte, mit ihren Brettern. Zu seiner Rechten standen drei Jungs, älter als die Skateboarder, jeder eine Bierflasche in der Hand, und musterten den Eindringling. Zu seiner Linken Mädchen, vier an der Zahl. Sie saßen auf dem blanken Beton, übten für die nächste Talentshow Liedchen, die sie aus dem Grau ihrer Umgebung an die Spitze der Hitparaden katapultieren sollten.

Heinlein musste nicht lange warten. Aus dem Pulk der Skateboarder löste sich einer und fuhr auf Heinlein zu. Kurz vor ihm stoppte er. Er war vielleicht vierzehn oder fünfzehn Jahre alt, in der üblichen Skater-Uniform: Baggypants, weites T-Shirt und Schirmmütze der L.A. Lakers.

«Bist du der Bulle?», fragte er.

Heinlein nickte.

Der Kleine schaute sich um. «Bist du allein?»

«Ja.»

Ohne ein weiteres Wort stellte er einen Fuß aufs Brett, stieß sich mit dem anderen ab und war wenig später wieder bei seiner Gruppe. Sie tauschten Informationen aus. Plötzlich erklang ein lauter Pfiff und fing sich in den umstehenden Häuserblocks. Niemand blickte auf, niemand achtete auf das Zeichen, es schien bekannt zu sein.

Heinlein hörte ihn kommen. Er drehte sich nicht um. Jemand blieb hinter ihm stehen.

«Bist du der, mit dem Django gesprochen hat?», fragte dieselbe Stimme, mit der Heinlein telefoniert hatte.

«Ja», antwortete Heinlein.

Vor ihm löste sich die Gruppe der Skateboarder auf. Jeder Einzelne zog seine Kreise um Heinlein auf der Bank. Die Kavallerie, dachte er, zum Schutz des Kleinen hinter ihm.

Die Stimme befahl die Spielregeln. «Du schaust nach vorne. Klar?»

«Kein Problem. Also, was kannst du mir zum Verbleib der Waffe sagen?», fragte Heinlein.

«Der, der sie hatte, ist nicht mehr in der Stadt», sagte die

Stimme. «Er hat sich gleich nach der Sache auf dem Parkdeck zur Familie in den Süden verabschiedet. Du kannst ihn also nicht mehr kriegen.»

«Und die Waffe ist hier geblieben? Wieso?»

«Weil sie heiß war und Spuren hinterlassen würde. Der, der sie hatte, hat sie verkauft, bevor er sich auf die Reise machte.»

«Okay, an wen?»

Die Skateboarder kamen bedrohlich näher. Keine Armlänge entfernt, zogen sie an der Bank vorbei. Hart und laut bohrten sich die kleinen Räder in den Beton.

«Einen Namen habe ich nicht. Aber die Frau war ziemlich jung.»

Heinlein merkte auf. «Eine Frau?»

Also doch! Wenn nicht Sue, dann war es Marianne Endres, die dem Jungen die Waffe abgekauft hatte.

«Ja, sie hatte ein bisschen rumgefragt. Brauchte etwas Handliches, das aber auch sicher in der Anwendung wäre.»

«Die .38er?»

«Genau. Sie hat drei Lappen dafür bezahlt, zwanzig Schuss inklusive.»

«Beschreib mir die Frau. Wie hat sie ausgesehen?»

«Kann ich nicht sagen. Sie hat 'nen Schleier getragen, so wie es die Moslems tun oder …»

«Oder?»

«Unsere Alten haben sie noch. Diese mit Gold und Schmuck verzierten langen Kopftücher. Aber sie war keine von uns. Und das Kopftuch war falsch.»

«Wie, falsch?»

«Kein echtes Gold, die Steine und Verzierungen billige Glasperlen. Weiß der Henker, woher sie das Ding hatte.»

«Du meinst, so was wie aus einem Kostümverleih?»

«Möglich.»

Oder aus dem Kostümfundus eines Theaters, dachte Heinlein. «Wo habt ihr euch getroffen?»

«Das geht dich nichts an.»

«Was kannst du mir sonst zu der Frau sagen? Hat sie etwas Ausgefallenes getragen? War sie groß, klein, dick, dünn? Los, erzähl, bisher war unsere Unterhaltung etwas dürftig.»

Der Kleine wägte ab, wie weit er gehen konnte. Vor und hinter Heinlein kurvten die Skateboarder in einer beeindruckenden Geschwindigkeit.

«Sie war ziemlich schlank», sagte die Stimme endlich. «Ihre Hände sehr schön, wie die einer Prinzessin. Ich hab sie gesehen, als sie mir die Kohle gab.»

«Und ihr Gesicht? Wie sah sie aus?»

«Braune Augen, gepflegte Haut. Jung ... ziemlich abgefahren.»

«Was heißt das? *Wie* abgefahren?»

«Na, modisch eben, hätte ich überhaupt nicht von ihr erwartet.»

Heinlein konnte seine Ungeduld kaum noch zügeln. Wären die Skateboarder nicht gewesen, die die Stimme vor einem Zugriff schützten, wäre er schon längst aufgestanden. «Verdammt, jetzt sag, was meinst du mit abgefahren?»

«Lass mal sehen, was dir die Info wert ist.» Der Kleine pokerte. Wollte sehen, wie weit der Bulle für die Information gehen würde.

Heinlein schüttelte den Kopf. «Ich glaub, du siehst zu viel fern.»

«Dann vergiss es.»

Ein Pfiff beendete die Unterhaltung. Heinlein sprang auf, wollte sich die kleine Ratte schnappen. Er sah ihn davonrennen. Heinlein hinterher. Er kam aber nur ein paar Schritte weit. Ein Skater krachte ihm von hinten voll in die

Beine, Heinlein stürzte hart auf den Beton. Der Kleine verschwand in einer Tordurchfahrt, die Skater hinter ihm.

Heinlein rappelte sich auf. Den Kleinen würde er sich später nochmal vorknöpfen. Doch jetzt galt es, die Tatverdächtigen aufs Revier zu holen.

*

«Frag ich mein beklommnes Herz,
wer so Süßes hat bewegt,
dass es in der Liebe schmerzt,
immer sehnender sich regt:
Ja, dann heißt es, in dies Herz
hat Lindoro Brand gelegt.»

Kilian bekam eine Gänsehaut.

Er war nicht der Einzige, dem es so erging. Im Festsaal des Würzburger Rathauses, dem Wenzelssaal, stand er unter mehreren Dutzend geladener Gäste, die gekommen waren, um der Oberbürgermeisterin zum Geburtstag zu gratulieren. Sie stand in der vordersten Reihe mit einem Glas Champagner und hörte die Arie *Una voce poco fa* aus dem *Barbier von Sevilla,* meisterhaft intoniert von Aminta Gudjerez, unterstützt von einer kleinen Besetzung aus zwei Violinen, Cello und Querflöte.

Die Koloraturen, die Aminta dem Stück gab, schien sie direkt aus einem anderen Universum zu schöpfen, so leicht und virtuos sang sie die schwierige Arie. Allen Anwesenden war klar: Hier ging ein kommender Stern am internationalen Opernhimmel auf.

Der Beifall hielt lange an und mündete in *Da-capo*-Rufen.

Aminta nutzte die Gelegenheit. «Vielen Dank für Ihren warmherzigen Applaus. Doch nicht ich bin es, den es zu feiern gilt. Ihnen, Frau Oberbürgermeisterin, wollen wir heute unsere Glückwünsche aussprechen. Auch wenn dieser Tag für uns am Mainfrankentheater nicht zu den erfreulichsten gehört, so wissen wir, dass Sie uns bisher mit allen Kräften unterstützt haben und dies auch in Zukunft tun werden.»

Der Beifall der Gäste, unter ihnen Lokalprominenz, aber auch zahlreiche Künstler des Theaters, unterstrich ihre Worte. Die Oberbürgermeisterin bedankte sich ihrerseits und hob das Glas zum Anstoßen.

Doch Aminta hatte noch eine Überraschung parat. «Nicht so oft gelingt es uns, einen Star, eine wirklich große Stimme der Oper, in unserer Stadt begrüßen zu dürfen. Er hat sich bereit erklärt, den *Don Giovanni* zu inszenieren, nachdem das Haus den schmerzlichen Tod von Fred Sandner zu beklagen hat. Er ist heute hier und möchte Ihnen mit mir zusammen ein kleines Ständchen bringen. Meine Damen und Herren, begrüßen Sie den einzig wahren, unübertroffenen Don Giovanni – Francesco Raimondi.»

Mit dem Applaus trat er auf das kleine Podium zu ihr und verneigte sich.

Ein Moment der stillen Erwartung und Sammlung folgte, bis die Violinen das Duett *Bei Männern, welche Liebe fühlen* aus der *Zauberflöte* anstimmten. Es war eine getragene, gefühlvolle Ballade, die Aminta und Raimondi ausgesucht hatten. Aminta begann, wenig später stimmte Raimondi ein, bis sie schließlich im Duett die Liebe zwischen Mann und Weib priesen. Ihre Stimmen, der Sopran und der Bariton, harmonierten und führten ein Liebesspiel, das weit jenseits der gesungenen Worte reichte. Jeder im Raum spürte das.

Kilian blickte um sich, ob Batricio, Amintas Manager, auch anwesend war. Eine weitere Eskalation wäre die zwangsläufige Folge gewesen. Doch er sah ihn nicht. Zu seiner Überraschung fehlte auch Heinlein, den er als leitenden Dezernatsleiter an diesem Ort erwartet hätte.

Das Duett endete in einer Umarmung. Wange an Wange verklang der letzte Ton des Liebesliedes. Frenetischer Applaus folgte. Raimondi stand auf und überreichte der Oberbürgermeisterin eine Rose. Sie bedankte sich und war die Erste, die eine Zugabe verlangte. Aminta verließ vorsorglich das Podium.

Raimondi wehrte sich vergebens. Der Beifall hielt an. Mit Verweis auf das Büfett gab er schließlich nach und machte den Musikern Zeichen, die das passende Stück schon auf dem Notenständer hatten.

Raimondi, ganz im Zauber seiner frühen Erfolge, nahm Position ein. Breitbeinig, den Arm erhoben, lud er die Gäste zu Trank und Tanz ein. Die Paradenummer des *Don Giovanni* schlechthin, die Champagnerarie *Fin ch'han dal vino, calda la testa**, erklang schwunghaft und stimmgewaltig. Raimondi hatte in den vergangenen Jahren nichts an Ausdruck und Klasse verloren. Das Volumen seiner Stimme nahm den Saal und mit ihm die Hörer ein, wie ein Sturzbach, der zu Tale rauscht, alles mit sich reißend.

Die letzten Worte dieses furiosen Ritts, *morgen früh sollst du die Liste um zehn Namen erweitern*, verstand Kilian nur zu gut. Er fragte sich, wer neben Aminta die anderen neun Damen waren. Wenn er unter den weiblichen Gästen umherblickte, so konnte er mindestens fünf Frauen entdecken, die an Raimondis Lippen klebten und sich nur zu gerne auf seine Liste setzen ließen. Die Souveränität und Kraft, die Raimondi als Don Giovanni verströmte,

* Auf dass der Wein ihnen zu Kopfe steigt

ließ Kilian daran zweifeln, ob der Japaner Takahashi die Erwartungen des Publikums würde erfüllen können; nicht, nachdem man Raimondi hatte singen hören. Es war wie bei gutem und schlechtem Wein. Schenke niemals den guten zuerst aus.

Nachdem die letzte Zugabe und der Beifall verklungen waren, kehrte die Gesellschaft zum üblichen Palaver bei Festempfängen zurück. Aber alle Gesprächsrunden beherrschte das Thema des heutigen Vormittags – die drohende Schließung des Mainfrankentheaters.

Raimondi war im Gespräch mit der Oberbürgermeisterin und Aminta. Als er Kilian kommen sah, lud er ihn per Handzeichen ein, sich zu ihnen zu gesellen.

«… bedanken möchte ich mich für die persönliche Betreuung durch Herrn Kilian», sagte Raimondi nicht ohne Ironie.

Die Oberbürgermeisterin merkte auf. Sie hatte Kilian bisher noch nicht kennen gelernt. Sie reichte ihm die Hand, lächelte. «Schön, dass wir uns endlich persönlich treffen. Über das Telefon bekommt man oft einen anderen Eindruck.»

«Ich hoffe, ich enttäusche Ihre Erwartungen nicht», antwortete Kilian gelassen.

«In keinster Weise. Aber bei der Gelegenheit …»

Sie entschuldigte sich und Kilian bei den anderen und führte ihn ein paar Schritte weiter in eine ruhige Ecke.

«Herr Kilian, ich wollte Sie kurz unter vier Augen sprechen.»

«Gerne.»

«Ich habe von Ihrem Kollegen Heinlein bis auf das, was auf der Pressekonferenz verkündet wurde, nichts mehr gehört. Gibt es Neuigkeiten, ich meine, etwas, das ich wissen sollte?»

Kilian überlegte. Er wog ab, was er ihr sagen konnte, ohne dass er Heinlein in Verlegenheit brachte. «Am Theater ist alles ruhig, soweit man von Ruhe überhaupt sprechen kann. Nach der Betriebsversammlung waren alle recht niedergeschlagen. Doch Herr Raimondi konnte im Ensemble Zuversicht verbreiten. Er macht seine Sache gut, Sie brauchen sich keine Gedanken zu machen.»

«Ich denke auch mehr an die Sicherheitslage. Zur Premiere darf nichts schief gehen. Minister und wichtige Unternehmer sind in der Stadt. Sie versichern mir alle, wie gespannt sie auf Raimondis Inszenierung des *Don Giovanni* sind.»

«Auch in diesem Fall ist Sorge fehl am Platz. Ich bin zwar kein Opernkenner, aber das, was ich gesehen habe, hat mir gefallen.»

Kilian wusste nicht so recht, ob die Oberbürgermeisterin bereits zum eigentlichen Thema ihrer Unterredung vorgedrungen war. Er hatte den Eindruck, dass da noch mehr im Busch war. Er schwieg, wartete, bis sie von selbst darauf zu sprechen kam. Sein Blick ging kurz zur Seite, dorthin, wo er Raimondi und Aminta getroffen hatte. Er sah die beiden nicht mehr.

«Was zurzeit in Würzburg geschieht», sagte sie endlich, «und das, was über uns geschrieben wird, ist nicht gerade eine Werbung für die Stadt ...»

Ah, jetzt verstand Kilian. Es ging ihr um den Ruf Würzburgs als Kulturmetropole. Ein toter Regisseur und ein toter Kulturredakteur passten ihr sicherlich nicht in den Kram. Aber es half alles nichts: Die zwei waren tot, und er konnte nicht die Hand dafür ins Feuer legen, dass nicht noch ein Dritter folgen würde, wenn er an die beiden Anschläge auf Raimondi dachte. Nur sagen konnte er ihr das nicht.

Stattdessen. «Ich werde mein Bestes dafür tun, dass bis zur Premiere alles ruhig bleibt.»

«Sicher, aber …»

Kilian wurde langsam unruhig. Je länger er mit ihr die Sicherheitslage und ihre Sorgen besprach, desto weiter würde sich Raimondi aus seinem Einflussbereich entfernen. Verdammt, wo war er eigentlich? Er konnte ihn unter den Gästen nicht entdecken. Und Aminta auch nicht.

«Frau Oberbürgermeisterin», sagte er, «ich werde alles tun, was Sie von mir erwarten. Doch jetzt muss ich nach Herrn Raimondi schauen. Ich kann ihn hier nicht mehr unter den Gästen sehen.»

Ohne ihre Antwort abzuwarten, ging Kilian los. Draußen auf dem Gang standen einzelne Gäste bei einem Glas und einem Plausch. Er hastete an ihnen vorbei, hoffte, dass sich Raimondi nicht zu weit davongemacht hatte.

Am Vierröhrenbrunnen vor dem Rathaus stand ein Streifenwagen. Er fragte die Kollegen, ob sie Raimondi und Aminta gesehen hätten.

«Rai-was?», antwortete einer.

Es war sinnlos. Der Don Giovanni hatte sich mit einer der zehn Frauen in die Dunkelheit verabschiedet.

17

Szene zwei des zweiten Akts sollte einer der Höhepunkte dieser Inszenierung werden. So forderte es Raimondi von seinen Sängern. Das Terzett zwischen Donna Elvira, Leporello und Don Giovanni hatte die abermalige Verführung der Donna Elvira durch Don Giovanni zum Inhalt. Dabei geht er besonders ruchlos vor, indem er sie mit dem als Don Giovanni verkleideten Leporello zusammenbringt. Was das Terzett so anspruchsvoll machte, war die überzeugende schauspielerische und gesangliche Leistung, die Takahashi erbringen musste, damit das falsche Spiel, das Don Giovanni mit Donna Elvira spielt, aufging.

Punkt zehn Uhr betrat Kilian den Großen Saal. Raimondi war bereits seit sieben Uhr im Theater unterwegs. Die Kostüme, die tags zuvor geliefert wurden, sollten heute zur Probe getragen werden. Kilian hatte bei der Anprobe der Kostüme Zutrittsverbot. Das war ihm nicht unrecht, so konnte er zwei Stunden Schlaf nachholen, die er in der vergangenen Nacht für die Suche nach Raimondi geopfert hatte. Erschöpft und erfolglos war er in sein Hotelzimmer gekommen. Die Verbindungstür zu Raimondis Zimmer war verschlossen. Er musste sie nicht öffnen, um zu sehen, dass Raimondi in Sicherheit war. Er hörte es – Raimondi war nicht allein. Er erinnerte sich an die Worte Batricios, Raimondi mache nichts umsonst. Die Inszenierung des *Don Giovanni* sei nur ein Trick. Sein eigentliches Ziel sei Aminta Gudjerez. Was auch immer er später mit ihr vorhatte, er hatte sein Ziel vorerst erreicht. In den frühen Morgenstunden war sie gegangen.

Zuerst dachte Kilian, dass es eine Änderung im Probenplan gegeben hätte, da er das Bühnenbild nicht mehr erkannte. Aus den vormalig schwarzen vier Wänden, die auf der Drehbühne rechteckig zueinander angeordnet waren, war nun ein Bühnenaufbau geworden, der an das Setting einer Talkshow im Fernsehen erinnerte.

Zentral platziert war das rote Sofa, das bis zu vier Personen aufnehmen konnte. An den zwei Seiten und der Hinterseite war ein Gerüstaufbau angebracht, der den Umlauf zweier Stockwerke mit Türen, die in verschiedene Räume gingen, darstellte. Als Hintergrundbild diente die gemalte nächtliche Skyline, die Kilian zuvor schon gesehen hatte. Ein großes Display thronte über dem Sofa. Die Einspielungen wurden aus der Lichtregie am hinteren Ende des Großen Saals gesteuert. Die im schnellen Vorlauf gespulten Bilder zeigten voyeuristisches Material von nackten Frauen – amerikanischen Homevideos ähnlich, die ins Internet gestellt werden. Eingefasst war die Szenerie in eine überdimensionale Blende, die einem alten TV-Gerät mit Bedienknöpfen glich. Bühnenbauer und Regisseur machten somit aus dem Opernbesucher den Zuschauer einer Talkshow. Sie hatte auch einen Titel. In roter Neonschrift prangte *Leporello's* an dem Gerüst. Es blinkte wie eine Werbung für ein Motel am Straßenrand.

Erst als Kilian Pohlmann und Franziska im Orchestergraben erkannte, war er sicher, dass er sich nicht im Ort der Probe getäuscht hatte. Sie konnten wie Kilian ihre Überraschung nicht verbergen, was die Änderungen am Bühnenbild betraf. Die beiden Theaterleute diskutierten, ob die Umbauten von der Intendanz und vom Generalmusikdirektor genehmigt worden waren. Stiller hatte bei den Vorbesprechungen großen Wert auf Orginaltreue gelegt. Diese zeitgemäße Interpretation hatte jedoch nichts mehr mit der Prager Uraufführung von 1787 zu tun. Insbesondere sollte sein Orchester, der damaligen Zeit entsprechend, nicht im Orchestergraben verschwinden, sondern auf Höhe der Zuschauer links und rechts am Bühnenrand untergebracht werden. Bei Raimondis Arrangement jedoch war das nicht möglich.

Raimondi kam aus der Nullgasse auf die Bühne. Ihm folgten Roman, der Leporello, und Takahashi als Don Giovanni. Die beiden waren kaum wiederzuerkennen. Leporello trug einen schwarzen Smoking über einem weißen Hemd, einen Schwalbenschwanz, der ihn als Butler auswies.

Seine Herrschaft, Don Giovanni, war in einen petrolgrünen Seidenanzug gekleidet. Er schimmerte je nach Einfall des eingesetzten Lichts. Die schwarzen Haare Takahashis waren mit viel Gel nach hinten gekämmt. Als Accessoires bediente er sich einer Sonnenbrille und eines Hutes, dessen Krempe tief ins Gesicht gezogen werden konnte. Ja, mit etwas Gewöhnung konnte der Japaner in dieser Verkleidung als Verführer Einzug in die Phantasie der Zuschauer halten.

Raimondi wandte sich dem Gerüst zu. «Debbie, bist du auf Position?»

Eine Tür im zweiten Stockwerk öffnete sich, Debbie trat heraus auf den Umlauf. Das Abendkleid, in dem sie die Donna Elvira geben würde, verschlug Kilian die Sprache, ebenso Pohlmann und Franziska. Das rubinrot glänzende Kleid war bis zum Nabel dekolletiert, die Brüste waren lediglich von dünnen Trägern bedeckt. Nach unten schlängelte sich das Kleid an den Beinen entlang. Sie trug ihre lockigen schwarzen Haare offen, sodass sie ihr auf die Schultern fielen. Auf den ersten Blick mutete sie wie eine Hollywood-Schönheit der dreißiger Jahre an, fehlte nur noch, dass Fred Astaire sie zum Tanzen aufforderte.

«Von mir aus kann's losgehen», antwortete Debbie.

Raimondi wies dem Don Giovanni den Platz auf dem Sofa zu, Leporello sollte daneben stehen bleiben. Er wiederholte für beide den Inhalt der vorhergehenden Szene, bis Donna Elvira auftauchen würde.

«Dann lasst uns mal einen Durchlauf probieren», ordnete Raimondi an. An Jeanne gewandt: «Stimmung Nummer vierzehn, bitte.»

Jeanne gab das Kommando an die Lichtregie weiter. Im Nu verdunkelte sich die Bühne. Ein Spot strahlte auf den Umlauf mit der Donna Elvira. Don Giovanni und Leporello tauchten vorübergehend ins Dunkel, das bei ihrem Einsatz durch einen schwächeren Spot ins fahle Licht des Mondscheins wechseln würde.

«Wenn dann alle so weit sind … bitte sehr.»

Das Klavier erklang nicht. In all dem Trubel war niemandem aufgefallen, dass Sue, die Pianistin, nicht an ihrem Arbeitsplatz war.

«Was ist los? Wo bleibt die Musik?», donnerte Raimondi über die Häupter hinweg.

Franziska wollte sich bereits auf den Weg machen, als ihr einfiel, dass sie Sue ersetzen konnte. Sie kannte das Stück, jeden einzelnen Part, und das Klavier würde ihr keine Schwierigkeiten bereiten. So setzte sie sich, ließ die Finger knacken und gab ein «Ich bin bereit» zur Bühne.

Raimondi schmunzelte ihr anerkennend zu. Dann wiederholte er sein Kommando.

Sanft führte Franziska auf den Einsatz der Donna Elvira hin. *«Ah taci, ingiusto cuore …»**

Debbie sang die Arie engelsgleich, im Schein eines unschuldigen Lichts, bis die Hinterhältigkeit Don Giovannis erneut aufflammte. Er wechselte geschwind mit Leporello das Jackett, gab ihm Sonnenbrille und Hut und setzte ihn aufs Sofa. Nun sang Don Giovanni, Leporello mimte den reuigen Edelmann, und schließlich hätten sie Donna Elviras Herz erweicht, wenn nicht ein ungebetener Gast dazwischengekommen wäre.

Stiller, der Generalmusikdirektor, trat an den Orchestergraben heran und befahl Arbeitslicht. Im Handumdrehen war die einnehmende Szenerie in grellem Weiß aufgelöst. «Wo ist mein Bühnenbild geblieben?!»

Pohlmann und Franziska schwiegen, blickten zu Rai-

* Ach, schweig, ungerechtes Herz

mondi. Der ließ sich Zeit mit der Antwort, überlegte, ging dabei auf Stiller zu. «Was fällt Ihnen ein, meine Probe zu stören?»

«Wie …»

«Sie haben mich schon verstanden», wiederholte Raimondi ruhig. Der Ton, den er anschlug, verhieß nichts Gutes.

Stiller wandte sich an Pohlmann: «Ist das hier», er fuchtelte mit der Hand in Richtung Bühne, «mit dem Intendanten abgesprochen?»

Raimondis Geduld war zu Ende. «Sehen Sie mich an, wenn ich mit Ihnen spreche!»

Stiller wich zurück. Diesen Ton war er nicht gewöhnt, und wenn, dann schlug er ihn an und niemand sonst in diesem Haus. «Wie sprechen Sie mit mir?»

«So, wie Sie es verdienen, wenn Sie eine Probe unterbrechen. Also, was wollen Sie hier?»

Stiller suchte nach einer Antwort. Auch das war er nicht gewohnt. Sonst stellte er die Fragen.

Raimondi ließ nicht ab von ihm. «Wissen Sie nicht, wieso Sie hier sind?»

«Natürlich.»

«Also?»

Schweigen. Stiller zeigte sich konsterniert.

Das erste unterdrückte Kichern schlich durch die Reihen.

«Ruhe!», befahl Raimondi.

Dann wieder zu Stiller: «Ich schlage vor, Sie kommen wieder, wenn Sie wissen, was Sie eigentlich wollen. Was halten Sie davon?»

Einer der Techniker konnte sich nicht mehr beherrschen. Ein lautes Lachen war von hinter der Bühne zu vernehmen.

«Das wird ein Nachspiel haben», drohte Stiller und ging davon.

Raimondi wartete, bis die Tür ins Schloss gefallen war. Es herrschte für einen Moment Totenstille. Alle Augen waren auf Raimondi gerichtet. Jeder wusste, dass er mit der Abkanzelung Stillers die Rangordnung des Hauses gründlich aufgemischt hatte. *Le roi est mort. Vive le roi.** Franziska lächelte zufrieden Stiller hinterher. Wieder musste sich Kilian über ihr sonderbares Verhältnis wundern. Schon bei ihrem ersten Aufeinandertreffen hatte eine spürbare Gereiztheit zwischen ihnen geherrscht.

Ruhig, fast schon gelassen wandte sich Raimondi wieder der Arbeit zu. «Wenn ich nochmals bitten dürfte …»

Jeder ging auf seine Position.

*

Heinlein hatte Marianne Endres und Sue Ryser über ihre Rechte aufgeklärt. Nein, sie seien nicht festgenommen, beantwortete Heinlein die giftige Frage Mariannes. Das Gespräch käme einer Vernehmung gleich. Deshalb mussten sie die Wahrheit sagen, da sie sich sonst strafbar machten. Verschwiegen sie etwas im Laufe der Befragung, auf das sie sich später, bei einem eventuellen Prozess berufen wollten, so könne dies nicht zugelassen werden.

Benno Führwald hatte beiden gleich beim Betreten des Verhörzimmers eine Schweißprobe an Hals und Handwurzel, den typischen Punkten, an denen Frauen sich zu parfümieren pflegten, abgenommen. Der Test würde nicht lange dauern. In der Zwischenzeit hatte Heinlein ausreichend Gelegenheit, die beiden über ihr geplatztes Alibi und den

* Der König ist tot. Es lebe der (neue) König.

Vorwurf der gemeinschaftlichen Tötung an Fred Sandner zu befragen.

Marianne und Sue saßen an der einen Seite, Heinlein, ihnen gegenüber, an der anderen Seite des Tischs.

Was Heinlein nicht sehen konnte, war, dass sich die beiden unterhalb der Tischplatte an den Händen hielten.

«Sie, Frau Marianne Endres, wohnhaft in der Schillerstraße 34, Würzburg, sind seit drei Jahren am Mainfrankentheater beschäftigt», sagte Heinlein, während er in ihren Ausweis blickte. «Trifft das zu?»

Die Endres nickte.

«Für welche Stelle hatten Sie sich beworben?»

«Eine Hospitanz in der Regie», antwortete Marianne emotionslos.

«Wie lange dauerte die Hospitanz?»

«Zirka zwei Jahre.»

«Und danach haben Sie sofort eine Stelle als Regieassistentin bekommen?»

«Qualität setzt sich eben durch.»

Heinlein blickte sie an. «Von welcher sprechen Sie?»

Marianne war verwirrt. «Was meinen Sie?»

Heinlein lehnte sich zurück, verschränkte die Arme. «Man sagt, dass Sie schnell, für manchen sehr schnell, zur Regieassistentin avanciert sind. Mit einer gesunden Arbeitsauffassung allein sei das wohl nicht zu machen gewesen.»

«Wer sagt das?!», mischte sich zornig Sue ein.

«Zu Ihnen kommen wir gleich», wehrte Heinlein ab. Dann, wieder zu Marianne gewandt: «Sie seien manchem gefällig gewesen.»

Statt eines energischen Widerspruchs blieb Marianne erstaunlich kühl und gelassen. «Sie meinen, ob ich dem einen Regisseur oder der anderen Kapellmeisterin einen geblasen habe?»

Heinlein errötete leicht, fing sich aber schnell wieder. «Ja, so etwas in der Art.»

«Nun», setzte sie ruhig an, «so was kann natürlich schon mal vorkommen, wenn man sich sympathisch ist. Tja, und wenn man dann auch noch eine gute Ausbildung hat und für einen Job qualifiziert ist, dann liegt doch nichts näher, als den Job mit dieser sympathischen Person zu besetzen, die ich nun mal bin. Ich hörte, in Ihrer Branche sei das nicht anders, außer dass man dafür den Allerwertesten hinhält.»

Heinlein schluckte die Anmaßung herunter und nahm sich Sue vor.

«Nun zu Ihnen. Sue Ellen Ryser, gebürtig in Four Winds, Ohio, USA, seit zwei Jahren in Deutschland, seit einem Jahr als Repetitorin am Mainfrankentheater engagiert. Wohnhaft ...», Heinlein suchte die Meldebescheinigung und war nicht wenig überrascht, «in der Schillerstraße 34, Würzburg, bei Endres. Sie wohnen also zusammen?»

«Ist das hier in Deutschland strafbar?», fragte Sue nicht ohne Ernst.

«Solange Sie nichts Verbotenes tun oder die Nachbarn belästigen, nicht», antwortete Heinlein kühl. «Wir sind hier in einer Demokratie, verstehen Sie, nicht so wie bei ...»

Heinlein biss sich auf die Zunge.

«Ihnen. Das meinten Sie doch?», hakte Sue nach.

«Ich wollte keine Vergleiche ziehen. Also, Frau Ryser, Sie arbeiten als Repetitorin. Auch zum besagten Zeitpunkt, als Herr Sandner verstarb?»

«Sicher, ich habe eine Pause gemacht und mich dafür auf mein Zimmer zurückgezogen. Das wissen Sie doch bereits, Sie haben es gesehen.»

Mariannes Kopf schoss herum. Sie stellte die Frage mit den Augen, vorwurfsvoll und stumm. Sue verneinte mit einem Händedruck unter der Tischplatte.

«Sie haben ausgesagt, dass Sie Marianne Endres die ganze Zeit über vorne auf dem Gang, gegenüber dem Zimmer des Intendanten, gesehen hätten.»

Sue nickte.

«Sie bleiben bei dieser Aussage, selbst wenn bewiesen ist, dass Sie von Ihrem Zimmer aus gar nicht Frau Endres sehen konnten?»

Wieder nickte Sue. Dann sagte sie: «Und wenn ich sie für einen Moment wirklich nicht sehen konnte, dann hörte ich ihre Schritte.»

«Und die hören Sie aus tausend anderen sofort heraus?»

«Nicht aus tausend», antwortete Marianne, «aber aus den meinen, da ich als Einzige auf dem Flur war.»

«Ah ja», schnaufte Heinlein zufrieden. «Nach Ihrer Aussage waren Sie die ganze Zeit über vor der Tür des Intendanten. Trifft das zu?»

«Ja», antwortete Marianne.

«Und Sie haben die ganze Zeit dort oben niemand im zweiten Stock gesehen?»

«Nein.»

«Seltsam, in diesem Haus ist doch ständig irgendjemand nach irgendwo unterwegs.»

«Mag sein, aber zu diesem Zeitpunkt nicht.»

«Und wie hat sich dann Sandner an Ihnen vorbeigeschlichen, als er das Büro des Intendanten verließ?»

Marianne antwortete nicht sofort. Ihre Augen zuckten kurz zu Sue hinüber. «Ich war für 'ne Minute auf die Toilette gegangen.»

«Aha, und wo liegt die Toilette, auf dem zweiten Stock?»

«Nur ein paar Meter weiter.»

«Wie viele Meter?»

«Fünf, sechs, vielleicht.»

«Und Sie, Frau Ryser, haben Frau Endres sowohl gesehen als auch gehört, als sie zur Toilette ging?»

Sue blickte ratlos. «Mein Gott, für die eine Minute habe ich sie natürlich nicht gesehen. Aber ich habe die Klospülung gehört.»

«Soso, die Klospülung.»

Heinlein machte eine bedeutungsvolle Pause, zumindest zwang er sich einen Ausdruck ins Gesicht, der ein Mehr an Wissen, sprich die Wahrheit, widerspiegeln sollte.

«Ich sage Ihnen nun, was wirklich an diesem Morgen geschah», begann Heinlein. «Ich glaube Ihnen durchaus, dass jemand von Ihnen beiden vor Reichenbergs Tür auf und ab ging ... aber nicht, um eingelassen zu werden, sondern um Schmiere zu stehen.»

«Schmiere?», fragte Sue ahnungslos.

«Wache», antwortete Heinlein schroff. «Und ich glaube, dass Sie das waren», sagte Heinlein zu Sue, «Sie haben Ihrer Freundin den Rücken freigehalten, während sie sich die paar Meter weiter zu Sandners Büro geschlichen hat, den Revolver auspackte und Sandner damit erschoss. Danach haben Sie», damit meinte er Marianne, «die Spuren verwischt, Sandner den Revolver in die Hand gedrückt und sind schnellstens in den Schutz Ihrer Freundin geflüchtet.»

Marianne und Sue waren einen Moment lang sprachlos. Dann: «Blödsinn! Was sollte ich denn für einen Grund gehabt haben, Freddie zu erschießen?», fragte Marianne.

«Einen der banalsten: Sie wollten seinen Job.»

«Freddies Job?», schrie Marianne auf, «den hätte ich auch so bekommen, wenn nicht ...»

Heinlein hakte nach. «Ja, wenn nicht ...?»

Marianne schwieg.

Heinlein griff den unvollendeten Satz auf. «Wenn nicht aus heiterem Himmel Herr Raimondi aufgetaucht wäre. Tja, damit konnten Sie nicht rechnen. Sie hatten geglaubt, dass die Intendanz Sie mit der Regie betrauen würde, jetzt, wo es nur noch ein paar Tage bis zur Premiere sind und das Haus ohnehin finanziell am Abgrund steht. Ja, dieser Gedanke macht Sinn. Nur zu dumm, dass er nicht funktioniert hat.»

Schweigen. Sue griff Mariannes Hand unter dem Tisch fester. Es schien beinahe, dass Heinlein Mariannes Geständnis ausgesprochen hatte, so still und konsterniert saß sie nun da.

In die Stille platzte Benno Führwald. Er ging wortlos an den beiden Frauen vorbei, reichte Heinlein ein Blatt Papier und flüsterte ihm etwas ins Ohr.

Heinlein bedankte sich mit einem Nicken, und Benno verließ das Vernehmungszimmer. Heinlein verlas ruhig die Testergebnisse. Dann blickte er auf.

«Ich glaube, der Zeitpunkt ist gekommen, dass Sie einen Rechtsbeistand anrufen sollten.»

Marianne stand unvermittelt auf, der Stuhl kippte nach hinten um, depperte noch ein paar Schläge auf den Boden.

«Ich war es nicht», schrie sie. «Ich weiß nicht, was in Ihrem kranken Hirn vor sich geht, aber ich war es nicht. Ich … ich habe ja noch nicht mal eine Waffe.»

«Die Testergebnisse besagen aber etwas anderes», sagte Heinlein ruhig.

«Was?», stotterte Marianne.

«Ich weiß noch nicht, wer es von Ihnen beiden war, der die Waffe besorgt hat … vielleicht waren es auch Sie, Frau Ryser, ich denke, Sie pflegen gute Beziehungen zu den amerikanischen Einheiten in der Stadt.»

Sue blickte ratlos drein. «Äh, ja, ich feiere hin und wieder Thanksgiving oder spiele bei einer Geburtstagsparty, aber ...»

«Eine Waffe konnten Sie bei Ihren amerikanischen Freunden dennoch nicht besorgen.»

«Nein, was soll das?!», widersprach Sue heftig.

«Nein, Sie konnten keine besorgen, und ja, Sie haben es versucht. Meinten Sie vielleicht das?»

Sue lief vor Wut rot an. «You fucking son of a bitch ...»

«Nun, auch darauf habe ich eine Antwort.» Heinlein blieb ruhig, ganz Profi. «Sie haben einen Tipp von Ihren Freunden bekommen, wo man sich in der Stadt schnell und günstig eine Waffe besorgen kann. Zu Ihrem Leidwesen jedoch geraten Sie dummerweise an eine Waffe, die ein paar Monate zuvor bei einer Schießerei in Würzburg benutzt wurde und deren Spuren weit zu Ihrer Quelle zurückreichen. Wissen Sie, es ist alles dokumentiert.»

«Ah ja?», fauchte Marianne nun heftig, «und wie soll die Waffe in unseren Besitz geraten sein?»

«Sie haben einen Moment nicht aufgepasst, Sie hätten die Waffe vor ihrem letzten Gebrauch noch gründlicher reinigen sollen, als Sie es bereits taten. Wir haben Spuren von einem Parfüm an der Waffe festgestellt – und wissen Sie was ... dieses Parfüm ist bis auf das letzte Molekül mit dem Ihren identisch.»

«Wie soll das möglich sein?», fragte Sue, plötzlich ruhig geworden und nun interessiert.

«Wir haben Ihre Schweißprobe mit den Spuren an der Waffe verglichen. Das Ergebnis lautet: Die verwendeten Duftstoffe sind die gleichen.»

Langsam regte sich in Sue Widerstand. Sie lachte lauthals. «Mein Gott, diese Duftstoffe können Sie an nahezu jeder Straßenecke kaufen. Ich wette, dass mindestens hundert Frauen damit durch die Gegend spazieren.»

«Auch wenn diese Proben das gleiche Mischverhältnis zeigen?»

«Ja, verdammt», antwortete nun Marianne. «Es ist kein Geheimnis, dass Frauen aus unterschiedlichen Düften ihren eigenen Duft zusammenstellen. Und das tun sie auch unter Zuhilfenahme von irgendwelchen Anleitungen, die in jeder zweiten Frauenzeitschrift abgedruckt sind.»

«Sie wollen also behaupten, dass Sie die Duftstoffe gekauft und nach Anleitung zusammengestellt haben, so wie es andere Frauen in dieser Stadt auch getan haben könnten?»

«Ja, verflucht!»

«Wir werden sehen. Morgen werde ich Sie jemandem gegenüberstellen, der Ihnen die Waffe verkauft hat. Bis dahin bleiben Sie mein Gast.»

*

Die Initiatoren nutzten die Gunst der Stunde. Wenn sich wegen der Berichterstattung um den *Don Giovanni* mehr Presse in der Stadt aufhielt als sonst, dann galt es schnell zu handeln. Die Genehmigung der Stadtverwaltung war im Handumdrehen eingeholt.

Die Demonstration der Belegschaft gegen die drohende Schließung des Theaters startete auf dem Platz vor dem Theater, führte durch die Eichhornstraße auf den Oberen und Unteren Markt und sollte mit einer Erklärung am Vierröhrenbrunnen gegenüber dem Rathaus enden. Zu den Initiatoren der Veranstaltung gehörten neben Franziska, Kayleen und dem Betriebsratsvorsitzenden auch verschiedene Vereine, die sich der Kunstförderung in Stadt und Landkreis verschrieben hatten. Die Aktion war zur publikumsstärksten Uhrzeit um siebzehn Uhr geplant, wenn der Feierabendverkehr auf sein Maximum zusteuerte.

Ausgestattet mit Schildern und Megaphon, die die drohende Arbeitslosigkeit der Künstler und den Niedergang der Kultur heraufbeschworen, zog der Tross los.

Die Kostümabteilung hatte auf die Schnelle ihr Bestes getan, um die Mitglieder des Chors und die Sänger in die abgerissenen Lumpen in einem Gefangenenchor zu verwandeln. Mit dem berühmten Thema aus Verdis *Nabucco* auf den Lippen marschierten sie die Theaterstraße entlang, gleich einer Totenprozession, bis zum Bürgerspital, wo sie in die Eichhornstraße einbogen. Andere Künstler trugen Kostüme aus laufenden Produktionen. Da fand sich eine Gruppe von Nonnen aus dem *Dialogues des Carmelites*, Figuren aus dem *Liebestrank* und dem *Don Giovanni*. Sie wollten damit zeigen, was die Stadt und ihre Bürger aufgaben, wenn das Theater geschlossen würde. Das Verkehrschaos, das sie damit provozierten, war Teil ihres Planes. Lautes Hupen und der Gesang des Gefangenenchors hallten in den engen Straßen wider. Je mehr Aufmerksamkeit die Theaterleute für ihr Anliegen gewinnen konnten, desto mehr hofften sie auf die Unterstützung der Bevölkerung. Und tatsächlich, immer mehr Passanten schlossen sich dem Tross an. Aus Seitengassen, Geschäften und Mietshäusern kamen sie hinzu, dünnen Rinnsalen gleich, die sich zu einem mächtigen Strom vereinigten.

Straßenbahnen und Taxis kapitulierten, als der Zug auf dem Oberen Markt eintraf. Aus den ursprünglich dreihundert Demonstranten war inzwischen die doppelte Menge geworden. Musiker, Schauspieler, Sänger und Tänzer taten ihr Bestes, um Gehör zu finden und für ihr Anliegen zu werben. Sie verteilten sich auf die Haupt- und Seitenstraßen, so wie es nur zweimal im Jahr in der Stadt Brauch war – zu Fastnacht und zu Beginn des Afrika-Festivals. Es wurde gesungen, getanzt, gespielt und aus den Klassikern rezitiert.

Das geschäftige Treiben der Innenstadt erlahmte. Die steten Rufe, die nach Rettung und Förderung des zentralen Kulturträgers im Umkreis von hundert Kilometern verlangten, übertönten alles andere.

Auf dem Platz des Vierröhrenbrunnens fügten sich die einzelnen Ströme wieder zu einem einzigen großen zusammen. Er reichte hinauf bis zum Kiliansdom und füllte den Aufgang zur Alten Mainbrücke und den in die Karmelitenstraße.

Der Betriebsratsvorsitzende erklomm die steinerne Brüstung des Brunnens aus dem achtzehnten Jahrhundert. In seinem Zentrum erhob sich eine Säule, an deren Spitze die *Franconia*, die Personifizierung Frankens, thronte. Nach den vier Himmelsrichtungen ausgerichtet waren vier Figuren angebracht, die die vier Kardinaltugenden symbolisierten – Mäßigung, Tapferkeit, Gerechtigkeit und Klugheit. Der Legende nach sollten sie den Stadtratsmitgliedern als Grundlage ihrer Arbeit dienen.

Der Mann, der auf der Brüstung balancierte, nahm das Megaphon zur Hand. Er richtete seine Ansprache auf das Rathaus, wo die Bürgermeisterin, die an einem der Fenster des Wenzelsaales stand, die Forderungen entgegennahm.

Sie hatte ein Telefon zur Hand, mit dem sie eine Verbindung zur Bayerischen Staatskanzlei hergestellt hatte. Sollte ihr Landesfürst ruhig hören, was die Würzburger zu seinen Sparplänen zu sagen hatten. Abends würden die Bilder der Demonstration im Fernsehen ausgestrahlt werden.

*

Diesmal war Heinlein vorbereitet. Der kleine Scheißer würde ihm nicht noch einmal entwischen. Er lauerte bereits seit einer geschlagenen Stunde im Hauseingang eines der vier Hochhäuser, die den Platz am Heuchelhof umsäumten. Eine Zivilstreife mit zwei Mann zur Unterstützung der geplanten Aktion hatte sich ein paar Meter weiter am Straßenrand positioniert. Jetzt hieß es warten, bis sich die Zielperson zeigen würde.

Die Szenerie war der vom Vortag ähnlich. Die Skater malträtierten den Beton mit ihren Brettern, und eine Gruppe Jugendlicher leerte einen Bierkasten. Heinlein erkannte in einem der Skater den Jungen, der ihn angesprochen hatte. Die Gruppe war ausgelassen, dachte an nichts Böses. Von dem Informanten war jedoch nichts zu sehen. Das konnte noch Stunden dauern. Heinlein musste etwas unternehmen. Er funkte die Kollegen an.

Der Trick war alt und hieß *auf den Busch klopfen.*

Einer der Beamten verließ die Streife. Auf dem Platz näherte er sich den Skatern, sprach mit ihnen, wollte wissen, wo dieser bestimmte Junge vom Vortag zu finden sei. Er erhielt natürlich keine Antwort. Als er den Platz verlassen hatte, löste sich einer aus der Gruppe und hielt auf den Eingang eines der Hochhäuser zu. Heinlein setzte sich in Bewegung. Er vermied es, schnell zu laufen, um die anderen nicht zu warnen.

Heinlein erreichte den Türeingang wenig später als der Skater. Er beobachtete, wie der Junge die vierte Klingel in der zweiten Reihe drückte. Nach einigen Worten in die Gegensprechanlage verschwand der Skater. Jetzt musste Heinlein nur noch abwarten.

Tatsächlich, der Aufzug hinauf in den zweiten Stock setzte sich in Bewegung. Nach einer Minute kam er wieder im Erdgeschoss an. Heinlein machte sich bereit. Durch die Glastür kam ein Junge heraus. Er trug dieselbe Uniform wie seine Freunde: Baggypants, Sneakers, XXL-T-Shirt und Kappe der L.A. Lakers.

Heinlein kam hinter der Ecke hervor, stand mit ihm auf einen Meter Auge in Auge.

«Jetzt hab ich dich», sagte Heinlein ruhig.

«Am Arsch», lautete die Antwort.

Noch bevor er seine Finger für den Hilfepfiff in den Mund stecken konnte, hatte Heinlein sich ihn gekrallt. Über das Walkie-Talkie rief er die Kollegen. Er wies sie an, den Eltern Bescheid zu geben, dass ihr Sohn zur Vernehmung auf die Polizeiwache gebracht wurde.

Der Tag neigte sich dem Abend zu. Die Vernehmung des Jungen dauerte bereits zwei Stunden. Er war hartnäckig, wollte keine Auskunft über die Käuferin der .38er geben. Und wie es aussah, würde an diesem Tag auch nichts mehr daraus. Seine Familie wartete im Eingangsbereich. Sie protestierten laut, sprachen von Polizeistaat und Foltermethoden. Ein Anwalt kam hinzu, wollte mit seinem Mandanten sprechen. Heinlein gab ihnen zehn Minuten. Danach hatte sich nichts geändert, der Kleine wollte noch immer nicht reden. Der Anwalt bestand darauf, dass er mit seinen Eltern nach Hause gehen konnte, Fluchtgefahr bestünde keine. Aber Verdunkelung, widersprach Heinlein. So würde der Junge über Nacht in Polizeigewahrsam bleiben. Mal sehen, wie hart der Kleine wirklich war.

Das Telefon klingelte. «Heinlein.»

Am anderen Ende der Leitung war Django Karazic. Heinlein war überrascht, die Buschtrommeln funktionierten noch immer gut. «Was gibt es?», fragte er.

«Lassen Sie mich mit Edik reden.»

«Wieso?»

«Weil ich ihn zur Vernunft bringen kann.»

Heinlein reichte den Hörer weiter. Der Junge lauschte

den Worten seines großen Vorbildes, so schien es zumindest, wenn man die Körpersprache zu lesen verstand.

Die Entscheidung war schnell gefällt und das Telefonat beendet.

«Ich weiß zwar nicht, wie sie heißt, aber ich würde sie wiedererkennen», sagte er kleinlaut.

Heinleins Stimmung hob sich von einer Sekunde auf die andere. Für diesen Tag war es für eine Gegenüberstellung schon zu spät. Aber gleich morgen früh würde er mit dem Zeugen Sue und Marianne als die Käuferin der .38er überführen.

Heinlein schickte den Jungen nach Hause.

18

Die Schlagzeile im Kulturteil der *Frankfurter Allgemeinen* lautete an diesem Morgen: *Aus für Raimondi.*

Kilian nahm einen kräftigen Schluck aus der Kaffeetasse. Wegen unüberwindbarer Meinungsverschiedenheiten bei der Inszenierung des *Don Giovanni* sei eine Auflösung des Vertrages kurz vor der Premiere unausweichlich gewesen, so der Intendant Reichenberg. Auf die Schnelle würde die Stelle nicht mehr besetzt werden können, daher würde der Intendant selbst in den verbleibenden Tagen retten wollen, was noch zu retten sei. Der Generalmusikdirektor Beat Stiller würde ihn bei der Probenarbeit unterstützen. Er sei zum Premierentermin zwar an einem anderen Haus disponiert, doch habe er dieses Engagement zum Wohle des Hauses mit dem zweiten Kapellmeister Rainer Pohlmann besetzen können.

Von dem geschassten Regisseur Raimondi war bis Redaktionsschluss keine Stellungnahme mehr zu bekommen gewesen. Die Oberbürgermeisterin der Stadt Würzburg und Dienstherrin des Mainfrankentheaters war sehr überrascht über die unerwarteten Differenzen zwischen Regisseur und Intendanz, hatte man sich doch vorher über die Verpflichtung des Weltstars sehr gefreut. Trotz allem habe sie vollstes Vertrauen in die Leitung des Theaters bei der Aufführung der Mozartoper.

Kilian legte das Blatt zur Seite. Aus dem Zimmer Raimondis hörte er dessen Stimme. Natürlich telefonierte er. Offenbar mit jemand, den er zu beruhigen suchte. Nichts sei so, dass man die Absprache revidieren müsse. Er bat um Vertrauen, es würde sich bis zur Premiere alles wieder einrenken.

An der Tür klingelte es. Kilian ging, um zu öffnen. In der Tür stand der Hotelpage. Er bat um Anweisungen, wie mit dem Tross der Journalisten, die in der Lobby auf eine Stellungnahme Raimondis warteten, zu verfahren sei.

«Sagen Sie ihnen, dass ich in fünfzehn Minuten zur Verfügung stehe», rief Raimondi herüber.

Er stand aus dem Bett auf und kleidete sich an.

«Was ist hier eigentlich los?», fragte Kilian.

«Haben Sie es nicht gelesen?»

«Doch, deswegen frage ich ja.»

«Dann ist Ihre Frage beantwortet. Man hat mir gekündigt.»

«Wann ist das passiert und wieso?»

«Gestern Abend. Reichenberg hat mich zu sich bestellt, nachdem er das neue Bühnenbild und die Kostüme gesehen hatte. All das schien ihm nicht gefallen zu haben.»

«Aber …»

«Ich weiß», unterbrach Raimondi. «Natürlich hat dieser

Stiller seine Finger im Spiel. Ich vermute sogar, dass er der eigentliche Grund für die Kündigung ist, vielmehr, dass er nicht mit mir arbeiten kann.»

«Wollte nicht der zweite Kapellmeister den *Don Giovanni* dirigieren?»

«Das war, bevor ich die Fernsehsender für eine Live-Übertragung gewinnen konnte. Das hat alles geändert. Das Publikum ist von siebenhundertfünfzig im Saal auf über hundert Millionen potenzielle Zuseher im deutschsprachigen Raum angewachsen. Da vergisst man schon die eine oder andere Zusage bei einem anderen Haus.»

«Und das lassen Sie sich einfach so gefallen?»

«Einen Teufel werde ich.»

Raimondi war angezogen, hatte die Haare gekämmt und einen letzten Schluck aus der Kaffeetasse getrunken. «Auf in den Kampf.»

Zusammen gingen sie die Treppen nach unten. Die Lobby war, wie der Hotelpage sagte, mit Journalisten, Kameras und Mikrophonen überfüllt. Eine Ecke war für die Stellungnahme Raimondis ausgeleuchtet.

Er trat in das Licht der Scheinwerfer. «Meine Damen und Herren, es freut mich, dass Sie so zahlreich erschienen sind. Der Anlass, zu dem ich Sie eingeladen habe, ist weniger erfreulich. Ich möchte es an dieser Stelle kurz machen und Ihnen sagen, dass ich nicht ohne Kampf von meiner Regiearbeit zurücktreten werde. Die Anschuldigungen, die vonseiten der Intendanz gegen mich erhoben worden sind, sind haltlos und entbehren jeglicher vertraglicher Grundlage.

Vielmehr ist das eingetreten, was am Mainfrankentheater traurige Berühmtheit erlangt hat. Und das lässt sich in einem Wort ausdrücken: Mittelmaß.

Ich bin nicht nach Würzburg gekommen, um mich von Provinzmanagern und selbstverliebten Kapellmeistern in meiner künstlerischen Arbeit beschneiden zu lassen. Stattdessen versprach man mir freie Hand bei der Inszenierung einer Oper, die, und das gestatten Sie mir in aller Bescheidenheit zu sagen, niemand besser kennt als ich.

Ich möchte Sie nun einladen zu dokumentieren, wie ich meinen Arbeitsplatz aufsuche, um zu Ende zu führen, was ich begonnen habe. Bitte folgen Sie mir.»

Raimondi ging voran, Kilian an seiner Seite. Journalisten und Kameraleute schlossen sich an. Während der kurzen Strecke vom Hotel bis zum Mainfrankentheater beantwortete Raimondi Fragen. Zu Kilians Überraschung ließ Raimondi den unscheinbaren Bühneneingang links liegen und führte die Journalisten zum Haupteingang. Dort warteten die Sänger und Sängerinnen des *Don-Giovanni*-Ensembles. Sie hatten Schilder und selbst gemalte Plakate in der Hand, die sie als arbeitslos und ausgesperrt bezeichneten. Kilian erkannte Kayleen, Debbie, Aminta, Roman, Takahashi und sogar Steven Vanderbuilt. Sie demonstrierten für die künstlerische Freiheit und gegen das Diktat eines senilen Kulturmonarchen.

Raimondi mischte sich unter sie. Umrahmt von seinem Ensemble, richtete er sein Anliegen direkt in die Kamera.

«Wir fordern Zugang zu unserem Arbeitsplatz, der uns von der Stadt Würzburg, in Person des Intendanten, verwehrt wird. Wir widersprechen jeglicher Maßregelung bei der Ausübung unseres Berufes. Dies tun wir im Geiste Mozarts, der jeglicher Bürokratisierung seiner Musik entschieden entgegengetreten wäre.»

Raimondi drehte sich zur Eingangstür um, versuchte sie zu öffnen. Sie war verschlossen. Der Akt als solcher hatte symbolischen Charakter, er hätte nur ein paar Meter weiter zum Bühneneingang gehen müssen. Der wäre offen gewesen. Doch das passte natürlich nicht in sein Kalkül.

Mit der verschlossenen Tür ging die Berichterstattung von den ausgesperrten Künstlern zu Ende. Weitere Interviewfragen lehnte Raimondi ab, er verwies auf den Intendanten, dessen Stellungnahme die Zuschauer sicherlich interessieren würde.

Zusammen mit seinen Sängerinnen und Sängern verließ Raimondi den Theatervorplatz. Sie gingen eine Seitenstraße weiter in die Oeggstraße und betraten das zweite Theatergebäude, wo neben der Kostümabteilung auch Probenräume untergebracht waren.

Kilian fragte sich, was hier eigentlich gespielt wurde. So unglaublich, wie er die Entscheidung Reichenbergs auch fand, noch unglaublicher war, dass Raimondi mit aller Gewalt zurück an seinen Arbeitsplatz drängte. Raimondi wäre normalerweise der Letzte, der sich um so etwas kümmern würde. Er hätte einfach sein nächstes Engagement angetreten.

Als sie in einem Probenraum die Tür hinter sich verschlossen hatten, löste sich die Anspannung.

Raimondi klatschte anerkennend in die Hände. «Vielen Dank, meine Damen und Herren, das war sehr gut umgesetzt.»

Na, also, wie es Kilian vermutet hatte: Die Story von Kündigung und Aussperrung war ein einziger Mummenschanz gewesen.

«Was wollen Sie damit bezwecken?», fragte Kilian.

«Nichts anderes als Öffentlichkeitsarbeit», antwortete Raimondi gelassen. «Es ist Teil meiner Arbeit, ein möglichst großes Interesse an der Aufführung zu generieren.»

«Mit Lügen und falschen Anschuldigungen?»

«Das sind moralisierende Begriffe für das, was wir im Theaterbereich als Promotion bezeichnen. Glauben Sie im Ernst, dass es bei anderen Produktionen anders läuft?»

Kilian dachte kurz nach, er wusste es nicht. «Keine Ahnung, ich bin nicht aus dem Metier.»

«Das ist eine ehrliche Antwort, die ich schätze. Darum überlassen Sie es mir, die Moralkeule auszupacken, wenn es angebracht ist. In diesem Fall ist es nicht notwendig. Vertrauen Sie mir.»

Raimondi ließ keinen Moment ungenutzt. Er wandte sich wieder seinen Künstlern zu, ordnete an, dass sie verschiedene Rezitative üben sollten. Nach der Pause würde man über den Hintereingang zu den Werkstätten wieder im Großen Saal arbeiten können.

Wie bestellt und als ob nichts gewesen sei, betrat Franziska den Raum. Sie setzte sich hinter das Piano und breitete den Klavierauszug aus. Von Sue, der eigentlichen Pianistin, war nichts zu sehen. Auch Franziska wusste keine Antwort darauf, wo sie abgeblieben war.

Kilian glaubte in ihrem Gesicht so etwas wie Routine zu erkennen. Keine Spur von Aufregung wegen der Vorfälle an diesem Morgen. Er schien der Einzige zu sein, der nicht eingeweiht war. Er ging vor die Tür. Sein Kollege in Zivil hatte bereits im Gang Stellung bezogen. Wusste auch er Bescheid? Kilian fragte nicht, er wollte sich keine Blöße geben.

Kilian beschloss bei einem Kaffee im *Choko Chanel*, über alles nachzudenken. Beim Überqueren der Theaterstraße erkannte er den Pressesprecher der Stadt und des Theaters, wie er den Journalisten Rede und Antwort stand. Aus dem Pulk löste sich jemand heraus und folgte Kilian. Es war der Reporter der *Frankfurter Allgemeinen*. Er setzte sich ungefragt zu Kilian an den Tisch.

«Sie wünschen?», fragte Kilian.

«Mein Name ist Felix Severin von der *Frankfurter All-*

gemeinen», antwortete er. «Wir haben uns bestimmt schon einmal gesehen, wir wohnen im selben Hotel.»

Kilian versuchte sich zu erinnern. «Kann sein.»

Severin winkte die Bedienung herbei. «Was trinken Sie?», fragte er Kilian.

«Einen Espresso.»

«Gut, dann zwei Espressi und ein Glas Wasser bitte.»

Dann, wieder zu Kilian gewandt: «So viel Trubel um eine Opernaufführung hat Würzburg noch nicht gesehen. Was meinen Sie?»

Kilian war sich nicht sicher, was es mit diesem Gespräch überhaupt auf sich hatte. «Was wollen Sie von mir?»

«Mich mit Ihnen über die Aufführung des *Don Giovanni* unterhalten. Weiter nichts.»

«Dann sind Sie beim Intendanten oder beim Regisseur besser aufgehoben als bei mir.»

«Was die sagen, weiß ich schon. Mich interessiert, was Sie von den Ereignissen der letzten Tage und denen von heute Morgen halten.»

«Nicht mehr und nicht weniger als sie.»

Severin lächelte. «Das glaube ich wiederum nicht. Ich denke, dass Sie einen sehr guten Einblick haben.»

«Und wenn, dann würde ich es Ihnen bestimmt nicht erzählen.»

Die Espressi kamen. Severin startete einen zweiten Versuch. «Ich versichere Ihnen, dass nichts diesen Tisch verlässt, wenn Sie es nicht wollen.»

Kilian lachte laut auf. «Dann wären Sie ein seltsamer Vertreter Ihrer Zunft.»

«Im Ernst», sprach Severin, «auch wir können schweigen, wenn wir wollen.»

«Tut mir Leid, wir kommen nicht ins Geschäft.»

«Was halten Sie aber davon, dass wir unsere Informationen austauschen. Ich weiß Dinge, die Sie bisher nicht in Erfahrung bringen konnten.»

Kilian horchte auf. «Dann werde ich Sie wegen Verschleierung drankriegen. Am besten, Sie erzählen mir jetzt, was Sie glauben zu wissen.»

Severin setzte sein Pokergesicht auf. Er war sich unschlüssig, begann aber dann doch. «Gut, dann mache ich den Anfang.»

«Ich höre.»

«Diese beiden Anschläge auf Raimondi – bei dem ersten ist ja mein Kollege ums Leben gekommen – riechen ganz entschieden nach Inszenierung.»

«Wie meinen Sie das?»

«Die Yucca, die aus unerfindlichen Gründen drei Stockwerke tief über den Handlauf fällt. Ein klarer Mord. Da gibt es keine Fahrlässigkeit oder einen Unfall. Die Tat wurde kalt und heimtückisch ausgeführt.»

«Was noch zu beweisen wäre.»

«Fragt sich, wer das Ziel war. Raimondi oder mein Kollege.»

«Weiter.»

«Ich weiß nicht, was der Täter für einen Grund gehabt haben soll, eine gute Reportage über die Produktion verhindern zu wollen. Ich habe mir seine Aufzeichnungen durchgesehen. Es fand sich nichts darunter, worüber sich das Theater hätte sorgen müssen. Im Gegenteil, es wäre pure Werbung gewesen.»

«Bleibt also Raimondi. Was hätte es für einen Grund gegeben, gerade ihn, der eine Sensation für das Haus darstellt, töten zu wollen?»

«Das habe ich mich auch immer und immer wieder gefragt.»

«Haben Sie eine Antwort gefunden?»

«Ja.»

«Jetzt bin ich gespannt.»

«Der Täter hatte es nicht auf Raimondi abgesehen – zumindest nicht direkt.»

«Verstehe ich nicht.»

«Er wollte ihn nicht gezielt treffen, sondern einen Anschlag auf ihn vortäuschen. Dummerweise ging die Sache schief. Dennoch, der Effekt blieb erhalten. Wir hatten eine Schlagzeile.»

«Ging es allein darum?», fragte Kilian besorgt.

«Dem Täter schon, ich sehe sonst keine Erklärung.»

«Waren Sie auch zufrieden?»

Severin reagierte ärgerlich. «Was soll das? Wollen Sie mir Kaltschnäuzigkeit unterstellen? Ich kannte Keil immerhin gut.»

«Wieso schreiben Sie dann über einen Vorfall, wenn Sie Zweifel über die Hintergründe haben?»

Severin geriet in die Defensive. «Zum einen, weil ich darüber berichten muss, das ist mein Job. Zum anderen, weil ich mir nicht wie Sie eine Woche Zeit nehmen kann, um alles gründlich zu hinterfragen. Meine Zeitung erscheint täglich.»

«Und da können Sie keine Woche warten, bis Sie den wahren Grund für die Tat ermittelt haben?»

«Zum Teufel, nein. Ich stehe bei der ganzen Sache ziemlich unter Druck. Mein Chefredakteur erwartet täglich eine neue Geschichte über den Fortgang der Ereignisse. Ansonsten ist das Thema tot, oder eine andere Zeitung macht die Geschichte.»

«Rechtfertigt das Ihr Schweigen?»

Severin antwortete nicht. Die Grundsatzdiskussion über Moral und Ethik in der Journaille hatte er dieser Tage wohl schon öfters geführt.

Stattdessen redete Kilian. «Also, Sie haben mit Ihrer Berichterstattung die Erwartungen erfüllt, die der Täter vermutlich hatte – Werbung für die Produktion zu machen.»

Severin nickte.

Kilian ging noch einen Schritt weiter. «Ich habe mir den Tatort genauer angesehen. Der Anschlag war Millimeterarbeit. Nur ein wenig weiter nach links, und es hätte Raimondi getroffen. Doch dann hätte Werbung für den *Don Giovanni* keinen Sinn mehr gemacht, weil der Regisseur tot gewesen wäre.»

«Folglich ...», rätselte Severin.

«... war der Täter entweder unglaublich abgebrüht oder sich aus anderen Gründen des Erfolgs seiner Tat so sicher wie sonst niemand.»

«Gehen wir von dem zweiten Fall aus. Wieso konnte der Täter so sicher sein?»

Beide dachten über die Frage nach.

Schließlich kamen sie zu demselben Ergebnis.

«Weil Raimondi eingeweiht war», sagte Severin als Erster.

Richtig, bestätigte Kilian stumm. Er erinnerte sich der einen Sekunde, als Raimondi bei der Verabschiedung des Journalisten in die Höhe geschaut hatte. War das das Zeichen? Taxierte er die Fallrichtung des tödlichen Geschosses?

«Wenn Raimondi Teil diesen perfiden Plans ist, wer ist dann sein Helfer?», fragte Kilian.

«Gute Frage», antwortete Severin, «genau deshalb wollte ich mit Ihnen sprechen.»

«Dann muss ich Sie enttäuschen. Ich weiß es selbst nicht.»

«Aber Sie sind doch täglich bei den Proben dabei. Mit wem hat Raimondi ein engeres Verhältnis?»

Kilian fiel bei dem Wort Verhältnis spontan Aminta Gudjerez ein. Doch da ging es um Sex, zumindest vordergründig. Er wusste nicht, wieso Raimondi sich mit ihr eingelassen hatte und was er noch mit ihr vorhatte. Aber Aminta als Todesengel? Kilian wollte nicht so recht daran glauben. Dafür war sie nicht der Typ, sie hätte niemals den Tod eines Unschuldigen in Kauf genommen. Bei Raimondi war er sich da nicht so sicher.

«Wieso gehen Sie davon aus, dass der Täter aus dem Theater kommt? Vielleicht ist es ein Mann von außerhalb?», fragte Kilian.

«Unwahrscheinlich. Dann müsste er über sehr gute Kenntnisse der Örtlichkeiten und besonders der Fluchtwege innerhalb des Theaters verfügen. Außerdem würde ein fremdes Gesicht auffallen. Meinen Sie nicht?»

Kilian nickte. Ein zweiter Gedanke drängte sich ihm auf. «Woher wussten Sie eigentlich so schnell und gut über den zweiten Anschlag Bescheid?»

Severin grinste nicht ohne Stolz. «Ich war der Einzige, der die Story hatte.»

«Aber woher kannten Sie die Einzelheiten? Es las sich, als wären Sie dabei gewesen.»

»Ich nicht, aber mein Informant.»

Kilian merkte auf. «Ein Informant? Wer?»

«Ich weiß es nicht.»

«Machen Sie den Mund auf.»

«Ehrlich, ich weiß nicht, wer mein Informant ist. Als ich in mein Hotel zurückkam, lag eine ausführliche Beschreibung der Tatumstände in meinem Fach.»

«Wer hatte sie hinterlegt?»

«Keine Ahnung. Der Mann an der Rezeption fand den Umschlag mit meinem Namen auf seinem Tisch vor. Er habe niemand gesehen, sagt er.»

«Haben Sie den Brief bei sich?»

Severin zögerte. Er würde wertvolles Beweismaterial aus der Hand geben.

Kilian legte nach. «Unterschlagung von Beweismaterial, Behinderung der Ermittlungsbehörden ...»

«Schon gut.» Er kramte in seinem Time-System, im hintersten Fach, zog einen Brief hervor und reichte ihn Kilian.

Der Brief beinhaltete auf einer Seite handschriftlich niedergelegt Stichpunkte, keine ganzen Sätze. Die musste man selbst ausformulieren. Für einen Journalisten sollte das kein Problem darstellen. Die einzelnen Punkte waren so genau und umfassend, dass sie Severin für einen Artikel ausreichten.

Kilian betrachtete die Handschrift. Alle Buchstaben waren versal geschrieben, ohne eine individuelle Ausprägung zu hinterlassen. Ebenso gut hätten die Wörter aus einer Schreibmaschine oder einem Drucker stammen können. Kilian konnte aus dem Schriftbild keinen einzigen Hinweis auf den Autor dieser Zeilen herauslesen. Das war eine Aufgabe für die Kriminaltechniker und Graphologen. Kilian steckte unter Protest Severins den Brief ein.

«Sie bekommen ihn wieder», beruhigte er ihn.

Kilian blickte auf. Aus dem Bühneneingang des Theaters kam die Garibaldi, in ihrem Schlepptau Batricio. Er schien sehr aufgeregt zu sein.

Kilian beendete das Gespräch. «Sie entschuldigen mich.»

*

Mit dem Rücken zur Wand warteten Sue Ryser und Marianne Endres und drei ähnliche aussehende Polizistinnen auf die Enttarnung durch den Zeugen Edik. Er stand mit

Heinlein in einem angrenzenden Raum und blickte durch eine Fensterscheibe, die auf der anderen Seite verspiegelt war, auf die Verdächtigen.

Alle Frauen trugen einen Schleier oder einen Schal, der ihr Gesicht, wie Edik es beschrieben hatte, verdecken sollte. Nun war es an ihm, Heinlein den ersten Fahndungserfolg im Amt als neuer Dezernatsleiter zu bescheren.

Heinleins Herz pochte voller Erwartung, als er Edik anhielt, sich alle Zeit der Welt zu nehmen, um sich die einzelnen Personen in Ruhe anzuschauen und diejenige auszuwählen, der er die .38er verkauft hatte.

Doch Ediks Gedächtnis funktionierte überraschend schnell und gut.

«Nein», sagte er. «Es ist keine von denen.»

«Lass dir Zeit», beschwor ihn Heinlein.

«Ich weiß, aber unter denen ist sie nicht.»

«Sollen sie vielleicht den Schal abnehmen, damit du ihr Gesicht besser sehen kannst?»

«Meinetwegen.»

Heinlein ergriff das Mikrophon und ordnete an, den Schleier zu lüften.

Ediks Blick ging abermals über die Gesichter. «Nein.»

Heinlein wollte nicht so schnell aufgeben. «Sollen wir mehr Licht machen oder …»

«Ich will ihre Hände sehen.»

Heinlein stutzte, gab dann die Anweisung weiter. Alle Frauen hoben die Hände.

Edik schaute genau hin. «Sie sollen die Hände bewegen, so, als würden sie Flamenco tanzen.»

«Wieso das?», fragte Heinlein verblüfft.

«Ich weiß nicht mehr genau, aber da war etwas mit ihren Händen. Sie waren sehr schön, bewegten sich weich, fast schon sexy.»

Heinlein nickte unwissend.

Edik schaute sich die mehr oder weniger grazilen Handbewegungen der Frauen an. Doch die Gesuchte schien nicht unter ihnen zu sein.

«Nein, alter Mann. Zero points. Die Braut, die Sie suchen, ist nicht darunter. Außerdem war da noch etwas ... Erst jetzt fällt mir das ein.»

«Was ist es? Komm, sag schon.»

*

Die beiden gingen schnell. Die Garibaldi voraus, Richtung Oberer Markt. Batricio ihr hinterher, unablässig auf sie einredend. Worum es genau ging, konnte Kilian auf die Entfernung nicht verstehen. Aus dem Verhalten Batricios schloss er, dass jener etwas von ihr wollte, sie jedoch nicht bereit war, darauf einzugehen.

Auf Höhe des *Barossi*, eines italienischen Stehcafés, gab Batricio auf und ließ sie ziehen. Sie eilte weiter, bog am Oberen Markt auf den Kürschnerhof ein und setzte sich wenig später an einen der Tische vor dem Café am Dom.

Kilian ging auf sie zu. «Darf ich mich kurz zu Ihnen setzen?»

Die Garibaldi war nicht begeistert. «Was wollen Sie denn von mir?» Sie steckte sich eine Zigarette an, bestellte einen Cognac.

«So früh am Tag Alkohol?», fragte Kilian.

«Ich kann ihn gebrauchen», antwortete sie. Schließlich hatte sie ein Einsehen, da Kilian noch immer vor ihr stand. «Setzen Sie sich endlich. Die Leute werden schon auf uns aufmerksam.»

Kilian setzte sich so, dass er sowohl in Richtung des

Kürschnerhofes als auch die lange Domstraße hinunterblicken konnte. Er hatte das seltsame Gefühl, dass Batricio nur eine Pause eingelegt hatte.

«Also, was wollen Sie von mir, Herr Kommissar?», fragte sie mit Sarkasmus in der Stimme, was wie eine Drohung klang.

«Ich habe Sie zufällig mit Herrn Batricio, Ihrem Geschäftsfreund, gesehen. Er schien nicht glücklich zu sein.»

«Seit wann interessieren Sie sich für das Glück anderer Menschen?»

«Sie wissen, was ich meine.»

Isabella Garibaldi hielt inne, sammelte ihre Gedanken. «Paul hat ein ehernes Gesetz in unserer Branche gebrochen.»

«Und Sie wollen ihm nicht verzeihen?»

«Da gibt es nichts zu verzeihen, sondern nur, zu dem zu stehen, was abgemacht war.»

«Sie meinen Aminta Gudjerez?»

Die Garibaldi nickte.

«Will sie nun doch nicht in Zürich singen?»

Sie schüttelte verlegen den Kopf.

«Wo dann?»

Sie hob ahnungslos die Schultern.

«Ich dachte, Sie hatten einen Vertrag mit Herrn Batricio und er mit Aminta.»

«Eben, das dachte ich auch.»

«Müssen nicht Sänger einen Vertrag über eine oder mehrere Spielzeiten abschließen? Wenn ja, dann muss sie sich beeilen, die Sommerpause ist bald.»

Die Garibaldi zog an der Zigarette und stieß den Rauch aus, als sei er Gift. «Ich kann mir schon vorstellen, wer dahinter steckt.»

Nicht nur du, dachte Kilian. Wenn sie nur geahnt hätte,

was er über die Nacht nach der Feier im Rathaus wusste, dann konnte sie getrost die Heimreise antreten.

«Was wollen Sie jetzt unternehmen?»

«Paul muss etwas tun, sonst ist er geliefert. Dafür werde ich sorgen. Ohne die Gudjerez fahr ich nicht nach Zürich zurück, das kommt nicht in Frage.»

«Und wenn es Batricio nicht schafft, Aminta umzustimmen?»

Die Garibaldi schwieg. Ihr Blick verriet, dass es dann eine Angelegenheit für die Anwälte sein würde. Den Regress würde sich Batricio nicht leisten können. Batricio war ein Fall für den Gerichtsvollzieher. Fragte sich nur, ob er das einfach abwarten oder zuvor doch noch handeln wollte.

Kilian dachte an Aminta und den wütenden Batricio. Er war sich sicher, dass die Garibaldi jetzt nicht mehr in Gefahr war.

19

Kilian hatte dieses beklemmende Gefühl in der Magengegend. Es überfiel ihn jedes Mal, wenn er glaubte, einen Fehler gemacht zu haben. Nicht die Garibaldi war in Gefahr, sondern Aminta. Er musste sich beeilen, rannte den ganzen Weg zurück zum Theater. Der Pförtner nannte ihm die Nummer und das Stockwerk, in dem Aminta Gudjerez ihr Zimmer hatte.

Als er auf den Gang hinaustrat, hörte er bereits ihr Wimmern. Eine Frau stand im Türrahmen, sah ihn kommen, erkannte ihn.

«Sie ist hier drin», sagte sie.

Aminta saß an ihrem Garderobentisch, den hell beleuchteten Spiegel vor sich. Sie hielt den Kopf gesenkt, sodass ihn ihre langen dunklen Haare bedeckten. Neben ihr eine Frau, die ihr beruhigend zusprach. Als Aminta aufblickte, erkannte sie Kilian im Spiegel. Sie sah verheult aus. Die linke Gesichtshälfte war aufgeschwollen, das Auge war nahezu darunter verschwunden, die Lippe blutig aufgerissen.

«Das Schwein gehört eingesperrt», sagte die Frau neben Aminta.

Kilian reagierte nicht darauf, er stimmte ihr stumm zu. Dann bat er die beiden Frauen, ihn mit Aminta allein zu lassen. Er setzte sich neben sie auf einen Stuhl, berührte sie vorsichtig an der Wange und drehte ihren schwer gezeichneten Kopf zu sich, sodass er sich Batricios Werk betrachten konnte.

«Wie geht es Ihnen?»

Sie antwortete schwerfällig, wie nach einem Zahnarztbesuch. «So habe ich ihn noch nie erlebt. Er war außer sich. Beschimpfte mich als Hure, Schlampe, die sich jedem Gigolo an den Hals wirft.»

«Woher wusste er von Ihnen und Raimondi?»

Sie zögerte. Dann: «Ich habe es ihm gesagt, nachdem er mich dazu zwang. Er hat es geahnt.»

«Haben Sie und Batricio eine Beziehung?»

«Als ich noch auf der Musikhochschule war. Aber seit ich am Mainfrankentheater singe, habe ich Schluss gemacht. Er war nicht begeistert, behauptete, Rechte zu haben.»

«Ging es darum in Ihrem Streit?»

«Zuletzt schon. Zuvor stritten wir heftig über meine berufliche Karriere.»

«Sie meinen Zürich?»

«Nein, das habe ich bereits abgesagt. Francesco wird

mich zukünftig managen. Er hat die richtigen Verbindungen, den Namen, der zählt.»

«Haben Sie nicht einen Vertrag, der sie an Batricio bindet?»

«Ja, den habe ich ihm aber aufgekündigt.»

«Isabella Garibaldi erzählte mir, dass sie eine Zusage über Ihr Engagement in Zürich hätte. Andernfalls wolle sie Batricio verklagen.»

«Sie hat vielleicht die Zusage von Paul, aber ich wollte noch Bedenkzeit. Es ist sein Problem, nicht meines.»

Kilian beließ es dabei. Stattdessen fragte er sich, wie sie die Premiere in drei Tagen singen wollte. So, wie sie jetzt aussah, würde sie kein noch so versierter Maskenbildner schminken können, um ihr den Auftritt zu ermöglichen.

«Wissen Sie, wo sich Batricio aufhält?»

Aminta verneinte. «Er schwor, dass er mir und Francesco die Premiere des *Don Giovanni* gründlich vermiesen würde.»

«Glauben Sie ihm das?»

Aminta stöhnte, strich wütend die Haare aus dem Gesicht. «Schauen Sie mich doch an!»

*

«Rispettate», sagte Franziska. «Die Betonung liegt auf der dritten Silbe. ‹Rispet-*ta*-te›. Noch einmal, bitte.»

Sie saß am Klavier, das zu den Proben normalerweise der Arbeitsplatz von Sue war. In der großen Mittagspause jedoch hatte Franziska mit Takahashi im Orchestergraben Platz genommen. Er stand neben dem Klavier, schaute auf ein handgeschriebenes Notenblatt und unterstrich die Silbe, damit er den Fehler nicht noch einmal begehen würde.

Franziska spielte das Eingangsthema der Arie an. Ihre schlanken Finger gingen behutsam und dann wieder forsch über die Tasten, so wie es die Noten verlangten. Sie hatte die Augen geschlossen, spielte die Melodie frei. Ein sanftes Nicken, synchron zu ihrem wiegenden Oberkörper im Takt der Musik, zeigte Takahashi seinen Einsatz.

Diesmal klappte es. Das *Rispettate* erklang eindringlich aus seiner Kehle. Es hatte den Charakter einer flammenden Anklage, zum Teil gesprochen, dann wieder gesungen. Das Stück verlangte Takahashi sein ganzes Können ab. Neben dem Grundthema, das anklagend, zugleich fordernd war, musste er die Koloraturen exakt treffen, damit die Arie als krönender Abschluss einer Dreistunden-Oper akzeptiert wurde. Denn so, wie sie jetzt war, stellte sie Franziska nicht zufrieden. Ans Ende gehörte ein Highlight, ein Höhepunkt des letzten Aufbäumens, ein Feuerwerk der Emotionen, das sich in berauschenden Farben am Sternenhimmel entlud.

Kilian kam lautlos in den Großen Saal. Er hatte Musik gehört und wollte schauen, ob Raimondi am Werk war, so wie er es am Vormittag angekündigt hatte. Der Lichtschein fiel auf den Laufsteg, der durch die Tür im Oberen Foyer hereindrang. Franziska bemerkte es nicht, sie ging ganz in ihrem Spiel auf. Takahashi erkannte ihn, sang jedoch weiter, bis Kilian in der ersten Reihe Platz genommen hatte. Dann brach er ab.

«Entschuldige, Franziska», sagte er, «ich weiß nicht, ob ich das vor Publikum singen kann.»

Franziska schaute auf. «Es ist doch ganz wunderbar. Mach einfach weiter so.»

«Das meine ich nicht.»

«Sondern?»

«Du weißt schon», er druckste herum, sein Blick fiel auf

Kilian, dann wieder zurück auf Franziska, die Kilian jetzt auch bemerkte, «es sind diese Worte, die ich aussprechen muss.»

Anstatt auf sein Anliegen einzugehen, wechselte Franziska das Thema und den Gesprächspartner. «Herr Kilian, kann ich Ihnen irgendwie weiterhelfen?»

Sie sammelte die Blätter vom Notenständer ein und packte sie in den Schulranzen, der zu ihren Füßen lehnte.

Noch bevor Kilian antworten konnte, beendete sie die Probe mit Takahashi. «Wir sehen uns dann später.»

Ihr Lächeln zeigte an, dass Kilian ohne Erlaubnis in ihr Revier eingedrungen war, und da er schon mal da war und sie ihn nicht verscheuchen wollte oder konnte, gab sie sich auskunftsbereit.

Takahashi verabschiedete sich mit seinem Notenblatt.

«Entschuldigen Sie», begann Kilian, «ich wollte Ihre Probe nicht stören.»

«Kein Problem, wir waren ohnehin am Ende angekommen.»

Kilian suchte nach einem Anfang. «Was haben Sie da gerade geprobt? Es klang sehr dynamisch, fast schon … diabolisch schön.»

«Wirklich?»

«Ja, es hatte so etwas … Absolutes.»

«Das freut mich, genau das habe ich bezweckt.»

«Wie? Stammt die Musik von Ihnen?»

Nicht ohne Stolz antwortete sie: «Musik und Text: Franziska Bartholomä.»

«Bravo. Wann wird es zu hören sein?»

«Ich hoffe, zur Premiere des *Don Giovanni*. Einige Korrekturen müssen noch eingefügt werden und … Takahashi natürlich, er muss die Arie singen.»

«Er wird also den *Don Giovanni* geben?»

«Es ist sonst niemand da, der den Part übernehmen könnte.»

«Kann man nicht jemanden von außen engagieren?»

«Es ist die Entscheidung des Regisseurs. Er hat vollstes Vertrauen in Takahashi. Seine Stimme hat großes Potenzial. Der letzte Schliff fehlt zwar noch, aber das ist nur eine Frage der Übung.»

«Wird er auch vom Publikum akzeptiert? Ein asiatischer Don Juan ist etwas gewöhnungsbedürftig.»

«Die weltberühmte Sopranistin Kiri te Kanawa stammt von den neuseeländischen Maori ab. Daran hat sich bislang auch niemand gestoßen.»

«Und was hält der neue Dirigent, Herr Stiller, davon?»

Franziska überlegte. Dann: «Ich denke, er wird es akzeptieren müssen, wenn Raimondi darauf besteht.»

«Sie haben ein eigenartiges Verhältnis, Sie und Stiller, meine ich.»

«Er sieht in mir die Konkurrenz.»

«Für den Posten des Generalmusikdirektors?»

«Nein, nein, so schnell geht das auch wieder nicht. Stiller braucht kritiklose Zustimmung, ansonsten kann er sehr ungemütlich werden. Ich habe mir bei einer früheren Produktion mal erlaubt, seine Interpretation zu kritisieren, und seitdem herrscht Funkstille zwischen uns beiden.»

«Ich habe eher den Eindruck, dass es kriselt, wenn Sie aufeinander treffen.»

Franziska antwortete mit einem stummen Lächeln.

Kilian wusste nicht so recht, was er damit anfangen sollte. «Ich bin eigentlich gekommen, um Ihr Versprechen einzulösen.»

«Welches?»

«Dass Sie mir mehr über Ihre Arbeit als Souffleuse erzählen. Passt es Ihnen jetzt?»

«Sicher. Kommen Sie.»

Franziska führte ihn ein paar Meter weiter im Orchestergraben zu einer Leiter, die von der Decke, die der eigentliche Bühnenboden war, herunterhing. Sie zeigte nach oben, Kilian folgte dem Fingerzeig. Am Ende der Leiter war ein knapper Sitzplatz angebracht, der jedem Hühnerkäfig hätte Konkurrenz machen können. Licht von der Bühne fiel von oben herein.

«Das ist mein Arbeitsplatz», sagte sie. «Wollen Sie es mal versuchen?»

Kilian stutzte. «Wenn ich da überhaupt hochkomme, wie komme ich dann wieder runter?»

«Indem Sie es ausprobieren. Ganz einfach.»

Er versuchte sein Glück, stieg auf die erste Sprosse, zwängte sein breites Kreuz in den engen Schacht und nahm noch zwei weitere Sprossen, bis er mit dem Kopf an die Decke des Kastens stieß.

«Vorsichtig, es ist eng dadrin», hörte er sie rufen. Dann Schritte. Franziska blickte durch die schmale Öffnung des Souffleurkastens auf der Bühne zu ihm herein.

«Na, gefällt es Ihnen dadrin?»

Kilian konnte sich nicht bewegen. Zu beiden Seiten war er eingeklemmt. Sein Kopf füllte das Guckloch nahezu aus.

«Das ist ja die reinste Folter. Ein Pranger ist nicht unbequemer», antwortete er.

Er hob die Arme an, damit er mehr Platz für seinen Oberkörper hatte, aber auch das reichte nicht, um in eine halbwegs komfortable Position zu gelangen. Und da war noch etwas. Ein Geruch, den er anfangs nicht zuordnen konnte. Er kroch schwer und süßlich seine Nase hoch. Woher kannte er diesen Duft?

«Deshalb machen den Job auch nur leichte Mädchen», amüsierte sich Franziska. «Sie dürfen aber die Rolle einer

Souffleuse im Theater nicht unterschätzen. Ohne uns geht normalerweise nichts. Wenn der Dirigent mit seiner Partitur und den Musikern beschäftigt ist und einer der Sänger seinen Text nicht parat hat, sind wir es, die ihm aus der Patsche helfen.»

«Passiert das oft?»

«Kommt drauf an.»

«Worauf?»

«Auf das Stück, die Tagesform des Sängers, das Publikum und auf die Qualität des Dirigenten. Jedenfalls sind wir die letzte Rettung, bevor das Stück absäuft. Also, unterschätzen Sie uns nicht.»

Kilian konnte kaum atmen in diesem engen Verlies. Zudem bereitete ihm der Geruch, der sich noch immer nicht verflüchtigt hatte, Kopfschmerzen. Er musste schnellstens aus dem Kasten raus, bevor er womöglich noch in Panik geriet. Der Rückweg war, wie vermutet, schwieriger als der Aufstieg. Blind musste er den Fuß in die Sprossen setzen, da er nicht nach unten schauen konnte. Erschöpft und um eine Erfahrung reicher kam er im Orchestergraben auf die Beine.

«Wie lange machen Sie das schon?», fragte er Franziska, die im Schneidersitz noch immer vor dem Souffleurkasten saß.

«Diese Spielzeit ist mein sechstes Jahr als Souffleuse.»

Kilian setzte sich neben sie. «Muss man dazu irgendetwas Besonderes gelernt haben?»

«Im Normalfall nicht. In der Regel ist es die letzte Zufluchtsstätte für alternde Sängerinnen. In meinem Fall jedoch ist es etwas anders. Ich habe Dirigieren und Komposition an der Musikhochschule hier in Würzburg studiert und spiele Klavier, Geige und Cello.»

Kilian zeigte sich überrascht. Wie konnte jemand mit

ihrer Ausbildung diesen undankbaren und vor allem unsichtbaren Job in einem Hühnerkäfig machen?

Franziska konnte seine Gedanken lesen: *Wie konnte sie nur?*

«Es mag für Sie nicht einleuchtend sein, aber es ist eine verantwortungsvolle Tätigkeit. Leider hat sie ein schlechtes Image. Man hält uns immer für graue, strickende Omas, die hin und wieder einem vergesslichen Sänger etwas zuflüstern. Aber die Wirklichkeit sieht anders aus. Mit uns steht und fällt so manche Aufführung. Im Grunde genommen sind wir der verlängerte Arm des Dirigenten.»

«Apropos Dirigieren. Sind Sie niemals auf die Idee gekommen, diese Laufbahn einzuschlagen?»

Kilian hatte einen Nerv getroffen. Für einen Moment änderte sich ihr Gesichtsausdruck. Es schien, als gäre es in ihr. «Um ein Orchester anvertraut zu bekommen, müssen Sie Erfahrung und Erfolg nachweisen. Erfahrung und Erfolg bekommen Sie aber nur, wenn Sie dirigieren. Die Katze beißt sich also in den Schwanz.

Es ist schon für Männer schwer, aber Frauen wird dieser Weg nahezu unmöglich gemacht. Das Dirigentenpult ist eine Männerbastion, in der Frauen nichts zu suchen haben.»

«Es gibt keine Dirigentinnen …»

«Maestras, das ist die von mir bevorzugte Bezeichnung. Ein paar wenige haben es geschafft. Die anderen werden klein gehalten oder völlig ignoriert.»

«Ist das an allen Theatern so?»

«Davon können Sie ausgehen. Auf der anderen Seite hat fast jedes Theater mit den gleichen Problemen zu kämpfen, wie wir hier in Würzburg. Überall fehlt das Geld. Auch Orchester werden aufgelöst. Und die wenigen, die sich halten können, werden von berühmten Maestros betreut. Also ein Maestro für zwei oder drei Orchester.»

«Wieso das?»

«Jede Stadt will sich mit dem Namen eines berühmten Maestros schmücken. Ein Levine wiegt drei unbekannte Maestros auf. Das System ist völlig krank.»

«Was kann man dagegen tun?»

«Kämpfen, um jede Chance, die sich bietet. Eines Tages muss es gelingen. So kann es nicht weitergehen.»

Von den beiden unbemerkt kam Raimondi aus der Nullgasse auf die Bühne. «Was kann so nicht weitergehen?»

Kilian drehte sich zu ihm um. «Wir sprachen von den Schwierigkeiten, mit denen junge Künstler heutzutage zu kämpfen haben.»

Das Thema interessierte ihn nicht sonderlich. Er stieg in den Orchestergraben, legte seine Unterlagen auf den Tisch. «Es war zu allen Zeiten schwierig. Ich kann dieses Gejammere nicht mehr hören. Klasse setzt sich durch, Mittelmaß schmiert ab. Vor hundert Jahren genauso wie heute.»

Franziska zischte fast unhörbar etwas vor sich hin, was in Kilians Ohren klang wie: *Du wirst dein Fett noch kriegen.*

Sie packte ihren Schulranzen und nahm neben Raimondi Platz. Er schaute auf die Uhr. «Was ist los? Wo sind meine Darsteller? Die Probe beginnt jetzt.»

Die Frage war an Franziska gerichtet. Unbeeindruckt von der drohenden Gefahr, die diese Worte für ihren neuen Posten bedeuten konnten, antwortete sie: «Alle wissen Bescheid. Natürlich nicht über den offiziellen Probenplan, sondern ich habe sie mündlich unterrichtet. Denn eigentlich findet diese Probe ja gar nicht statt und wir sind überhaupt nicht hier. Insbesondere Sie. Sie sind ja gefeuert.»

Raimondi lächelte. Franziska beeindruckte ihn mit ihrer direkten, offenen Art, mit ihm zu sprechen. So mussten seine Assistentinnen sein, nicht wie diese Endres.

Kilian erhob sich. «Weiß mein Kollege Bescheid, der Sie in meiner Abwesenheit bewachen sollte?»

Raimondi lachte laut. «Bewachen! Ha, bin ich jetzt schon euer Gefangener?»

«Nennen Sie es, wie Sie wollen», antwortete Kilian. «Wenn Sie selbst keinen Pfifferling auf Ihr Leben geben, dann kann ich Ihnen auch nicht helfen. Also, wo ist er?»

«Keine Ahnung. Suchen Sie ihn doch.»

Kilian erinnerte sich an Aminta. Sollte der Fatzke doch eine Abreibung von Batricio bekommen. Vielleicht würde das ihn ja wieder auf den Boden zurückholen.

Ja, er könnte noch immer im Haus sein. Als Kilian Aminta verließ, fragte er beim Pförtner nach, ob er Batricio hatte weggehen sehen. Die Antwort war nein. Doch das konnte alles oder nichts bedeuten. Wie bei den beiden Anschlägen und dem Tod Sandners konnte jeder das Haus ungesehen verlassen und wieder betreten.

Wo steckte Batricio? Er war eine tickende Zeitbombe.

*

Heinlein betrat mit Edik das Theater. Der Plan war einfach. Zusammen wollten sie jeden Raum und jedes Gesicht unter die Lupe nehmen, um die Käuferin der .38er ausfindig zu machen.

«Wie kommen Sie darauf, dass sie hier ist?», fragte Edik.

«Weil ich es weiß», antwortete Heinlein knapp.

«Sie kann genauso gut in einer Bäckerei oder in einem Kindergarten arbeiten.»

«Nenn es Intuition oder einfach Berufserfahrung. Sie ist hier und damit basta.»

«Was, wenn ich sie wieder nicht erkenne?»

«Dann gehst du in den Bau. Also, streng dich an.»

Natürlich war das eine leere Drohung. Heinleins Art, den Jungen zu motivieren.

Sie durchkämmten, bei der Kantine im Untergeschoss angefangen, jeden Raum, platzten in jede Probe, standen den Kostümbildnerinnen im Weg, hielten die Handwerker in den Werkstätten auf und störten Telefonate der Verwaltungsangestellten.

Erschöpft machten sie nach einer Stunde Pause. «Ich hatte mir mehr davon versprochen, als wir bisher herausgefunden haben», sagte Heinlein. Er fürchtete, dass er mit seiner Vermutung, die gesuchte Person sei am Mainfrankentheater angestellt, auf einer falschen Fährte war.

«Machen Sie sich nichts draus», antwortete Edik, «war 'ne klasse Führung durchs Theater. Jetzt weiß ich endlich, was hier gespielt wird.»

Edik stand auf und betrachtete sich die Zeitungsausschnitte, die an der Wand hingen, näher. Es waren Kritiken über Aufführungen am Mainfrankentheater und an anderen Häusern, aber auch zahlreiche Veranstaltungshinweise. «Ich wusste gar nicht, dass bei uns in der Gegend so viel los ist.»

«Kein Wunder, wenn ihr den ganzen Tag auf eurem Hügel rumhängt. Es wär mal nicht schlecht, wenn …»

«Das ist sie!», unterbrach ihn Edik. Er deutete auf einen Zeitungsausschnitt, der über die Aufführung der *Zauberflöte* am Theater in Schweinfurt berichtete. Das Bild zeigte den Dirigenten, die Hauptdarsteller und die Pianistin, auf deren Interpretation das Stück beruhte.

«Wer ist es?», drängte Heinlein ungehalten.

Ediks Finger gehorchte.

20

«Zum hundertsten Mal: Ich weiß nichts von einer Waffe. Ihr Zeuge muss sich irren.»

Franziska Bartholomä saß im Vernehmungszimmer, ihr gegenüber der leitende Beamte Georg Heinlein.

Er hatte sie an diesem Morgen abgepasst, als sie das Theater betreten wollte. Edik saß unterdessen von ihr ungesehen im Auto. Ihr Pumucklschopf hatte sie verraten. Eine widerspenstige Strähne hatte unter dem Kopftuch hervorgelugt – ein Detail, das Edik nur unbewusst wahrgenommen und bald vergessen hatte, ihm aber, als er die Souffleuse am Bühneneingang sah, wieder einfiel. Und natürlich die fließende Bewegung ihrer Hände. Er schwor, dass sie dieselbe Person war, die die Waffe gekauft hatte. Eine Gegenüberstellung auf dem Revier war somit überflüssig.

«Er hat sie aber eindeutig erkannt», erwiderte Heinlein. «Sie sind die Person, die ihm die Waffe abgekauft hat.»

«Ihr Zeuge kann sagen, was er will. Ich bin es auf jeden Fall nicht.»

Franziska blieb angesichts der prekären Lage und der Anschuldigungen, die gegen sie erhoben wurden, erstaunlich gefasst. Keine Anzeichen von Zittern oder eines Schweißausbruches. Ruhig, fast stoisch, saß sie aufrecht im Stuhl, hatte die Beine übereinander geschlagen und die Hände vor sich auf den Tisch gelegt. Sie hielt dem Blick Heinleins stand, stotterte und widersprach sich nicht. Sie musste sich sehr gut unter Kontrolle haben, dachte Heinlein, oder sie war tatsächlich unschuldig. Dann musste sich Edik geirrt haben. Aber er war sich doch seiner Sache so sicher gewesen. Ihre Haare und die Hände.

Heinlein begann erneut von vorn. «Also, Sie haben diese Waffe gekauft …»

«Nein.»

«… und sind dann in das Zimmer von Fred Sandner geschlichen …»

«Nein.»

«… haben gewartet, bis er ein ruhiges Ziel bot, kamen dann aus Ihrem Versteck und haben in aller Ruhe die Waffe an seinen Schädel gehalten und abgedrückt.»

«Sie sind verrückt.»

«Was war Ihr Motiv?»

«Ich habe keines.»

«Und Ihr Alibi?»

«Hab ich doch schon gesagt. Ich saß zu der betreffenden Zeit auf einer Bank vor dem Theater.»

«Es gibt aber keine Zeugen dafür.»

«Na und? Warum sitze ausgerechnet ich hier? Jeder Einzelne von den anderen hatte mehr Grund als ich, Freddie zu töten … wenn es überhaupt Mord war. Wieso glauben Sie eigentlich nicht, dass Freddie sich selbst getötet hat? Er hatte die Gelegenheit und einen guten Grund.»

«Und der wäre?»

«Chronische Inkompetenz.»

«Aha.»

«Oder Angst vor der Zukunft. Freddie hätte kein weiteres Engagement mehr bekommen, noch nicht einmal im Kindergarten zum Kasperle-Theater. Er war am Ende. Es gab keinen anderen Ausweg mehr für ihn.»

»Als sich zu erschießen?»

«Ja.»

«Was macht Sie da so sicher?»

«Er ist nicht der Erste, der sich am Mainfrankentheater das Leben genommen hat.»

Heinlein reagierte nicht. Ja, es hatte schon einmal einen Suizid gegeben. Aber etwas anderes machte ihn stutzig. Wie konnte diese Franziska Bartholomä nur so sicher sein, dass Sandner sich das Leben selbst genommen hatte?

«Wenn Sie sich der Reaktion Sandners so sicher waren», sagte Heinlein, «dann hätten Sie ihn eigentlich gar nicht selbst töten müssen.»

«Was soll das jetzt wieder?»

«Nun, wenn Sie Sandner so gut kannten, wie Sie behaupten, dann hätte es doch gereicht, ihm einfach im passenden Moment die Waffe in die Hand zu drücken. Den Rest hätte er dann schon selbst erledigt.»

«Ich habe es aber nicht getan … und wenn ich mich recht erinnere, war seine Tür abgesperrt, als er aufgefunden wurde. Oder irre ich mich da?»

Das stimmte. Sie hätte einen Zweitschlüssel besitzen müssen, um nach der Tat die Tür von außen zu verschließen. Ihre Wohnung ist noch nicht durchsucht worden, dachte Heinlein, das würde gleich nach dieser Vernehmung geschehen. Mal sehen, ob da ein Schlüssel zu Sandners Büro auftauchen würde.

Doch wie konnte er jetzt das Geheimnis der geschlossenen Tür lösen? Es gab nur eine Antwort: Sie musste die Waffe vorher im Büro auf seinem Schreibtisch platziert haben.

Heinlein dachte noch eine Minute darüber nach. Dann war er sich sicher. «Ich weiß, wie Sie es gemacht haben.»

«Na, da bin ich aber gespannt.»

«Sie kannten Sandner genau. Sie konnten ihn über vier Wochen bei den Proben beobachten. Sie wussten, wenn er diese Produktion auch noch in den Sand setzt, ist er weg vom Fenster. Ein für alle Mal. Also, Sie besorgen sich eine Waffe, warten den günstigen Moment ab, als Sandner bei

Reichenberg ist, schleichen in sein unverschlossenes Büro, legen die Waffe auf den Tisch und verschwinden wieder, als sei nichts geschehen.»

Franziska schwieg.

Heinlein spann den Faden weiter. «Ich gebe zu, der Plan hatte ein Risikopotenzial, er konnte jederzeit scheitern. Reichenberg hätte Sandner nicht entlassen müssen, oder Sandner hätte sich bei seiner Lebensgefährtin Kayleen McGregor ausweinen können, oder Sandner hätte der Mut für die Tat fehlen können. Sehr viele Oder, ich weiß. Aber ich denke, Sie hatten einfach Glück.»

Franziska lächelte. «Glück? Ist das Ihre Beweisführung?»

Heinlein lenkte ein. «Nein, es ist vorerst nur eine Theorie. Sie ist aber genauso gut wie Ihr Plan, der auf Menschenkenntnis beruhte.»

Franziska ließ Heinleins Theorie einen Moment im Raum stehen. «Okay, mal angenommen, es hätte sich alles so verhalten, wie Sie es soeben geschildert haben. Dann fehlt aber immer noch ein sehr wichtiger Teil, der, meiner Kenntnis nach, für so eine Tat zwingend Voraussetzung ist.»

«Und der wäre?»

«Was hätte ich für einen Grund gehabt, Freddie zu töten oder ihm dabei zu helfen?»

Sie hatte Recht. Heinlein fand kein Motiv für die Tat, so wie die Tat an sich sinnlos war. Wem hatte im Nachhinein Sandners Tod genutzt? Er fand keine Antwort darauf.

Franziska spürte das. «Wenn jetzt nichts weiter ist, dann möchte ich gern gehen. Heute ist Hauptprobe, und dort wartet viel Arbeit auf mich.»

Heinlein taxierte seine Möglichkeiten. Er hatte nichts Stichhaltiges gegen sie in der Hand, um sie hier zu behalten.

Dennoch ein letzter Versuch: «Welches Parfüm benutzen Sie?»

«Wie bitte?»

«Welches Parfüm?»

«Moskino.»

«Riecht das nach Moschus?»

«Auch.»

«Tragen Sie es heute?»

«Nein.»

«Wieso nicht?»

«Weil ich eine Allergie dagegen entwickelt habe.»

«Seit wann?»

«Seitdem jede Zweite damit rumläuft.»

*

Fernsehen, Hörfunk und Internet konnten noch rechtzeitig reagieren. Die Pressemitteilung war am Abend herausgegangen. *Don Giovanni ist zurück.* Die Zeitungsartikel über die Entlassung Raimondis waren bereits bei ihrem Erscheinen an diesem Morgen veraltet.

Der Pressesprecher der Stadt hatte erklärt, dass sich die Intendanz mit dem Regisseur Francesco Raimondi am Abend hatte einigen können. Die Differenzen seien auf Basis eines für beide Seiten akzeptablen Kompromisses bereinigt worden. Raimondi kehre nach nur vierundzwanzigstündiger Abwesenheit an seinen Arbeitsplatz zurück. Man freue sich darüber hinaus, dass die Probenarbeiten zum *Don Giovanni* am folgenden Morgen mit einer Hauptprobe unter der Leitung des Generalmusikdirektors Beat Stiller fortgesetzt werden könnten. Jetzt, nachdem man für die musikalische Leitung und für die Inszenierung zwei Ausnahmekünstler habe gewinnen können, sei man guten Mutes, dass die Produktion dem starken öffentlichen Interesse gerecht werde.

Für den Nachmittag war die Presse eingeladen, um sich ein Bild von der Probenarbeit zu machen.

Raimondi hatte trotz Widerspruch von Stiller darauf bestanden, dass die Presse für eine Stunde an den Proben teilnahm. Die Berichterstattung sollte den Vorverkauf für die Karten weiter anheizen.

Die Premiere war an diesem Morgen bereits um zehn Uhr ausverkauft. Vorbestellungen für die nächsten Aufführungen kamen über Telefon, Fax und E-Mail herein und stapelten sich.

Kilian konnte nur mit dem Kopf schütteln. Hier wurde verbogen, gelogen, getrickst und gemauschelt. In seinem Beruf konnte er sich das nicht erlauben, obwohl sie bei der Kripo durchaus keine Unschuldslämmer waren. Auch dort galt es, den Ansprüchen der Öffentlichkeit gerecht zu werden. Da kam es schon mal vor, dass man Ermittlungen der Situation anpasste. Doch hier galt das uneingeschränkte Gesetz der Marktwirtschaft: Erfolg um jeden Preis. Wer den nicht erwirtschaftete, war schneller von der Bühne, als er sich versah.

Kilian fand sich an diesem Morgen inmitten einer hektisch aufgeregten Atmosphäre wieder. Alle Solisten und der Chor befanden sich auf der vorderen Seite der Bühne; der hintere Teil, der eigentliche Bühnenaufbau, war mit schwarzen Kulissen verhängt. Jeder der Sänger übte seinen Part. Dabei bewegte man sich anscheinend richtungslos umher, um die aufgestaute Aufregung abzubauen. Von den Sitzreihen aus betrachtet, sah man die Sänger wie auf einer belebten Einkaufsstraße ihre Bahnen ziehen, allerdings bedeutend angespannter.

Raimondi hatte es sich eine Reihe vor Kilian inmitten des dunklen Großen Saals bequem gemacht. Neben ihm ein Brett, zwischen zwei Reihen geklemmt, auf dem Telefon, ein Mikrophon, eine kleine Lampe und seine Unterlagen ausgebreitet waren. Die Regieassistentin Franziska war nicht zu sehen. Kilian nahm an, dass sie sich in den engen Souffleurkasten geflüchtet hatte. Er hatte sie heute noch gar nicht gesehen. Das war untypisch. Normalerweise war sie eine der Ersten, die zur Probe erschienen.

Der Orchestergraben füllte sich. Die ersten Instrumente waren zu hören; vielmehr Töne, die die Musiker spielten, um sich und das Instrument für die anstehende Hauptprobe warm zu machen. Die Kakophonie nahm stetig zu; ein Zeichen, dass bald alle auf ihren Plätzen waren.

Stiller betrat sein Podium über einen Seiteneingang des Orchestergrabens. Er breitete die Partitur vor sich auf dem Notenständer aus, nahm den Dirigentenstab heraus und bog ihn leicht. Dann drehte er sich zu Raimondi um, fragte stumm, ob er so weit sei. Raimondi nickte, betätigte das Mikrophon und gab der Inspizientin Jeanne die Anweisung, die Bühne zu räumen. Nach der Ouvertüre würde die erste Szene im ersten Akt geprobt. Auftritt Leporello, danach Donna Anna, Don Giovanni und zum Schluss der Komtur. Die betreffenden Solisten auf Position.

Das Licht auf der Bühne erlosch. Bis auf das gedämmte Licht aus dem Orchestergraben und den Lampenschein an Raimondis Arbeitsbrett lagen Bühne und Zuschauerraum in vollkommener Dunkelheit. Ein bestimmendes Räuspern und das dreimalige Klacken auf Holz riefen die Musiker zur Aufmerksamkeit. Alles verstummte in erwartungsvoller Stille.

Ein zweimaliger Paukenwirbel, unterstützt von Bläsern und Streichern, zerstob überfallartig den Frieden. Kilian hatte die Ouvertüre noch nicht gehört. Er zuckte zurück, schaute, ob es sich um einen Fehlstart des Orchesters gehandelt haben könnte. Dem war offenbar nicht so, da auf den furiosen Beginn ein sanftes Andante von Flöten, Klarinetten und Streichern folgte. Mit ihm zog langsam ein schummriges Nachtlicht auf, das die Konturen des Bühnenbildes erahnen ließ. Mit etwas Mühe erkannte Kilian den rückwärtigen zweistöckigen Aufbau mit den jeweiligen Umläufen; darüber die beleuchtete nächtliche Skyline einer Großstadt, daneben zwei große elektronische Displays. Im Zentrum der Bühne stand die rote Couch, auf der ein Mann, nur mit Boxershorts bekleidet, schlief.

Die dynamische Ouvertüre nahm die gesamte Dreistundenoper in sechs Minuten vorweg. Kilian hörte musikalische Themen, die an Gefahr, Tod, Verführung und Rache erinnerten, aber auch an Humor, Hinterlist, Lust, Triumph und Niedergang.

Die Ouvertüre neigte sich dem Ende zu, ein müder Leporello erwachte, schlurfte, sich am Hintern kratzend, in eine Ecke, schaltete das Licht an und starrte in einen Badezimmerspiegel. Kilian erkannte in ihm Roman, der den übernächtigten Helfer Don Giovannis schauspielerisch überzeugend einführte.

Mit der ersten Arie *Notte e giorno faticar* begann Leporello sich zu kämmen und anzukleiden. Sein Smoking hing wohl präpariert auf einem Kleiderbügel, der an der noch ausgeschalteten Neonwerbung *Leporello's* hing. Roman sang sein zweites rebellisches *Voglio far il gentiluomo,* bereits vollends angekleidet und lässig die Beine übergeschlagen, auf der Couch. Dieser Leporello hatte mit der ursprünglichen Anlage der Figur nichts mehr gemein. Statt eines abgerissenen Dienstboten war dieser Leporello ein zivilisierter und gut gekleideter, seiner Dienste überdrüssiger und gelangweilter Bohemien, und er verströmte Lebenserfahrung und Stil. Kilian musste an einen distinguierten englischen Butler denken, der bei einer neureichen amerikanischen Familie in Diensten steht.

Daher verkroch er sich auch nicht mehr unter die Treppe, als seine Arie zu Ende ging und Don Giovanni, von Donna Anna verfolgt, die Bühne betreten sollte. Er blieb, das Bein übergeschlagen, auf der Couch sitzen, stützte sein Kinn auf eine Hand und schaute ins Publikum, als gingen ihn die folgenden dramatischen Ereignisse überhaupt nichts an.

Kilian vermochte in diesem Leporello den anfangs schüchternen Polen Roman nicht mehr wiederzuerkennen. Raimondi hatte hart mit ihm gearbeitet und dem Charakter seine ganz persönliche Handschrift gegeben.

Ein unruhiger Spot zerschnitt parallel zum musikalischen Thema vom hinteren Ende des Großen Saals her die Stimmung und suchte im flüchtenden Don Giovanni sein Ziel. Er stürzte aus einer der Türen, rannte den zweiten Umlauf des Bühnenbildes entlang, die Treppe hinunter auf die Mitte zu, wo sich die Couch mit dem unbeeindruckten Leporello befand. Don Giovanni, in Person des Japaners Takahashi, trug einen Seidenanzug und führte in der Hand den Liebesbeweis der heutigen Nacht – das Negligé der Donna Anna. Er warf es Leporello hin, der die Trophäe aufbewahren sollte.

Stimmgewaltig betrat Anna den Umlauf. Ihr zorniges *Non sperar* schallte durch den Raum, als wolle sie allen Männern den Garaus machen. Das schaffte sie zumindest beim Dirigenten Stiller. Als er sie sah, erfroren seine Arme in der Bewegung, die Musik verebbte.

«Aus!», rief Raimondi aus dem Dunkel des Zuschauerraums auf die Bühne. «Was ist mit dem Orchester los? Wieso spielt es nicht weiter?»

Das Arbeitslicht ging an.

«Das kann doch wohl nicht Ihr Ernst sein», sagte Stiller über die Schulter nach hinten, während er mit dem Dirigentenstab auf die Donna Anna zeigte.

Kayleen trug eine bordeauxrote, spitzenbesetzte Korsage, die ihre bereits üppigen Brüste noch mehr betonte. Darunter ein französisches Seidenhöschen, Strapse, Strümpfe und Pumps. Sie bewegte sich auffallend sicher in dieser Kleidung und den Schuhen und war in wenigen Schritten die Treppe hinunter auf die Bühne gekommen. So, wie sie jetzt dort stand, erinnerte sie an eine gepflegte Professionelle, nicht billig oder heruntergekommen, sondern sinnlich-verführerisch einem Liebesabenteuer gegenüber aufgeschlossen, bereit für den anspruchsvollen Herrn.

«Was ist nicht mein Ernst?», fragte Raimondi.

«Na, die Donna Anna natürlich», antwortete Stiller. «Die hat ja überhaupt nichts mehr an.»

«So, wie ich sie sehe, hat sie sündhaft teure Dessous von einem französischen Hersteller an. Der hat dafür bezahlt. Das nennt sich Product-Placement. Wo liegt das Problem?»

Stiller drehte sich jetzt zu ihm um, die Arme verschränkt, bereit für die nächste Schlacht. «Ich erkenne diese Oper bereits in der ersten Szene nicht wieder. Das Bühnenbild ist das einer Talk-Show, der Leporello ist ein snobistischer Butler, der Don Giovanni ist die asiatische Ausgabe eines Unterwäsche-Fetischisten und die Donna Anna … mein Gott, die schaut ja wie 'ne Edelnutte aus.»

«Ja, und?»

Stiller rang nach Worten. «Das geht so nicht. Was werden die Zuschauer sagen? Die werden glauben, dass wir völlig verrückt geworden sind. So was hat es in Würzburg noch nie gegeben. Das ist Pornographie.»

«Es geht um Geilheit. Die ganze Oper ist voll davon. Sie ist Don Giovannis Motivation. Ohne Geilheit kein Don Giovanni.»

«Aber nicht die Donna Anna. Die ist doch die Verfechterin von alten Werten. Anstand und Moral. Wie kann die als Nutte auftreten?»

«Ja, nach außen hin. Aber innerlich verspürt sie dieselben Triebe. Und glauben Sie etwa, dass reizvolle Unterwäsche Sexualität zu etwas Unanständigem macht?»

Stiller kapitulierte. «Ich … ich weiß nicht.»

Raimondi drückte den Knopf des Mikros an seiner Seite.

«Fünf Minuten Pause.»

Er erhob sich, ging den Gang zum Orchestergraben hinunter und bedeutete Stiller, dass er mit ihm nach draußen kommen solle. Stiller folgte. Ein paar Schritte dahinter Kilian.

In Sichtweite zündete Kilian ein Zigarillo an und inhalierte tief. Er beobachtete Raimondi, der die Einsprüche Stillers zu entkräften suchte. Im Verhältnis der beiden hatte sich etwas verändert. Stiller blockte die Erklärungsversuche Raimondis nicht mehr rigoros ab. Er hörte aufmerksam zu, ließ sich das Gesagte durch den Kopf gehen, nickte schließlich. Kilian fragte sich, was in den vergangenen Stunden geschehen sein musste, dass Stiller nicht mehr auf seine allumfassende Autorität pochte. Hatte man sich im Dreigestirn Reichenberg, Stiller und Raimondi darauf verständigt, dass Raimondi die Richtung vorgab? Irgendetwas stimmte hier nicht.

Sein Eindruck wurde verstärkt, als Franziska durch den Haupteingang auf ihn zukam. Normalerweise betrat sie immer über den Bühneneingang das Haus, nachdem sie ihr Fahrrad dort abgestellt hatte. Sie hielt in großen Schritten auf den Eingang des Großen Saals zu. Motorik und Gestik verrieten, dass sie aufgebracht war. Sie ignorierte Kilian, obwohl sie ihn gesehen hatte.

«Hallo, Franziska», rief Kilian ihr nichts ahnend zu, «haben Sie verschlafen? Die Probe hat schon begonnen.»

Sie machte abrupt Halt, ging auf Kilian zu und baute sich vor ihm auf. Ihr Gesicht war rot vor Zorn. «Ich finde das 'ne Riesensauerei. Heute ist Hauptprobe, und ich werde wie eine Verbrecherin bei der Polizei festgehalten. Ist das Ihr Werk? Ich bin sehr enttäuscht.»

Kilian war völlig perplex. «Was meinen Sie?»

«Ich wurde soeben von Ihrem Kollegen Heinlein verhört. Mir wird vorgeworfen, Freddie erschossen zu haben.»

Ungläubig fragte Kilian nach: «Sie werden verdächtigt, Fred Sandner erschossen zu haben?»

«Ja, und ich wurde deshalb verhört! Sie wissen doch, dass die Premiere übermorgen ist. Wieso gerade jetzt? Wollen Sie mich draußen haben? Und überhaupt, was sollte ich für einen Grund gehabt haben? Das ist doch zum Kotzen.»

Ohne eine Reaktion abzuwarten, machte sie sich eilig auf den Weg zu ihrem Arbeitsplatz. Kilian blieb ratlos zurück.

Heinlein hatte, ohne ihm Bescheid zu geben, jemand aus dem Ensemble verhört. Das war sein Revier. Wieso hatte er ihm nichts davon gesagt?

Kilian teilte seinem Kollegen, der bei Jeanne das Geschehen auf der Bühne beobachtete, mit, dass er für eine Stunde ins Kommissariat gehen würde.

Er würde sich Heinlein zur Brust nehmen. Das Fass war voll.

Geduldig und ohne Heinlein zu unterbrechen hörte sich Kilian den Hergang an, der zum Verhör Franziskas geführt hatte. Er konnte nicht glauben, dass Heinlein auf der Grundlage einer zweifelhaften Aussage einer in Drogengeschäfte verwickelten Person Franziska verdächtigte. Aber das war es nicht, was ihn eigentlich wurmte. Es ging letztlich darum, dass Heinlein sein eigenes Süppchen kochte und Kilian außen vor ließ. Das war ein Vertrauensbruch, den er nicht so einfach wegstecken konnte. Beider Arbeit beruhte auf Informationsaustausch, und der hatte in den letzten Tagen nicht stattgefunden.

«Es steht also Aussage gegen Aussage?»

«Ja», antwortete Heinlein knapp. Er war sich seines Versäumnisses durchaus bewusst, Kilian vor dem Verhör nicht informiert zu haben. Trotzdem hatte er es darauf ankommen lassen. Er war schließlich der neue Leiter des K1, und er brauchte nicht um Erlaubnis zu bitten. Schon gar nicht von seinem beurlaubten Ex-Chef.

«Spuren von der Verdächtigen sind an der Waffe auch nicht feststellbar?»

«Nein.»

Kilian dachte nach. In ihm gärte es. Bevor er sich Luft verschaffte, wollte er noch alle möglichen offenen Fragen klären. «Wir könnten ihr also maximal unerlaubten Waffenbesitz und Beihilfe zum Suizid nachweisen. Wenn überhaupt. Von einer direkten Tötung ganz zu schweigen.»

«Ja.»

«Es gibt keine Zeugen vom Tatgeschehen, und die Indizien beruhen lediglich auf einer Waffe, die Angehörige von Drogenhändlern der Verdächtigen verkauft haben sollen. Genauso gut könnte es aber auch einer aus dieser Drogenbande sein, der Sandner erschossen hat, und jetzt schieben sie es auf eine Mitarbeiterin des Theaters.»

«Wieso sollten die etwas mit Sandner zu tun gehabt haben?»

«Eben, genau das meine ich. Wieso sollte Franziska mit

dem Tod von Sandner zu tun haben? Was wäre ihr Motiv?»

Heinlein schwieg.

Kilian setzte nach. «Ich höre.»

Der Funke war gezündet. Heinlein wurde barsch. «Was fällt dir eigentlich ein, mich zu verhören?! Ich bin derjenige, der hier die Fragen stellt, nicht du.»

Kilian konterte: «Das ist eine der lausigsten Ermittlungen, die ich je erlebt habe. Wenn ich einen derartigen Verdacht ausspreche, die verdächtige Person über mein Wissen aufkläre, muss ich zuvor meine Hausaufgaben gemacht haben.»

Heinlein hatte es die gesamte Zeit über geahnt, jetzt wusste er es: Kilian zweifelte seine Kompetenz und Autorität als leitender Beamter dieser Ermittlung an. Er hatte die ganze Zeit Heinleins Arbeit mit Skepsis und Missgunst hintertrieben. Keine Spur von kollegialer Unterstützung, um die er ihn gebeten hatte. «Weißt du, Freund, du bist eine große Enttäuschung. Ich hatte dich um Mitarbeit gebeten, und was machst du stattdessen? Du hältst Informationen zurück, verschaffst dir dadurch einen Vorteil, unterlässt es, mir trotz Aufforderung Berichte über den Fortgang deiner Ermittlungen am Theater vorzulegen, und verrätst mich noch hinterrücks bei der Oberbürgermeisterin. Wenn ich dich hier so sehe, könnte ich kotzen.»

«Was habe ich? Dich bei der Oberbürgermeisterin angeschwärzt?»

«Der Polizeipräsident hat mir erzählt, dass ihr beide bei ihrer Geburtstagsfeier über mich gesprochen habt. Das ist … schäbig.»

«Ach, darum geht es. Du bist sauer, weil du nicht eingeladen warst. Beruhige dich, ich war es auch nicht. Ich war nur die Eskorte für Raimondi. Und was mein Gespräch mit der Oberbürgermeisterin angeht, das Gegenteil ist der Fall. Ich habe dich in Schutz genommen. Sie hat daran gezweifelt, ob du die Ermittlungen alleine führen kannst.»

«Wer's glaubt, wird selig. Was hätte der Polizeipräsident sonst für einen Grund gehabt, mich am nächsten Morgen über den Fortgang der Ermittlungen zu sich zu bestellen, wenn du mich nicht bei der Oberbürgermeisterin angeschwärzt hättest? Ein Anruf hätte genügt.»

«Ich habe keine Ahnung, was mit dir und dem Präsidenten los ist. Es ist mir auch egal. Anfängliches Misstrauen deiner Vorgesetzten musst du aushalten, wenn du Leiter eines Dezernats geworden bist, so wie auch ich damit umgehen musste. Ich merke nur, dass du mich hintergehst. Deine Kommentare zu meiner Arbeit waren in der letzten Zeit unter jedem Niveau, und jetzt spielst du irgendwelche Spielchen hinter meinem Rücken. Mein Gott, wenn ich das früher gewusst hätte, wäre ich gleich nach deiner Feier wieder abgezogen.»

«Und wieso hast du das nicht getan?»

«Weil ich glaubte, du seist mein Freund. Du hattest mich darum gebeten. Schon vergessen?»

«Ja, das dachte ich auch, dass du mein Freund bist. Aber ich muss mich geirrt haben.»

Kilian ließ die Worte im Raum stehen. Es war alles gesagt. Das war nun das Ende einer Freundschaft. Zum Teufel damit, sagte er sich, wenn er es unbedingt so wollte, dann sollte er seinen Mist alleine machen. Für ihn war die Sache hiermit erledigt.

Er stand auf und verließ wortlos den Raum. Heinlein weinte ihm keine Träne nach.

Seine Sachen waren schnell gepackt. Es würde ein Abschied auf immer sein.

Er machte sich zu Fuß auf den Weg zum Bahnhof. Es war nicht weit, und er würde rechtzeitig einen Zug nach München und von dort nach Ancona bekommen. Das Thema Würzburg, Heinlein und Job war damit abgehakt. Er hatte es sich anders gewünscht, freundlicher, ohne verbrannte Erde hinter sich zu lassen, aber es ging nicht immer nach seinem Willen. Er musste sich damit abfinden.

Während er ging und sich allmählich beruhigte, schossen ihm Gedanken durch den Kopf.

Was, wenn der Zeuge sich nicht geirrt hatte? Was, wenn Franziska tatsächlich diejenige war, die Sandners Tod auf welche Weise auch immer zu verantworten hatte? Doch was war ihr Motiv? Sie hatte bisher keinen Vorteil aus seinem Tod ziehen können, genauso wenig wie die anderen Ensemblemitglieder. Der Einzige, der wirklich profitiert hatte, war Raimondi gewesen. Er hatte das Engagement bekommen. Damit eine weitere Chance, sich als Star-Regisseur einer Oper zu profilieren. Öffentlichkeitsarbeit hatte er genug betrieben, sodass er sich sicher sein konnte, dass seine Arbeit mit dem *Don Giovanni* genug Aufmerksamkeit bekommen würde.

Und da gab es ja auch noch Aminta Gudjerez. Die Garibaldi und Batricio hatten gemutmaßt, dass sie der eigentliche Grund für Raimondis Anwesenheit sei. Was hatte er mit ihr vor? Batricio meinte, er wolle mit ihr eine zweite Karriere beginnen. War das für ihn tatsächlich so erstrebenswert? Raimondi, gleichzeitig Regisseur und Manager einer der großen Hoffnungen am deutschsprachigen Opernhimmel?

Kilian fand keine Antwort darauf. Bei dem Persönlichkeitsbild, das er von Raimondi hatte, war es nicht ausgeschlossen. Er suchte die Herausforderung, fast krankhaft den Erfolg, egal, auf welche Weise und auf welchem Gebiet.

Doch zurück zum Motiv: Wieso hatte Sandner sterben müssen? Schloss man eine Selbsttötung aus, wer hätte die Tat begehen und davon profitieren können? Wieder und wieder verwarf er den Verdacht, dass es Ensemblemitglieder gewesen sein könnten. Sie waren die Ersten, die unter dem Ausfall des Regisseurs zu leiden hatten. Allerdings nur, wenn es unter Sandners Regie nicht zum Fiasko gekommen wäre.

Betrachtete man die Sache von diesem Punkt aus, so war wiederum jeder aus dem Haus verdächtig. Eine einzige Produktion konnte das Überleben des Mainfrankentheaters, das ohnehin auf der Kippe stand, gefährden. Wer würde für den finalen Rettungsschuss in Frage kommen?

Marianne Endres, die ihre Kollegen der Feigheit und Untätigkeit beschuldigte?

Rainer Pohlmann, der zweite Kapellmeister, der zur Tatzeit mit Stiller über den Fortgang der Proben telefoniert haben wollte?

Sue, die Pianistin, die der Endres ein Alibi verschafft hatte? Steckten die beiden nicht nur privat unter einer Decke? Hätte die Endres tatsächlich die Chance auf Übernahme der Regie bekommen?

Kayleen McGregor, die Bettgefährtin Sandners, die ein doppeltes Spiel hinter seinem Rücken spielte? Erst mit Sandners Tod war sie in Schwierigkeiten gekommen, nicht davor.

Steven Vanderbuilt. Was hätte sein Motiv sein können? Nach Sandners Tod war er wieder mit seinem früheren Intimfeind zusammengetroffen. War Sandners Tod und Raimondis Engagement für ihn irgendwie von Vorteil?

Blieb noch Franziska. Sie war die Allerletzte, die direkt unter einer vergeigten Regiearbeit zu leiden gehabt hätte. Wieso sollte gerade sie das Unwahrscheinliche begangen haben? Obwohl, sie war von einem Zeugen als Käuferin der Tatwaffe beschuldigt worden. Auch wenn diese Zeugenaussage für Kilian mit vielen Fragezeichen besetzt war, durfte er sie nicht außen vor lassen. Es musste einen Grund haben, wieso der Junge mit dem Finger auf Franziska gezeigt hatte und nicht auf eines der Ensemblemitglieder.

Der Tod Sandners hatte mit einem anderen Sachverhalt zu tun, das lag nahe. Einem, der Kilian bisher noch nicht aufgefallen war. Doch so blind konnte er doch nicht gewesen sein. Er hatte in den vergangenen Tagen das gesamte Ensemble begleitet. Wenn es da einen Grund gegeben hatte, hätte es ihm auffallen müssen.

Vielleicht hatte er es versäumt, Sandners Tod direkt in Zusammenhang mit den zwei Anschlägen auf Raimondi in Verbindung zu bringen. War das der Schlüssel?

Kilian erreichte den Berliner Ring, den zentralen Kreisverkehr der Stadt. Am Zebrastreifen stauten sich ein paar Fahrzeuge wegen eines Fußgängers.

Eines davon war ein Taxi. Es stand in der ersten Reihe, direkt neben ihm. Der Taxifahrer schaute verdrossen drein, war ungeduldig, wollte die Fahrt schnell fortsetzen. Auf der Rückbank saß jemand, den er erst auf den zweiten Blick erkannte. Das gab's doch nicht. Vladimir. Noch bevor er reagieren konnte, fuhr das Taxi los, Richtung Mainfrankentheater.

Kilian zögerte. Verdammt. Was jetzt? Er überlegte, dann lief er los.

*

Heute sind sie mir bedrohlich nahe gekommen. Wie hatte das nur passieren können? Ich hatte doch alles bis ins Kleinste geplant. Beim Kauf der Waffe war ich verkleidet, dachte, der Schleier würde reichen, damit der Junge mich nicht wiedererkennt.

Aber nun ist es passiert, sie sind mir auf den Fersen. Ich muss mich vorsehen, darf nicht weiter auffallen, damit nicht noch andere mir auf die Spur kommen. Mein Puls rast. Gott sei Dank sieht man mich nicht. Ich bin unter ihnen, ohne dass sie etwas davon merken. So war es immer, so wird es bald nie wieder sein.

Denn sie sind blind, sehen weder mich noch meinen Plan. Dieser Polizist, der mich vernommen hat, kann sich nur vorstellen, was in seiner Welt möglich ist. Das ist gut so, denn dieser Mangel schützt mich, hält mich und mein Vorhaben so lange verborgen, bis ich zuschlagen kann.

Nur noch zwei Tage.

21

Der Pförtner antwortete, dass er Vladimir nicht gesehen hatte. Kilian wusste, das konnte alles, aber auch nichts bedeuten. Er parkte seine Tasche in dem kleinen Kabuff und machte sich auf die Suche. Zuerst ging er in den Großen Saal. Wenn Vladimir hier sein sollte, dann würde er ihn am ehesten im Umfeld des Don Giovanni finden. Er ließ die beiden Stahltüren zur Bühne hinter sich, betrat vorsichtig die Nullgasse. Jeanne legte einen Finger auf die Lippen, deutete an, ruhig zu sein. Dann beugte sie sich wieder über den Klavierauszug des Don Giovanni, der in der dunklen Ecke von einem kleinen Spot oberhalb des Regiepultes beleuchtet wurde.

«Haben Sie Vladimir gesehen?», fragte er flüsternd.

Jeanne verneinte mit einem Kopfschütteln, folgte gleich daraufhin wieder den Noten auf dem Papier.

Auf der Bühne sah er den im petrolgrünen Anzug gekleideten Takahashi in Aktion. Um seinen Kopf war ein schwarzes Band mit zwei Löchern für die Augen gebunden, eine Maske, hinter der er seine Identität zu verbergen suchte. Die Szene war ganz ins Dunkel getaucht. Lediglich das Mondlicht warf einen schwachen Schein hinunter auf den Verführer, der das Herz der Zofe der Donna Elvira mit einem Liebeslied für sich gewinnen wollte. Er sang die Canzonetta *Deh, vieni alla finestra**, musikalisch eingebettet in den Klang einer Mandoline und den der Streicher aus dem Orchestergraben. Kilian sah Blitzlichter aus dem Zuschauerraum aufzucken. Die Pressevorführung hatte begonnen. Er blickte kurz hinaus, er erkannte Stiller, am Pult dirigierend, Raimondi sah er nicht. Er musste sich mit den Presseleuten im Zuschauerraum befinden.

Auf der gegenüberliegenden Seite der Bühne warteten Leporello und Donna Elvira in einer Gasse auf ihren Einsatz. Sie standen dort ganz still, hörten den verführerischen Gesang des Don Giovanni. Und in der Tat, Takahashi mimte ihn gut. Gesanglich einwandfrei und spielerisch überzeugend umgarnte er die nächste Ahnungslose, die sich hinter dem Fenster versteckt hielt. Wie ein Dieb in der Nacht kletterte er behände das Gestänge hoch, machte es sich auf dem Umlauf bequem und sang sein Werben über die nächtlichen Dächer hinweg. Raimondi hatte eine glückliche Hand mit ihm bewiesen. Takahashi machte seinen Vorgänger Vladimir vergessen und erfand sich im Kleide eines europäischen Don Juan neu.

Dieses Bild würde am Abend und in den folgenden Ta-

* Ach, komm ans Fenster

gen in den Zeitungen erscheinen, darüber hinaus die bewegten Bilder der Fernsehkameras, von denen Kilian zwei zwischen Orchestergraben und erster Reihe erkannte.

Jeanne zupfte ihn am Hemd, bat ihn, die Nullgasse frei zu machen, damit die Sänger beim Betreten und Verlassen der Bühne nicht behindert wurden. Kilian gehorchte, stahl sich still durch die beiden Stahltüren auf den Gang hinaus.

Er erinnerte sich, dass Vladimir bei seiner Aussage angegeben hatte, er sei zum Zeitpunkt des Todes von Sandner allein auf seinem Zimmer im zweiten Stock gewesen. Kilian nahm die Chance wahr und schaute nach, ob Vladimir sich unter Umständen dort aufhielt. Über das zweite Treppenhaus gelangte er schnell ins zweite Stockwerk. Er prüfte jede Tür, an der er vorbeiging. Alle waren verschlossen.

Bis auf eine, und aus der trat der Dramaturg Ludewig mit einem Bündel Zeitungsberichten in der Hand heraus.

Er steuerte auf Kilian zu. «Kann ich Ihnen helfen?», fragte er.

«Ja», antwortete Kilian. «Haben Sie vielleicht Vladimir gesehen?»

«Nein, und meines Wissens hat er seine Sachen bereits gepackt.»

«Sie meinen, er hat das Haus verlassen.»

«Nach Auskunft Reichenbergs wollte er sich nicht mit einer anderen Rolle zufrieden geben.»

«Gibt es eine Telefonnummer, unter der er erreichbar ist?»

Ludewig legte die Zeitungsausschnitte auf den Boden und machte sich daran, die alten Besprechungen von Aufführungen des Mainfrankentheaters und anderen Häusern vom Anschlagbrett abzunehmen.

«Im Normalfall muss jeder Solist am Hause vierundzwanzig Stunden erreichbar sein. Das ist die so genannte

Residenzpflicht. Bei Vladimir ist alles etwas anders, schon seit Beginn an. Er rückte seine Handynummer einfach nicht raus und hielt sich auch nicht an die Reisebeschränkung, die es ihm verwehrt, sich während einer Produktion weiter als dreißig Kilometer vom Theater zu entfernen.»

«Wozu muss denn jeder Solist erreichbar sein und darf sich nicht weiter als dreißig Kilometer entfernen?», fragte Kilian.

«Ganz einfach: Wenn jemand wegen Krankheit ausfällt, muss schnell Ersatz gefunden werden. Und das am besten mit vorhandenem Personal, ansonsten müssen wir auf ein teures Engagement von außen zurückgreifen.»

Ludewig hatte inzwischen alle alten Zeitungsausschnitte eingesammelt. «Könnten Sie mir kurz helfen?», fragte er und drückte sie Kilian in die Hand. Dann griff er zu den neuen am Boden und befestigte einen nach dem anderen.

Kilian überflog die meisten Ausschnitte, bis er an dem einen, von dem Heinlein gesprochen hatte, hängen blieb; er war auf den vorhergehenden Monat datiert, erschienen im *Schweinfurter Tagblatt*, das in Würzburg nicht gelesen wurde. Der Bericht sprach von einem geglückten Experiment, das auf die junge Franziska Bartholomä vom Mainfrankentheater zurückging. Sie habe mit ihrer Interpretation der *Zauberflöte* einen zeitgenössischen Bezug gegeben, den die Zuschauer mit viel Applaus honorierten.

Darüber hinaus las er von den nächsten Projekten und Zielen, die die junge Komponistin in Angriff nehmen wollte. Der *Don Giovanni* sei es, die Oper aller Opern, die die Mozartspezialistin neu auf die Bühne bringen wollte. Daher suche sie nach einem Ansatz, wie die Oper zeitgenössisch zu inszenieren sei. Das Dirigat, das sie seit langem anstrebte, sei ihr bisher jedoch versagt geblieben.

Kilian stutzte. Wenn er die Aussage richtig verstand,

dann hatte Franziska Bartholomä schon vor Wochen mit der Inszenierung des Don Giovanni gedanklich gespielt. Das bedeutete, dass sie bereits zu Probenbeginn mit Fred Sandner ihre eigenen Vorstellungen zur Neuinterpretation der Oper hatte; so lautete zumindest ihre Aussage in dem Bericht. Doch zu dieser Zeit war Sandner bereits im Amt und sie im Kasten der Souffleuse.

War dies das Motiv, nach dem er suchte?

«Eine Frage, Herr Ludewig», begann er. «Wie war das vor vier Wochen, als die Proben zum *Don Giovanni* begannen. Gab es da nur einen Bewerber, nämlich Fred Sandner, für die Regie?»

«Wo denken Sie hin. Bei Gott, nein. Ganze Stapel an Bewerbungsmappen habe ich durchforstet, bis mir dann Reichenberg mitteilte, Sandner würde die Regie übernehmen.»

«Einfach so, ohne Grund?»

«Ja, so läuft das bei uns. Du arbeitest wie ein Tier an etwas, und dann kommt jemand und sagt, ätsch, alles umsonst gewesen. Manchmal könnte ich …»

«Hatte sich auch die Souffleuse, Franziska Bartholomä, für die Regie beworben?»

«Wie kommen Sie denn darauf?», sagte Ludewig überrascht. «Regie und Franziska, niemals. Nein, sie hegte die Hoffnung, eines Tages eine Oper dirigieren zu können. Darin liegt ihr ganzes Interesse. Mit dem Schauspiel hat sie nichts am Hut.»

«Hat sie sich dafür beworben?»

«Ja, sie meinte, nach ihrem Erfolg mit der *Zauberflöte* in Schweinfurt wäre sie doch in der engeren Wahl.»

«Und?»

«Nichts weiter. Der GMD machte sich über sie lustig. Vor der ganzen Mannschaft hat er sie bloßgestellt: Das hässliche Entlein sei besser in ihrem Kasten aufgehoben als an seinem Pult.»

«Wie reagierte Franziska darauf?»

«Na, wie schon. Sie war am Boden zerstört, fasste sich aber überraschend schnell und machte ihren Job. Dennoch, seit diesem Zeitpunkt herrscht Totenstille zwischen den beiden. Wenn Stiller und nicht Freddie gestorben wäre, dann hätte ich auf sie getippt.»

Franziska hatte es also von Anfang an darauf angelegt, das Dirigat zu übernehmen. Doch das klappte nicht. Also musste sie handeln.

Kilian spielte es gedanklich durch. Rainer Pohlmann, der zweite Kapellmeister und für das Stück eingeplante Dirigent, war verschont geblieben. Wahrscheinlich weil Stiller das Dirigat dann selbst übernommen hätte oder weil sie nie von ihm beauftragt worden wäre.

Blieb der Regisseur. Nach Sandners Ausfall hatte Marianne Endres damit gerechnet, die Regie zu übernehmen. Aber auch das war pures Wunschdenken. Also lancierte Franziska einen anderen Regisseur, Raimondi. Sie kannte ihn und seine Arbeitsweise, durfte also damit rechnen, dass Späne während seiner Arbeit fallen würden. Und so war es ja auch. Nach Mariannes Ausscheiden war sie Regieassistentin geworden. Aber würde ihr das reichen? Kaum, die Regieassistentin hatte ebenso wenig Einfluss auf die Produktion wie die Souffleuse.

Das bedeutete, dass ihr Plan noch nicht zu Ende war, dass er andauerte, dass er bis hinein in die Premiere reichte. Doch welche Rolle spielte Raimondi in diesem Spiel? War auch er nur eine Figur auf dem Schachbrett? Oder steckte er mit Franziska unter einer Decke? In dem Gespräch mit dem Journalisten von der *Frankfurter Allgemeinen* war Kilian bereits zu der Vermutung gekommen, dass die beiden

Anschläge auf Raimondi getürkt waren und dass Raimondi eingeweiht war. Hieß das, dass Franziska der Täter im Hintergrund war? Dass sie diejenige war, die die Anschläge mit Raimondi zusammen arrangierte?

Wie konnte er diese Theorie beweisen? Er müsste ganz an den Anfang gehen, als die Anschläge begonnen hatten, das war klar, ja, vielleicht noch weiter, bis zu dem Tag, als Sandner sich das Leben genommen hatte – sofern die beiden Taten wirklich in einem Zusammenhang stünden. Daran hegte er mittlerweile keine Zweifel mehr.

Einer Spur war er noch nicht nachgegangen. Das war am Abend seines Eintreffens in Würzburg, im *Weinhaus Stachel*.

Er nahm den Zeitungsartikel und machte sich auf den Weg.

Es war kurz vor achtzehn Uhr, als er im *Weinhaus Stachel* in der Unteren Gressengasse ankam. Gerade rechtzeitig zum Schichtwechsel der Bedienungen.

Im efeubehangenen Hof herrschte bereits gut Betrieb an diesem bevorstehenden, lauschigen Sommerabend. Es war angenehm warm, und die späten Sonnenstrahlen glänzten an den Giebelspitzen der umstehenden Häuser.

Kilian ging auf eine Gruppe zu, die sich im Durchgang zur Küche versammelt hatte. Rechnungen lagen auf einem Tisch bereit, gebrauchte Gläser wurden abgeräumt, neue hinzugestellt, letzte Anweisungen wechselten zum neuen Kellner, wie mit den Bestellungen bestimmter Gäste zu verfahren sei.

«Entschuldigen Sie bitte», unterbrach Kilian das hektische Treiben. «Wer von Ihnen hat am siebzehnten abends an den beiden Tischen am Ausgang bedient?»

Für einen Moment herrschte Stille unter ihnen, als sie

aber erkannten, dass es sich nicht um einen Gast handelte, machten sie weiter. Nur einer blieb unbeteiligt. Er trat hervor und sagte: «Ich hatte Dienst.»

Es war ein Mann, Ende vierzig, im klassischen Anzug eines Kellners, dunkle Hose, rot karierte Weste, weißes Hemd.

Kilian nahm eine der Zeitungen zur Hand, die für die Gäste an der Garderobe auslagen. Er blätterte die Kulturseite auf. Dort war Raimondi abgelichtet, wie er vergebens das Mainfrankentheater durch den verschlossenen Haupteingang betreten wollte. «Haben Sie diesen Herrn an dem betreffenden Abend bedient?»

Der Kellner schaute auf das Bild. «Herrn Raimondi? Ja, klar. Er trank einen Riesling Kabinett.»

«Sie kennen ihn?»

«Heute schon. Inzwischen ist ja sehr viel über das Theater und den *Don Giovanni* berichtet worden. Daher kenne ich ihn mit Namen.»

«Können Sie mir sagen, ob Herr Raimondi an dem betreffendem Abend in Gesellschaft war?»

Der Kellner dachte nach. «Zuerst nicht. Doch dann kam eine junge Dame zu ihm an den Tisch. Ich glaube, sie bestellte eine Cola.»

«Können Sie sich erinnern, wie sie ausgesehen hat?»

«O mein Gott, das ist ja Tage her. Ich weiß zwar noch, was sie bestellt hat, aber wie sie ausgesehen hat, beim besten Willen nicht.»

Kilian zog einen anderen Zeitungsartikel hervor und zeigte ihn ihm. «War es diese Frau hier?»

Der Kellner studierte das Bild. «Hm, ich weiß nicht, ähnlich ist es ihr schon …»

«Wissen Sie vielleicht, worüber sie sich unterhalten haben?»

Er wich zurück. «Also, bitte, ich belausche doch nicht die Gespräche meiner Gäste.»

«Sicher, sicher. Es hätte ja sein können, dass Sie zufällig ein Wort aufgeschnappt haben, so im Vorbeigehen.»

Der Kellner wollte die Unterhaltung möglichst schnell beenden. Seine Gäste und die Kollegen fingen schon an, nach ihm zu sehen. «Es tut mir Leid, wenn ich Ihnen nicht weiterhelfen konnte, aber ich muss jetzt wirklich zurück an meine Arbeit.»

Kilian ließ ihn gehen, bedankte sich. Er war bereits auf dem Weg nach draußen, als ihn eine junge Frau ansprach. Es war eine der Kellnerinnen, die ihre Schicht beendet hatte und nun nach Hause ging. «Ich könnte Ihnen unter Umständen etwas über die beiden erzählen.»

Die junge Frau war um die fünfundzwanzig, zierlich, Jeans und T-Shirt mit der Aufschrift *cu, Bar & Lounge*. Sie wirkte nicht wie eine typische Bedienung.

Kilian blickte auf sie herunter. Sie reichte ihm gerade bis zur Brust. Er lächelte sie an. «Hey, das wäre klasse.»

«Begleiten Sie mich», sagte sie und ging voran.

«In ein paar Minuten beginnt meine andere Schicht im *cu*. Wenn Sie Zeit haben, können Sie mich dorthin begleiten und mir einen ausgeben.»

Die Kleine kam direkt zur Sache. Kilian war gespannt.

«Ich habe zurzeit Semesterferien», begann sie, «und ich brauch die Kohle, damit ich mir mein letztes Jahr noch finanzieren kann.»

«Was studieren Sie?»

«Sinologie. Nach meinem Examen geht es dann ab nach China.»

«Schon 'nen Job?»

«Nee, noch nicht. Ich will mich drüben umschauen. Ferien und Jobsuche miteinander verbinden.»

Sie bogen vom Vierröhrenbrunnen in die Karmelitenstraße ein. Kilian sah die Beleuchtung des *cu* bereits von weitem. Die Straße war im Begriff, sich als neue Fress- und Saufmeile in Würzburg zu etablieren, nachdem ihre Vorgängerin, die Sanderstraße, von protestierenden Anwohnern zur beruhigten Zone prozessiert worden war.

«Was können Sie mir über Raimondi und seine Begleitung sagen?», fragte Kilian.

«Ich hatte Dienst am Nebentisch. Der Typ hat mich angebaggert wie blöd. Himmel, der könnte mein Vater sein. Er sah zwar nicht schlecht aus, aber ich bevorzuge jüngere Männer. So in Ihrem Alter ungefähr.»

«Danke.»

«Auf jeden Fall kam dann dieser Feuermelder dazu.»

«Wie bitte?»

«Sie hatte schreiend rotes Haar, wild durcheinander gestylt. Sah nicht schlecht aus, aber ein bisschen laut.»

Kilian zeigte ihr den Zeitungsartikel. Sie blickte kurz drauf. «Ja, das ist sie. Sie haben sich sehr intensiv unterhalten. Das Gespräch habe ich zwar nicht genau mitbekommen, aber es ging um das Theater. So viel habe ich verstanden.»

«Noch ein bestimmtes Detail, das Ihnen vielleicht noch in der Erinnerung ist?»

Sie waren vor dem *cu* angekommen. Der Laden machte einiges her. Hohe Fenster, hohe Decken, zentrale Bar, gedämpftes Licht und wache Augen.

«Erst, wenn Sie den Arm um mich legen», sagte die Kleine und strahlte ihn an.

Kilian ahnte, was sie vorhatte. Er legte den Arm um sie, als seien sie ein Paar, sie gingen die Stufen hoch und begaben sich unter genauer Beobachtung ihrer Kolleginnen gleich an die Bar.

«Ich trinke einen Strawberry Daiquiri», sagte sie und verschwand hinter der Bar.

Kilian bestellte ihn und einen trockenen Müller-Thurgau. Von Longdrinks ließ er seit dem Absturz mit Heinlein vor einem Jahr im *Brasil* die Finger. Und das war gut so, denn jedes Mal, wenn er sich Caipirinhas genehmigte, passierte irgendetwas, was ihm später Leid tat.

Die Bar machte einen guten Eindruck auf ihn. Sie war großzügig angelegt, zur Straße hin offen, und sie führte guten Wein.

Als er sich zur Straße umdrehte, sah er jemand aus dem Haus gegenüber kommen. Am Eingang erkannte er weiße Schilder, die auf Anwalts- und Arztpraxen hinwiesen.

Der Mann legte den Arm um sie.

Pia kuschelte sich in ihn hinein.

22

Als Kilian die Augen öffnete, sah er einen nackten, knackigen Frauenpo, der sich schwingend von ihm entfernte. Er schloss die Augen wieder, und die Welt um ihn herum fiel in ein dunkles Loch.

Später hörte er das Schreien eines kleinen Kindes. Die Mutter beruhigte es. Er drehte sich um, und wieder breitete sich die Nacht über ihn aus.

Das Läuten eines Telefons ließ ihn ein drittes Mal erwachen. Eine Frauenstimme meldete sich. Sie schaute zu ihm herein, schloss die Tür und teilte dies der Anruferin mit.

Kilian erhob sich. In seinem Kopf wummerten die Geräusche der Wohnung als verzerrte Echos. Die grellen

Lichtblitze, die auf seine Iris trafen, konnten kein einheitliches Bild zusammensetzen. Zwischen den Beinen spürte er einen Druck, dem er schnellstens Folge leisten musste. Er setzte mühsam einen Fuß nach dem anderen aus dem Bett auf den Boden. Er versuchte das Gleichgewicht zu halten, während er auf die Tür zuschritt.

In der Küche saß eine ihm unbekannte junge Frau mit ihrem Kind auf dem Schoß. Sie summte zu einer Melodie, die aus dem Radio kam. Sie blickte auf, erkannte sein Bedürfnis.

«Die zweite Tür links», sagte sie und zeigte in die Richtung.

Kilian stolperte an ihr vorbei, landete im Gang und suchte in dem Tunnel, der sich vor seinem Auge auftat, nach der genannten Tür.

Die Erleichterung, die er sich auf der Toilette verschaffte, reichte aus, um die Küche und den Raum, in dem er geschlafen hatte, wiederzufinden.

«Alles okay?», fragte die Frau. Auf ihrem Schoß balancierte das Kind die ersten Schritte. Sie hielt es fest unter den Armen und sprach ihm Mut zu.

Kilian ließ sich auf einen der Stühle fallen. «Wo bin ich?»

«In Sicherheit», sagte sie scherzhaft. «Kaffee?»

«Unbedingt.»

Die Frau stand auf, schenkte ihm eine große Tasse ein. «Milch, Zucker?»

«Eine Prise Zucker. Danke.»

Der Kleine beäugte ihn interessiert. Kilian zwang sich ein Lächeln ins Gesicht. Das Kind dankte es ihm mit einem grellen Freudenschrei, der Kilian durch Mark und Bein ging.

«Was ist passiert?», fragte er, der erste Schluck des heißen Kaffees brannte in seiner Kehle.

«Ria hat dich heute Nacht angeschleppt. Du warst echt guter Dinge. Zu zweit haben wir dich ins Bett verfrachtet.»

«Und?»

«Nichts und. Glaub mir, da ist nichts passiert.»

«Wo ist … Ria?»

«Bei der Arbeit, einer ihrer drei Jobs, die sie zurzeit macht. Sie hat vorhin angerufen und gefragt, wie es dir geht.»

Kilian nahm einen weiteren Schluck. Langsam kehrten seine Sinne wieder zu ihm zurück. «Und wer bist du?»

«Ich bin Magda, und das hier ist Ben.»

«Hallo, Magda, hallo, Ben.»

«Magst du was frühstücken? Ei, Marmelade, Butter, Hörnchen?»

Sein Magen widersprach jeglicher Nahrungsaufnahme. «Nein, danke. Kaffee ist alles, was ich jetzt brauche. Und 'ne Dusche, wenn es dir nichts ausmacht. Wie spät ist es eigentlich?»

Magda schaute zur Küchenuhr hoch. «Halb eins durch.»

«O mein Gott», stöhnte er, «dann habe ich schon den halben Tag verpennt. Was ist eigentlich passiert?»

«Ria nannte nur Stichworte. Sie war ähnlich gut drauf wie du.»

«Dann hat sie es wohl besser verkraftet als ich, wenn sie schon wieder zur Arbeit gegangen ist. Was hat sie gesagt?»

«Ihr seid ins *cu* gegangen. Anfänglich seist du etwas verärgert gewesen, weil dir jemand über den Weg gelaufen ist, dann hast du es mit ein paar Schoppen runtergespült.»

Stimmt, Kilian erinnerte sich. Er hatte Pia in den Armen eines fremden Mannes gesehen. «Aber vom Wein allein kann ich doch nicht so abgestürzt sein.»

«Das war ja auch nur der Anfang. Danach seist du umgestiegen auf etwas Stärkeres …»

«Caipirinha, nehm ich an.»

Sie bestätigte. «Du sollst hinter die Bar gegangen sein, um einen *Kilians Special* zu mixen. Das Zeug muss gut angekommen sein. Rias Chef will ihn in die Getränkekarte aufnehmen.»

Ungewohnte Opernklänge aus dem Radio unterbrachen Rias Bericht. Ausschnitte aus dem *Don Giovanni* brachten den üblichen Einheitsbrei aus seichter Popmusik zum Schweigen. Eine Reporterin berichtete von der Hauptprobe des vorigen Tages am Würzburger Mainfrankentheater. Sie sprach von einer gewagten Aufführung, bei der unter anderem mit multimedialen Elementen gearbeitet werden sollte. Ob dies die Zuschauer gutheißen würden, würde sich am nächsten Tag bei der Premiere zeigen. Star-Regisseur Raimondi kam zu Wort, lobte die überaus kreative und professionelle Zusammenarbeit mit dem Generalmusikdirektor Beat Stiller und der Intendanz, versprach eine Aufführung, wie sie in Würzburg und andernorts noch nie zu sehen gewesen sei.

Das kleine Finale am Ende des ersten Aktes, *Riposate*, wurde eingespielt. Mit der Unterstützung eines ganzen Orchesters klang die Nummer noch größer und voluminöser, als sie Kilian bei den Proben erlebt hatte. Die Reporterin verabschiedete sich aus dem Mainfrankentheater in Würzburg mit dem Hinweis, dass man sich zügig um eine Karte bemühen sollte, da die ersten Vorstellungen bereits ausverkauft wären.

Kilian kehrte zurück an den Kaffeetisch, nahm noch einen Schluck und bedankte sich für das Frühstück. «Hat Ria sonst noch etwas erzählt, ich meine, wieso ich mit ihr überhaupt im *cu* gelandet bin?»

Er wusste noch, dass er im *Weinhaus Stachel* war und dort nach Raimondi und seiner Begleitung gefragt hatte. Dann war er mit Ria gegangen. Der Grund dafür lag für ihn an diesem Morgen noch im Dunkeln.

Magda verneinte. «Sie bat mich aber, dir ihre Nummer zu geben, falls du wieder Lust auf einen Drink hast.»

Die Dusche hatte Kilian belebt, wenngleich er immer noch wacklig auf den Beinen war. Auf dem Weg quer durch die Stadt zum Mainfrankentheater kehrten einzelne Erinnerungen des Vortages bruchstückhaft in sein Bewusstsein zurück. Er sah sich mit der Tasche in der Hand Richtung Bahnhof marschieren, nachdem er sich mit Heinlein gestritten hatte. Vladimir tauchte kurz in einem Taxi auf, dann der *Stachel* und schließlich Ria. Sie wollte etwas von dem Gespräch zwischen Raimondi und Franziska gehört haben. Was war es genau?

Über eine Treppe oder ein Treppenhaus soll Franziska gesprochen haben. Raimondi sei darauf erschrocken, Franziska habe ihm zugeredet. Ein Plan sei notwendig, gutes Timing und Mut dafür unabdingbar. Und dann habe sie ein Blatt Papier mit Noten auf den Tisch gelegt. Raimondi habe es sich genau angeschaut, seine Lippen formten die Worte, die Töne summte er leise. Am Ende schien er überzeugt, bestellte einen guten Bocksbeutel, um den Pakt zu beschließen.

Kilian betrat über das Obere Foyer den Großen Saal. Die Bühne war in das Schwarzblau einer Sommernacht getaucht, Donna Elvira und Don Giovanni im Duett. Das Orchester spielte andante. Kilians Augen benötigten einen Augenblick, bis sie sich an die Dunkelheit gewöhnt hatten. Er sah zahlreiche Zuschauer in den Reihen sitzen, Angestellte und Sänger des Hauses. Einige schauten herüber, einer stand auf, lief auf ihn zu. Kilian erkannte in ihm den Kollegen in Zivil, der Raimondi schützen sollte.

«Komm mit», flüsterte er und nahm ihn mit zur Tür. «Was machst du hier?»

«Ich schau mir die Probe an. Was dagegen?», antwortete Kilian genervt.

«Der Schorsch ist grad vor ein paar Minuten gegangen. Er hat mir gesagt, dass du hier nichts mehr verloren hast.»

«Der Schorsch kann mich mal.»

Kilian drängte ihn beiseite, suchte Raimondi unter den Zuschauern. An dem kleinen Brett mit Lampe und Telefon sah er ihn.

«Ich muss mit Ihnen reden», sagte Kilian zu ihm.

Raimondi antwortete prompt: «Ich aber nicht mit Ihnen.»

«Es ist wichtig», bestand Kilian. «Es geht um Ihre Abmachung mit Franziska.»

Raimondi überlegte kurz, dann folgte er ihm ins Obere Foyer.

«Also, was gibt's», sagte Raimondi barsch.

«Ich bin dahinter gekommen, wer die Anschläge auf Sie verübt hat», sagte Kilian.

«Gratulation, dann kann ich ja wieder gehen.»

«Nicht so schnell. Sie haben bei dem ganzen Schmierentheater eine tragende Rolle gespielt.»

«Ach ja, welche denn?»

«Die des Opfers und des Täters in einem.»

«Sie meinen, ich habe mich selbst mit einer Pflanze und einer Stange umbringen wollen?»

«Nicht direkt. Das war Aufgabe Ihrer Komplizin.»

«Die da wäre?»

«Franziska Bartholomä.»

Raimondi schwieg kurz und wägte ab. «Und, was haben Sie mit Ihrer phantastischen Theorie nun vor?»

«Ich werde Sie unter anderem wegen Mordes, zumindest wegen Totschlags an dem Journalisten der *Frankfurter Allgemeinen*, Vortäuschung einer Straftat, Irreführung der Ermittlungsbehörden und wiederholter Falschaussage festnehmen lassen.»

«Gleich so viel auf einmal? Da waren Sie ja ganz schön fleißig.» Raimondi machte Anstalten zu gehen. Kilian hielt ihn zurück. «Ich meine es ernst», sagte er.

«Das glaube ich Ihnen», antwortete Raimondi kühl. «Doch wo sind Ihre Beweise?»

Kilian hatte keinen. Das wussten sie beide. Vielleicht klappte es aber mit einem Bluff, Raimondi zum Reden zu bringen. «Es gibt eine Zeugin, die Ihr Gespräch im *Weinhaus Stachel* mitgehört hat.»

Raimondi lachte. «Ach, wirklich? Herr Kilian, lassen Sie sich gesagt sein, ich höre täglich drei Geschichten über neue Projekte, die am Theater von mir umgesetzt werden sollen. Mord und Totschlag sind das Elixier, aus dem die Oper gemacht ist. Glauben Sie tatsächlich, dass ein Richter ein Arbeitsgespräch zwischen einem Regisseur und einer Komponistin als Mordkomplott bewerten wird?

Ich gebe Ihnen einen guten Rat, Herr Kilian: Lassen Sie die Finger davon. Behalten Sie Ihre Anschuldigungen für sich, zumindest bis nach der Premiere. Danach könnte die Produktion durchaus wieder etwas Promotion gebrauchen.»

Kilian schwieg.

«Wenn Sie mich jetzt entschuldigen wollen», sagte Raimondi, «ich habe bis morgen eine Inszenierung auf die Bühne zu bringen. Wenn Sie noch eine Eintrittskarte brauchen?»

Raimondi lächelte ihm nochmals zu, bevor er zurück in

den Großen Saal ging. In seinen Augen spiegelte sich Überlegenheit.

Ja, diese Schlacht hatte Raimondi gewonnen, aber es sollte die letzte sein, schwor Kilian.

Wie Recht er damit hatte, konnte er zu diesem Zeitpunkt noch nicht ahnen.

Um Heinleins Wachhund nicht noch einmal in die Arme zu laufen, beschloss Kilian, ein Stockwerk höher zu gehen. Von dort gelangte er auf die Galerie des Großen Saales, würde hoch über allen sitzen und ungesehen die Probe weiterverfolgen können.

Hier oben war er allein. Es war dunkel und nicht ganz so laut wie fünf Meter unterhalb in den Rängen. Auf der Bühne erkannte er Don Giovanni an dem grünen Seidenanzug und der Augenmaske. Er kniete in der Mitte der Bühne, den Kopf zu Boden gesenkt. Im Halbkreis um ihn herum standen Don Ottavio, Donna Anna, Zerlina, Masetto und Donna Elvira. Don Ottavio hatte einen Degen gezückt, hielt ihn drohend über Don Giovannis Kopf.

Während alle immer wieder nur das eine Wort *Morrà!*[*] sangen, widersprach die Donna Elvira mit einem leidenschaftlich vorgetragenen *Pietà!*[**]. Sie bat, ihren Geliebten zu schonen.

Kilian musste genau hinsehen. Es fiel ihm nicht leicht, er war rund zwanzig Sitzreihen von der Bühne entfernt. Seine Augen versagten ihm den Dienst, forderten Ruhe und Entspannung.

Irgendetwas war am Don Giovanni anders. Er war bedeutend kräftiger als Takahashi. Mit einem tiefen Bariton gab

* Er stirbt! (i. S. v.: Er soll sterben, er hat den Tod verdient)
** Erbarmen!

sich der als Don Giovanni verkleidete Leporello schließlich zu erkennen. Zu seinem *Pietà, signori miei** nahm er die Augenmaske ab.

Alle, selbst die ihn immer noch liebende Donna Elvira, waren auf einen neuen Trick des Don Giovanni hereingefallen. Er hatte sie alle getäuscht.

Hätte sich Kilian die Szene bis zum Ende angesehen, dann wäre ihm aufgefallen, dass die Lösung des Falles ganz nahe lag.

Doch zu diesem Zeitpunkt war er bereits eingeschlafen.

Als er wieder erwachte, quälte ihn ein stechender Schmerz in Rücken und Genick. Zudem sah er nichts. Es war stockfinster um ihn herum. Er fragte sich, wo er eigentlich war. Erkennen konnte er nichts, aber fühlen. Er spürte den geriffelten Bezug des Sitzes, die hölzerne Armlehne. Er war im Theater, oben auf der Galerie. Niemand war mehr da, das Licht gelöscht.

Kilian erhob sich vorsichtig, tastete sich an der Brüstung aus Beton entlang. An seiner rechten Seite ging es metertief nach unten. Nur nicht stolpern oder das Gleichgewicht verlieren. Am Gang angekommen, fühlte er die Wand, ging die paar Stufen nach oben, öffnete die schwere Holztür. Graues Licht fiel ihm vor die Füße. Es kam durch die Verglasung der Frontseite des Theaters herein. Er erkannte die Treppe, die vor ihm lag, nahm die Stufen nach unten.

Natürlich war der Haupteingang verschlossen, so wie alle anderen Türen auch. Hier gab es keine Fenster, durch die er ins Freie gelangen konnte. Er musste weiter in den Verwaltungsbau. Vom zweiten Treppenhaus aus gelangte er in den langen kahlen Gang des Erdgeschosses. Ungefähr

* Erbarmen, meine Herrschaften

in der Mitte waren das Pförtnerkabuff und ein Fenster, erinnerte er sich. Er schaltete das Licht an. Stotternd zündeten die Neonröhren, eine nach der anderen, bis der Gang vollends ausgeleuchtet war. Still war es hier drin, kein Laut drang von der Straße herein.

Wie er sich doch irrte. Der Fahrstuhl setzte sich ratternd in Bewegung. Er fuhr aus dem Tiefgeschoss nach oben, an Kilian vorbei. Er konnte in der kurzen Zeit, als die Kabine auf seiner Höhe an ihm vorüberzog, nicht erkennen, wer der späte Gast war. Kilian wartete, schaute auf die Anzeige oberhalb der Fahrstuhltür, in welchem Stock die Fahrt zu Ende wäre.

Die Drei leuchtete gelbgrün auf.

Er machte sich auf den Weg ins Treppenhaus. Wer konnte zu solch später Stunde noch hier sein? Ein Sänger, der irgendetwas vergessen hatte? Ein übereifriger Angestellter? Der Wachmann?

Er verwarf diese Überlegungen schnell, während er rasch die Stufen nahm. Das Gebäude wurde durch eine Wach- und Schließgesellschaft gesichert. Niemand außer einem Wachmann hätte Zugang gehabt. Doch was sollte er im dritten Stockwerk zu tun haben? Ein vergessenes Fenster schließen?

Kilian beschloss, vorsichtig zu sein. Er trat auf den Gang hinaus. Hier war es dunkel. Der Wachmann hätte Licht gemacht, das war klar. Es musste also jemand sein, der zu dieser Zeit hier nichts zu suchen hatte. Kilian lauschte nach links und rechts ins Dunkel. Kein Laut. Er entschied sich für die linke Seite und ging auf leisen Sohlen los. Vorsichtig und leise drückte er jede Türklinke auf seinem Weg, spähte auf den Türschlitz am Boden, ob Licht dahinter brannte.

Er machte am Ende des Gangs kehrt, wiederholte seine

Tour ab Zugang Treppenhaus in entgegengesetzter Richtung. Tür um Tür war verschlossen und unauffällig. Am Ende angekommen, knickte der Gang um neunzig Grad nach rechts. Er ging durch eine Glastür, die diesen vom restlichen Trakt trennte. Hoch an der linken Seite waren Oberlichter angebracht. Sie spendeten einen schwachen Schein auf die Mauer und den Fußboden, sodass er nicht mehr fürchten musste zu stürzen. Als er die gläserne Schwingtür losließ, fiel sie in den Metallrahmen zurück, ein krächzendes Geräusch hallte laut durch den Gang.

Kilian fluchte still. Das musste auch der nächtliche Besucher gehört haben, soweit er nicht völlig taub war. Er war somit gewarnt. Sollte es ein Aufeinandertreffen geben, so gab es keinen Überraschungseffekt mehr.

Die dritte Klinke, die er herunterdrückte, öffnete die Tür. Sein Puls erhöhte sich schlagartig. Auch hier fiel ein wenig Licht durch die Fenster herein. Es erhellte grau einen Arbeitstisch in der Mitte des Raumes. Auf ihm standen eine Hand voll Köpfe aus Styropor. Als er näher trat, erkannte er, dass er in einer Werkstatt gelandet war. Um ihn herum warteten Perücken in allen Farben und Moden auf ihren nächsten Einsatz. Hier wurden sie auch repariert oder zum ersten Mal geflochten. Stricknadelgleiche Arbeitsgeräte, zahlreiche Kunsthaarsträhnen hingen gebündelt wie Stroh an der Wand, Farbdosen, Sprays und Schminktöpfe ruhten auf den Ablagen.

Kilian ging weiter. Tür für Tür.

Das Geräusch kam von hinten. Das metallische Schleifen der Glastür. Das war er, schoss es Kilian durch den Kopf. Er rannte zur Tür zurück, bog um die Ecke, erreichte den langen Hauptgang. Weit vor ihm schloss sich eine Tür. Wieder Metall auf Metall. Dann das typische Geräusch der Aufzugtüren. Kilian konnte nicht warten, bis er an sein Ziel gekommen war, er musste pokern, sich für eines der verbliebenen vier Stockwerke entscheiden.

Kilian lief ins Treppenhaus, suchte verzweifelt nach dem Lichtschalter, fand ihn. Er schaute über den Handlauf nach unten. Niemand hatte das Treppenhaus betreten, er war allein. So hastete er, zwei Stufen mit einem Schritt nehmend, hinunter. In seinem Kopf hämmerte die Frage: Welches Stockwerk?

Er ließ zwei und eins liegen, das Erdgeschoss auch, bis er keuchend am Ausgang zur Tiefgarage angekommen war. Die Tür zum Fahrstuhl stand offen. Die Kabine war leer. Er schaute sich um, wählte die nächste Tür mit der Aufschrift Garage. Dort stand er dann, im blassen Notlicht eines seelenlosen Betonwürfels. Es stank nach Abgasen, Benzin und Gummi. Er horchte. Ein Motorengeräusch war nicht zu hören, ebenso wenig flüchtende Schritte. Doch hinter ihm fiel die Tür klackend ins Schloss. Er eilte zurück, drückte dagegen. Sie ließ sich nicht öffnen Das durfte nicht wahr sein. Tagsüber ging es hier zu wie im Taubenschlag, und nachts, wenn man hier durchmusste, stellte sie eine unüberwindbare Hürde dar.

Kilian gab auf. Zurück ins Theater konnte er jetzt nicht mehr. Die Garagentür war die einzige Möglichkeit gewesen. Das musste auch der Einbrecher gewusst haben, sonst hätte er unter Umständen einen anderen Fluchtweg gewählt.

Was hatte er nur in diesem Zimmer mit den Perücken und Schminksachen verloren?, fragte sich Kilian.

Alle anderen Türen waren verschlossen. Er musste Zugang zu dem Raum haben, die Tür war nicht aufgebrochen.

Morgen würde er der Sache nachgehen. Für heute hatte er genug. Er ging die paar Schritte zum Ausgang der Tiefgarage hinaus auf die Straße. Sie war menschenleer. Kein

Auto, kein Bus und keine Nachtschwärmer kreuzten seinen Weg zurück ins Hotel. Er war gespannt, ob sein Zimmer, das neben Raimondis, noch für ihn gebucht war.

Einzig die Aussicht auf ein Bett hinderte ihn daran, auf der Stelle umzufallen.

23

Kilian erwachte an diesem Morgen mit Kreuzschmerzen und dem unaufhörlichen Klingeln eines Telefons. Schlechter konnte ein Tag kaum beginnen. Er beugte sich nach vorn und massierte mit seinen beiden Händen den geschundenen Rücken, so gut er konnte. Verdammte Couch, sie diente mehr der Optik als der Bequemlichkeit.

Sein Kollege Klaus, der mit ihm die vergangenen Tage Raimondi bewacht hatte, saß bereits beim Frühstück. Er blätterte in der Tageszeitung nach neuen Meldungen über die Inszenierung des *Don Giovanni*.

«Morgen, Kilian», sagte er. «Kaffee, Brötchen, Marmelade? Ich habe für zwei decken lassen.»

«Geschenkt», raunzte Kilian zurück.

Er stand auf, machte sich gerade. Ein zweimaliges Klacken in der Wirbelsäule stellte die alte Ordnung wieder her. «Was macht unser Klient?»

«Der hängt seit sieben Uhr am Telefon. Sonst ist alles ruhig.»

«Und der Schorsch? Hat der schon angerufen?»

«Logo. Ich hab ihm aber nicht gesagt, dass du mitten in der Nacht hier aufgetaucht bist und übernachtet hast. Das braucht er nicht zu wissen.»

«Danke.»

«Du musst dich aber beeilen. Er sagte, er wolle in 'ner halben Stunde hier sein.»

Kilian blickte kurz in Raimondis Zimmer. Jener lag lässig auf dem Bett mit dem Telefon am Ohr. Als er Kilian sah, lächelte er.

Kilian antwortete nicht, sondern schlurfte weiter ins Bad. Eine warme Dusche würde ihn besser gelaunt in den bevorstehenden Tag schicken. Während ihm das Wasser über den Körper lief, dachte er an die vergangene Nacht. Wer war der Einbrecher gewesen? Hatte er gefunden, wonach er gesucht hatte? Wie war er überhaupt ins Theater gelangt, und wieso war die Tür zur Perückenwerkstatt nicht verschlossen?

Und, vielleicht am wichtigsten, hatte der Einbruch mit den Ermittlungen zu tun?

Kilian würde sich gleich nach der Dusche darum kümmern. Raimondi war bei seinem Kollegen in guten Händen. Zudem legte er keinen großen Wert darauf, Heinlein über den Weg zu laufen.

Nach zwei schnell heruntergekippten Tassen schwarzen Kaffees und einem Zigarillo steuerte Kilian auf den Bühneneingang zu. Er sah es bereits von weitem. Die ganze lange Seitenfront des Theaters war mit Lkws verstellt. Auf ihnen prangte das Logo des ZDF. Kilian zwang sich an Technikern vorbei durch den Bühneneingang. Auf dem Flur im Erdgeschoss schlängelten sich Kabel die Wand entlang und führten zum Großen Saal. In einem der Besprechungszimmer wurden Monitore aufgebaut, in einem anderen tüftelten Techniker an Mikrophonen herum, die an der Bühne angebracht werden sollten.

Kilian nahm die Treppe hoch in den dritten Stock. Die Glastür machte wieder dieses Geräusch wie in der Nacht zuvor. Sie musste sich ein wenig gesenkt haben, da sie beim

Hin- und Herschwingen mit der Metalleinfassung am Türstock kratzte.

Er ging weiter bis zu dem unverschlossenen Raum. Die Tür stand offen. Ein Mann, groß gewachsen, breite Schultern und dunkles Haar, war über eine der Ablageflächen gebeugt.

Kilian klopfte an den Türrahmen. «Guten Morgen.»

Der Mann fuhr aufgeschreckt herum. «Meine Güte, haben Sie mich erschreckt.» Er hielt sich demonstrativ eine Hand an die Brust, die offensichtlich sein Herz beruhigen sollte. «Sie wünschen?»

«Mein Name ist Kilian. Ich ermittle …»

«Ich weiß, ich weiß. Sie sind hier ja kein Unbekannter mehr. Mein Name ist Sven Reinhardt, Chef der Maske.»

«Ich war letzte Nacht, als die Angestellten das Haus bereits verlassen hatten, hier in diesem Raum. Ich wollte Sie fragen, ob er als einziger im Haus nachts unverschlossen bleibt.»

«Natürlich nicht», lautete die prompte Antwort, in der auch Unverständnis über die Frage lag. «Als ich vorhin hier hochgekommen bin, stand die Tür offen. Ich weiß beim besten Willen nicht, wie das sein kann. Ich habe sie gestern eigenhändig verschlossen.»

«Kann es sein, dass einer Ihrer Mitarbeiter nach Ihnen nochmal hier war, vielleicht, weil er etwas vergessen hatte?»

«Ich glaube nicht. Ich habe sie gestern extra eine Stunde früher nach Hause geschickt, weil sie heute bis über die Ohren zu tun bekommen. Die Premiere des *Don Giovanni* ist heute Abend.»

«Hat außer Ihnen und Ihren Mitarbeitern sonst noch jemand einen Schlüssel zu diesem Raum?»

Er dachte kurz nach. Dann: «Der Hausmeister hat einen,

und es gibt ja noch den Zentralschlüssel. Mit dem kommen Sie überall rein.»

«Wissen Sie, wo dieser Schlüssel aufbewahrt wird?»

«Beim Hausmeister natürlich.»

Kilian würde das überprüfen. «Konnten Sie schon feststellen, ob irgendetwas abhanden gekommen ist?»

Reinhardt schaute sich um. Auf den ersten Blick schien alles normal. «Nicht, dass ich wüsste», sagte er. «Sind Sie denn sicher, dass eingebrochen wurde?»

Kilian verneinte. «Wenn Ihnen noch etwas einfällt, Sie finden mich heute den ganzen Tag im Haus.»

Er verabschiedete sich. In Gedanken ging er die letzte Nacht noch einmal durch. Der Einbrecher musste sich in dem Perückenraum versteckt haben, als Kilian die Türen überprüfte. Keine ließ sich öffnen, außer dieser. Er musste so lange versteckt gewartet haben, bis Kilian weitergegangen war. Mit dem Geräusch der Tür hatte aber auch er nicht gerechnet und dadurch Kilian aufmerksam gemacht. Der Fluchtweg war schnell angetreten. Da alles nahezu reibungslos geklappt hatte, ging Kilian von jemandem aus, der sich im Haus sehr gut auskannte, also ein Mitarbeiter des Hauses war. Doch was hatte er gesucht? Oder ging es gar nicht darum, etwas mitzunehmen?

Im Erdgeschoss angekommen, suchte er den Hausmeister auf. Er bat ihn, das Schlüsselbrett zu überprüfen, ob einer abhanden gekommen sei.

«So, wie's ausschaut, nicht», antwortete er.

Kilian hakte nach. «Gibt es sonst noch jemand, der über Schlüssel verfügt, um in der Nacht das Theater zu betreten und bestimmte Räume zu öffnen?»

«Auf gar keinen Fall. Nur die Wach- und Schließgesellschaft hat einen Generalschlüssel, sollte ein Notfall bei ihrem Rundgang eintreten. Ist denn was passiert?»

Kilian verneinte. Langsam fragte er sich, ob er den nächtlichen Besucher nur geträumt hatte.

Er machte sich schon auf den Weg in den Großen Saal, als Sven Reinhardt, der Chef der Maske, in das Zimmer des Hausmeisters kam. In der Hand hielt er einen kleinen Plastikeimer. «Haben Sie gestern Abend noch jemand in die Werkstatt im dritten Stock gelassen?», fragte er.

Der Hausmeister verneinte.

Kilian war umgekehrt und trat dazu. «Ist Ihnen doch noch etwas aufgefallen?»

«Nein, eigentlich nicht», antwortete Reinhardt. «Nur der Eimer mit der Schminke war nicht mehr dort, wo ich ihn hingestellt hatte.»

«Was befindet sich darin? Ich meine, welche Art von Schminke?»

«Wir brauchen sie für die letzte Szene im letzten Akt. Der Don Giovanni ... aber das ist noch geheim. Darüber darf ich eigentlich gar nicht sprechen.»

«Wer hat das verfügt?»

«Der Regisseur, Herr Raimondi.»

«Können Sie mir zumindest mal zeigen, was dadrin ist?»

Reinhardt zögerte einen Augenblick, doch dann zog er den Deckel ab. Zum Vorschein kam eine knallrote Paste, die mit Glitzerteilchen vermischt war. Das Zeug roch streng. Kilian konnte nicht genau sagen, was es war, aber es kam ihm bekannt vor. «Und Sie sind sicher, dass sich jemand an der Paste zu schaffen gemacht hat?»

«Wie kommen Sie denn darauf? Ich habe die Schminke gestern selbst angerührt und den Topf im Schrank abgestellt. Der Topf war nur heute Morgen nicht an derselben Stelle. Das ist alles.»

«Können Sie mir trotzdem sagen, was da alles drin ist.

Das Zeug riecht irgendwie nach … Terpentin oder etwas Ähnlichem.»

«Terpentin? Blödsinn. Im Gegenteil, da ist ein Brandhemmer drin.» Reinhardt bereute im selben Augenblick, was er gesagt hatte.

«Wofür mengen Sie denn der Schminke einen Brandhemmer bei?»

Reinhardt verwies auf sein Versprechen. «Herr Raimondi hat mir eingeschärft, dass ich nichts darüber sagen darf. Wenn Sie weitere Fragen haben, dann richten Sie sie bitte an ihn.»

Er verschloss den Eimer wieder und ging an Kilian vorbei zum hintersten Zimmer im Erdgeschoss, dort, wo die Sänger vor ihrem Auftritt geschminkt werden.

Dieser geheimnisvolle Brandhemmer war also für den Auftritt in der letzten Szene gedacht, die etwas mit Feuer zu tun hatte. Kilian versuchte sich ins Gedächtnis zu rufen, worum es in der letzten Szene im *Don Giovanni* ging und wer daran teilnahm. Er erinnerte sich, dass Don Giovanni zur Hölle fahren würde. Danach versammelten sich die übrigen Darsteller um den Höllenschlund und besangen seine Höllenfahrt und ihre weiteren Pläne.

Sollten aus dem Höllenschlund tatsächlich Flammen züngeln, um die Szene aufzuwerten?

Wenn etwas Derartiges geplant war, dann gab es auf jeden Fall eine Person, die darüber Bescheid wissen musste. Er lief den Gang ganz durch, stieg über Kabel und drängte sich an Technikern vorbei auf die Bühne des Großen Saals. Jeanne war nicht an ihrem Arbeitsplatz hinter dem Pult mit den tausend Knöpfen und Reglern. Stattdessen überwachte sie die Arbeiten an und auf der Bühne. Mitarbeiter des ZDF brachten Mikrophone an den Seitenwänden der Bühne an und montierten Schienen für die Kameras auf dem Boden.

Zwischen Zuschauerraum und Orchestergraben wurden soeben zwei weitere Kameras aufgebaut.

«Jeanne, darf ich Sie kurz stören?», fragte Kilian.

Sie drehte sich um, erkannte in ihm einen unwillkommenen Besuch. «Ist es wichtig?»

«Es dauert nur eine Minute. Versprochen.»

Jeanne gab nach.

«Ich habe gehört, dass es in der letzten Szene ein kleines Feuer geben soll.»

Jeanne zeigte sich überrascht. «Woher wissen Sie das?»

«Nur so ein Gerücht», wiegelte Kilian ab.

«Ich kann Ihnen nicht viel dazu sagen, Herr Raimondi hat auf strikter Geheimhaltung bestanden.»

«Mir können Sie es doch sagen, ich bin ja für den Schutz von Herrn Raimondi verantwortlich.»

Jeanne überlegte. Schließlich sagte sie: «Na, gut. Aber sagen Sie es nicht weiter. Raimondi wird mir dafür den Hals umdrehen.»

Kilian versicherte es ihr.

«Also, Raimondi hat sich für die Schlussszene einen besonderen Gag einfallen lassen. Wir haben einen kleinen Special Effect eingebaut, um die Höllenfahrt überzeugender zu inszenieren. Dabei kommen kurzzeitig Flammen zum Einsatz, die aus einem Gasring rund um die Senkbühne gespeist werden. Der Don Giovanni wird somit für alle Augen ersichtlich das Opfer des Höllenfeuers. Zur Sicherheit haben wir natürlich einen Feuerwehrmann mit Löscher an der Bühne platziert. Es kann also gar nichts passieren. Und falls alle Stricke reißen, haben wir noch den eisernen Vorhang.»

Kilian erinnerte sich. Er schaute nach oben, sah die massive, tonnenschwere Wand, die bei einem Feuer die Bühne vom Zuschauerraum trennen würde.

Das sah Raimondi ähnlich, dachte Kilian. Eine bloße Fahrt zur Hölle mit Rauch und Orchester reichte ihm nicht. Er wollte authentisch sein, den Kameraleuten und den Zuschauern an den Fernsehgeräten etwas bieten. Nun gut, das erklärte natürlich den Brandhemmer in der Schminke.

«Sagen Sie ihm bloß nicht, dass ich Ihnen etwas verraten habe», bat Jeanne.

«Meine Lippen sind versiegelt. Und vielen Dank für die Information.»

Kilian verließ die Bühne über den Orchestergraben in den Zuschauerraum. Er fühlte sich wie in einem Ameisenhaufen. Überall wuselten Hände mit Schraubenziehern und Messgeräten herum, tackerten Arbeiter Kabel fest, machten Tontechniker Sprechproben in diverse Mikrophone und stellten die Lichttechniker verschiedene Lichtstimmungen nach, die sich die Kameraleute notierten. Der Aufwand, der hier betrieben wurde, zeigte, dass den Zuschauern aus nah und fern an diesem Abend etwas Besonderes geboten werden sollte.

«Beeilen Sie sich bitte», hörte er Jeanne rufen, «in einer halben Stunde wird die Bühne für zwei Stunden benötigt. Danach können Sie weitermachen.»

Kilian kam in das Untere Foyer. Durch eine Glasscheibe sah er auf der gegenüberliegenden Straßenseite Franziska Bartholomä im *Choko Chanel* sitzen. Sie war allein, schien auf jemanden zu warten. Das war die Chance, sie endlich mit dem zu konfrontieren, was Heinlein und er über sie herausgefunden hatten. Er machte sich auf den Weg.

«Darf ich mich zu Ihnen setzen?», fragte er.

«Würde Sie ein Nein davon abhalten?», antwortete sie nicht übermäßig freundlich.

«Kaum.» Kilian setzte sich. Er sah, dass es ihr spürbar

unangenehm war, dass sie am Tag der Premiere belästigt wurde. «Ich muss zugeben», begann er, «dass ich mich gehörig in Ihnen getäuscht habe.»

«Muss mir das jetzt Leid tun?» Franziska spielte die Überlegene. Tatsächlich war sie im Vorteil, dachte Kilian, denn er wusste noch immer nicht, wie er ihr die Machenschaften mit Raimondi und den Waffenbesitz beweisen konnte. Alle Indizien, die sie mit dem Tod Sandners und den beiden getürkten Anschlägen auf Raimondi in Verbindung bringen könnten, beruhten auf der Aussage eines fragwürdigen Zeugen und dem Fehlen einer eindeutigen und nachweisbaren Spur, die sie an den Tatorten zurückgelassen hatte.

«Wenn ich etwas aufmerksamer gewesen wäre», sagte er, «hätte mir gleich auffallen müssen, dass Sie diejenige sind, die die Fäden in der Hand hat.»

«Ah ja?»

«Nachdem Sie dem psychisch instabilen Sandner die Waffe untergeschoben haben, brauchten Sie nur noch dem KBB und dem Intendanten die Telefonnummer und den Namen Raimondis reinzufaxen, und alles nahm seinen Lauf. Sie müssen zugeben, Ihr Plan war nicht frei von Risiken; aber wenn jemand die Verhältnisse und die beteiligten Personen am Mainfrankentheater so gut kennt wie Sie, musste zwangsläufig alles so kommen, wie es kam.»

«Sie sprechen immer noch in Rätseln», widersprach sie, wenngleich ihre unruhige Hand am Glas bestätigte, dass Kilian jetzt richtig lag.

«Nun», fuhr er fort, «Sie hatten einen Plan. Sie besprachen ihn mit Raimondi an dem Abend im *Stachel*. Anfangs war er nicht davon überzeugt, doch dann warfen Sie ihm einen Köder hin, dem er nicht widerstehen konnte.»

Franziska lachte kurz auf. «Einen Köder? Ein netter Ausdruck. Was könnte es sein, um einen Mann wie Raimondi zu locken?»

Sie hatte ins Schwarze getroffen, Kilian wusste es noch immer nicht. Sie genoss sichtlich ihre Überlegenheit. Für sie war alles nur ein Spiel, eine Inszenierung von Leben und Tod, ein Wettstreit zweier Meister ihres Fachs.

Was war es, das Franziska und Raimondi gemeinsam reizen würde, dafür einen Mord und einen Suizid in Kauf zu nehmen?

Kilian fragte sich darüber hinaus, ob noch jemand anderes an ihrem Plan beteiligt war. Hatten sie wirklich allein das alles umsetzen können, und was mochten sie noch für den Abend planen?

«Wenn Ihnen weiter nichts einfällt, dann würde ich gerne noch ein paar Minuten für mich alleine sein», sagte Franziska und unterbrach damit seine Gedanken.

«Ich behalte Sie im Auge», antwortete er mit einer leisen Drohung.

Franziska nahm die Herausforderung an. Sie lächelte ihm breit ins Gesicht. Sie würden sehen, wer aus dieser Nacht als Sieger hervorgehen würde und wer als Verlierer.

Kilian war im Begriff, zum Theater zurückzukehren, als Heinlein und sein Kollege Klaus mit Raimondi den Bühneneingang betraten. Er drehte sich weg und vermied so eine Konfrontation. Kilian sah, wie zahlreiche Musiker eintrafen und dass Franziska ihnen folgte. Und da war auch der japanische Don Giovanni, Takahashi. Trafen sich alle zu einer letzten Probe?, fragte er sich. Kilian würde abwarten und beobachten. Mehr konnte er nicht tun.

Kilian hatte den Nachmittag im *Choko Chanel* verbracht. Dort konnte er von weitem verfolgen, wer das Theater betrat und verließ. Alle wirkten auf den ersten Blick unauffällig, gar nicht so, wie es Kilian erwartet hätte, wenn der Rausch einer Premiere bevorstand. Es kam der Stille eines sich anbahnenden Unwetters gleich, wenn sich in der Luft Spannung aufbaute, die sich bei Erreichen des kritischen Punktes in Blitz und Donner entladen würde. Doch so weit war es noch nicht.

Nachdem die Musiker, Takahashi, Franziska und Raimondi nach zwei Stunden das Haus wieder verlassen hatten, um sich auf die Vorstellung vorzubereiten, kehrte Ruhe ein. Doch einer fehlte heute. Wo war der Generalmusikdirektor Stiller? Kilian hatte ihn weder das Haus betreten noch verlassen sehen.

Am Pförtner und an Jeannes verwaistem Inspizientenplatz vorbei betrat Kilian den Großen Saal. Bis auf eine Hand voll Techniker, die die letzten Arbeiten verrichteten, waren der Zuschauerraum und die Bühne leer. Er setzte sich auf den Rand des Orchestergrabens und ließ die Stimmung auf sich wirken. Danach würde er sich noch eine Stunde aufs Ohr legen, damit er für den Abend fit war. Hier gab es vorerst nichts mehr für ihn zu tun.

24

Auf der Strecke zwischen Hotel und Mainfrankentheater liegt das *La Fenice*, ein italienisches Restaurant, das häufig von Theaterleuten besucht wird. Der Vorplatz ist in eine Laube umgewandelt, die eine gepflegte, angenehme Atmosphäre versprüht.

Kilian saß an einem Tisch an der Hauswand. Von hier aus hatte er Raimondi gut im Blick, der mit dem Generalmusikdirektor Stiller bei einem vorgezogenen Abendessen die anstehende Premiere besprach. Ihrer Unterhaltung konnte er gut folgen, sie sprachen ungewöhnlich laut, zumindest Raimondi. Wieder eine Eigenschaft an Raimondi, die Kilian nicht ausstehen konnte. Er meinte offensichtlich, er und sein Gespräch seien von solcher Bedeutung, dass alle daran teilhaben sollten.

Kilian hatte sich mit diversen Antipasti und einem Saltimbocca gestärkt. Ein Schwenker mit Vecchia Romagna wurde ihm soeben serviert. Er zündete ein Zigarillo an, nahm einen tiefen Zug und vergoldete den Geschmack mit einem Schluck des italienischen Brandys.

Auch Raimondi und Stiller hatten den Hauptgang abgeschlossen. Raimondi ließ sich die Karte nochmals zeigen, suchte nach einem geeigneten Abschluss. Zwei Espressi und ein Sorbet trafen seinen Geschmack.

«Haben Sie sich schon entschieden?», fragte Raimondi.

«Sie meinen, wo ich in der nächsten Saison arbeite?», antwortete Stiller.

«Ja.»

«Ich kann mich nicht beklagen. Angebote gibt es zur Genüge. Ein sehr interessantes kommt aus Straßburg. Kennen Sie das Haus?»

«Vor Jahren war ich mal dort. Es hat mir sehr gut gefallen. Was für die Stadt spricht, sind die Beziehungen, die Sie dort aufbauen können. Eine weise Entscheidung», kommentierte Raimondi.

«Danke. Ich hoffe nur, dass sich die Schließung des Mainfrankentheaters noch ein wenig verzögert. Sonst bleibt da womöglich noch etwas an mir hängen.»

«Aber die Zeit hier war doch sehr erfolgreich für Sie.»

«Das schon, aber wer möchte schon die Schließung seiner Wirkungsstätte im Lebenslauf stehen haben.»

Die beiden lachten, stießen miteinander an. «Dann auf eine gute und einmalige Zusammenarbeit», sagte Stiller.

Von ihnen unbemerkt näherte sich eine Frau von der Straße. Kilian staunte, als er sie erkannte. Genauso erging es Raimondi.

«Ich muss mit dir sprechen», sagte die Garibaldi zu ihm.

«Worüber?», antwortete Raimondi.

«Du weißt, worüber ich mit dir sprechen will. Lass mich nicht lange bitten.»

«Nein, im Ernst, ich habe keine Ahnung. Komm, setz dich zu uns, trink und iss. Du bist eingeladen.»

«Ich will mit dir nichts trinken. Ich will Aminta.»

Raimondi lachte laut. «Aminta willst du? Da bist du leider zu spät. Sie hat sich bereits für mich entschieden.»

Isabella Garibaldi gab nicht auf. Sie bekniete ihn förmlich. «Bitte, Francesco. Es ist sehr wichtig für mich. Ich kann ohne sie nicht nach Zürich zurückkehren. Die nächste Spielzeit steht auf dem Spiel und mit Aminta meine Zukunft. Der Stiftungsrat und die Sponsoren zählen auf mich. Ich kann sie nicht enttäuschen.»

Wieder lachte er. «Ich fürchte, du hast nichts in der Hand, womit du mich überzeugen kannst. Aminta und ich werden eine außergewöhnliche Zukunft haben. Ich weiß es, und du weißt es. Trink mit mir darauf. Komm.»

Die Garibaldi schlug ihm die Hand weg, die sie auf den Stuhl neben ihn bat. Sie kam ganz nah an sein Ohr, sprach leise. Kilian suchte ihre Lippen zu lesen. «Francesco, ich bitte dich, zum letzten Mal. Lass sie gehen, gib sie frei. Du bekommst alles dafür … wenn du willst, auch mich. Es kann so sein wie früher, als wir uns noch liebten. Ich bin bereit dafür, nur komm ein Stück auf mich zu. Bitte.»

Für einen Moment herrschte Stille. Raimondi schien sich das Angebot zu überlegen.

Erst leise, dann immer lauter begann Raimondi zu lachen. «Isabella, Isabella. Bist du schon so tief gesunken, dass du mir deinen verwelkten Körper aufdrängen willst? O nein, beim besten Willen nicht. Verschwinde jetzt, du langweilst mich.»

Die Garibaldi hatte die Aufmerksamkeit des ganzen Lokals auf sich. Die Ober, die Gäste und Kilian starrten sie an. Raimondi nahm einen Schluck Espresso, wartete auf ihre Reaktion.

Sie richtete sich auf, zupfte ihr Kostüm zurecht und strich mit der Hand eine Haarsträhne nach hinten. Sie sammelte all ihre Kräfte und schluckte die Schmach runter. Ein zittriges Lächeln trat in ihr Gesicht.

Ihre Lippen formten ein gehauchtes *Du bist tot.*

Dann drehte sie sich um und ging ohne Eile aufrecht davon.

Der Kellner näherte sich von hinten, der Teller mit dem Sorbet landete hart auf dem Tisch vor Raimondi.

Er nahm einen Löffel, reichte ihn Stiller und begann selbst mit dem Sorbet. «Greifen Sie zu. Es ist einfach unbeschreiblich. Und nach dieser Einlage könnte mir nichts besser schmecken.»

Stiller griff zu, führte den Löffel zum Mund. Kilian konnte nicht genau sehen, was da passierte, doch als Stiller den Löffel wieder aus dem Mund nahm, beugte er sich abrupt zur Seite, spuckte das Sorbet aus und würgte. Dann nahm er ein Glas Wasser, spülte damit und spuckte wiederum alles in die Hecke.

«Schmeckt es Ihnen nicht?», fragte Raimondi überrascht.

Stiller sammelte sich und versuchte seinen Puls zu beruhigen. «Wenn ich gewusst hätte, dass das ein Kiwi-Sorbet ist, hätte ich es nie angerührt.»

«Mögen Sie keine Kiwis?»

«Ich reagiere hyperallergisch darauf, es könnte mein Tod sein, wenn ich sie irrtümlich zu mir nähme.»

Raimondi nahm es gelassen und lachte. «Glück für Sie, dass Sie es rechtzeitig bemerkt haben. Und Glück für mich, sonst fehlte mir heute Abend der Dirigent.»

Nachdem Raimondi gegessen und gezahlt hatte, erhoben sich die beiden und gingen in Richtung Theater. Kilian folgte ihnen.

18.45 Uhr. Die Atmosphäre im Haus war aufgeladen. Noch fünfundvierzig Minuten bis zum Premierenbeginn. Mit jeder weiteren Minute, in der der Uhrzeiger auf 19.30 Uhr zusteuerte, steigerte sich die Energie. Ihr Kern war die Bühne. Alles strebte dorthin, wie von Geisterhand gelenkt, dem Naturgesetz der Anziehungskraft gehorchend. Jeder Gedanke, jede Muskelfaser war darauf ausgerichtet, die Anspannung war bei jedem spürbar.

Kilian betrat das Mainfrankentheater über den Bühneneingang. Auf dem langen Flur, an dessen einem Ende der Zugang zur Bühne war, herrschte rege Betriebsamkeit. Techniker des ZDF mit Walkie-Talkies gaben Kommandos, überprüften das Zusammenspiel von Kamera, Ton und Regie, so, wie es Flugkapitäne vor jedem Start im Cockpit tun.

Eine Frau im roten Abendkleid ging davon unbeeindruckt im Gang auf und ab. In der Hand einen Zettel, dessen Text sie auswendig zu lernen versuchte. Sie war bereits geschminkt, eine weiße Papierserviette hing um ihren Hals, damit sie ihre Garderobe nicht aus Versehen beschmutzte.

Aus der Maske drang Gelächter. Es klang nach Kayleen McGregor. Sie bewältigte die Anspannung mit Humor, eine Methode, wie Künstler dem Lampenfieber begegneten. Die Tür öffnete sich. Kilian sah, wie Raimondi dem polnischen

Leporello Roman toi-toi-toi wünschte und ihm dabei andeutungsweise dreimal über die Schulter spuckte. Roman nahm es regungslos hin. Es war, als sei er weder geistig noch körperlich anwesend. Er war ganz auf seine Rolle fixiert, war in sie eingetaucht, füllte sie bereits jetzt gänzlich aus. Geschminkt und im Morgenmantel kam er heraus. Wie ferngelenkt steuerte er auf das Treppenhaus zu und verschwand dort.

Kurz darauf öffnete sich die Tür erneut. Kilian erkannte Aminta Gudjerez. Raimondi übte an ihr dasselbe Ritual und küsste sie zum Abschluss. Als sie heraustrat, bemerkte Kilian, dass die geschwollene Wange gut abgeheilt war. Das blaue Auge war unter der Schminke verschwunden.

Vom Treppenhaus her kam Takahashi. Er trug bereits den olivgrünen Seidenanzug für seinen Auftritt. Ohne anzuklopfen betrat er die Maske. Kilian erhaschte noch einen Blick auf Raimondi, bevor die Tür sich schloss. Er nahm Takahashi in die Arme, lächelte ihm Mut zu. Takahashi jedoch zitterte. Seine Arme und Hände hingen wie leblos an seinem Körper.

Über die Lautsprecheranlage erklang Jeannes Stimme. Sie war ruhig, aber bestimmt. «Es ist neunzehn Uhr. Das ist das erste Zeichen zur Premiere des *Don Giovanni*. Ich bitte alle Techniker und Michail Lermonow, den Komtur, zum Soundcheck auf die Bühne … und noch etwas: Wir sind ausverkauft.»

Kilian ging durch die beiden Stahltüren zur Bühne. Er sah einen der Techniker Jeanne umarmen, ihr toi-toi-toi wünschen und dreimal über die Schulter spucken. Dann tauschten sie kleine Geschenke aus. Ein weiteres Ritual unter Theaterleuten. An ihrem Inspizientenpult zeigten die Monitore Bilder aus dem Orchestergraben und die Totale von der Bühne, die von einer Kamera weit hinten aus dem Zuschauerraum übertragen wurde. Weitere Monitore waren ringsum am Bühnenrahmen angebracht. Sie zeigten das noch leere Pult, an dem der Dirigent später stehen würde. Das Bild des Dirigenten würde den Sängern in jeder Situation und Position auf der Bühne signalisieren, wann die jeweiligen Einsätze erfolgen sollten.

Kilian betrat die Bühne. Im Orchestergraben saßen bereits ein Cellist und ein Flötist. Sie übten ihre Parts. Der Zuschauerraum war bis auf die Kameraleute des ZDF noch leer. Auch hier fand die gleiche Routine statt.

Hoch oben über der Galerie erkannte er Tontechniker. Sie standen in Funkkontakt mit ihrer Basis, Jeanne. *Test-Test-Test* und andere Kommandos wurden ausgetauscht. Der Komtur, Michail Lermonow, war inzwischen eingetroffen. Er nahm auf dem roten Sofa mitten auf der Bühne Platz. Er begann seinen Part zu singen, während die Tontechniker die Anlage auspegelten und Jeanne den Funkkontakt mit ihrer Mannschaft prüfte. Rund zehn Bühnentechniker waren an ihrer Seite an den Zügen aufgereiht.

Einen nach dem anderen sprach sie über das Mikro an und erhielt eine Bestätigung. Nur einer blieb stumm.

«Robert … Robert, hörst du mich», sprach sie ins Mikro.

Keine Antwort. Sie beugte sich vor, überblickte die Reihe der Kollegen. «Verdammt, schalt dein Funkgerät an», rief sie nach hinten.

Kilian schaute unterdessen in den Souffleurkasten. Er war leer. Franziska musste sich irgendwo im Haus aufhalten. Er ging sie suchen.

Auf dem Gang vor der Tür zur Maske fand er sie. Sie war im Gespräch mit Raimondi. Die beiden stritten, das konnte Kilian noch erkennen, bevor sie ihn sahen; dann verstummten sie und gingen ein paar Meter weiter, um ungehört weiter zu debattieren. Franziska war außer sich.

Das konnte jeder sehen, auch wenn man die Worte, die sie austauschten, nicht verstehen konnte. Raimondi war weitaus gelassener. Wie bei der Garibaldi zuvor hörte er zwar zu, quittierte aber jede Beschimpfung Franziskas mit einem Lachen. Als er sich von ihr trennte und wieder in die Maske ging, rief Franziska ihm nach: «Du wirst es noch bereuen.»

Über die Lautsprecheranlage meldete sich Jeanne. «Es ist neunzehn Uhr fünfzehn. Das ist das zweite Zeichen für den *Don Giovanni.*»

Raimondi öffnete die Tür, und Kilian sah, in welchem Zustand Takahashi sich befand. Fertig geschminkt saß er auf dem Stuhl und starrte leblos in den Spiegel vor sich. Kilian hörte noch ein «Nein, ich kann das nicht» von ihm, als die Tür sich wieder schloss.

«Es läuft wohl doch nicht alles nach Plan», sagte Kilian zu Franziska.

Sie wollte sich mit dem Ausgang ihres Streits nicht abfinden. «Das werden wir noch sehen», giftete sie zurück und verschwand in Richtung Bühne.

Die Zeit der Überraschungen war noch nicht vorüber. Kilian wollte seinen Augen nicht trauen, als er Vladimir im gleichen Kostüm wie Takahashi sah, der aus dem Treppenhaus auf ihn zusteuerte.

«Was machen Sie denn hier?», fragte Kilian.

«Ich singe den Don Giovanni», antwortete er und verschwand in der Maske.

Kilian hörte Raimondis Stimme durch die Tür. Sie war zornig und aufgebracht. «Schafft mir diesen Schwachkopf endlich aus den Augen!»

Es dauerte keine Minute, bis Vladimir wieder auf dem Gang stand.

«Sie singen den Don Giovanni also doch nicht?», fragte

Kilian. Mittlerweile rechnete er mit allem. Er war gespannt, was sich im Sog der verrinnenden Zeit bis zum Beginn der Premiere noch alles abspielte.

Vladimir antwortete nicht. Missmutig entfernte er sich.

Die Uhr ließ sich nicht aufhalten. «Neunzehn Uhr fünfundzwanzig. Das ist das dritte Zeichen. Ich bitte den Dirigenten Beat Stiller, alle Solisten und die Techniker auf die Bühne.»

Aus einem der Zimmer entlang des Gangs kam die Frau im roten Kleid heraus. Sie würde den Abend aus dem Mainfrankentheater für die Zuschauer am heimischen Fernseher moderieren. Mit ihren hochhackigen Schuhen mühte sie sich, den Kabeln am Boden auszuweichen. Kilian gab den Gentleman und öffnete ihr die Stahltüren. Er geleitete sie zum Inspizientenpult, von dem aus sie mit nur zwei Schritten die Bühne betreten konnte. Der Vorhang hin zum Zuschauerraum war noch unten. Über die zahlreichen Bildschirme sah Kilian, dass die Gäste ihre Plätze eingenommen hatten. In der ersten Reihe erkannte er neben der Oberbürgermeisterin den Ministerpräsidenten des Landes, Roiber, mit Ehefrau und links und rechts von ihnen nahezu das gesamte Kabinett des Freistaates. Dahinter hatten es sich bekannte Namen aus Wirtschaft und Kulturleben gemütlich gemacht. Der Abend dürfte genau nach dem Geschmack Raimondis sein, sagte sich Kilian. Er hatte alles dafür getan, und offensichtlich hatte er damit Erfolg. Die Premiere des *Don Giovanni* war im Zuschauerraum aufs prominenteste besetzt. Im Orchestergraben jedoch fehlte noch der wichtigste Mann.

«Verdammt, wo bleibt er denn?», fluchte Jeanne still in sich hinein. Sie betätigte das Mikro und rief Stiller nochmals auf, zur Bühne zu kommen. Es war neunzehn Uhr neunundzwanzig. In einer Minute würde die Live-Übertragung aus dem Mainfrankentheater auf Sendung gehen. Die Moderatorin atmete tief durch und sammelte sich.

Kilian überkam eine seltsame Ahnung. Er ging einen Schritt zur Seite, beugte sich hinab und schaute hinüber zum Souffleurkasten. Er sah nicht viel von Franziska, nur Hände und einen Teil ihres Gesichtes. Aber sie war da, auf ihrem Posten.

Der ZDF-Mann zählte die Sekunden rückwärts. «Drei, zwei, eins.» Die Null war stumm. Mit einer Handbewegung gab er den Weg frei. Eine neue Lichtatmosphäre wurde von Jeanne über das Mikro an die Kollegen eingefordert. Das Licht im Saal ging aus, ein Spot wurde auf die Bühne gerichtet. Die Moderatorin ging hinaus, trat vor den Vorhang. Applaus begleitete sie, der schließlich langsam verebbte.

«Meine sehr verehrten Damen und Herren, mesdames et messieurs», begann sie, «ich begrüße Sie und das Publikum zu Hause an den Bildschirmen aus dem Mainfrankentheater in Würzburg auf das herzlichste zur Premiere des *Don Giovanni*, Mozarts wohl bekanntester, aber zu seiner Zeit auch umstrittenster Oper. Der heutige Abend ist ein ganz besonderer, in vielerlei Hinsicht. Als erste Kooperation der beiden Kultursender 3sat und arte übertragen wir die Oper in insgesamt vier Länder und erreichen damit weit über einhundert Millionen Menschen …»

Applaus unterstrich die Ankündigung. Währenddessen wurde Jeanne immer nervöser. Ihre Durchsage an den Verschollenen: «Herr Stiller, bitte auf die Bühne. Herr Stiller, bitte!»

«Bin schon da», antwortete er für alle überraschend. Wie aus dem Nichts war er hinter Jeanne aufgetaucht. In Frack und Fliege festlich gekleidet, führte er in der Hand seinen Dirigentenstab mit sich.

«… das Mainfrankentheater, an dem schon der Teufelsgeiger Paganini gespielt und Richard Wagner gearbeitet hat und das jetzt in eine bedauerliche Krise geraten ist. Wir wünschen dem Haus und seinen Mitarbeitern viel Glück für die Zukunft. Vielleicht ist es auch noch nicht zu spät, und der Freistaat Bayern entschließt sich, dieses geschichtsreiche Haus zu retten …»

Aufmunternder Applaus unterbrach. Der Ministerpräsident lächelte gezwungen.

In der Nullgasse kam Unruhe auf. Zum wiederholten Mal forderte Jeanne über die Lautsprecheranlage Takahashi auf, zur Bühne zu kommen. Roman, der Leporello, war bereits da. Leise schnurrte ihr Telefon. Der Anruf kam aus der Maske. Sie nahm ab und wurde mit einer Veränderung in der Besetzung des heutigen Abends konfrontiert.

«… und dies unter der musikalischen Leitung von Beat Stiller, einem der jetzt schon Großen am Dirigentenpult.»

Applaus.

«Zu unser aller Freude wird das Stück von einem seit Jahren gefeierten Künstler inszeniert. Meine Damen und Herren, der Don Giovanni in persona, Francesco Raimondi!»

Applaus. Der kleine Empfänger am Ohr der Moderatorin meldete sich. Die Regie gab eine Information an sie weiter. Ihre Miene verfinsterte sich für einen Moment, ein gequältes Lächeln huschte über ihr Gesicht, doch dann strahlte sie und nickte ihrem Regisseur zu.

«Meine Damen und Herren, wie ich soeben erfahre, ist der Darsteller des Don Giovanni kurzfristig erkrankt …»

Ein Raunen ging durch die Reihen.

«Ich darf Ihnen aber einen mehr als adäquaten Ersatz ankündigen. Was sage ich … Sie werden mit mir übereinstimmen, dass niemand mehr für die Rolle des Don Giovanni geschaffen ist als er … Francesco Raimondi.»

Anfängliches Staunen, dann begeisterter Applaus.

Kilian war nicht der Einzige, der hinter und neben der Bühne die Sprache verloren hatte. Was war passiert? Wieso sang Takahashi den Don Giovanni nicht? Er hatte ihn doch so gut einstudiert und auf die Bühne gebracht. Und jetzt Raimondi? Wie sollte das funktionieren?

Alle Solisten, Stiller und auch die Techniker schauten sich fragend an. Doch dafür war jetzt nicht die Zeit. Der Applaus endete, die Moderatorin trat ab, das Licht erlosch.

Auftritt Stiller. Er stieg in den Orchestergraben hinunter, ein warmer Applaus begleitete ihn bis zu seinem Pult. Er verbeugte sich vor dem Publikum und dann leicht vor seinem Orchester, nahm seinen Stab zur Hand und wartete, bis der Letzte aufgehört hatte zu klatschen. Ein kurzer Moment der Stille. Dann die ausgestreckten Arme Stillers über dem Orchester. Die Musiker setzten an, warteten bis zum finalen Zeichen. Stiller blickte durch die Reihen, bis er sich der Aufmerksamkeit aller bewusst war.

Dann war es so weit. Stillers Arme sausten herab wie ein Blitz vom Himmel. Er hielt den ersten explosiven, überfallartigen Takt aufrecht, forderte ihn abermals, während seine Arme und der Stab in seiner rechten Hand die kommende Gefahr heraufbeschworen. Er befehligte seine Streicher, Bläser und die Pauken einem Feldherrn gleich, forderte den sanften Rückzug der Streicher zu seiner Linken, um aus der Deckung noch eindrucksvoller mit Hörnern und Pauken aus der Mitte und zu seiner Rechten einen Angriff nach dem anderen zu reiten.

Ein nackter Leporello, nur in Boxershorts gehüllt, schlich sich aus der Nullgasse auf seinen dunklen Platz, der roten Couch. Am Ende der Ouvertüre musste er den erwachenden Diener seines Herrn spielen, während jener sich mit Donna Anna in ihrem Schlafgemach verlustierte.

Er streckte sich breit auf der Couch aus. Jeanne befahl

die genau festgelegte Atmosphäre für die Anfangsszene, die schwarzblaue Lichtstimmung eines strahlenden Mondes zog auf und schien auf ihn herab. Gleichzeitig öffnete sich der Vorhang und gab den Blick frei.

Romans mächtiger Bariton erhob sich zum Protest. *«Notte e giorno faticar, per chi nulla sa gradir …»*

Das Spiel hatte begonnen.

Kilian sah im Augenwinkel zu seiner Linken, dass Raimondi die Bühne von hinten betrat. Er manövrierte an den Technikern vorbei, schaute, ob es tatsächlich Raimondi war, der den Don Giovanni übernehmen wollte. Hinter der Bühne, hoch oben im Gestänge der Bauten, erkannte er Kayleen, die halb nackte Donna Anna im Dessous, Michail Lermonow, den Komtur, und schließlich Raimondi. Ja, er war es und wollte es wirklich wagen. Nach über zwei Jahren ohne Gesang und Übung, von null auf hundert, vom Regisseur zum Darsteller.

Nur etwas fehlte. Raimondi war nicht im Kostüm des ursprünglichen Don Giovanni. Er trug, wie fast immer, seine schwarze Lederkluft. Das konnte dennoch passen. Raimondi war in dieser Kleidung berühmt geworden. Aber er brauchte noch eine Maske. Er fackelte nicht lange, nahm ein Taschentuch zur Hand und band es sich um.

Leporellos Arie ging zu Ende, der Einsatz Don Giovannis und Donna Annas stand kurz bevor.

«Verdammt», fiel es Raimondi ein, «mein Degen.»

Es war keine Zeit mehr dafür, sie mussten hinaus. Polternd liefen sie den Laufsteg entlang, nahmen die Treppe nach unten.

Donna Annas zorniges *«Non sperar …»* hallte über die Bühne. Es mündete in das Duett mit Don Giovanni. Seine Stimme erklang beeindruckend sicher und geschmeidig, als hätte er niemals mit dem Singen aufgehört.

Jeanne hatte inzwischen Leporello an den Bühnenrand gelotst. Sie reichte ihm Don Giovannis Degen. Er würde ihn im passenden Moment seinem Herrn zuwerfen. Und Roman tat es so selbstverständlich, als handle er exakt nach Skript. Niemand fiel auf, dass hier hemmungslos improvisiert wurde.

Und niemand achtete auf die Souffleuse in ihrem Kasten. Von allen unbeachtet, verfolgte sie das Spiel und schmiedete ihr eigenes.

*

Ich habe es geahnt.

Er wird mich nochmals betrügen, so wie vor Wochen, als er die Jury gegen mich aufgebracht hat. Damals habe ich dich noch verschont, jetzt aber ist die Zeit der Abrechnung gekommen.

Ich habe vorgesorgt. Habe mir alle Möglichkeiten offen gelassen. Du wirst nicht ahnen, woher die Gefahr kommt, du bist dir ihrer noch nicht einmal bewusst. Es ist so einfach, dass ich vor Glück schreien könnte. Doch ich tue es nicht, denn ich bin wütend.

Wie kannst du es wagen?!

Du hast mir den Taktstock versprochen, nicht nur für diesen Abend. Wir wollten auf Tournee gehen, an allen großen Häusern unseren Don Giovanni geben und den Erfolg feiern. Zusammen, du, der Regisseur, ich, die junge Maestra. Das war Teil der Abmachung. Ich habe meinen Beitrag erfüllt, du nicht. Abermals wolltest du mich hintergehen.

Wie kannst du nur glauben, dass ich still dasitzen werde und mich von dir betrügen, verhöhnen und verlachen lasse. Ich kann es nicht glauben.

Du fühlst dich unangreifbar und überlegen, denkst, alle Fäden in der Hand zu haben. Ich habe Neuigkeiten für dich: Es ist genau andersherum. Nein, nicht ich werde weinen, sondern du.

Deine Welt soll in Flammen untergehen.

Tröste dich, du wirst nicht alleine sterben. Mein Rivale wird dein Begleiter sein. Zwei gescheiterte Existenzen auf dem direkten Weg in die Hölle. Ich höre euch beide schreien. Es ist der Gesang der Hölle, der meine Ohren und mein Herz erfüllt. Es ist gut so.

Bald schon ist es so weit.

25

Am Theater gibt es immer zwei Tote. Der erste als Folge des Geschehens, der zweite aus Vergeltung.

Die Bühne hatte sich von einer bloßen Ansammlung von Kulissen und Sängern in einen feierlichen Altar verwandelt, an dem eine geheime Messe gehalten wurde. Im Zentrum stand der Hohepriester Raimondi, der mit den Ministranten das göttliche Spiel um Lust, Eifersucht, Rache und Tod zelebrierte.

So kam es Kilian zumindest vor, als er die Aufführung betrachtete. Er hatte direkt neben Jeanne in der Nullgasse Position bezogen. Von hier aus war er eine Armeslänge von der Bühne entfernt und konnte sofort eingreifen, sollte etwas Unvorhergesehenes geschehen. Im dunklen, von wechselnden Lichtstimmungen gezeichneten Hintergrund der Bühne war er nicht der Einzige. An seiner linken Seite reihten sich die Techniker mit den Händen an den Zügen wie im Spalier auf. Gegenüber, auf der anderen Seite, warteten die Sänger und Sängerinnen auf ihren Einsatz.

Zum ersten großen Applaus kam es, als Leporello seine Registerarie sang. Während Leporello der Donna Elvira die Anzahl der Frauen, die Don Giovanni verführt hatte, vortrug, wurden auf dem Display, das hoch über dem roten Sofa platziert war, Bilder von Frauen eingespielt. Jede einzelne in einem anderen Zustand der Verführung. Eine eindeutige Bettszene gehörte noch zu den weniger anzüglichen Aufnahmen. Man hätte gut meinen können, dass die Einspielungen vom Kiez auf St. Pauli stammten.

Dieser frühe Applaus zu einer der Arien war ein gutes Zeichen dafür, dass die gewagte Inszenierung selbst bei einem konservativen Publikum ankam. Und dieser Applaus machte den anderen Akteuren Mut.

Nicht nur ihnen. Kilian stockte der Atem, als auf der anderen Seite plötzlich Paul Batricio, Amintas Ex-Manager, auftauchte. Er stand zwischen Steven Vanderbuilt und Kayleen McGregor. Wo zum Teufel kam er auf einmal her?, fragte sich Kilian. Und woher nahm er die Dreistigkeit, sich just zu Don Giovannis und Zerlinas Duett *Là ci darem la mano* neben der Bühne aufzubauen?

«Wie komme ich rüber auf die andere Seite?», fragte Kilian Jeanne.

«Den Gang entlang und dann zweimal rechts», antwortete sie.

Kilian zwängte sich an den Technikern vorbei und landete direkt hinter der Hauptkulisse. Hier standen noch einige Mitglieder des Chors, hörten in aller Ehrfurcht der Aufführung zu. Tosender Applaus zerriss die Stille, als Don Giovanni und Zerlina ihr Duett beendeten. Kilian musste noch einmal nach rechts. An den langen schwarzen Lappen vorbei, die vom Schnürboden herunterhingen. Er kam zur Nebenbühne, die mit anderen Bühnenbildern nahezu voll gestellt war, wo er auf Steven Vanderbuilt traf. Vor ihm war Kayleen auf die Bühne gegangen.

«Wo ist Paul Batricio?», fragte er leise Vanderbuilt.

Er sagte nichts, sondern zeigte auf eine Tür hinter ihnen. Eine kleine rote Leuchte mit der Aufschrift *Ruhe* zeigte an, dass man von hier aus die Bühne verließ und ins Innere des Theaters kam. Kilian ging weiter. Vor ihm tat sich eine weitere Tür auf, dann ein paar Stufen, wieder eine Treppe und dann ein Gang. Kilian blieb stehen. Wenn er es erneut wagen sollte, in das unterirdische Labyrinth von Türen, Gängen und Treppen vorzustoßen, dann mit einem Ortskundigen. Allein würde er sich wieder verlaufen. Um Batricio würde er sich später kümmern, sofern er nicht unvorhergesehen noch einmal in Erscheinung trat. Er machte kehrt und gelangte auf demselben Weg zurück auf die Bühne. Vis-à-vis erkannte er Jeanne. Zwischen ihnen befand sich die Bühne. Neben Jeanne war ein weiteres vertrautes Gesicht aufgetaucht. Der gefeuerte Don Giovanni Vladimir stand dort, verfolgte das Spiel mit steinerner Miene. Kamen sie jetzt alle aus ihren Löchern?, fragte er sich, als sich zu Vladimir auch noch Isabella Garibaldi gesellte. Was hatte diese Ansammlung der Verschmähten und Beleidigten hier zu suchen? Und noch ein drittes Gesicht erkannte Kilian auf der anderen Seite. Es war Marianne Endres, die von Raimondi geschasste Regieassistentin.

Kilian entschied sich, seine Position beizubehalten. Von hier aus hatte er alle im Blick.

Der erste Akt neigte sich dem Ende zu. Das kleine Finale mit *Riposate, vezzose ragazze* hatte soeben begonnen, als der Masetto einen kleiner Hänger zeigte. Es war nicht sonderlich auffällig, da er sich in einem Quintett mit den anderen befand. Nur fehlte etwas. Und das war die Hilfe, die er von Franziska, der Souffleuse, hätte bekommen sollen.

Kilian ging in die Knie, beugte sich nach vorn, schaute, ob er Franziska in ihrem Kasten würde entdecken können.

Fehlanzeige. Sie war nicht auf ihrem Platz.

Er blickte zu Jeanne hinüber und traf ihre Aufmerksamkeit. Sie zuckte mit den Schultern, auch sie wusste nicht, wo Franziska war. Was ging hier vor?, fragte er sich abermals. Irgendetwas geschah, sowohl vor seinen Augen als auch hinter seinem Rücken, er konnte es förmlich spüren. Doch was war es, das ihm dieses seltsame Gefühl bereitete? Ohne weiter darüber nachzudenken, machte er sich auf den Weg, ging um die Hauptkulisse herum und trat durch den zweiten Zugang hinaus auf den Gang im Erdgeschoss.

Über die Lautsprecheranlage hörte er das Ende des letzten Aktes. Applaus setzte ein. Jeanne sagte an: «Zwanzig Minuten Pause.»

Die ersten Techniker kamen in den Gang, gefolgt von Musikern in schwarzen Smokings und Abendkleidern. Sie alle strömten auf die Kantine zu. Sie befand sich am Ende des Gangs in einem Zwischengeschoss. Kilian ließ sie vorbeiziehen. Er fragte den Pförtner, ob er Franziska gesehen hatte.

Jener verneinte, bei ihm sei sie nicht durchgekommen. Stattdessen kam ein anderer am Pförtnerhäuschen vorbei.

«Was suchst du denn hier?», fragte Heinlein. Er war dem Anlass entsprechend in einen Anzug gekleidet. Seine Stimmung war weniger festlich. Er wähnte Kilian bereits in Italien.

«Ich schau mir die Oper an», antwortete Kilian ausweichend. Er hatte keine Lust, jetzt ein Grundsatzgespräch zu führen. In der Menge hielt er Ausschau nach einem feuerroten Schopf.

«Ich habe gehört, dass du dich hier immer noch rumtreiben sollst. Was ist der Grund?»

Kilian wiegelte ab. «Ich habe der Oberbürgermeisterin ein Versprechen gegeben, und das löse ich auch ein. Keine Sorge, in zwei Stunden bin ich verschwunden.»

Er ließ Heinlein stehen, machte sich auf den Weg in die Kantine. Vielleicht war Franziska einfach vorausgegangen, wollte sich bei dem zu erwartenden Andrang in der Pause nicht anstellen. Oder es gab eine andere einfache Erklärung. Nur fiel es Kilian schwer, daran zu glauben.

Heinlein folgte Kilian in die Kantine. Er wollte sich nicht so einfach abspeisen lassen. «Sag, was ist los mit dir? Ich dachte, wir hatten ein klärendes Gespräch über die jeweilige Aufgabenverteilung.»

«Wo liegt das Problem?», fragte Kilian.

Heinlein lachte bitter. «In deiner Anwesenheit, natürlich. Du hast hier nichts mehr verloren. Das habe ich auch der Oberbürgermeisterin mitgeteilt. Sie hat es bedauert, ja, aber ich konnte sie beruhigen. Ich habe alles im Griff.»

«So, so.»

«Ja, verdammt. Kannst du dich nicht an den Gedanken gewöhnen, dass ich nun die Ermittlungen ohne dich leite?»

«O doch, mein Lieber. Das kann ich sehr gut. Ich habe nur meine Zweifel, ob du auf dem aktuellen Stand der Dinge bist.»

Sie zwängten sich an der Schlange vorbei, die sich vor der Theke aufgebaut hatte. Kilian schaute im hinteren Sitzbereich, ob er Franziska entdecken konnte, im Schlepptau Heinlein.

«Was soll das heißen? Weißt du etwas, was ich wissen sollte?», fragte Heinlein besorgt.

Kilian hatte die Nase voll. «Und wenn, dann würde ich

es dir bestimmt nicht sagen, Arschloch. Und jetzt geh mir aus dem Weg.»

Er drängte sich an die Bar, suchte die Aufmerksamkeit des Personals. «Haben Sie Franziska Bartholomä, die Souffleuse, heute schon gesehen?»

Eine Küchenhilfe antwortete: «Ja, vor vielleicht zehn Minuten war sie hier.»

«Und wo ist sie hin?»

«Keine Ahnung. Sie wollte nur zwei Kiwis haben und ist dann gleich wieder davon.»

«Kiwis?», hakte Kilian nach.

«Ja.»

«Was ist denn so schlimm an Kiwis?», fragte Heinlein. Es klang so, als wolle er sich bei Kilian einschmeicheln. Der vermutete Wissensvorsprung wurmte ihn.

Kilian dachte nach. Was wollte sie mit Kiwis?

Na klar!

«Wo ist das Zimmer von Herrn Stiller?», fragte Kilian die Küchenhilfe.

«Dritter Stock, Zimmer zwölf.»

«Komm mit!», forderte Kilian Heinlein auf. Er hastete zurück ins Treppenhaus, Heinlein hinterdrein.

«Was ist los? Wo willst du hin?», rief Heinlein.

«Wenn mich nicht alles täuscht, einen Mord verhindern.»

Die Tür war nicht abgeschlossen. Ohne anzuklopfen, platzten sie hinein.

Stiller lag am Boden, neben sich eine Wasserflasche, die ihren Inhalt über den Boden verteilt hatte. Stiller starrte mit aufgerissenen Augen regungslos und stier nach oben in die Neonleuchte. Aber er atmete, schwer, keuchte, als bekäme er keine Luft mehr.

«Schnell, ruf die Sanitäter», sagte Kilian, «er hat einen allergischen Schock.» Er öffnete ihm das Hemd, löste die Fliege.

«Woher weißt du das?», fragte Heinlein, während er die Notrufnummer wählte.

«Weil ich meine Hausaufgaben mache und mich nicht wie Graf Rotz auf meinen Lorbeeren ausruhe.»

Kilian tippte mit einem Finger in die Flüssigkeit am Boden und führte ihn zum Mund. Er schmeckte einen leichten süß-sauren Geschmack auf der Zungenspitze.

Er wusste nicht, wie viele Schlucke Stiller genommen hatte, bestimmt waren es ein oder zwei lange, tiefe, nach der schweißtreibenden Arbeit, bevor er merkte, was er da trank. Nur war es da schon zu spät gewesen.

Stiller kollabierte. Sein Kopf knickte zur Seite weg.

«Verdammt, verdammt», brüllte Kilian.

Er setzte beide Hände auf den Brustkorb, drückte mit aller Kraft nach unten, ließ los, drückte wieder, ließ los.

«Wo bleiben die Scheiß-Sanitäter?!»

«Sind auf dem Weg. Ich geh runter und führ sie her.»

Jeanne meldete sich über die Lautsprecher. «Das ist das letzte Zeichen. Herr Stiller, bitte auf die Bühne.»

26

Am Ende steht immer der Tod.

Franziska rückte die schwarze Fliege zurecht, zupfte den Schwalbenschwanz-Smoking am Revers nach unten und strich sich zum Abschluss durch die Haare.

Alles war perfekt. Der Smoking saß wie angegossen. Ihr

knallroter Pumucklschopf war der i-Punkt auf einer durch und durch auffälligen Erscheinung. Und genau das würde sie heute Abend sein. Vorbei die Zeit des engen Kastens, hinauf ans Pult. Die Welt schaute zu, und sie würde ihr eine Vorstellung geben, die sie noch nicht gesehen hatte.

Das letzte Zeichen war verklungen. Jeanne würde jetzt zitternd nach dem Intendanten Reichenberg rufen. Doch der würde auch keine Lösung finden. Rainer Pohlmann, der zweite Kapellmeister, war nicht in der Stadt, Stiller hatte ihn als Ersatz zu seinem Konzert abkommandiert. Der dritte Mann, der im Notfall hätte dirigieren können, saß im Orchester am Cembalo. Es war sonst niemand mehr übrig, der dem Orchester auch nur eine Note entlocken konnte.

Franziska schenkte ihrem Spiegelbild ein letztes Lächeln.

Aus dem Hintergrund trat Paul Batricio an den Spiegel. Er stand hinter ihr und schlang seine Arme um ihre Taille. Ein Kuss auf ihren Nacken.

«Es bleibt dabei?», fragte er.

«Auf mein Zeichen», bestätigte Franziska.

Das dünne schwarze Kabel, das aus ihrem linken Ärmel hervorschaute, befestigte sie mit einem Clip am Saum. Den Sender am Hosenbund im Rücken festgemacht, schaltete sie auf *on*. Das streichholzgroße Mikrophon war bereit.

«Vergiss nicht, dein Interkom anzustellen», sagte sie.

«Ja, ich weiß.»

«Nach der Höllenfahrt musst du schnell sein. Jeder Handgriff muss sitzen.»

«Ich weiß, ich weiß, ich weiß», wiederholte er, blockte damit jede weitere Ermahnung ab. Er beugte sich über ihre Schulter.

«Vorsicht, meine Haare», fauchte sie und befreite sich aus der Umarmung.

Er ließ ab von ihr, überprüfte nun selbst den Sitz seiner Frisur. Er war zufrieden. Noch mehr schien ihn die Aussicht ihrer künftigen Zusammenarbeit zu euphorisieren. Ein Seufzer der Erwartung entfuhr ihm.

«Die Zukunft gehört uns.»

«Schau zu, dass du rechtzeitig verschwindest, und vergiss den Abfall nicht. Die Tür geht direkt zur Straße hinaus. Ein paar Meter weiter steht ein Container. Es darf dich niemand sehen. Ich muss jetzt los. Wünsch mir Glück.»

Batricio nahm sie in die Arme, spuckte dreimal über ihre Schulter. «Toi-toi-toi.»

Dann nahm er den gelben Abfallsack und bezog Position.

Aufgeregte Sprachlosigkeit herrschte hinter dem Vorhang. Reichenberg und die Moderatorin des ZDF warteten in der Nullgasse auf eine Eingebung. Es musste etwas geschehen. Jeanne blickte zwischen den hohen Vorhangbahnen hindurch in den Zuschauerraum. Das Publikum hatte sich vollzählig versammelt. Die ersten verhaltenen Unmutsrufe wurden laut. Lange würden sich die Leute nicht mehr hinhalten lassen. Eine Entscheidung musste her. So, wie es jetzt aussah, blieb ihnen nichts anderes mehr übrig, als die Vorstellung abzusagen. Mein Gott, was für ein Skandal, das Fernsehen berichtete live, und der Dirigent war ohne Stellvertreter ausgefallen.

Raimondi kam mit Roman, dem Leporello, auf die Bühne. Das Duett *Eh, via buffone** war die erste Nummer im zweiten Akt.

«Was ist los?», fragte Raimondi.

Jeanne berichtete: «Stiller ist ausgefallen. Er hat sich den

* Schluss jetzt, Dummkopf

Magen verdorben oder so was Ähnliches. Auf jeden Fall haben wir keinen Dirigenten mehr.»

Raimondi war im ersten Moment erstaunt, dann lächelte er in sich hinein.

«Was gibt es da zu grinsen?», fuhr Jeanne ihn mit unterdrückter Wut in der Stimme an. «Wollen Sie vielleicht auch noch dirigieren?»

«Nein, nein», sagte Raimondi. «Aber ich denke, es gibt eine Lösung. Sie sollte eigentlich schon längst da sein.»

«Wer ist *sie*?», fragte Jeanne.

«Ich natürlich», antwortete Franziska. Unvermittelt war sie durch die beiden Stahltüren in die Nullgasse gekommen.

«Du?», fragte Jeanne erstaunt. Sie wollte ihren Augen nicht trauen.

«Hast du denn eine Alternative?», fragte Franziska.

Jeanne blickte sich stumm unter den Anwesenden um. Niemand erhob Einspruch.

«Es muss jetzt jemand raus und eine Ansage machen», warf Reichenberg ein.

Es gab nur zwei Personen, die die Ankündigung übernehmen konnten. Reichenberg oder die Moderatorin.

«Am besten ihr geht beide», schlug Raimondi vor.

So geschah es auch. Kurz entschlossen traten sie hinaus, stellten sich dem Publikum.

«Meine sehr verehrten Damen und Herren», begann die Moderatorin, «eigentlich wollte ich Ihnen an dieser Stelle den zweiten Akt des *Don Giovanni* ansagen. Doch ich muss Ihnen zu meinem größten Bedauern mitteilen, dass der Generalmusikdirektor und Maestro Beat Stiller plötzlich schwer erkrankt ist. Er befindet sich soeben auf dem Weg in die Klinik …»

Raunen und Enttäuschung gingen durch die Reihen.

Reichenberg beruhigte das Publikum, seine Hände baten um Ruhe. «Sie sind zu Recht enttäuscht. Wir sind alle tief betroffen und hoffen, dass Maestro Stiller bald wieder genesen sein wird.

Da wir heute das Fernsehen im Hause haben – und ich bin sicher, dass dies auch ganz im Sinne von Maestro Stiller ist –, möchten wir die Vorstellung an dieser Stelle nicht abbrechen, sondern sie mit einem großen Talent aus unserem Hause zum Abschluss bringen ...»

Neugierde auf den zweiten Überraschungsgast des Abends besänftigte die unruhigen Zuschauer.

«Sie ist seit vielen Jahren in unserem Hause tätig und ist eine ausgesprochene Fachfrau, wenn es um Mozart geht. Ihre Interpretation der *Zauberflöte* wurde jüngst viel bejubelt in Schweinfurt aufgeführt.

Darf ich Ihnen nun die neue Dirigentin des heutigen Abends vorstellen: Franziska Bartholomä.»

Reichenberg wies mit der Hand zur Seite, der Spot folgte ihr. Hinter dem Vorhang trat Franziska hervor. Sie wirkte sehr konzentriert und hatte ein verhaltenes Lächeln auf den Lippen. Ein warmer Applaus hieß sie willkommen. Sie verbeugte sich und stieg die beiden Stufen hinunter zum Orchestergraben. Am Pult stehend, blickte sie auf ihr Orchester. Würden sie sie annehmen? Sie verbeugte sich abermals vor ihnen. Das Licht verlosch, der Vorhang der Bühne öffnete sich. Niemand war zu sehen.

Franziska wartete noch einen Moment, bis absolute Ruhe eingekehrt war. Dann führte sie den linken Ärmel zum Mund und sprach in das Mikrophon. Ihre Stimme war sanft, überraschend tief für eine Frau.

«Wir wandeln durch des Tones Macht,
froh durch des Todes düstre Nacht.»

Jeanne schreckte hoch. Das war eine dieser mysteriösen Durchsagen, die ihr den letzten Nerv geraubt hatten. Es war also Franziska, die ihr diese Streiche gespielt hatte.

Das Zitat aus der *Zauberflöte*, in die Dunkelheit gesprochen, gab der Atmosphäre eine seltsame Intensität. Jeder im Raum spürte sie.

Franziska nahm Stillers Dirigentenstab zur Hand, hob beide Arme und blickte in die Augen ihrer Musiker. Jetzt kam es darauf an. Würden sie ihr folgen? Franziska konzentrierte sich, schloss die Augen. Es waren nur eineinhalb Takte, bevor der Don Giovanni mit Leporello auf die Bühne stürmen und sein *Eh, via buffone* anstimmen würde.

In diesen eineinhalb Takten würde sich zeigen, ob die Musiker mitzogen.

Sie senkte die Arme, den Stab voran.

Vier schnelle Viertel im Allegro assai eines Dreivierteltaktes erklangen aus dem Graben vor ihr, dann eine Viertelpause. Auftritt Don Giovanni.

Raimondi kam, von Leporello gefolgt, aus der Nullgasse auf die Bühne. *«Eh via buffone, eh via buffone, non mi secar.»*

Den ersten ermutigenden Applaus erntete Franziska nach dem Terzett *Ah taci, ingiusto core*, gesungen von Raimondi, Roman und Debbie Reynolds als Donna Elvira. Das Publikum hatte sie angenommen.

Selbst Raimondi zollte ihr Respekt. In den Applaus hinein breitete er die Arme Richtung Dirigentenpult aus und klatschte anerkennend. Franziska nahm es dankend an. Doch sie war noch lange nicht am Ende.

Kilian und Heinlein erreichten die Nullgasse. Auf den Monitoren erkannten sie Franziska auf Stillers Platz.

«Sie ist richtig gut», sagte Jeanne mit unverhohlener Bewunderung. «Sie hat die Vorstellung gerettet.»

Kilian sah das anders. «Sie ist eine hinterhältige Mörderin.»

Jeanne schreckte hoch. «Franziska? Was erzählen Sie da?»

Vor ihnen nahm das Spiel seinen Lauf. Auf der Bühne und im Orchestergraben spielten und sangen sie, als wäre es ihre letzte Vorstellung. Die Solisten auf der Bühne verstanden sich wie blind mit Franziska. Kein Wunder, hatten sie doch wochenlang mit ihr geprobt. Und die Musiker? Mit ihnen schien es nicht anders zu sein. Franziska hatte an allen beiden Hauptproben teilgenommen. Sie kannte die Partitur in- und auswendig. Sie machte Stiller vergessen.

«Mir ging es anfänglich genauso», fügte Heinlein hinzu. «Sie hat alle getäuscht.»

«Aber wie konnte sie das alles ohne fremde Hilfe oder zumindest Duldung einfädeln?», sann Kilian.

«Was meinst du?», fragte Heinlein.

«Hast du nicht den Eindruck, dass das hier alles abläuft wie am Schnürchen?», sagte Kilian. «Eigentlich müsste nach dem Ausfall Stillers die Verbindung zwischen Orchester und Bühne völlig zusammenbrechen. Aber das Gegenteil ist der Fall. Hat sie vielleicht heimlich mit dem Orchester geprobt?»

«Meines Wissens nicht», antwortete Jeanne. «Na ja, außer gestern natürlich, da ging es um 'ne Nummer am Schluss. Ganz geheim. Da durfte nicht mal ich mit dabei sein.»

»Auf wessen Anweisung?», fragte Kilian erstaunt.

Jeanne antwortete knapp: «Reichenberg.»

«Der Intendant hat das genehmigt? Und Stiller? Wusste er davon?»

Jeanne zuckte mit den Achseln. «Keine Ahnung.»

Kilian schaute sich um. Er suchte Reichenberg. Wo hatte er sich versteckt? Auf der Gegenseite erkannte er einige Solisten, die auf ihren Auftritt warteten. Auf seiner Seite war bis auf die Techniker an den Zügen keiner der Verantwortlichen zu sehen.

Das Spiel war noch nicht zu Ende. Kilian konnte es mit jeder Faser seines Leibes spüren. Irgendetwas war im Gange, und Franziska und Reichenberg wussten davon.

«Wir müssen die Vorstellung unterbrechen», sagte Kilian kühl.

«Bist du verrückt?», entfuhr es Heinlein.

Jeanne legte den Finger auf die Lippen. «Pst!»

«Wir haben gar keine andere Chance, als abzubrechen», wiederholte Kilian.

«Wieso? Es läuft doch alles gut», sagte Heinlein zufrieden mit Blick auf die Bühne und jenseits des Orchestergrabens. Dort saßen sie alle versammelt. Minister und Ministerpräsident, Oberbürgermeisterin und Wirtschaftsbosse. Er musste nur noch den zweiten Akt überstehen, dann hätte er die Generalprobe seines neuen Amtes bestanden.

«Zu gut», widersprach Kilian. Er war drauf und dran, die Bühne zu betreten und dem Ganzen Einhalt zu gebieten. Danach würde er sich wahrscheinlich in ganz Bayern nicht mehr sehen lassen können, das war ihm klar.

Heinlein hielt ihn fest. «Du bleibst hier! Bist du jetzt völlig übergeschnappt?»

«Aber …»

«Nichts aber. Die Vorstellung läuft weiter. Das ist ein dienstlicher Befehl.»

Kilian schaute ihm in die Augen, versuchte zu taxieren, ob sich Heinlein der möglichen Konsequenzen seines Widerspruchs bewusst war. Er war es nicht. Dennoch musste Kilian etwas unternehmen. Zuschauen und auf das Unglück warten konnte er nicht.

«Dann bleib du hier», gab Kilian nach, «halt die Augen offen. Ich werde mich ein wenig umschauen.»

Heinlein nickte.

Kilian drückte sich an der Reihe der Techniker vorbei. An der Hinterbühne standen einige Grüppchen beisammen, hörten und diskutierten die Vorstellung. Dann entdeckte er die Garibaldi. Sie gab Takahashi eine Visitenkarte. Als sie ihn sah, ging sie weiter, Richtung Nebenbühne. Kilian folgte ihr. Im Halbdunkeln, an der anderen Seite der Bühne, war Vladimir im Gespräch mit Marianne Endres. Die Garibaldi gesellte sich zu ihnen.

«Hat jemand von Ihnen Herrn Reichenberg gesehen?», fragte Kilian flüsternd.

Kopfschütteln.

Er hatte auch nichts anderes erwartet. Er ging zurück, sah, wie der Komtur, Michail Lermonow, blass geschminkt die Treppe hinauf ins Gestänge nahm.

Kilian gelangte in den Gang des Erdgeschosses. Vielleicht hielt sich Reichenberg hier auf. Tatsächlich, er sah ihn einsam der Musik lauschen. Ihm gegenüber Mitarbeiter des ZDF, ebenfalls andächtig.

«Ich muss mit Ihnen reden», sagte Kilian.

«Muss das jetzt sein?», antwortete Reichenberg verärgert.

«Ja.» Er packte Reichenberg am Arm, zog ihn von den Lautsprechern weg.

«Was gibt es denn so Eiliges?», fragte Reichenberg. «Das Finale findet gleich statt.»

«Genau darüber will ich mit Ihnen reden.»

Reichenberg zeigte sich erstaunt.

Kilian hatte nicht mehr viel Zeit. «Jetzt reden Sie. Was ist die große Überraschung?»

«Gehen Sie auf die Bühne und sehen Sie selbst.»

«Ich will es jetzt aber von Ihnen hören.»

Reichenberg gab nach. «Es soll eine Überraschung werden. Franziska hat ein neues Ende für den Don Giovanni geschrieben. Raimondi wird die Arie singen.»

Kilian stutzte. «Und? Was passiert sonst noch?»

«Was soll mehr passieren? Reicht das etwa noch immer nicht?»

«Ich meine, was passiert darüber hinaus, dass Raimondi diese Arie singen wird?»

Der bedrückende Bass des Komturs schallte durch den Gang. Don Giovanni wehrte sich. Der Komtur wollte Reue, doch Don Giovanni blieb sich treu, widerstand der Gnade.

«Wir haben einen kleinen Spezialeffekt vorbereitet, der die Arie und Don Giovanni besser in Szene setzen soll.»

«Worum handelt es sich da genau?»

Kilian wurde unruhig. Er hörte, wie die Vorgänge auf der Bühne sich immer weiter zuspitzten. Die Höllenfahrt stand kurz bevor. Franziska stachelte die Streicher, Bläser und Pauken im Orchester auf, ein ohrenbetäubender Lärm, das Geschrei Don Giovannis, der ungnädige Bass des Komturs. In den kahlen Mauern des seelenlosen Gangs wirkte dieses Zusammenspiel, als führe tatsächlich das ganze Haus und mit ihm Sänger, Musiker und Zuschauer in die Hölle. Der Lärm war kaum mehr auszuhalten. Kilian hielt sich schon die Ohren zu. Franziska übertrieb es.

Mit einem Schlag war es vorbei. Don Giovanni war tot, und die Überlebenden würden seinen Abgang als Grund nehmen, ihr Leben auf diese oder jene Weise fortzuführen. So weit entsprach der Verlauf der originären Feder Mozarts und da Pontes, des Librettisten.

Aus dem Treppenhaus hastete Raimondi in den Gang, geradewegs in die Maske. Er hatte genau sieben Minuten und dreißig Sekunden Zeit, geschminkt wieder an Ort und Stelle zu sein.

«Jetzt sagen Sie endlich», wiederholte Kilian.

Reichenberg wollte nicht mehr reden, entriss sich Kilians Griff. «Kommen Sie mit auf die Bühne und schauen Sie es sich einfach an. Ich werde mir das auf jeden Fall nicht entgehen lassen.»

Kilian zögerte. Sollte er sich um Raimondi kümmern oder Reichenberg auf die Bühne folgen? Wenn es zu einem Zwischenfall kommen sollte, dann auf der Bühne, nicht in der Maske.

Kilian schritt durch die beiden Stahltüren. Im Zwischengang hatte er eine weitere Tür gesehen, war aber nie hindurchgegangen. Er öffnete sie. Sie führte hinaus ins Treppenhaus, aus dem Raimondi gekommen sein musste und in das er auch für seinen letzten Auftritt wieder zurückkehren würde, um von dort unter die Hebebühne zu gelangen.

Wieder dachte er über die zwei Möglichkeiten seines Handelns nach. Und wieder entschied er sich für die falsche. In der Nullgasse neben Heinlein angekommen, sah er hinaus auf die Bühne. Alle Sänger und Sängerinnen hatten sich um den Höllenschlund versammelt, schauten ungläubig nach unten, besangen ihre Zukunft.

Auf der gegenüberliegenden Seite waren die übrigen Mitspieler zum großen Abgesang versammelt. Die Garibaldi, Vladimir, Takahashi und Marianne Endres. Sie alle sollten Zeugen sein, sie alle wünschten Raimondi den Tod.

Doch nur eine würde es bewerkstelligen können. Das wurde Kilian schlagartig klar.

Und diese Frau war Franziska Bartholomä, die ehemalige Souffleuse und jetzt begeisternde neue Dirigentin.

Nur, wie wollte sie es anstellen? Es gab keinen Hinweis auf einen möglichen Anschlag. Zumindest sah ihn Kilian nicht.

Das Quintett ging zu Ende, so auch die sieben Minuten, die die letzte Arie im Originalskript dauerte.

Kilian blickte in den Orchestergraben. Franziska gab ihren Musikern Zeichen, das neue Notenblatt aufzulegen.

Ein Moment der Stille verstrich.

Dann brach Applaus los. Bravo-Rufe gesellten sich dazu.

Für alle überraschend drehte sich Franziska jedoch nicht um, sondern hob beide Arme, gab das Zeichen zum Einsatz.

Wie es Kilian bei der Probe gehört hatte, begann das Thema zu *Rispettate*, jetzt vom ganzen Orchester gespielt.

Aus der Mitte der Bühne, dort, wo Don Giovanni zur Hölle gefahren war, blitzte und zischte es auf, das Licht im Saal und auf der Bühne fuhr herunter, zuckende Stroboskopblitze blendeten Zuschauer und Sänger gleichermaßen. Die Oper war mit dem letzten Quintett also doch nicht zu Ende.

Nun fuhr aus der Mitte der Bühne, aus dem Höllenschlund, eine brennende Kanzel auf einem fünf Meter hohen Gestänge empor. Auf der Kanzel stand, sich am schmalen Geländer an der Seite mit einer Hand festhaltend, ein feuerroter Teufel, ein im Lichte glitzernder, behufter und gehörnter Don Giovanni.

Seinen Degen hatte er nicht dabei. Wo hätte er ihn auch befestigen sollen? Denn Don Giovanni war splitterfasernackt. Doch dieser Umstand war noch harmlos im Vergleich mit einem anderen, noch beeindruckenderen Detail.

Sein Schwanz war erigiert.

Raimondi stand dort oben, die Hände in die Hüfte gestemmt, mit dem Huf scharrend, im Gesicht ein animalisches, überlegenes Lächeln.

Das war genau nach Raimondis Geschmack. Er würde die ganze Welt heute Abend mit seinem Auftritt schocken. Er würde das Tagesgespräch der kommenden Woche, die sagenhafte Legende späterer Generationen von Theaterleuten und -schülern sein. Er machte sich an diesem Abend unsterblich. Er war auf Sendung. Niemand würde ihm diesen Triumph rauben können.

Und jetzt war auch klar, wieso Takahashi diese Rolle nicht hatte spielen können. Völlig entblößt, sichtbar erregt, und das unter den Augen von Millionen Zuschauern. Niemals hätte er sich bei der zurückhaltenden Art seiner Landsleute, der Kultur, der auch er verpflichtet war, damit als ernsthafter Künstler und Bariton behaupten können.

Wenn Kilian nicht die Augen aus dem Kopf gefallen wären, hätte er sehen können, dass mit ihm alle Sänger auf der Bühne und das gesamte Publikum den Atem anhielt.

Es war unfassbar. Raimondi als wiederauferstandener Don Giovanni, die Botschaft seines Lebens verkündend. Die Erektion als Zeichen der männlichen Überlegenheit über den Tod hinaus; eine Drohung an alle emanzipierten Frauen dieser Welt. Geschrieben und komponiert von einer Frau, die sich soeben vor der Weltöffentlichkeit selbst befreite, sich über die Vorurteile ihrer männlichen Kollegen hinweghob. Auch für Franziska war es ein Triumph. Kühl mit den Händen ihr Orchester jonglierend, blickte sie hinauf zu ihrem Werk, dem unzerstörbaren Eros eines Mannes. Doch die Arie hatte soeben erst begonnen.

Das Thema zu *Rispettate* wurde dreimal wiederholt. Raimondi atmete tief ein, bereitete sich auf seine Arie vor. Franziska blickte nach oben, gab ihm den Einsatz.

Heinlein schlug das Kreuzzeichen. «O heilige Mutter Maria, bitte lass das nicht wahr sein.»

Das war es aber. Raimondi stimmte die Arie Franziskas an:

Rispettate voi il cazzo
Rispettate ogni sprazzo
Di calore sessuale
*E l'amore immorale**

Er sang Zeile für Zeile aus vollster Überzeugung. Raimondi spielte nicht, sondern er war ein wollüstiger Minotaur, ein allgewaltiger Zeus, ein brünstiger Bock, ein gieriger Faun, ein geiler Hengst, ein läufiger Hund, ein hungriger Hurenbock, schlicht: die Fleisch gewordene, scham- und reulose Inkarnation grenzenloser Begierde, Lust und Ekstase.

An seinen Füßen, um die Kanzel herum, brannte ein Ring aus Feuer, gespeist von einer Leitung, die unter die Hebebühne reichte. Kleine Flammen erhoben sich zu größeren, je nach Vorgabe der Musik von Franziska und je nachdem, wie der Mann am Anfang der Gasleitung das Rädchen drehte.

Das war also der Special Effect, von dem Reichenberg gesprochen hatte. Die Sache sah nicht ungefährlich aus. Wenn Raimondis Haut nicht von dieser roten Paste mit dem Brandhemmer geschützt worden wäre, hätte sich Kilian ernsthaft Sorgen machen müssen. Gar zu leicht konnte er dem Feuer zu nahe kommen und daraus eine nicht unerhebliche Verbrennung resultieren.

* Respektiert den Schwanz. / Respektiert jeden einzelnen Spritzer / der sexuellen Brunst / und der unmoralischen Liebe.

Die Arie neigte sich dem Ende zu. Raimondi sah ein wenig erschöpft aus. Kein Wunder, dort oben unter den Scheinwerfern und inmitten dieses Rings aus Feuer war es bestimmt siedend heiß und frische, unverbrauchte Luft knapp.

Dennoch, Raimondi hielt seine Manneskraft bis zum Schluss aufrecht. Franziska erlöste ihn mit dem Schlussakkord, zweimal wiederholt, ein furioser Ritt durch die Hölle war zu Ende.

Mit beiden Händen in die Hüfte gestemmt, stand er dort oben, blickte erhaben, selbstverliebt, wie nicht von dieser Welt überlegen herunter. Trotz aller Anzüglichkeit eine beeindruckende Pose, dachte Kilian.

Ein langer Moment der Stille. Niemand wagte einen Ton von sich zu geben.

Nun ist es geschafft. Es ist vollbracht.

Seht her, ich bin es, die euch dies schenkt. Es ist mein Vermächtnis an die Kunst. Sie hat mich zu dem gemacht, was ich heute bin. Nun ist es Zeit, mich zu revanchieren.

Ich sehe euer Erstaunen, eure Sprachlosigkeit vor meinem Werk. Es ist wahr, wie könntet ihr beschreiben, was ihr noch nicht mal erahnen könnt? So war es immer, so wird es auch immer sein. Die wahre Kunst erschließt sich nur dem, der in Ehrfurcht schweigt.

Der wahre Künstler ist ein Wandler zwischen den Welten. Er ist ein Bote des Göttlichen. Er hat es verdient, von euch verehrt zu werden. Denn ihr seid nicht auserwählt, so wie ich es bin.

Es ist meine Bestimmung, den Kontakt zu schließen. Eine kleine Berührung, ein Hauch, vielleicht auch nur der Funke, der euch spüren lässt, was die Verbindung zwischen Himmel und Erde bedeuten kann.

So tretet zurück, fallt auf die Knie und erweist mir Ehrerbietung. Ich schreite voran, will vollenden, was ich begonnen habe.

Franziska war diejenige, die den Stab auf das Pult legte und langsam, dann schneller begann, in die Hände zu klatschen. Dann stimmten die Sänger und Sängerinnen, danach die Techniker hinter und neben der Bühne mit ein. Kilian sah sogar die Garibaldi und Vladimir ehrfurchtsvoll dem verhassten Regisseur Respekt zollen.

Nun wusste auch das Publikum, dass es an einem Meisterwerk hatte teilnehmen dürfen. Der Applaus begann in den hintersten Reihen, steckte die vorderen an, und selbst die Prominenz und der Ministerpräsident klatschten, als sie erkannten, wie des Volkes Stimme sprach.

Niemand ahnte, dass das Spiel noch immer nicht vorbei war.

Franziska führte ihre linke Hand an den Mund, sprach diese letzten aller Worte:

Kalt und unzugänglich
gebiete ich der Liebe.
Ihr Leid will ich genießen,
Ruhm sind mir ihre Qualen.

Denn das ist das Los der Liebe:
Wo man sie abweist, wirbt sie,
wo man sie kränkt, da schwärmt sie,
stirbt, wenn man sie ermutigt,
und lebt, wenn man ihr wehtut.

Kaum waren diese Worte über die Lautsprecher verklungen, schoss eine Stichflamme aus dem Feuerring empor, hüllte den Don Giovanni völlig ein, ja, er schien gar selbst zu brennen.

Beine, Arme, dann der Oberkörper und der Kopf fingen Feuer. Raimondi hielt sich an der Kanzel fest, er suchte Halt, um hinunterzusteigen, doch dann bewegte er sich keinen Zentimeter mehr. Wie in Zement erstarrte er im Feuer.

Keiner wusste, was zu tun war, denn alle fragten sich, ob dies noch eine weitere Zugabe war.

Kilian reagierte als Erster. Er riss einen Feuerlöscher aus der Verankerung, sprang auf die Bühne und hüllte den bereits völlig erstarrten Körper in eine weiße, unschuldige Hülle. Von der anderen Seite kam ein sichtlich überforderter Feuerwehrmann dazu. Auch er hielt mit seinem Löscher auf Raimondi.

Der Applaus aus dem Publikum hielt an. So wie es weiße Flocken aus dem Himmel über den Höllenschlund regnete, mochte niemand glauben, dass dies wunderschöne Bild den Abschied von einem der größten Opernsänger, die die Welt gesehen hatte, bedeutete.

Jeanne drückte den Notknopf. Eine Alarmglocke ertönte, begleitet von einem rotierenden Licht. Mit einem Ruck bewegte sich der eiserne Vorhang aus der Verankerung. Er schnitt die Bühne vom Zuschauerraum ab. Binnen einer Minute war er auf dem Bühnenboden angelangt. Jetzt endlich war das Spiel zu Ende.

Nun wandte sich Franziska den Zuschauern zu. Ihr Gesicht strahlte vor Freude. Sie verneigte sich tief vor dem großen Kunstverständnis des Publikums.

27

Der Techniker unterhalb der Bühne war bewusstlos in einer Ecke aufgefunden worden. Seine Aufgabe, die Hebe- und Senkbühne zu steuern und die Gaszufuhr am Ring der Kanzel zu regeln, war von einem Unbekannten übernommen worden. Nachdem er wieder zu sich gekommen war, berichtete er von einem Schlag, der ihn von hinten wie aus dem Nichts getroffen hatte. Hinweise auf den Täter konnte er nicht geben.

Weit aufschlussreicher wäre ein gelber Sack gewesen, den Paul Batricio beim Verlassen des Mainfrankentheaters in einen Container warf. Die dünne Hülle des Sacks riss, und heraus fielen Gummihandschuhe, wie sie im medizinischen Bereich verwendet wurden, eine Schachtel Munition für eine .38er Smith & Wesson, ein Baumwolltuch, zwei Interkoms und eine fast leere Tube Brandbeschleuniger. Er war von der Sorte Brandgel, wie er handelsüblich in Baumärkten zum Grillen erhältlich war. Die Handschuhe waren von dem roten Gel verfärbt.

Kilian und Heinlein warteten mit der festgenommenen Franziska so lange, bis das Publikum das Haus verlassen hatte. Bei der anschließenden Premierenfeier im Unteren Foyer durften aus Sicherheitsgründen nur geladene Gäste anwesend sein. Dies waren die bayerischen Minister nebst Ministerpräsident, Vertreter von Wirtschaft und Kultur sowie zahlreiche Presseleute, die sich reichlich Interviews von dieser illustren Gesellschaft erhofften. Sicherheitsleute bewachten alle Zu- und Ausgänge im Foyer.

Es war nicht sofort für jeden ersichtlich, dass Franziska verhaftet und soeben abgeführt wurde. Sie trug noch ihren Smoking, Kilian und Heinlein ihre Abendgarderobe. Ebenso wenig war den Anwesenden bewusst, dass ein Mann auf der Bühne tatsächlich umgekommen war. Jeder der Premierengäste dachte an eine gelungene, lebensnahe Inszenierung.

Ein Reporter mit Mikrophon hastete auf Franziska zu.

«Frau Bartholomä, einen Augenblick bitte», sagte er.

Kilian hatte Franziska fest am Arm. Er dachte nicht im Traum daran, ihr noch die Möglichkeit eines Interviews zu geben.

«Eine sensationelle Aufführung», sagte er und versuchte Schritt zu halten.

«Danke», erwiderte Franziska.

«Was sind Ihre nächsten Pläne? Gibt es schon ein neues Projekt?»

«O ja, Sie werden bald wieder von mir hören, wenn sich der Rummel um diese Aufführung gelegt hat. Ich plane …»

«Schluss jetzt», unterbrach Heinlein. «Haben Sie nicht schon genug angerichtet? So viele Menschen mussten wegen Ihres Irrsinns sterben.»

Franziska war verblüfft. «Irrsinn? Nennen Sie das Werk einer Künstlerin Irrsinn?»

«Wie definieren Sie es?», fragte Kilian.

«Es ist meine Vorstellung von Wahrheit. Schauen Sie sich doch um, wie sich die Leute bemühen, in Worte zu fassen, was sie erlebt haben. Es entzieht sich ihrer Vorstellungskraft.»

«Rechtfertigt das Ihr Tun?»

«Es gibt nur eine Rechtfertigung für das, was ich getan habe.»

«Und die ist?»

«Die schlichte Frage: Hatte ich Erfolg?»

Nur ein paar Meter weiter suchten die ehrenwerten Gäste vor den Mikrophonen nach einer Formulierung des Erlebten.

«Herr Ministerpräsident, wie hat es Ihnen gefallen?»

«Ähm … also … wie soll ich sagen …»

«Herr Staatssekretär, wie hat Ihnen das Stück gefallen?»

«Ich muss zugeben, dass ich mich noch ein wenig schwer tue. Es war auf jeden Fall eine meisterhafte Inszenierung, so wie ich sie noch nie erlebt habe. Es ist wohl die neue Zeit, die diese Künstler hervorbringt. Es ist wie bei meinen Kindern und dem Computer … von denen habe ich auch keine Ahnung.»

«Frau Rupp, Sie als Management-Beraterin. Was können wir aus dem Stück lernen?»

«Mut, eindeutig. Das war die Core-Message. Wir brauchen mehr Mut in diesem Lande, um die Grenzen zu überschreiten, damit es wieder aufwärts geht mit uns und der Wirtschaft.»

«Herr Bischof. Wie kam die Inszenierung bei Ihnen an?»

«Sehr gewagt, sehr modern. Also, ich muss sagen, das hat mir ausgezeichnet gefallen. Wie wir gesehen haben, darf das Böse keine Chance haben. Und die Wiederauferstehungsszene … etwas anzüglich, durchaus, aber das bleibt der künstlerischen Freiheit überlassen. Eine gelungene Inszenierung über menschliche Abgründe, über den Verfall der Werte.»

Eine Garderobiere, die die Oper auf einem Monitor verfolgt hatte, teilte diese Begeisterung nicht.

«Darf ich Sie fragen, wie Ihnen die Aufführung gefallen hat?»

Ohne groß darüber nachzudenken, antwortete sie: «A rechter Scheißdreck woar's.»

Nicht mehr ganz nüchtern, suchte ein bekannter Vertreter eines deutschen Adelshauses wankend einen passenden Ort, um sich zu erleichtern.

«Wie hat Ihnen …»

Ein Faustschlag schickte den Reporter schnurstracks zu Boden.

Im Ansturm auf die Getränketheke und durch das Geschnatter der aufgeregten Premierengäste fiel das Knacken der Lautsprecheranlage nicht sonderlich auf. Als dann jedoch eine Stimme über die Köpfe der Gäste hinweg um Aufmerksamkeit bat, wurde es kurz still.

«Meine sehr verehrten Damen und Herren, ich möchte Ihnen mitteilen, dass Herr Raimondi leider nicht an der Premierenfeier teilnehmen kann …»

Ein Raunen in der Menge drückte Bedauern aus.

«… er musste aufgrund eines tragischen Unfalls mit schweren Verbrennungen ins Krankenhaus eingeliefert werden. Sein Zustand ist sehr kritisch, wir fürchten um sein Leben. Mehr kann ich Ihnen zum jetzigen Zeitpunkt leider nicht sagen. Ich bitte um Ihr Verständnis.»

Kilian kehrte in das Untere Foyer zurück, nachdem er und Heinlein Franziska Bartholomä eigenhändig in einen Streifenwagen gesetzt hatten.

Er bestellte sich ein Bier und fand einen verwaisten Stehtisch, um sich in aller Ruhe einen Schluck zu genehmigen.

Im Augenwinkel erkannte er Pia. Sie hatte ein schwarzes Abendkleid an und sich herausgeputzt. Er winkte ihr zu, sie kam an seinen Tisch.

«Was machst du hier?», fragte Kilian überrascht.

«Na, was wohl? Ich hab mir die Premiere angeschaut.»

«Und wo hast du die Karte herbekommen?»

«Der Schorsch war so nett, du hattest ja keine Zeit für mich.»

Kilian stimmte ihr seufzend zu. «Tut mir Leid, aber in den letzten Tagen war einiges los.»

«Ich weiß, immer ist etwas los.»

«Jetzt aber ist es vorbei. Ich bin wieder verfügbar.»

«Ach ja?»

Von hinten schob sich ein Mann mit zwei Gläsern Sekt zwischen die beiden. Kilian wollte ihn schon zurechtweisen, als Pia ihm Einhalt gebot.

«Das ist Ralph», sagte sie und stellte ihn Kilian vor.

In ihm erkannte er den Mann, der vor zwei Tagen den Arm um Pia gelegt hatte.

So war das also, mutmaßte Kilian, sein Nachfolger hatte sie in die Oper begleitet.

«Na, wenn das so ist», sagte Kilian. Er war bereit, sich kampflos zurückzuziehen.

«Nichts ist so, du ...», sagte Pia. «Ich könnte dich auf den Mond schießen, so ignorant, wie du bist.»

«Offensichtlich hast du das ja schon getan. Gratuliere.»

Kilian trank sein Glas in einem Schluck leer.

«Ralph ist ein guter Freund. Mehr nicht. Er war da, als ich jemand brauchte.»

«Schon klar», sagte Kilian und wollte sich davonmachen.

«Nichts ist klar», antwortete Pia scharf.

Sie packte ihn am Arm.

«Ich bin schwanger ... und wag bloß nicht, mir die nächste Frage zu stellen.»

Quellen der Zitate

Don Juan – Der Verführer von Sevilla
Tirso de Molina

Die Zauberflöte (Libretto)
Emanuel Schikaneder

Rispettate
Anna Cron

Mein Dank gilt folgenden Personen:

Hanfried und Conni, dass sie mich während der Probenarbeit und danach an die Hand genommen haben.

Dem Ensemble des *Don Giovanni* für die freundliche Aufnahme.

Dr. Thomas Tatschner für den fachmännischen Rat und die Unterstützung bei allen gerichtsmedizinischen Fragen.

Hans Strecker für die profunde Auskunft hinsichtlich einer .38er Smith & Wesson.

Anna für das *Rispettate*.

Sabine F. für die Vermittlung.

Bernd, Tina und Conni fürs Lesen.

Blanka, wie immer, für die Kritik, deinen Rat und für das Beste, was mir bisher widerfahren ist: Löwenherz.

Und schließlich ein Dankeschön an meine Leser für das Interesse und die Treue.